U0328240

文学论丛·北大欧美文学研究丛书·14·

厄普代克与当代美国社会

——厄普代克十部小说研究

金衡山　著

图书在版编目(CIP)数据

厄普代克与当代美国社会：厄普代克十部小说研究/金衡山著. —北京：北京大学出版社，2008.1

(文学论丛·北大欧美文学研究丛书)

ISBN 978-7-301-13305-7

Ⅰ.厄…　Ⅱ.金…　Ⅲ.厄普代克－小说－文学研究　Ⅳ.I712.074

中国版本图书馆 CIP 数据核字(2007)第 201660 号

书　　　名：厄普代克与当代美国社会——厄普代克十部小说研究

著作责任者：金衡山　著

责 任 编 辑：刘　强

标 准 书 号：ISBN 978-7-301-13305-7/I·2014

出 版 发 行：北京大学出版社

地　　　址：北京市海淀区成府路 205 号　100871

网　　　址：http://www.pup.cn

电 子 信 箱：liuqiang@pup.pku.edu.cn

电　　　话：邮购部 62752015　发行部 62750672　编辑部 62767347

出版部 62754962

印　刷　者：三河市新世纪印务有限公司

经　销　者：新华书店

650 毫米×980 毫米　16 开本　17.5 印张　298 千字

2008 年 1 月第 1 版　2008 年 1 月第 1 次印刷

定　　　价：35.00 元

本著作的研究出版得到“北京大学创建世界一流大学计划”的经费资助,特此致谢!

《北大欧美文学研究丛书》编委会名单

总 序

北京大学的欧美文学研究经历了不同的历史发展时期，具有十分优秀的传统和鲜明的特色，尤其是经过1952年的全国院系调整，教学和科研力量得到了空前的充实与加强，汇集了冯至、朱光潜、曹靖华、杨业治、罗大冈、田德望、吴达元、杨周翰、李赋宁、赵萝蕤等一大批著名学者，素以基础深厚、学风严谨、敬业求实著称。改革开放以来，北大的欧美文学研究得到了长足的发展，各语种均有成绩卓著的学术带头人，并已形成梯队，具有可持续发展的基础。已陆续出版了一批水平高、影响广泛的专著，其中不少获得了省部级以上的科研奖或教材奖。目前北京大学的欧美文学研究人员承担着国际合作和国内省部级以上的多项科研课题，积极参与学术交流，经常与国际国内同行直接对话，是我国欧美文学研究的一支重要力量。2000年春，北京大学组建了欧美文学研究中心，欧美文学研究的实力得到进一步加强。

世纪之交，为了弘扬北大欧美文学研究的优秀传统，促进欧美文学研究的深入发展，我们组织撰写了这套《北大欧美文学研究丛书》。该丛书主要涉及三个领域：(1) 欧美经典作家作品研究；(2) 欧美文学与宗教；(3) 欧美文论研究。这是一套开放性的丛书，重积累、求创新、促发展。我们希望通过这套丛书来系统展示在多元文化的背景下北京大学欧美文学研究的优秀成果和独特视角，加强与国际国内同行的交流，为拓展和深化当代欧美文学研究作出自己的贡献。通过这套丛书，我们希望广大文学研究者和爱好者对北大欧美文学研究的方向、方法和热点有所了解。同时，北大的学者们也能通过这项工作，对自己的研究进行总结、回顾、审视、反思，在历史和现实的坐标中研究自己的位置。此外，研究与教学是相互促进、互为补充的，我们也希望通过这套丛书来促进教学和人才的培养。

这套丛书的出版得到了北京大学外国语学院的鼎力相助和北京大学出版社的大力支持。若没有他们的支持和帮助,这套丛书是难以面世的。

北大欧美文学研究者的工作,只是国际国内欧美文学研究工作的一部分,相信它能激起感奋人心的浪花,在世界文学研究的大海中,促成一道亮丽的风景线。

北京大学欧美文学研究中心

目　录

前　言

约翰·厄普代克(1932—)是二十世纪后半叶美国最重要、最多产和获奖最多的作家之一。自二十世纪五十年代以来,至今已出版小说、诗歌、评论集和短篇小说集几十部,仅长篇小说就达22部。他的各种作品曾多次获得国内外各类奖项,囊括了几乎美国国内授予文学创作的所有重要奖项。他笔下的人物"兔子"哈里已成为当代美国文学中的经典人物。

厄普代克1932年出生于宾夕法尼亚州的小城里丁。父亲是中学数学教员,母亲颇有艺术才华,倾心写作。这给幼年的厄普代克很多熏陶。他从小就对绘画和写作感兴趣,中学时就时常给当地的报刊写故事。1950年入哈佛大学,在校期间主持学校的一本幽默杂志。1954年作为优等生从哈佛大学毕业,同年在《纽约客》上发表了第一篇小说。次年到英国牛津大学的拉斯金学院学习一年的绘画,期间与美国著名散文家、《纽约客》杂志编辑E.B.怀特相遇。当年夏天,厄普代克携家回到美国落户纽约曼哈顿,在《纽约客》杂志担任专职作家,两年后离职迁移到马萨诸塞州的依普斯维奇居住,专心从事写作。在《纽约客》杂志工作的时间虽然不长,但对厄普代克一生的创作有很大的影响,他小说的故事内容、语言风格、叙述格调都与这本杂志有一定的关系。1958年,厄普代克发表了第一部小说《平民院义卖》。小说叙述了一个在老人院中发生的管理者和老人们之间的冲突的故事,表现了以院长考纳为代表的空虚的"人本主义"与以霍克为代表的老人们所崇尚的"精神主义"的对峙和冲突,反映了随着工业化的进展,美国社会产生的忽视人的精神需求以及传统观念和现代行为之间的矛盾等问题。这个主题成为厄普代克后来作品的一个重要内容。第二部小说《兔子,跑吧》于第二年发表。这部小说是厄普代克《兔子四部曲》的第一部。小说发表后得到读者和评论界的热烈反响。厄普代克也由此奠定了他作为一个当代美国重要小说家的地位。1963

年他的第三部小说《人马》出版。小说从一个身为中学生的儿子的角度讲述了他父亲,一个中学教师三天内所经历的生活、工作、情感方面的种种磨难和挫折。小说写得异常感人,父亲的形象生动逼真。厄普代克自己说过,他在这部小说中浓缩进了他自己父亲的形象。这部作品获得了国家图书奖,成为厄普代克第一部获得重大奖项的作品。1965年厄普代克被选为美国国家文学艺术院委员,成为有史以来最年轻的委员。从二十世纪六十年代至今,厄普代克几乎每隔一段时间总有一部小说问世,而且几乎每次都会引起震响。

除了本书要讨论的一些作品外,厄普代克的一些重要作品还有:《政变》(1978)讲述了发生在非洲某国的政治事变的故事,小说情节错综复杂,政治讽喻意味强烈,故事发生点虽然在异国他乡,但是矛头针对的仍然是美国,在一定意义上表达了厄普代克对新左派的讽刺;《福特时代的回忆》(1992)展现了一种后现代式的叙述,把发生在当下和历史上的不同时空的故事揉合在一起,最终又对故事本身进行了解构,表明了厄普代克对二十世纪六十年代以来的一些思潮的关注;《巴西》(1994)借用民间爱情传说特里斯坦与伊索尔德的故事,讲述了一个浪漫加血腥的情爱故事,采用了通俗小说的叙述语调和手法,将现实主义、浪漫主义和魔幻现实主义融为一体,从中可以看出厄普代克丰富的想象力和进行各种风格试验的勇气;《走向时间的结束》(1997)则如同他的第一部小说,把叙述时间放在了二十一世纪的二十年代,充满了很多超现实的描写和对宗教的思考。《葛特露和克劳狄斯》(2000)重写了莎士比亚名剧《哈姆莱特》中哈姆莱特母亲葛特露和叔叔克劳狄斯的故事,表明了厄普代克对女性命运的关注和思考;《寻找我的脸》(2002)则完全是一个从女性角度叙述的故事,讲述了一个女画家一生的经历,同时也反映厄普代克眼中的战后美国艺术走过的轨迹。厄普代克最新近的小说还有《乡村》(2004)和《恐怖主义者》(2006)。

厄普代克也是一位诗人和评论家,曾出版多部诗集和散文评论集。写有大量书评,对美国文学史上的一些经典作家,如霍桑、麦尔维尔、惠特曼,有精湛的研究。在创作一些小说时,厄普代克都要对有关问题进行大量的深层次的学术研究,可以说他是一个学者型的作家。厄普代克同时还是一位短篇小说写作高手,写过大量的短篇小说。2003年出版的《早期短篇小说集:1953—1975》获得了华伦和福克纳奖。有些短篇小说成为了二十世纪文学选集中的经典之作。

厄普代克的小说主要以描写普通中产阶级的生活为主,尤其是日常生活,但由此而展示的画卷却是丰富多彩的,涉及从社会政治到伦理道德,从个人行为到文化传统等各个方面。在谈到他的作品的主题时,厄普代克说过,"中产阶级的家庭风波,对思想动物来说如谜一样的性爱和死亡,作为牺牲的社会存在,意料之外的欢乐和报答,作为一种进化的腐败——这些是我的一些主题"[①]。的确,由家庭风波而产生的道德观念的冲突,对性爱的迷恋及其产生的问题,以及一些终极关怀意识,如宗教意识,对人生的影响等构成了厄普代克许多小说中人物行动的主要内容。另一方面,厄普代克叙述的虽然是普通人的故事,但反映的却是整个时代的社会特征。在许多故事情节和人物的身上隐含了某些时代特定的文化和社会现象,准确而细腻地反映了近半个世纪的美国社会的价值观念的变迁。用他自己的话说:"我这些关于普通人日常行为的小说要比历史书表达的历史还要多。"[②]

本书选取了厄普代克自上世纪六十年代到九十年代的十部小说作为研究对象。他们是:《兔子四部曲》中的《兔子,跑吧》(1960),《兔子归来》(1971),《兔子富了》(1981),《兔子安息》(1990),"《红字》三部曲"中的《全是星期天的一个月》(1975),《罗杰的版本》(1986),《S》(1988),以及《夫妇们》(1968),《嫁给我吧》(1976),《美丽百合》(1996)。之所以选择这十部作品,一方面是因为这些作品是厄普代克众多著作中的代表作,涉及了厄普代克创作的主要内容,即个人生活、社会风尚、宗教伦理、政治讽喻、婚姻问题、激情性爱等等;另一方面,更重要的是这些作品提供了进入当代美国社会的一个窗口,构成了一幅描述当代美国社会的生动画卷,是用小说写成的关于当代美国的"历史"。

这些作品中大多可以归为系列小说,如"兔子"系列和"红字"系列,《夫妇们》和《嫁给我吧》可以算作是与婚姻相关的系列小说,而《美丽百合》则可以看作是一部总结性的作品,在一个更大的层面上展示了此前创

① James Plath, ed. *Conversations With John Updike* (Jackson: University Press of Mississippi, 1994), p.45.

② Donald Greiner, *John Updike's Novels* (Athens: The Ohio University Press, 1984), p.50.

作的主题思想。从故事内容和时间背景来看,“兔子”系列跨越了从上世纪五十年代末到八十年代末、九十年代初战后美国社会的几个不同的重要年代,试图从一个家庭、一个普通美国人的生活经历折射出当代美国社会文化的变迁;“红字”系列的主题是宗教,通过改写和重写美国文学经典之作霍桑的《红字》透视宗教在当代背景下面临的困境;《夫妇们》和《嫁给我吧》中的婚姻问题是厄普代克作品中反复出现的主题,在这两部作品中得到了集中展现,小说的背景是二十世纪六七十年代的美国。如果说这些小说的叙述背景都以当代美国为依托,那么在《美丽百合》中,叙述背景则从战后美国往前延伸到了二十世纪初,故事时间涵盖了几乎整个二十世纪,但是当代美国依旧是这部小说的一个主要背景。

把这些小说归类只是为了分析的方便,实际上它们互有联系,故事内容和主题互相通融,比如,宗教问题出现在所有这些作品中间,婚姻主题则是串起“兔子”系列故事的主线之一。更重要的是,这些作品都涉及到了一个共同的问题,即在当代社会条件下美国人充满矛盾的生存状况:一方面是对自由自在生活或者是独立自律的自我的无尽的追求,另一方面却是在这个过程中遭遇到的一个又一个的尴尬和失败,这样的冲突构成了他们生活的主要矛盾。如果把这个问题放在整个社会的大背景中加以考察,不难发现这实际上就是整个时代的文化矛盾的表现。正是在这个意义上,厄普代克的描述暗合了诸多社会批评家对当代美国社会文化矛盾的揭示。在这个方面,著名社会学家丹尼尔·贝尔对当代资本主义社会(以美国为主)文化矛盾的阐释可以作为一个切入厄普代克这些作品内核的很好的角度。贝尔文化矛盾的理论认为当代社会结构矛盾的根源在于价值观念的变化,即,以新教伦理及美国式的清教精神为主的传统价值观念在当代社会遭到了前所未有的挑战,分崩离析,并且被以享乐主义生活方式为首的新的价值观念取代。这种变化本身是由资本主义的经济运作方式带来的,但同时也对经济和文化产生了很大的负面影响。其结果是,被认为是资本主义文化的核心——对个人自由和自我的追寻——遭到了重大挑战,变成了问题本身。这构成了当代社会的文化悖论。

无论是《兔子四部曲》中充满幻想、视追求个人自由为己任,但又屡遭挫折的“兔子”哈里,还是在欲望冲动和宗教情怀之间左冲右突的“《红字》三部曲”中的主人公们,以及被激情和现实原则双重煎熬的《夫妇们》中的皮特和《嫁给我吧》中的杰里,还有《美丽百合》中信仰崩溃的祖父柯莱伦斯和依靠自己努力实现了美国梦,但精神怅然若失的孙女艾希,他们都是当代美国社会文化矛盾的产物,深陷于各种冲突之中:一边是依循传统价值行事,另一边是欲望缠身、沉溺于自我放纵式的享乐主义生活方式中;一方面是孜孜以求自由和自我的存在,另一方面是这种追求本身给个人和家庭带来破坏乃至灾难。这些人物的形象是与当代美国的形象分不开的。通过这些人物的刻画,厄普代克同时也揭示了处于后工业社会时代的美国社会的诸多问题:物质成就与精神崩陷间的分裂,自由与秩序间的冲突,美国式个人自由理想的膨胀与其精神式微的矛盾,等等。

厄普代克曾经总结说,他所有小说的意图是开展“和读者间的道德争论”。作为一个作家,他不会对这种争论提供任何固定的答案。读者被邀请参与这样的争论,并得出他们自己的答案。不同的读者也许会得出不同的答案,但有一点相信应该是共同的,即,作为一个当代作家,厄普代克对当代美国社会的关注是细致的,态度是真诚的,描写是深入的,风格是基本写实的。这些方面在本书研究的十部小说中都可以得到印证。

本书分成两个部分。第一部分是综合篇,由两章组成。前一章谈论了当代美国社会的文化矛盾问题及其实质,可以看作是对战后美国社会的文化分析,本书对厄普代克十部作品的讨论在很大程度上是在这种文化分析的基础上进行的;后一章是分析厄普代克小说中的宗教观念,从神学渊源的角度讨论了他受到的影响、宗教观念的形成以及与小说创作的关系。第二部分是对具体作品的分析,按照内容类别,分成四个部分,核心是探讨作品与当代美国社会的关系。希望通过这样的分析和阅读,能够达到对厄普代克一些重要作品较全面的剖析和解读,进而对当代美国社会和文化形成较深入的认识和理解。附录中的三篇文章在思想背景、批评方法和阐释视野上与全书有一定关联。

第一部分　综合篇

第一章　当代美国和文化矛盾:“自由”的缘由、悖论及其他*

在西方社会,尤其是美国社会和思想体系中,大概没有什么会比自由[①]这个概念占据更重要的位置了。对普通大众来说,这是一个耳熟能详的词,对专家学者来说,这是让他们冥思苦想、反复论证的一个问题,被认为是西方社会思想之根基。但同时,这也是一个本身充满矛盾的问题。如果说在历史上(主要是指启蒙运动以后的时代),作为一个社会理想,自由尤其是个人自由这个概念曾给予了西方社会前进的动力,成为了社会个体与生俱来的权利和维护对象,那么在当代社会条件下,个人自由的概念和理想依然存在,仍与过去一脉相承,并没有多少改变,但其展示和实现的可能却产生了变化,甚至走向了它的反面,成为了悖论问题。

我们可以先从丹尼尔·贝尔提出的“资本主义文化矛盾”入手来考察个人自由悖论发生的缘由。哈佛大学教授,著名学者贝尔出版于1976年的《资本主义文化矛盾》[②]一书被认为是社会科学和思想领域五十年以来最具影响的书之一。资本主义文化矛盾的提出和阐释建立在贝尔对社会结构的分析之上。贝尔认为当代社会结构可以分成三个方面,即经济、文化和政体方面。第一个方面涉及生产领域,也就是说生产的组织、服务和

---

* 本文原载于《国外文学》2005年第2期

① “自由”一词的意义很广。按照历史学家、《美国的自由的故事》一书作者艾里克·佛纳的看法,可以从三个层次理解“自由”的意义。首先是政治自由,也即参加公共事务的权利,其次是道德或者是基督教意义上的自由理想,再就是经济自由。本文所说的自由是指观念意识上的概念,也即一种文化意义上的理想。从这个方面说,“自由”与美国文化及其强调的“自我”观念有着不可分割的关系。参见 Eric Foner, *The Story of American Freedom* (New York: W. W. Norton & Company, 1998), p. xviii.

② 对贝尔此书的介绍,参见赵一凡先生的文章“丹尼尔·贝尔和当代资本主义文化批评”,收录在赵一凡著,《美国文化批评集》,三联书店,1994。

商品的分配等；第二个方面涉及文化活动和文化话语[①]；第三个方面则是与社会权力和正义维护体制有关。贝尔提出的资本主义的文化矛盾最主要来自于前两个社会结构，即经济和文化结构的矛盾。在下面的一段引文中，他做了明确的阐述：

> 前者占支配地位的是经济原则，主要内容是效益和功能理性以及通过对事物（包括把人当成事物）的合理安排来组织生产的过程。而后者则是朝着无节制的、无约束的方向发展，占支配地位的是一种反理性、反智性的禀性，其中的内核是自我，被当作文化价值判断的试金石，自我感受则更是衡量经验的美学标准。从十九世纪继承过来的、强调自我约束、节制和满足的延缓（the delay of gratification）这样的性格结构仍与经济结构领域相关，但却与文化产生了尖锐的矛盾，因为在文化结构领域这种资产阶级的价值被完完全全拒之门外——其中一个原因则正是资本主义经济体系机制本身，这不能不说是一个悖论。[②]

从上述引文贝尔对资本主义社会结构中经济和文化领域矛盾的界定中，我们可以看出一个关键因素是这个矛盾导致了传统价值的崩溃，这种传统价值的主要内容也就是贝尔所说的在经济生产领域仍然需要的"自我约束、节制和满足的延缓"这样的性格品德。换种说法，这样的传统价值也就是韦伯所说的"新教伦理"。很显然，贝尔所说的文化矛盾的一个核心便是新教伦理这种传统价值在人们生活中的衰落。贝尔在其书中进一步列出了在新教伦理框架下的传统价值的具体内容，如，节俭、节欲、勤奋工作以及对生活的一种敬畏的态度等。正是这样的价值观念和生活态度维持了资本主义的社会结构，并且使得它能在过去的几百年里成功地运行至今。但是，在后工业社会里，这样的传统价值却遭遇到了挑战，并且面临崩陷的危险。这在"工作"这个概念含义里表现得尤其突出。从新教伦理以及美国清教传统的角度说，工作不仅仅是简单的谋生手段，而是有着更深层次的存在意义。工作本身体现了宗教的意义取向，成为使人

---

① 贝尔对"文化"概念的界定需要做一些说明。他先是在书中把文化定义为话语系统，尤其是卡西尔所说的象征形式。后来又给文化下了一个专门的定义，指出文化不仅用来表达情感，而且也是一种生活方式、身份和自我。从这个意义上说，文化涵盖了生活的各个方面，物质的和精神的。这也正是"文化矛盾"一语中文化的含义。参见 Daniel Bell, *The Cultural Contradictions of Capitalism*（New York: Basic Books, Inc., 1978), pp. 12, 36.

② Daniel Bell, *The Cultural Contradictions of Capitalism*（New York: Basic Books, Inc. 1978), p. 37，参见中译本，赵一凡等译，《资本主义文化矛盾》，三联书店，1989。

在道德上获得完善的一个渠道。借用韦伯的话说，在传统新教伦理观念里，工作即是响应上帝的感召，是为着赎救做好准备。这种充满宗教取向的价值观念则曾在资本主义的经济和社会结构里扮演了至关重要的角色，为资本主义的发展立下了汗马功劳。

贝尔指出，正是这种传统价值观念的式微导致了美国社会对生活态度的转变，削弱了工作固有的非一般意义的价值观念。结果是建立在新教伦理基础上的传统价值观让位给了新的价值观念，贝尔称之为现代文化观念，其核心则是享乐主义的生活方式。贝尔用了一个形象的说法来说明传统价值观念衰落后生活方式的改变："白天仍是个正人君子，到了晚上便放浪形骸，"[①]贝尔指出的当代资本主义社会的文化矛盾确实一针见血、入木三分。但我们也不得不提出这样一个问题：他指出这样一种矛盾的目的是什么？仅仅是作为一种社会学分析，揭示社会的某种痼疾，还是有其他更深的目的存在？我们可以看出他分析矛盾的方式不仅仅是描述性的，而是更多地带有概括、诊断性的因素，就像是医生给病人开处方，关键是对症下药。显然，贝尔发现的当代资本主义社会的文化矛盾仅仅是他诊断出的一个症状而已，问题是背后的病因是什么？从这个角度来观察贝尔对文化矛盾的分析，我们就可以发现其目的可以归结到一点，即求证资本主义精神或文化资本主义[②]的合理、合法性。所谓文化资本主义首先指的是文化，也就是使资本主义不仅成为可能而且成为一种社会理想的文化。

如果说贝尔的社会学分析同时也是一种文化批评，那么一边揭示矛盾、批判社会，一边求证文化资本主义的合理、合法性则是贝尔文化批评的一个主要特征。批评的同时，贝尔或多或少表露出了对资本主义社会，尤其作为一种文化的资本主义精神的担忧。在《资本主义文化矛盾》之前，贝尔写过一本分析后工业社会的专著《后工业社会的来临》。在那本书里，他表露了对因文化的变化而给社会带来的影响的焦虑。他指出："思想和文化方式并不会改变历史——至少不会在一个晚上的时间就发

---

① Daniel Bell, *The Cultural Contradictions of Capitalism* (New York: Basic Books, Inc., 1978), p. xxv.

② "资本主义精神"一语出自韦伯的《新教伦理和资本主义精神》。韦伯更多地从经济推动力的角度来阐释资本主义。从文化及意识形态的角度说，资本主义本身也是文化形态，这也更符合贝尔所说的"文化矛盾"的含义。

生改变。但是它们是改变的不可避免的前奏，因为意识——也即价值和道德观念——的改变乃是促使人们改变他们的社会体制和特征的驱动力。"[1]这种对社会体制改变的担忧或者说是恐惧在《资本主义文化矛盾》一书中有了更多的表露，他强调说正在发生的变化会是根本性的和灾难性的，是对体制的合理性和道德正当性——它们是维持社会的最根本性的东西——的冲击[2]。

贝尔发现当代资本主义社会文化矛盾的关键在于个人动机(individual motivation)和国家的道德宗旨(national moral purpose)之间的冲突。在提到美国的政治体制和经济体制之间的冲突后，他进一步指出："但是更深层次的和更麻烦的问题是社会的合法性问题，表现在个人动机和国家的道德宗旨上。正是在这个问题上文化矛盾——性格结构的断裂和各个社会结构领域的冲突——显得尤其突出。"[3]如果"个人动机"指个人对独立自我的憧憬和追求，那么"国家的道德宗旨"则提供了走向这种终极价值的保障。按照贝尔的观点，个人动机和国家的道德宗旨本该是和谐一致的，正是这种和谐一致的关系才构成社会体制，即资本主义本身的正当合理、合法性。作为一种社会的和经济的体制，贝尔指出资本主义在早期发展阶段表现了社会结构各个方面强有力的统一：一种个人气质(个人主义)，一种政治哲学(自由主义)，一种文化(现实性和功利主义相结合的早期资产阶级观念)以及一种性格结构(责任心，满足的延缓等等)[4]。如此这样的社会结构的统一使得"个人动机"和"国家的道德宗旨"能够趋向一致，结果是从经济的角度来说，这种统一使得资本主义作为一种社会体制获得了正当合理性。更重要的是，从文化的角度看，这种和谐一致的关系让个人感受到了存在的价值和意义，不管是超验意义上还是现实意义上的价值。这种价值感的核心便是人作为一个自立、自我约束、自我进取，具有理性的人的存在，而这正是文化资本主义的含义所在。换言之，资本主义不仅是一种经济体制，也是一种文化体系。用贝尔自己的话说，资本主义不但是一种经济组织形式，从文化的角度说，也是

①④ Daniel Bell, *The Coming of Post-industrial Society* (New York: Basic Books, Inc. Publishers, 1976), pp. xxi, 479.

②③ Daniel Bell, *The Cultural Contradictions of Capitalism* (New York: Basic Books, Inc., 1978), p. 83.

一种思想或精神形态[①]。这种思想形态则是建立在个人自由基础之上，"是对个人个性和自我利益重要性的证明，是对经济自由发挥的重要作用的肯定，其作用表现在通过自由市场实现了那些价值"[②]。经济自由的根基是对个人权利和自由的保障，正是后者使自由市场——资本主义价值观念的立足点——成为可能。至此，我们可以发现，贝尔努力要求证的也就是个人自由和建立在自立、自律基础上的自我的存在，以及这样一种观念对构建文化资本主义所起的关键作用。

事实上，如果对资本主义的起源进行一番考察，我们会发现这种个人自由和独立自律的自我的观念早在资本主义萌发时已初露端倪。早期资本主义被认为是一种道德形态，一种文化或者是意识形态，其着力强调的便是个人的自由。这个思想可在 R. 陶倪出版于 1926 年的《宗教与资本主义的起源》一书中得到印证。如同韦伯一样，陶倪发现资本主义的兴起与宗教，尤其卡尔文教以及它的一个特殊宗派清教有着紧密关系。如果说韦伯的重点放在宗教力量如何使得人们把工作当成了走向上帝的一个渠道，从而给其赋予了神圣的光芒，那么陶倪则更多地从这种宗教图景中挖掘出了社会和经济的价值观。早期清教徒的一个做法是把善事与信仰结合在一起，尤其是与他们所进行的经济活动结合在一起。其结果便是将信仰体现在日常生活中。于是，日常生活活动，特别是经济活动不但成为通向赎救的渠道，同时也成为了判断是否响应上帝之感召的道德评判标准。在这过程中，最关键的是从中发展出了与个人的责任有关的一种观念，陶倪称之为"个人主义"，在资本主义早期对个人社会地位的形成起到了至关重要的作用。陶倪指出，"它(个人主义)的重要性不是在于企图在人间建立一个'基督的天国'，而是树立一种个人品格和行为的理想，通过及时履行公共和个人责任和权利来实现这种理想。其主要内容是自律，其实际结果是自由。"[③]"个人品格理想"的基础是个人的权利和自由；陶倪认为，在经历了世俗化的过程后，这样的个人权利和自由的观念成为

---

① Daniel Bell, "Afterword", in *The Cultural Contradictions of Capitalism* (New York: Basic Books, Inc., 1996), p. 285.

② Daniel Bell, *The Coming of Post-industrial Society* (New York: Basic Books, Inc. Publishers, 1976), p. 481.

③ R. H. Tawney, *Religion and the Rise of Capitalism* (NY: The New American Library, 1926), p. 195.

了在日后的社会发展中最具影响力的东西。当然,在个人自由的观念背后始终有着强烈的宗教信念的支持,它成为了维系人的道德观的主要因素。

这种个人自由的观念与美国文化有着特殊的关联。自一开始,美国社会就主要是一个以新教为主导的社会。从这个角度讲,这种建立在新教、清教思想基础上的个人自由观念早已深深地融合进了美国人的生活方式中,并成为了主宰其头脑的主要意识形态之一。我们可以从早期清教徒把上帝的感召分化成两个方面这种既实际又极富智慧的信仰方式中窥见一斑。早期清教徒把上帝的感召化成两个部分,普适感召和特殊感召;[①]前者是指上帝对每个人的普遍感召,后者指上帝对每个人的不同角色的界定和要求。每个人在生活中要经历的不同角色是由上帝决定的,这可以指木匠或商人这样的职业,也可以指儿子或妻子这样的家庭角色。每个人应按照上帝的要求尽可能出色地完成其角色要求的工作,这就是对每个人的特殊感召,在做好自己的事情的同时,每个人还必须遵循上帝的普适感召,时刻准备走上被拯救的道路。这种把上帝的感召一分为二的做法加强了早期新英格兰地区政教合一的政权统治,但同时也赋予了个人在追寻自我权利和自由方面的主动性。这种追寻个人自由的观念在十八世纪经历了启蒙思想的洗礼后,在美国独立战争时期转化成了人性固有的因素,人性的本质被认为是由理性、道德感和良知组成的,[②]这种抽象的哲学语词很快又转化成了《独立宣言》中"自由、生命及对幸福的追求"这种有着强烈个人倾向的政治语汇。对于杰弗逊、汉密尔顿和亚当斯等这样的独立战争时期的启蒙思想先驱者们而言,人们对自由的追求是不言自明的、是人的不可分离的权利、是超离于任何逻辑和科学证明之外的真理。[③]在十八世纪后期和十九世纪上半叶,这种追求自由的观念被乔纳森·爱德华滋和拉尔富·爱默森融入到了他们各自的思想系统中去,对前者而言是清教复兴运动,在于后者则是对美国思想史产生深刻影响的超验主义。[④] 从清教思想到独立战争时期的启蒙思想,从爱德华滋的

---

① Alden T Vaughan, *The Puritan Tradition in America* 1620—1730 (NY: Harper & Row Publishers, 1972), p. 130.

②③ Russel Blaine Nye, *The Cultural Life of the New Nation*: 1776—1830 (New York: Harper & Row Publishers, 1960), pp. 22, 25.

④ 参见本书附录"自由的意义——超验主义思想探析"。

清教复兴运动再到爱默森的超验主义，一个不能绕过的中心便是追求个人自由的观念。需要指出的是，在美国文化里，这种个人自由的观念往往也会上升或演变为国家民族的理念和理想。清教思想研究专家，哈佛大学教授萨克文·伯维科奇指出，"在美国，个人的自立不仅仅是指个人获得财富和成功，也是体现了一种形而上的文化意义。"[①]这种所谓的文化意义也正是贝尔所言的"国家的道德宗旨"，它与"个人动机"的结合则恰恰正是文化资本主义的要旨所在。也正是在这个意义上，我们从贝尔的"文化矛盾"论中读出了（资本主义）社会存在的合理、合法性问题。

现在的问题是，从贝尔所揭示的文化矛盾的角度来看，这种合法性遇到了挑战。资本主义社会原有的"个人动机"与"国家道德宗旨"间的和谐出现了问题，其结果是人的自由也成为了问题。于是，我们又回到了文化矛盾本身。

如果我们重温上述所引的贝尔对文化矛盾的界定，我们发现贝尔把矛盾的渊源归咎为资本主义经济体系本身。从渊源上说，贝尔指出，资本主义的萌发除了与宗教上的"禁欲主义"（asceticism）有关外，还有另外一个因素不应忽视，即"贪婪攫取性"（acquisitiveness）。[②] 如果说前者给予了宗教意义上的精神支柱，那么后者提供了经济意义上的生产和谋求利润的推动力。在一个很长的时间里，这两个因素互相融合，互相牵制促进了资本主义的经济和文化的发展。但是在现代条件下，这种情况发生了变化。由此，我们可以看出贝尔所归咎的经济体系指的是现代资本主义经济运作方式，他援引为"新资本主义"。我们可以从他的另一个对文化矛盾更为直接的表述中，看出他的责备："新资本主义（这种称呼最早在1920年代使用）在生产领域——尤其是工作领域——继续着对新教伦理价值的要求，但在消费领域却在要求着快乐、享受和娱乐原则。"[③]在这里，贝尔把消费视为整个经济体系的一部分。经济需要消费的刺激，但同

---

① Sacavan Bercovitch, *The American Jeremiad* (Madison: The University of Wisconsin Press, 1978), p.139.

② 见 Daniel Bell, *The Cultural Contradictions of Capitalism* (New York: Basic Books, Inc., 1978), p.xviii. 参见赵一凡"丹尼尔·贝尔和当代资本主义文化批评"，收录在赵一凡著，《美国文化批评集》，三联书店，1994，p.12.

③ Daniel Bell, *The Cultural Contradictions of Capitalism* (New York: Basic Books, Inc., 1978), p.75.

时也带来了矛盾(下文对此有更详细的论述),因为消费不仅仅是经济行为,也是文化行为方式。如前所述,享乐主义的生活方式最终会带来道德的崩溃,以致影响整个资本主义社会体制本身,而其中的关键之处便是与这种体制与生俱来的人的自由观念的丧失。可见,这仍是一个文化问题。在指出矛盾的经济渊源后,贝尔把批判的锋芒对准了文化本身,尤其是现代主义或现代文化,这当然与他自称的文化保守主义的身份是相符的。[①]从他对现代文化的批判中,我们同时也看到了自由概念本身在当代条件下的悖论。

贝尔认为现代文化的主要问题是对个人的过度的关注,他将此表述为"现代性的双重束缚"。贝尔指出:"现代性的根本要旨,那个贯穿自十六世纪以来整个西方文明的主线在于这样一个概念,即组成社会的单位不是集体,不是行业,不是部落,也不是城市,而是那个个人。"[②]但正是这个被赋予了现代性要义——自由——的个人在贝尔的眼里成为了当代资本主义社会文化矛盾的主因,成为了一个"反理性,反智性"的一切皆以自我感受为判断标准的其行为已影响社会体制本身的自我中心主义者(贝尔在《文化矛盾》一书中花了很大篇幅批判二十世纪六十年代文学艺术中表露出的自我中心主义倾向)。其所作所为都是为了"自我表达"和"自我满足,"[③]而这两个现代文化要素的基点恰恰正是个人自由这个观念。至此,自由概念的悖论昭然若揭:"自由"这个资本主义体制的文化和精神要素和立本之源现在却成为了对这个社会的体制和存在提出挑战、产生危险的源头。

所谓的对个人过度的关注,其实与很多学者提到的"极端个人主义"是一个意思(贝尔本人也有所提及)。如同贝尔一样,一些社会学者和文化批评者也看到了美国式的建立在自由观念基础上的个人主义在走向极端后对社会产生的负面影响。也是哈佛大学教授的社会学家,菲利普·斯赖特出版于1970年的《追寻孤独:转折时期的美国文化》一书剖析了个人与社会在美国文化中的关系,从中发现了互相对立的趋势,而这种趋

---

① 贝尔在1978版的《资本主义文化矛盾》的序言中说他是在经济方面的社会主义者,政治领域的自由主义者,文化方面的保守主义者。见 Daniel Bell, *The Cultural Contradictions of Capitalism* (New York: Basic Boos, Inc.,1978), p. xi.

②③ Daniel Bell, *The Cultural Contradictions of Capitalism* (New York: Basic Books, Inc., 1978), p. 83, p. xviii, 参见中译本,赵一凡等译,《资本主义文化矛盾》,三联书店,1989。

势则在自二十世纪六十年代开始的"新文化"中达到了顶峰。[1] 另一位被称为有着左翼倾向的学者克里斯托福·拉萨在其于1979年出版的文化和社会批评著作《自恋的文化：体验衰落时代的美国生活》一书中则将美国式的极端个人主义称为是一种自恋的文化，并讥讽为"个人主义的登峰造极"，[2]其结果是文化的式微和社会矛盾的层出不穷。如果说在陶倪那里"个人主义"在资本主义早期对自由观念的形成起到了始作俑者的作用，并由此衍生出建立在自由市场基础上的资本主义经济和文化体制本身，而经济和文化体制的确立及其和谐发展则更进一步深化和巩固了"个人主义"和自由的观念，正所谓贝尔所说的"个人动机"与"国家的道德宗旨"的结合，那么在当代条件下，它却正在走向其反面，走到了对这种结合造成威胁的地步。体制若不在，精神若变得虚幻，何谈个人自由？由社会学家罗伯特·贝勒等学者主编的出版于1986年的《心灵习性》一书同样也看到了"极端个人主义"的危险，称美国式的个人主义"或许产生了癌变"。[3] 此书的作者们还追寻了个人主义在美国历史中的渊源，认为在其萌发阶段存在着来自《圣经》的宗教思想和启蒙思想家的共和理想的影响，这与贝尔所指的新教伦理和清教道德有着同样的背景。如前所述，在贝尔看来，文化矛盾的一个直接原因（也是后果）正是道德的衰落。

贝尔从社会结构（经济的和文化的）的冲突入手剖析文化矛盾的形成，重点放在文化及生活方式与社会体制的矛盾上，由此导出自由的悖论这个议题。尽管他指出矛盾的根源在于经济体制本身，但重点放在文化分析上。相比之下，在早于贝尔二十年前，社会学家C.赖特·米尔斯从分析当代经济结构及与之相关的社会阶层关系的变化入手更为直接地触及到了自由的丧失问题。

米尔斯的著作名为《白领：美国中产阶级》，出版于1951年。米尔斯发现在战后五十年代的美国一个新的社会阶层正在形成，他称之为"新中产阶级"。他把那些属于新中产阶级的人形容为"小人物"，并给他们画了

---

① Philip Slater, *The Pursuit of Loneliness—American Culture at The Breaking Point* (Boston: Beacon Press, 1970), pp. 25, 90.

② Christopher Lasch, *The Culture of Narcissism: American Life in an Age of Diminishing Experience* (New York: Warner Books, 1979), p. 127.

③ Robert Bella, et al. *Habits of the Heart: Individualism and Commitment in American Life* (Berkeley, Los Angeles: University of California Press, 1985), p. viii.

一幅非常贴切的肖像画："(他们)总是隶属于别人的人,是公司的人,政府的人,军队的人,这样的人被认为是没有自己立足点的人。"①更重要的是,这些"小人物"似乎没有自己的根,生活没有明确的目标和中心,不知道自己要走向哪儿,"他总是那么慌里慌张,也许是因为他不知道让他害怕的是什么,但他却被恐惧整得不知所措。"② 毋庸多言,个人自由观念所指向的自立、自律、自我进取的个人的形象在米尔斯的新中产阶级肖像画里荡然无存。米尔斯认为,新中产阶级产生的根源是财产所有权的变化。

如果说以往的中产阶级大多是一些拥有财产、自我雇佣的人,那么新中产阶级则是一些没有财产的被雇佣者。对米尔斯而言,这个看似简单的变化却有着深刻的社会意义,因为随之而来的是财产和工作之统一这种从生活角度构成自由的基本内容的终止,而更为重要的是,这种生活内容的变化不仅对生活目标而且还对心理导向产生严重影响。换言之,自由的丧失不但但是指独立的谋生手段的丧失,而更是指一种文化理想的丧失。而导致这种情况发生的也正是现代资本主义经济体制本身;后工业社会里,大公司的出现直接导致了原有的中产阶级发生分化,越来越多的人失去了财产所有权,成为了被雇佣大军中的一员,加入了米勒斯所说的"小人物"的行列。

如同贝尔一样,米勒斯也从"工作"的内涵出发来分析上述变化带来的本质意义。从财产所有权的转移中,米勒斯除了发现贝尔提到的工作与新教伦理精神指向的救赎的分裂外,还更进一步揭示了工作与快乐的分离。米勒斯所说的快乐不是贝尔所谓的享乐主义的快乐,而是从人文主义的角度赋予工作的一种本质意义。在他眼里,工作是人实现其目标的一个方式,人在这个过程中感受到了希望和快乐,也就是说,在工作中,人如同上帝一样成为了一个创造者和主人,但这一切都是建立在个人是个人财产拥有者的基础上的。随着财产所有权的改变,工作固有的快乐本质不复存在,更奢谈自由、自立、自律的人的存在。米尔斯指出,"不再能自由地安排自己的工作,更没有自由来调整与自己相关的计划,个人因

①② C. Wright Mills, *White Collar*: *The American Middle Classes* (New York: Oxford University Press, 1951), pp. xii, xvi.

此在很大程度上在工作中成为了一个被控制和被操作的人。”[1]这也正是新中产阶级“小人物”因此而“诞生”的根本原因。

无独有偶,类似的看法也出现在二十世纪五十年代轰动一时的题为《组织人》的书中。作者威廉·怀特把目光集中在大公司工作的人身上,将其称为“组织人”,其特点是背离自己与他人保持一致。[2] 怀特认为这种“外向型”的性格是大公司作用在个人身上的结果。而在二十世纪五十年代另外一本研究美国人性格的社会学畅销书作者大卫·里斯曼看来,这样的性格正是战后美国人的确切写照。他的著作名为《孤独的一群:变化中的美国人性格研究》。从某种意义上来说,他总结出的“外向型”性格与贝尔所要求证的以个人自由为主要内涵的自立、自律的个人形象形成鲜明对照。里斯曼发现,“人生来是自由和平等这个概念一方面是真的,另一方面也会起误导作用;应该说人生来是不同的。他们追寻自由和自律,但在寻求与他人保持一样的过程中,丧失了自由和个人的自律。”[3]

如果上述所引社会学家从经济和文化的角度探讨了当代条件下“自由”观念面临的困境,那么像马尔库斯这样的哲学家在其寻求当代社会出路的著作中也涉及到了同样的问题。在二十世纪六十年代出版的被很多青年人奉为新文化《圣经》的《单向度的人》一书伊始,马尔库斯就描述了发达工业社会里一种貌似自由,实为非自由的景象:“一种舒适、顺畅、合理的、民主化的非自由在发达工业文明中蔓延,这正是技术进步的征兆。”[4]在他看来,非自由的一个迹象是“虚假需求”。马尔库斯指出,人们许许多多的需求,如寻找放松的感觉和快乐的方式,人们行为和消费的方式等都属于这种“虚假需求”的范畴。人们“爱的和恨的也正是他人爱的和恨的”[5]。“虚假需求”是由社会利益集团强加给个人的,而整个社会的所谓主流意识形态也正是建立在这种“虚假需求”之上。其结果是,由此萌发出的“虚假意识”成为了真正的意识,而这正是消费社会的一个主要

① C. Wright Mills, *White Collar: The American Middle Classes* (New York: Oxford University Press, 1951), p.220.

② William H. Whyte, *The Organization Man* (NY: Simon & Schuster, 1956), pp.3—14.

③ David Riesman, *The Lonely Crowd: A Study of Changing American Character* (New Haven & London, Yale University Press, 1950), p.373.

④⑤ Herbert Marcuser, *One-dimensional Man* (Boston: Beacon Press, 1964), pp.1, 3.

文化特征。

消费社会是现代资本主义经济发展的一个必然结果。对贝尔而言，支配消费社会的消费文化乃是享乐主义生活方式，或者说是休闲原则代替了工作伦理原则。不管怎样，在消费文化下，以个人自由观念为核心的文化资本主义的合理性遭遇到了更多的质疑，其悖论更显突出。

现代消费文化表达的首先是一种指向自由的现代性理想。消费者被想象为一个自由的个人，可以“通过自由选择来实现其意图。”[①]这样一种消费者形象似乎尤其契合于美国社会。在美国，消费文化开始于 1920 年代，但要到 50 年代才蔚为大观，且时常与个人自由的观念挂起钩来。历史学家，《美国的自由的故事》一书的作者艾里克·佛讷写道：“在 1950 年代，自由被完完全全地等同于消费资本主义。”[②]他在书中援引当时的原子能委员会主席大卫·李联索的话说：“所谓自由，我认为主要就是指最大可能地选择自由，是消费者在花美元时所拥有的最广泛的选择。”[③]这当然不仅仅是他个人的看法。《美丽家庭》一份针对中产阶级妇女的杂志在 1953 年则宣称，美国人已经达到了自由的一个新的水平，并且对“追求幸福和个人价值的实现”这些传统价值观赋予了新的含义，在世界文明历史上，美国人比任何一个民族的人有更多的可能成为一个自立的人。[④]但是在这种貌似美好的图景背后却蕴涵着深刻的矛盾。消费者无止境的永不满足的需求本身就是一种文化矛盾。唐·司赖特在《消费文化和现代性》一书中指出：“一方面，经济的现代化是由纪律约束的合理规划和由工作伦理支撑的劳动为其特征，另一方面，从结构上来说，其本身又要依赖于非理性的欲望和习性的养成，后者正是建立在享乐主义之上的欲望满足取向，其结果必然严重削弱经济现代化本身。”[⑤]显然，司赖特对消费文化矛盾的表述与贝尔关于当代资本主义文化矛盾的分析何其相似。不言而喻，贝尔和司赖特的一个共同焦虑是个人自由往往伴随着社会秩序的潜在混乱。在这种状况下，消费到底能赋予个人多少自由确实是一个问题。

---

① Don Slater, *Consumer Culture and Modernity* (London: Polity Press, 1987), p. 23.

②③④ Eric Foner, *The Story of American Freedom* (New York: W. W. Norton & Company, 1998), pp. 262, 264.

⑤ Don Slater, *Consumer Culture and Modernity* (London: Polity Press, 1987), p. 29.

从另一方面说,这种焦虑并不是没有根据。在消费社会中,个人的自由是由消费品的制造者们来确定的。现代资本主义经济制度不仅是把人变成了“物”(贝尔语)或者“小人物”(米尔斯语),而且还变成了可以被制造的商品。早在1920年代,一些企业主和制造商们就看到了在消费者中培养消费习惯的必要。一本以刊登广告为主的杂志登载了一位企业主的这么一句话:“现代工业的机器不仅要让这成为可能,而且要成为必然,那就是大众应享有一种舒适、休闲的生活,而企业的未来则在于不单是制造产品而且是制造消费者的能力。”[①]可以想象,被制造出来的消费者尚有多少可以支配的个人自由。

一方面是消费者与经济机制形成了一个整体,另一方面又存在着贝尔和斯赖特所言的至少是理论上的文化矛盾。以享乐主义为主的消费生活方式是与传统的以新教伦理为主的生活观念相违背的。要解决这个矛盾,就须在理论和文化观念上表明享乐主义的生活方式是可以被接受的。也就是说,商品的制造者们须从消费者的动机上做点文章。从这个意义上说,消费心理专家迪西特博士在50年代的一番话点中了要害:

> 我们现在面临的问题是要让普通美国人感到即使他是在嬉闹调情、或者是总在花钱而没有存钱、更或者是一年休两次假、买了第二辆或者是第三辆车时,他也是符合道德的。我们现在社会繁荣的一个基本要题是让人们有足够理由享用这种繁荣,并证明这样做是对的,应该得到支持,我们要表明的是享乐主义生活态度是道德的,而不是非道德的。要允许消费者自由自在地享受其生活,要表明他拥有众多的商品这样的行为是对的,这些东西会丰富他的生活,给他带来快乐。这种做法必须要成为每一个广告展示、每一个促销计划的中心主题之一。[②]

很显然,迪西特的这些话是针对美国社会传统的新教伦理精神和清教文化而言的,中心要旨便是要证明享乐主义生活方式是道德的。如果说这种生活方式与传统观念有不同的地方,那么在新的经济条件下,则应该用新的道德观念来衡量这种生活态度,这也就是贝尔曾经批判过的“享

---

① Stuart Ewen, *Captains of Consciousness: Advertising and the Social Roots of the Consumer Culture*(NY: Mcgraw-Hill Book Company, 1976), p.53.

② Vance Packard, *The Hidden Persuaders* (NY: David Mckay Company, 1967), p.263.

乐道德观”(fun morality)。[1] 其指向的生活终极目标是“乐”本身,而不是传统的救赎。当然,作为一个研究消费的心理学家,迪西特不会像贝尔那样做深刻的文化和思想思考。他的目的只在于让消费更好地为利润服务,这在上述引文的最后一句话里表达的再清楚不过了。问题的关键不仅仅在于证明消费的道德性,而更在于通过鼓吹消费道德的存在而将消费者纳入整个经济运行的机制中。正如鲍德利亚所说的那样,“消费的真实性在于它具有的生产的功能。”[2]对鲍德利亚而言,“生产”不单指物质生产的过程,也是社会和经济体制重复进行的过程。消费的道德性扮演了推动社会和经济体制前进的角色,正如新教伦理所宣扬的理性和纪律约束的道德原则在资本主义早期对社会和经济所起的作用。于是乎,我们似乎看到了“个人的动机”与“国家的道德宗旨”非但没有如贝尔所言的那样分裂,而是在“新”的道德层次上得到了统一。换言之,贝尔所说的文化矛盾最终在消费文化里找到了出路。而所有这一切都建立在消费者在消费行为中获得自由这一“事实”上。

自然,所有这一切仅仅是虚幻而已。在消费文化为主导的当代社会里,自由从不是由个人创立的,而是被强加到其头上的。我们知道自由观念的萌发是与个人自主意识的觉悟相关的,而在消费文化里,情况似乎并不如此。我们还是来看看鲍德利亚是怎样来戳穿这一虚幻的真实的。他指出:“消费是一种集体的和主动的行为,是一种强制、一种道德和一种体制。它完完全全是一个价值体系,而这一切都是与群体融合和社会控制有关。”[3]他所说的“主动”当然是来自非个人的生产操作者的“主动”,而“体制”则是浸透了消费文化体验——自由的选择——的“体制”,也就是说,在消费过程中,个人早已经成为了体制的一部分,失去了个人意识,成为了被制造者和被控制者,尽管感觉使得个人从没有怀疑是行为的主动者,乃至似乎一切皆以个人判断为标准,一切皆以个人意识为中心。于是,我们又再一次回到了贝尔的“文化矛盾”之中,是个人出了问题,还是体制出了问题,还是都有问题?

---

① Daniel Bell, *The Cultural Contradictions of Capitalism* (New York: Basic Books, Inc., 1978), p.71.

②③ Mark Poster, ed. *Selected Writings of Jean Baudrillard* (Standford University Press, 1988), pp.46, 49.

第二章　道德、真实、神学：厄普代克小说中的宗教*

在当代美国作家中，厄普代克以出色地描写中产阶级生活而闻名。而就主题来说，宗教则是其小说中永恒的主题之一，从1958年发表的第一部长篇小说《平民院义卖》到几十年后的1997年问世的第十九部小说《走向时间的结束》，几乎大多数重要的作品都会在一定程度上涉及宗教，具体地说是基督教。这当然与他的生活背景，信仰和作为一个作家对世界的看法有关。厄普代克曾多次提到宗教与他出身背景的关系。他祖父曾做过一段时间的牧师，他自己早年的宗教背景是新教中的路德教派，晚年改为圣公会教派。教堂在他记忆中与他的生活密切相关，一直到晚年都是他经常去的地方。他本人也多次声称是一个基督徒，经常提到自己作品中的宗教因素。但是另一方面，他并不承认自己的作品属于基督教艺术范围。在1976年的一次采访中，当被问到他的写作与基督教艺术的关系时，他这样说道："但是我从来没有把我的作品看成是基督教艺术。我的作品有基督教因素，仅仅是因为我的信仰促使我说出真实的东西，不管这有多么痛苦，多么不便，同时这也让我坚信这样一个希望，那就是，真实——现实——是好的。不管是好的还是不好的，只有真实才是有用的。"①

这段话说出了厄普代克作为一个作家对写作的看法，可以说是他的创作观的体现。在长达几十年的写作生涯中，他曾尝试过各种写作手法，但总的来说，厄普代克仍属于现实主义作家。需要指出的是，厄普代克的现实观与其宗教信仰有很深的关系，可以说他对现实的看法是建立在其

---

* 本文原载于《国外文学》2007年第1期

① James Plath, ed. *Conversations with John Updike* (Jackson: University Press of Mississippi, 1994), p.104.

宗教信仰基础上的。就像他在上诉引文中说的那样，如果说他的作品讲述了真实的东西，那是因为他的信仰促使他去这么做。在1978年进行的一次访谈中，他重申了他眼中作家的“道德观”与表现现实的关系：“(但是)我认为作为一个作家，最重要的道德观是尽量要写得确切，要讲述你所知道的真实，而不是像牧师在教坛上布道那样。”[1]这可以看成是他对那种充满“道德教义”的作品的反感。之所以会引出“道德观”的话题是因为厄普代克的小说往往充满很多性场面的描写，有些描述非常详尽，以致招来了色情描写的嫌疑。自然，在一些读者和评论者看来，这似乎是有悖于一个作家的社会道德责任。但在厄普代克看来，他只是在讲述真实而已，同样，这样的讲述是其信仰驱使的结果，这当然应是“道德”的。实际上，这里涉及的问题的本质是，“道德观”和“真实观”在厄普代克笔下是如何共生共在，相互依存，甚至是合二为一的。而这同样源于厄普代克的宗教观念。

宗教观念形成自然与他的家庭背景有关，但更重要的是来自他对神学理论的兴趣和有意识地吸收。厄普代克是一个学者型作家，在创作小说、诗歌、散文等文学作品的同时，他还写了大量的评论、书评、杂记等。他的创作不仅基于他对生活的观察、思考，而且还来源于大量的阅读引发的灵感。对于神学著作的兴趣和阅读则对其宗教观念的形成以及对现实世界的看法有着至关重要的影响。对厄普代克影响最大的是二十世纪神学家卡尔·巴特的新正统主义神学思想。厄普代克曾一再提到巴特对他思想和创作的影响。在很大程度上，我们不仅可以从他的宗教观念而且也可以从他笔下人物的言行中看到巴特的影子。巴特给予了他创作的灵感，可以说没有巴特的影响，他的作品也许就完全是另一种样子。

在二十世纪六十年代初，厄普代克开始大量阅读巴特的神学著作。在1989年出版的自传体散文著作《自我意识》一书中，他讲述了倾心巴特的缘由。他是在1960年写作《兔子，跑吧》时接触到巴特的。那个时候，他被诊断出可能患有肺气肿，尽管后来再次诊断表明情况良好，但这次小小的身体不适却让他感到了身体中“死亡”阴影的存在，以后的一些日子

---

① James Plath, ed. *Conversations with John Updike* (Jackson: University Press of Mississippi, 1994), p.120.

里，情绪也变得郁闷、压抑起来，阅读巴特给他“带来了清新空气”，[①]让他看到了“光明”。换句话说，他从巴特那里看到了“被拯救的”希望。在一次访谈中，他这么提到巴特给他的感觉：“巴特的思想非常确定，很有学识，说了我需要听的东西，确实如此，那就是，我们中有些东西是不会死的，我们是靠信仰活着，信仰是我们生活的唯一依赖——或多或少是这样的，他当然不光是说了这些东西，但是他提到的与我的路德教背景是相应的，他让我继续往前走。”[②]巴特从精神上给予了厄普代克克服“死亡”阴影的勇气。厄普代克尽管不像那些虔诚的基督徒那样笃信死后进天堂，但是，人生的意义，尤其是人的一生不管怎样，不管做什么，最终是以死亡结束，这样一种人的“必死性”(mortality)的人生逻辑在于他是不能接受的。要超越“必死性”就需要一种信仰，能够指向生活的终极意义。这也正是宗教能够提供的一个基本内容。厄普代克从巴特的神学中找到了这样的信仰。巴特“信仰是生活唯一依赖”的神学观念自二十世纪六十年代开始深刻地影响了厄普代克的宗教观、世界观以及创作观，在一段时间里，巴特似乎成为了他写作的重要内容之一，作品中的一些人物也成为了“巴特式的人物”。

巴特的神学思想主要内容是什么？厄普代克又从巴特的思想里吸收了哪些有用的东西？卡尔·巴特是二十世纪最重要的神学家之一。巴特1886年出生在瑞士西北部城市巴塞尔，父亲是牧师和神学教授。巴特年轻时曾在伯尔尼、柏林、图宾根等地学习神学，后在歌廷根、波恩等处当神学教授。二十世纪三十年代初因反对纳粹、拒绝向希特勒效忠被驱逐出德国回到瑞士老家。此后一直在那儿教书、写作，1968年逝世。巴特的神学被称为新正统主义神学。其主要指向是恢复神学中的圣保罗和路德的虔信传统。在巴特看来，自十九世纪以来，神学已脱离了上帝和耶稣基督的中心，变成了人手中的一个工具，人类学成为了神学研究的重要手段和主要内容，其结果是神学成为了像哲学一样的学科而已。巴特反对的是自然神学和自由主义神学，前者宣称的是人与上帝结合的教义[③]，后者

① John Updike, *Self-Consciousness* (New York: Alfred A. Knopf, 1989), p. 98.

② James Plath, ed. *Conversations with John Updike* (Jackson: University Press of Mississippi, 1994), p. 102.

③ Karl Barth, ed. Helmut Gollwitzer, *Church Dogmatics* (Lousville, Kentucky, Westiminster John Knox Press, 1994), p. 51.

宣扬的是依赖于哲学、科学和文化的神学。[①] 两者的共同之处在于用人的作用来替代上帝的作用，在讲述上帝的同时更多的是在讲述人自己。用巴特自己的话来说，“我们不能只是通过大声地宣扬人自己而讲述上帝”。[②] 巴特着重强调的是向着人类自我启示的、给予人恩典的、但同时不为人所接近的、不可知的上帝，这也就是很多学者所说的巴特的“辩证神学”。厄普代克在1962年为巴特的一本神学著作写的书评中也谈到了这种“辩证神学”：

> 他的神学有两种面孔——“不”和“是”两个部分。“不”部分于1919年为世人所知，其时，巴特那本充满激情的关于《圣经》中“罗马人书”的著作刚刚出版，“不”部分的思想针对的是基督教中那些自然的、人文主义的、去神话的和伦理为主的内容，这些都是德国新教从十九世纪继承下来的传统。在巴特看来，自由派的教会笃信的是“我们试图通过在绝望和自大中树立起通天塔以便能够接近的上帝，是那个充斥了人的正当性，道德，国家，文明，或者个人的或非个人的、神秘的、哲学的上帝，一个起着天真背景作用的、如圣人般帮助人的上帝……但是，这样的上帝完全是一个非正当的上帝，对我们而言，现在正是揭开我们的真实面貌的时候了，我们其实完完全全是一些怀疑者，不确定者，嘲讽者以及无神论者。”真正的上帝，那个不是由人所发明的上帝，是一个他者——完全的他者。我们不能够及到他，只有他能够及到我们。通过《圣经》所讲的耶稣基督的启示他做到了这一点。巴特的“是”部分思想是对传统基督教教义的充分肯定，有时甚至是以非常激进的形式出现的（比如，他的唯信仰论中的无所不包的关于上帝恩典的教义）。[③]

从上述引文可以看出，厄普代克对巴特的研究还是很深的，得出的结论也与很多学者的理解是一致的，尽管他的表述有点过于简单化。我们现在要说明的是巴特的“辩证神学”究竟给了厄普代克什么样的影响？诚然，正如厄普代克自己所言，巴特的思想与他自己路德教的宗教背景有相

---

① Derek Michaud, “The Theology of Karl Barth (2003)”, p. 2, in *Boston Collaborative Encyclopedia of Western Theology*, people. bu. edu/wwildman/ courses/mwt/dictionary/mwt_themes. htm-43k, 2006, 2,15.

② Karl Barth, *The World of God and the Word of Man*, trans. Douglas Horton (London: Hodder & Stoughton, 1935), p. 19 [参见 Paul E. Capetz, *God: A Brief History* (Minneapolis: Fortress, 2003), p. 136].

③ John Updike, “Faith in Search of Understanding”, in *Assorted Prose* (New York, Alfred A. Knopf, 1965), p. 274.

应的地方。从本质上说，巴特的“上帝是完全的他者”的信条是路德虔信原则的延续，是唯信仰论在现代条件下的翻版。从这个意义上说，厄普代克对巴特一见倾心也是自然的。但是，从另一方面看，让厄普代克对巴特爱不释手的一个原因更在于他认为巴特的“辩证哲学”使人们（至少他自己）获得了一种自由的感觉。

这需要从巴特神学与社会伦理准则的关系谈起。正如上述提到的，巴特反对的是自然神学和自由主义神学，而实际上，这不仅仅是出于神学研究的不同态度和取向，更是针对社会现实的有感而发。宗教是道德的基石，基督教更是与西方道德的建立与维持息息相关。但是，到底在多大程度上，宗教教义与道德达到了一致，道德又在多大程度上体现了宗教的精神？从一个神学家的角度，巴特看到了道德的虚为以及宗教的无能。他发出了这样的感言：“这个世界充满了道德，但是我们从它那儿到底得到了什么？……我们生活中发生的最大的罪行——我是说资本主义的秩序和这场战争——却可以在纯粹道德原则的基础上证明它们是正确的，这难道不是值得关注的事情吗？”[①]巴特指的是第一次世界大战，这场有史以来空前规模的人类残杀，在巴特看来正是在维护人类道德的名义下进行的；这样的道德事实上是对宗教精神的极大讽刺。而之所以会产生这种结果，是因为宗教包括神学远离了上帝及其旨意，不是人听从上帝的话，顺从上帝旨意，而是利用上帝的话为自己说话，为自己树立权威，这种情况的一个必然结果便是人类社会的道德只是为着人自己的目的，与上帝的旨意有很多出入，甚至格格不入。有鉴于此，巴特提出了上帝是“完全的他者”的概念，目的是把上帝与人自己区分开来，“上帝就是上帝”，[②]上帝并不是人想象中的上帝，也不是人可以想象的，更不是人可以够及到的。上帝向人启示自己，而不是反之。用通俗的话说就是，上帝是不可理喻的，是极其严厉的，也就是厄普代克所说的一个说“不”的上帝。巴特提出这个概念是想要确立上帝的独立性和唯一性，确定人类世界以外的上帝的世界，改变人的狂妄自大，恢复其在上帝面前的卑微和谦恭，重新确

---

① Karl Barth, *The World of God and the Word of Man*, trans. Douglas Horton (London: Hodder & Stoughton, 1935), p. 17.

② Karl Barth, *The World of God and the Word of Man*, trans. Douglas Horton (London: Hodder & Stoughton, 1935) (Minneapolis: Fortress, 2003), pp. 136, 48.

立上帝和人自己的关系。巴特这个概念的一个实际效果则是唯信论的重新确定,即信仰高于一切,唯有信仰才支撑我们的生活。唯信论出自基督教早期保罗宣扬的信仰高于律法的教义,[1]后在宗教改革中得到路德的再次肯定和张扬,路德所谓的信仰高于善事与保罗的思想是一致的。[2]巴特的上帝是"完全的他者"的提法在很多人看来显得更为激进,这当然也是因为他面临的宗教的困境以及与道德的矛盾更为突出。对巴特而言,道德问题的实质是人的永生问题。道德仅仅是人自己制定的涉及人的存在的东西,其起始点是人,终极点仍是人。他指出:"当道德问题面临时,我们开始觉察到完善的生活会是什么样的,但是,就我们而言,除了死亡以外,这又能指什么?我们开始营造那种生活,但是最终的结果除了一步一步走向死亡又会是什么?"[3]在某种意义上说,道德可以给予的只是指向人的生活的"不可能",用巴特自己的话说就是:"道德问题包含的一个秘密,就是我们所知道的人在这个世界里的生活只是一种不可能。在上帝的眼里,人最终要灭亡。"[4]巴特讲的当然不只是人的物质身体的灭亡,而是人生意义的虚幻和短暂。要超越生命意义的虚幻唯有信仰,对上帝的绝对信仰。信仰只涉及与上帝的关系,而非其他,包括道德。在谈到信仰是什么时,巴特引用《圣经》中使徒们经常说的话加以说明:"'主啊,我相信,请助我相信'"。[5]简而言之,信仰就是相信上帝,相信上帝的自我启示,相信耶稣的复活。信仰帮助信仰的人获得永生。

与此同时,巴特并不是说人因此不会死亡,恰恰相反,只有在死亡中人才能看到永生,看到上帝的恩典,[6]而这同样只有通过信仰才能达到。由此,我们涉及到了巴特辩证神学的另一面,即上帝的"人性",[7]用厄普代克的话说就是巴特神学中上帝说"是"的那一部分思想。巴特讨论其神

---

① 见《新约》"罗马人书"(Romans) 1:17(跟上帝和好的人一定藉着信仰得到真生命),参见,Wayne A. Meeks, ed. *The Writings of St. Paul* (New York & London: W. W. Norton & Company, 1972), p. 215.

② 见 Martin Luther, "The Freedom of A Christian", 收入 Wayne A. Meeks, ed. *The Writings of St. Paul* (New York & London: W. W. Norton & Company, 1972), pp. 119—129.

③④⑤⑥ Karl Barth, *The World of God and the Word of Man*, trans. Douglas Horton (London: Hodder & Stoughton, 1935) (Minneapolis: Fortress, 2003), pp. 139, 140, 179, 169.

⑦ Derek Michaud, "The Theology of Karl Barth (2003)", p. 4, in *Boston Collaborative Encyclopedia of Western Theology*, people. bu. edu/wwildman/ courses/mwt/dictionary/mwt_themes. htm - 43k, 2006, 2,15.

学的一个出发点是上帝的自我启示，上帝的自我启示给人类带来福音。这里包含两个方面的内容，一方面，如前所述，上帝的启示是自我启示，不由人的意志所支配，这种启示是上帝向着人类，而不是反之，也就是说并不是因为人类有了这个欲望，于是就有了上帝。这也是上帝是“完全的他者”的意思，另一方面，上帝是这个世界的造物主，上帝给予人无限的爱，上帝并不会因为人有这样那样的在上帝眼中是罪的行为就抛弃人，相反，只要有信仰，所有的人都能得到拯救。这就是巴特神学中上帝显示的“人性”，它尤其体现在巴特对耶稣的推崇上。在巴特看来，没有耶稣上帝就无法理解，而如果没有耶稣的人性，耶稣也就无法理解。巴特所说的耶稣的人性主要是指上帝让耶稣通过自己的死亡而肩负人类的罪恶从而使人类获得拯救的希望，从中得出的一个“好的消息”便是“上帝是和人在一起的”。[①] 有些学者认为巴特神学实际上就是激进的耶稣中心主义，这在晚期巴特身上表现的尤其明显，这是因为巴特要在早期上帝的“他性”的基础上做一个侧重点的转移，但其辩证统一的精神并没有改变。

那么，巴特的“辩证神学”又是如何给予人们一种自由的感觉呢？换言之，我们如何能够把巴特的神学思想和现实生活联系在一起，或者说巴特的“辩证”思想可以如何影响我们对周围世界和生活的看法（至少从厄普代克的角度来看）？首先，巴特关于上帝的“他性”的陈述以及由此引出的唯信论使个人获得了行动自由的可能。一方面，上帝不为人所接近，另一方面，只要有信仰就能得救，这样一个看似矛盾的思想却隐含着一种内在逻辑，那就是，在信仰的前提下，人是自由的，人的行为是自己选择的，同时，每一个人要为自己行为的结果负责，上帝并不为其行为负责；而另一方面，信仰的基础是对上帝创造这个世界的相信，是来源于上帝对人的无限热爱，这种“上帝之爱”或者说“恩典”更是给予了人自由行动的信心。尽管上帝并不为人的行为负责，但因为有信仰，不管其行为如何，人不会被上帝所抛弃。因此，信仰不仅确认了个人的自由意志，而且也提升了个人的自主意识，从与现实的关系来说，这种自由意志和自主意识成为了个人在与现实的冲突中认识并维持自我身份意识的一种重要后盾。

厄普代克在谈到巴特与其自己的宗教观念的关系时说过一段非常值得我们注意的话：“就像我曾经说过的那样，我的宗教情感主要建立在上

① Paul E. Capetz, *God*: *A Brief History* (Minneapolis: Fortress, 2003), p.137.

帝是造物主这个层面上，这对于我来说是非常真切的，其次就是人的自我身份，那种神秘的不能被抹却的感觉，与之同时害怕成为虚幻或者是被压制。”[①]显然，厄普代克是在套用巴特的“不”和“是”的神学思想来说明他的宗教观念。如果说对上帝是造物主的相信让他获得了对上帝的信仰，那么这种信仰的一个落脚点则是在于对自我的关注。信仰使得自我获得了存在的可能和意义。

信仰与自我存在的关系是厄普代克从巴特神学中得到的一个重要启示。如果说这种启示涉及的是人与上帝间的关系以及由此引出的人与社会的关系，那么厄普代克获得的另一个启示则是表现在对这个世界的接受上。巴特的唯信论，尤其是他对作为造物主的上帝的阐释，在阐明人与上帝关系的同时，也表明了对周围世界的一种看法，一种乐观的、积极的、肯定的世界观。对厄普代克而言，这样的信仰观也是对上帝的感恩，表明我们对上帝创造这个世界的接受。他曾多次表示过“生命是一种赐福”、“活着是多么美好”、“世界多么美好”这样的具有强烈宗教情绪的感言。[②]

当然，接受这个上帝创造的世界并不表明这个世界就完美无缺。“接受”不仅是指接受上帝的恩典，也指接受上帝在创造世界的同时产生的邪恶。这就是厄普代克从巴特那儿得到的又一个启示，关于邪恶或者用巴特的话就是“虚无”(nothingness)的概念。巴特在强调上帝用爱创造世界的同时也指出“虚无”在这个世界的存在；“虚无”的存在并不是上帝的意愿，也不是由上帝造出(就像上帝创造世界一样)，但它确实存在，“虚无”是上帝的对立面，是对恩典的否定，因此也就是邪恶。厄普代克曾在一篇题为“崇拜撒旦的声音”的评论中讨论过巴特的“虚无”概念，尽管言简意赅，但足以说明其宗教观念的一个部分。“虚无”是随着上帝创造世界的同时产生的，这样的同时性也说明了人选择邪恶的潜在可能。这一点对厄普代克而言尤其敏感，他援引巴特的原话加以说明：

> 没有这种缺陷或者邪恶的可能，世界的创造在于上帝就不会那么显然，也就不会是真正的他的创造。人会离开上帝并且会最终灭亡这个事实并不说明造物主的不完善……一个人如果没有会离开上帝的可能，那这个人也就不会成

---

① James Plath, ed. *Conversations with John Updike* (Jackson: University Press of Mississippi, 1994), p.103.

② John Updike, *Self-Consciousness* (New York: Alfred A. Knopf, 1989), p.247.

其为一个真正的人，而只可能会是第二个上帝——但因为不存在第二个上帝，因此只能是上帝本身。[1]

厄普代克引用巴特这些话的目的是要说明人和这个世界的两重性，用他自己的话说就是"作为一种形而上的魔鬼（存在）的可能性，如果不是一种必要性的话。"[2]他自问道："在我们的个人心理中，难道没有肯定这些说法的倾向存在？在我们的心中，难道不存在一种肯定贪欲和仇恨的心理？……哪个孩子不着迷于折磨他人？在表现纯粹的性爱激情和骑士风度的同时，哪个男人没有摧毁鲜花的冲动……"[3]"虚无"或邪恶的存在是客观事实，是这个世界的一部分。在厄普代克看来，我们不能因为世界是上帝创造的，上帝是尽善尽美的，因而就对邪恶的存在视而不见。接受上帝，接受这个世界的存在同时也需接受与此同在的"虚无"，因为只有通过"恶"才能更真切地感受到上帝的存在。

厄普代克从巴特这里得到的当然不仅仅是"恶"与"善"共存这种基督教的传统启示，更为重要的是，作为一个作家，特别是现实主义作家，他从中获得了观察这个世界的一个角度，帮助他全面地、复杂地表现周围的人物和场景。这也成为了他看待世界的现实观，在此基础上形成了他的创作观。如果说写作在某种意义上说是表述这个世界，那么这种表述本身也是表明对这个世界的接受，而这种接受则应是全面的，它本身就是感恩。这种看起来简单甚至有点天真的观念在于厄普代克而言却是真诚的，因为整个世界在他眼里其实都是神圣的，[4]即使有"虚无"的存在也不会在任何意义上减少世界的神圣性，这也是为什么他会由衷地说出这样的感言："模仿就是赞扬"，[5]"模仿"指的就是对世界的表述，赞扬当然说的是上帝的赞扬和感恩。模仿是按照世界本来样子的表述，因为上帝是全知全能的，唯有真实才能不至于欺骗上帝。从这里我们可以看出，一方面这样的写作真实观是一个现实主义作家所必然遵循的，另一方面，就厄普代克而言，这又与其宗教观念是密不可分的。

---

①②③　John Updike, "To Soundings in Satanism", *Picked-up Pieces* (New York: Alfred. A. Knopf, 1975), pp. 88—89.

④　Darrel Jocdock, "What Is Goodness? —The Influence of Updike's Lutheran Roots", James Yerkes, ed. *John Updike and Religion: The Sense of the Sacred and the Motions of Grace* (William B. Erdamans Publishing Company, 1999), p. 133.

⑤　John Updike, *Self-Consciousness* (New York: Alfred A. Knopf, 1989), p. 230.

上文分析了巴特对厄普代克的影响。这样的影响自二十世纪六十年代以来一直存在于厄普代克的小说创造中，尽管他提到过自二十世纪七十年代后，他已不再读巴特了，但巴特的影响显然是潜移默化地融合在他本人的宗教观念中了。另一方面，就像有些评论者指出的那样，不能将巴特对厄普代克的影响扩大化。毕竟，厄普代克是小说家，不是神学家，他对巴特神学的吸收是有限的，更主要的是，这种吸收是基于"有用"的目的，也就是说为了故事情节的构造，完善人物的塑造，当然也为了表达他对现实的理解。厄普代克自己也曾说过，他不是一个很好的巴特者，他只是从巴特那儿汲取他觉得有用的东西。[①] 这种多少有点实用主义的态度是我们理解厄普代克与巴特间的关系的一把钥匙。

如果我们把巴特对厄普代克的影响放在美国文化和当代美国社会特征的背景下进行考察，我们或许能看到这种影响背后的真正成因。厄普代克对巴特的接受一方面是因为个人知识背景的原因，另一方面也是其所处的文化因素使然。从厄普代克关于巴特的表述中我们很容易看出个体主义(individualism)这个美国文化的核心的影子。这可以从他所理解的巴特神学和爱默生超验主义的对比中管窥一斑。从巴特的视角出发，厄普代克发现一方面上帝不是依据我们的想象而存在的，另一方面上帝存在于他所创造的事物中。[②]"上帝是透射到现实中的自我"，"有自我出现的时候，上帝的概念就会出现。"[③]显然，这里表述的是上帝与个人间的关系，在很大程度上，这是一种近乎于爱默生提倡的个人与上帝同在的关系。厄普代克在他做的一篇题为"爱默生主义"的长篇演讲中把爱默生主义总结为上帝与自我的统一体："爱默生给予我们的启示是上帝与自我是统一体"。[④] 如果说超验主义强调人性中的神性，人与上帝的同在，其结果是极大地提升了个人意识，那么就像上文已经提到的那样，巴特神学的核心——唯信论——同样也在很大程度上确认了个人自我意识的存

① James Plath, ed. *Conversations with John Updike* (Jackson: University Press of Mississippi, 1994), p. 254.

② John Updike, "Faith in Search of Understanding", *Assorted Prose* (New York, Alfred A. Knopf, 1965), p. 282.

③ John Updike, *Self-Consciousness* (New York: Alfred A. Knopf, 1989), p. 231.

④ John Updike, "Emersonism", in *Hugging the Shore: Essays and Criticism* (New York: Alfred. A. Knopf, 1983), p. 168.

在。厄普代克那篇长篇演讲的主要内容是要说明爱默生的超验主义思想对美国文化中的个体主义的形成起了至关重要的作用，而这种个体主义也正是他从巴特的神学中体察到的主要内容之一。巴特神学在个人与上帝关系这个层面上与美国文化中的传统的契合可以说是厄普代克接近巴特的一个文化背景成因。

但是，另一方面，厄普代克所理解的个体主义，或者说通过他的人物表达的与自我意识有关的故事与超验主义所指向的个体主义的不同更值得引起我们的注意，因为正是在这种不同之中，一方面我们可以看出厄普代克对巴特的取舍，另一方面是他对当代美国文化特征的洞察。

爱默生的超验主义不仅赋予了人神性，同时也充分肯定了人的人性，是“对受到上帝激励的人的信仰”，以及对“人的无限性”的认定，[①]而这样的“人”同时也是一个具有完全道德的人，是道德和信仰的结合。从这个角度来看巴特，我们发现尽管其唯信论建立在上帝是“完全的他者”的基础上，尽管信仰是可以超越现实道德的，但拥有信仰的人本身也拥有道德，因为上帝是道德的化身。爱默生和巴特所说的“道德”都是指超验意义上的道德，也就是从上帝的神学角度来厘定的道德；但这并不等于说与现实道德没有关系，建立在上帝神性基础上的超验的“道德”更应是现实道德的范式。换言之，个人与上帝同在的前提是个人朝向上帝，而不是反之。

正是在这个方面，我们从厄普代克的作品中看到了不同的表述。厄普代克笔下的人物（如《兔子四部曲》中的“兔子”哈里，“《红字》三部曲”中的各个主要人物，《夫妇们》中的皮特等）演绎的故事虽不尽相同，但都有一个共同点：一方面他们都与社会规范和道德准则发生冲撞或背离，另一方面他们都是信仰者，无论在何种情况下，他们似乎都不会放弃对上帝的信仰，同时他们也都是自我中心主义者，而且在很多情况下，自我甚至超越了信仰，尽管信仰并没有离开。我们可以用厄普代克曾经提到过的“正当的自私”[②]这个概念来描述这种状况。如果说传统的道德教义是

---

①② John Updike, “Emersonism”, in *Hugging the Shore: Essays and Criticism* (New York: Alfred. A. Knopf, 1983), pp. 157, 159.

"像爱你自己一样爱你的邻居",那么现在变成了"爱你自己"。[1] 在爱默生眼中,这是个体主义最重要的内容之一,它与爱上帝并不对立,但在厄普代克笔下,"爱你自己"成为了上帝不在场(区别于上帝不存在)的情况下的"爱我自己",是自我的极端凸现。用一位厄普代克评论者的话说,这里体现的是关于上帝问题的不同问法,传统的问法:"上帝存在吗?"现在的问法:"我相信上帝存在吗?"[2]如果在前一个问题中,上帝是放在中心位置,那么在后一个问题中,处在中心位置的是"我",上帝的存在与否在于我的体验,这种体验有可能成为信仰,但依旧是"我"的信仰,换个角度说,我相信上帝的存在是因为我要相信,我需要相信,我需要被拯救,而不是因为上帝的确切存在与否。在这种情况下,"我"是自由的,是个体的独裁者。同时,因为信仰始终不离自我,所以自我的极端凸现也就有了正当的理由。显然,这与巴特的上帝是"完全的他者"是背道而驰的,用文学批评术语来说是一种对巴特的反讽。

这方面一个典型的例子是写作时间跨越了三十年的《兔子四部曲》中"兔子"哈里的形象。在第一部作品《兔子,跑吧》中,哈里是一个不负责任,只顾自己感受的丈夫和父亲,因为不能忍受家里乱糟糟的样子而离开怀孕的妻子离家出走。他给自己这种行为找到了一个理由,那就是他要去寻找自我和自由,家庭和社会在他眼里都成为了他自我寻找过程中的障碍,而促使他做出这种选择的一个重要内因是他心中怀有的一种憧憬,一种对生活之意义的憧憬。他始终认为生活不应该就那么平平静静地过去,在生活的表象背后应该有一种意义存在,这种对意义的憧憬实际上就是一种宗教意义上的信仰。兔子是一个相信上帝的人,在小说中他是一个为数不多的虔诚的信仰者之一,与一般人不同的是,他不是太关注信仰的仪式,而是意义,用他的话说上帝存在于一切事物的背后,因此去教堂对他而言并不是一件必须要做的事情,而更重要的是,这样一种信仰成为他挣脱社会道德规范约束的理由和工具,给予了他找寻自我和自由的内在动力,换言之,这种信仰为他显然是有违社会道德规范的行为披上了正

---

① John Updike, "Emersonism", in *Hugging the Shore: Essays and Criticism* (New York: Alfred. A. Knopf, 1983), p. 159.

② Bernard A. Schopen, "Faith, Morality and the Novels of John Updike", William R. Macnaughton, ed. *Critical Essays on John Updike* (Boston: G.K. Hall & Company, 1982), p. 196.

当理由的外套。从厄普代克的角度来看，兔子的信仰是真诚的，在一定程度上也体现了宗教的精神（在小说中，通过路德教会的老牧师克伦本巴赫与圣公会年轻牧师埃克斯形象的对比，厄普代克道明了宗教精神的内核，即对耶稣基督和作为造物主的上帝的信仰和感恩）。但不能否认的是，兔子的行为给社会和家庭都造成了损害，根本原因就在于自我的极端凸现，他实际上是一个不折不扣的自我中心主义者。在这种状况下，建立在信仰基础上的对意义的憧憬往往会变样，成为一种虚幻，从而也丢失了真正的宗教精神。厄普代克在谈到这部发表在1960年的小说的意义时指出："《兔子，跑吧》有意试图从神学的角度来审察人的困境……"[①]这样一种矛盾或多或少也出现在日后每隔大约十年出版的四部曲的其他三部作品中。在《兔子归来》(1971)里，处在二十世纪六十年代社会动荡时期中的兔子已没有了十年前曾经有过的寻求意义的虔诚，他仍旧会向上帝祈祷，但只是为了现实生活中非常实际的目的，缺少了形而上的对意义的憧憬。这种信仰的式微延续到了《兔子富了》(1981)中，在这本充满日常生活细节和弥漫金钱和性的氤氲的小说中，厄普代克用了一种象征的手法表现了兔子在寻找自我的名义下追求物质和身体欲望的同时在潜意识中感到的意义的缺失和死亡的临近。在《兔子安息》(1990)这部四部曲的最后一部作品中，自我的极端凸现与信仰的矛盾则通过兔子与儿媳普鲁间的一夜风流以一种委婉曲折的手法表现了出来，在与普鲁的身体接触中，因家庭经济危机和自己心脏病发作的身体而处于焦头烂额状态的兔子又一次体会到了自我的存在，更重要的是，这样一种几近乱伦的行为在他看来却是自然的，是对这个世界的热爱的表现（兔子虽没有直接表示过这个意思，但我们可以从厄普代克通过兔子的视角对这个事件充满象征意味的描写中读出这个意义），显然，这种思想的潜台词来自巴特神学中对作为造物主的上帝创造的世界的信仰和接受，当然这是一种掺和过多自我意识的信仰，成为了证明自己行为的正当的手段，其结果是对巴特神学思想的反讽，同时这样一个主题也回到了《兔子，跑吧》中阐发的信仰与自我矛盾的主题。可以说在这个意义上，《兔子四部曲》构成了一个整体，也在很大程度上表明了厄普代克对于现实和宗教的看法。

---

① James Plath, ed. *Conversations with John Updike* (Jackson: University Press of Mississippi, 1994), p.246.

这种自我的膨胀正是当代美国文化和社会生活的一个显著特征。当代最有名望的社会学家之一，丹尼尔·贝尔在描述当代美国社会的文化特性时用了两个颇具用意的词："自我实现"(self-realization)[1]和"自我满足"，(self-gratification)[2]，前者是指个人意识的充分释放，后者是个人欲望的充分实现，两者都是自我极度膨胀的表现，造成的结果是，在个人品格上，从传统的新教伦理意义上的自我抑制和延后的满足走向即时满足，在社会生活中从"工作伦理"走向"生活方式"，也即享乐主义。[3]在这种文化思潮中，上帝依然会存在，但更多的只是因为"我"的存在而存在，这正是厄普代克在诸多描写当代社会小说中的一个重要主题，具体地说则是从宗教情怀(religious sensibility)到欲望冲动(erotic impulse)的过程以及结合，对厄普代克笔下的人物而言，这两者是维护其心理平衡的要素，前者给予活着的意义，后者确保个人的存在，前者指向超验的永生的希望，后者面向生活的当下的快乐。这两者共同存在，但并不总是平衡的，在很多情况下，后者要多于前者，如果不是压倒前者的话，其原因正是"自我实现"和"自我满足"，在这种情况下，上帝即使存在，也只是形式而已，尽管这种形式本身是需要的(在这个方面，厄普代克另一系列小说"《红字》三部曲"是一个很好的例子)。

很显然，我们从这里可以看出上文提到的"我们只靠信仰活着"和"虚无"与上帝同在这种巴特神学的踪影。如果说巴特的神学是辩证的，那么厄普代克对巴特神学的汲取也是辩证的，这种汲取一方面基于自己的宗教背景，另一方面是基于他所不能脱离的文化传统和现实状况，一方面是他的宗教观，另一方面是作为一个作家的现实观，而两者的结合则是体现了一个优秀作家的深刻思想和对生活的深邃洞察。

---

①②③ Daniel Bell, *The Cultural Contradictions of Capitalism* (New York: Basic Books, Inc., 1978), pp. xvi—xvii, xx.

第二部分　分析篇

第三章 《兔子四部曲》与当代美国*

1982年10月18日《时代》周刊的封面故事是一篇关于厄普代克的报道。这已是厄普代克第二次上了该刊的封面，前一次是1968年4月12日，内容是对他当年出版的争议颇多的小说《夫妇们》的报道。在1982年之前，在现代美国文学史上，只有三位作家有过两次登上《时代》封面的荣誉，他们是辛克莱·刘易斯(1927,1945)，海明威(1937,1945)和福克纳(1939,1964)。尽管这并不能充分说明厄普代克与这几位前辈作家一样齐名，但至少可以表明他在当代美国文坛引起注意的程度。翻开这期杂志，有一张照片非常引人注目，照片上厄普代克站在他的豪宅前，满面春光，笑容盈盈。报道作者，著名记者格雷，带着一种赞许的口吻评述道："一种生活舒坦、经济富有的气息透过厄普代克这座有着十四个房间的住宅迎面扑来。房子建在山丘上，俯瞰大西洋，在秋天的阳光中，白色豪宅奕奕闪亮。"①格雷的用意不光是要表明厄普代克作品在市场上取得的成就，更重要的是，作为一个当代作家，他在美国社会中的知名度，用格雷自己的话说，"厄普代克现在是无处不在"②，而这在相当程度上，应当归功于他笔下的"兔子"，这个人物"已经成为了一个典型的美国人"③。

在这篇报道之前的一年，1981年厄普代克出版了《兔子富了》，该书荣获了美国文学界的三大奖项：普利策奖、美国图书奖以及全国图书批评家奖。十年后，《兔子安息》出版，再次荣膺普利策奖、全国图书批评家奖以及以十九世纪末美国作家豪威尔斯命名的豪威尔斯奖。自此，厄普

---

* 本章(及本书第一章)英文版参见：《分裂的自我：厄普代克〈兔子四部曲〉中的当代的美国》(*The Divided Self*: *Updike's Vision of Contemporary America in Rabbit Tetralogy*)，外文出版社，北京，2006。中文有改动。

①②③ Paul Gray, "Perennial Promises Kept," *Time*, Oct. 18, 1982, pp. 74, 72, 81.

代克完成了《兔子四部曲》。"四部曲"的前两部分别是《兔子,跑吧》(1960)和《兔子归来》(1971)。在当代美国文学中,《兔子四部曲》的出版被认为是一件具有里程碑意义的事件。1991年全国图书批评家奖在评述兔子系列小说时,认为"该作品将作为美国小说创作的主要成就之一载入二十世纪历史。"①十几年后,在2005年《纽约时报》做的一项最近二十五年最佳小说评选中,《兔子四部曲》赫然在目,位列莫里森的《宠儿》之后的第二位。一些文学批评家们对此表示了同样的态度。研究厄普代克多年的批评家葛雷纳称"四部曲"是"当代美国文学取得的杰出成就之一。"②另一位厄普代克研究专家斯基夫甚至把兔子系列小说与史诗相媲美:"我们可以这样认为,通过栩栩如生的人物塑造,对于时代和历史——无论是具体的时间还是地点——的成功复现,在民族性方面体现的广度以及小说本身拥有的容量,兔子系列是一部用散文写成的史诗。"③斯基夫的称誉也许只是源于他个人的阅读感受,但有两点却是事实基础之上的。第一,"四部曲"加在一起的确成为了一部容量惊人的大部头作品,1991年版的《兔子四部曲》有1500页之多,第二,主要人物"兔子"哈里的塑造极其成功。事实上,有些评论者认为厄普代克笔下的这个当代人物与美国文学史上的一些经典人物有很多相似的地方。早在1973年有一位评论者就把"兔子"哈里放到一些经典人物的名单里,他们是:库柏的南提·斑柏,麦尔维尔的伊什马利,马克·吐温的哈克,费兹杰拉德的盖茨比,塞林格的豪顿,以及凯鲁雅克笔下的那些流浪者们。④ 在二十多年后的1990年代,我们发现研究者们的看法仍然如此。之所以把兔子与这些经典人物放到一起,用葛雷纳的话说,是因为与他们一样,兔子也是"传统美国文学中一个最让人困惑的文学人物之一。"⑤最能体现兔子

---

① Charles Berryman, "Updike Redux: A Series Retrospective," in *Rabbit Tales: Poetry & Politics in John Updike's Rabbit Novels*, ed. Lawence R. Broer (Tuscaloosa, AL: University of Alabama Press, 1988), p.17.

② Donald Greiner, *John Updike's Novel* (Athens: Ohio University Press, 1984), p.8.

③ James Schiff, *John Updike Revisited* (New York: Twayne Publishers, 1998), p.6.

④ Edward Vargo, *Rainstorms and Fire Ritual in the Novels of John Updike* (Washington: Kennikat, 1973), p.56.

⑤ Donald Greiner, "No Place to Run: Rabbit Angstrom as Adamic Hero," in *Rabbit Tales: Poetry & Politics in John Updike's Rabbit Novels*, ed. Lawence R. Broer (Tuscaloosa, AL: University of Alabama Press, 1988), p.8.

"困惑"的地方则在于其性格和行为的矛盾之处：一方面是工作努力、充满幻想、行为天真、信仰虔诚、一心一意追求自由自在的生活，另一方面却又是缺少责任感、行为违背道德、自私自利、给家庭和社会带来诸多破坏且沉溺于享乐放纵的生活方式。如果说这样的描述只是针对他的性格特征，那么我们也可以从一个更大的方面来思考其矛盾行为的社会意义。巴西学者，厄普代克研究者里斯多夫指出："我们在兔子系列中不仅可以看到兔子的优点，他的诚实，他的实用主义，他的罪(恶)感，也可以看到他的弱点，他的好斗性格，他的种族主义、民族狭隘观，以及自私自利。"[①]显然，所有这一切"优点"和"弱点"对于这个人物的成功塑造来说都是不可或缺的因素。

《四部曲》同时也显示了厄普代克刻画和展现时代的惊人能力；四部小说紧扣时代脉络，历史事件与日常生活细节描写紧密结合，描述了从上个世纪五十年代到八十年代末、九十年代初美国社会和文化的变迁，涉及到了越南战争、登陆月球、能源危机，以及冷战结束等当代美国的一些重要历史背景，成为了一部表现当代美国社会的生活画卷史。

贯穿整个《兔子四部曲》的一条主线是兔子哈里对个人自由和自我的无尽的追求以及在这个过程中遭遇到的一次又一次的挫折和失败。通过这样一条主线，在一定程度上，厄普代克揭示了贝尔所说的当代美国社会的"文化矛盾"，表现了价值观念的嬗变，展现了普通美国人在当代社会状况下充满矛盾的生存状况。兔子在追寻自由和自我过程中遇到的问题及其由此引出的社会文化矛盾贯穿了《四部曲》中的每一部小说。在《兔子，跑吧》中，这表现在他对某种精神的东西，也即富有深刻文化含义的"个性"的追求和这个过程最终的失败。如果这多少表明了二十世纪五十年代的一种文化氛围，一种表面上表现为个人与社会的对峙，实质是个人和社会双重矛盾和冲突的结果，那么在体现二十世纪六十年代文化冲突的《兔子归来》中，兔子对自由的追求依旧没有改变，只是更多地融合进了政治的因素，变成了坚决捍卫美国式的自由观念(具体表现在对越战的支持)以及与此相关的体现传统价值的行为表现；在更多的表现二十世纪七十年代家庭生活的《兔子富了》中，兔子的生活变得富裕了，但让他念念不

---

① Dilvo I. Ristoff, *Updike's America: The Presence of Contemporary American History in John Updike's Rabbit Trilogy* (New York: Peter Lang Publishing, Inc. 1988), p. xvii.

忘的仍旧是“自由”这个问题，在内心深处他感到生活缺少意义，因为缺少自由、体会不到自我的存在。在《四部曲》的最后一部《兔子安息》中，兔子依旧在努力感受自我的存在，从精神和物质两个方面追寻“上帝制造的自我”；与《兔子归来》一样，追寻自由和自我的过程在这部小说中也从政治的层面得到展开，表现了二十世纪八十年代末冷战结束美国社会遇到的困惑和矛盾。兔子这种对自由和自我的追寻无论是在二十世纪五十年代还是在八十年代最终失败多于成功。

一、兔子为什么要跑？
——自由的陷阱：幻想与现实的矛盾*

在1980年代的一次访谈中，[①]厄普代克曾经抱怨说，读者们大都通过《兔子，跑吧》这部小说才知道他这个人，似乎他只是写过这么一部作品，而实际上，在二十世纪八十年代时，他写过的小说已不下一打了。抱怨归抱怨，其实，换个角度看，厄普代克应该感到高兴才对。在小说发表几十年后，人们还记忆犹新，并津津乐道，这本身就说明了这部小说的魅力。《兔子，跑吧》是《兔子四部曲》中的第一部，在当时写作这部小说时，厄普代克并没有续写其他三部的想法，尽管如此，小说涉及到的兔子在追求个人自由过程中的种种矛盾和冲突还是为日后陆续面世的兔子系列作品打下了一个最重要的基调。

小说发表于1960年，当时引起轰动，好评如潮。评论界关注最多的、意见最不统一的是对小说的主人公"兔子"哈里的性格和行为的看法。为什么他要逃离家庭和社会，是什么使他总是采取逃离的行为？这个问题的提出本身也正是很多论者要解读小说的一个重要方面，即，"兔子"哈里的故事反映的个人与社会的关系和矛盾。针对这个主题，出现了两种不同的结论。前一种把兔子描写为一位反叛式的追求理想的英雄，"他必须要推翻那种幽闭式的社会压力，以追求来自内心的'(上帝的)恩典'，正是这种对上帝的感恩促使他走向了更加崇高的理想。"[②]这里所谓对"上帝的感恩"指的是兔子的宗教信仰，而"崇高的理想"则是他所追求的个人自由或者个性。后一种则恰恰相反，把兔子解读成为一种"流氓式"的"反英雄"，"一个禽兽般的，反讽式的人物。"[③]这两种评论结论虽不同，但有一点却是相同的，那就是把兔子的行为放在个人与社会冲突和对立的关系中来阐释。用厄普代克专家葛雷纳的话说，就是"兔子是应该用社会习俗

---

* 本文部分内容发表于《欧美文学论丛》(第一辑)，北京：人民文学出版社，2002

① James Plath, ed. *Conversations with John Updike* (Jackson: University Press of Mississippi, 1994), p.209.

② George Hunt, *John Updike and The Three Great Secret Things: Sex, Religion and Art* (Chapel Hill, NC: University of North Carolina Press, 1967), p.42.

③ Donald Greiner, *John Updike's Novel* (Ohio University Press, Athens, 1984), p.48.

来规定自己的行为，还是应该按照自己的欲望来追求自己的信仰?”[①]这种阐释确实是涉及到了小说的中心问题，对兔子的逃跑行为做出了相当合理的解释。但另一方面，把兔子的行为仅仅归结为个人与社会的冲突会减弱小说主题的深层含义，尤其是小说要传达的关于个人自由的矛盾问题。厄普代克在1992年的一篇文章中曾回顾了他以往的作品中对于个人自由问题的表述，他指出从本质上说，自由这个概念是带有很强的幻想色彩的。从表面上看，兔子确实是陷入了与社会冲突的困境之中，为追寻自己的个性(individuality)而不得不采取逃离的行为。但这只是问题的一个方面。问题的另一面是他苦苦追寻的个性其实本身就是社会的附属品，建立于一种中产阶级的家庭理想之上，而这样一种理想在一定意义上说也是一种幻想。正是由于这么一种幻想的“诱惑”才使得兔子一次又一次地踏上“逃跑”的路程。从这个意义上说，兔子是自寻麻烦，陷入了一种不能自拔的自我矛盾之中，因为他要追寻的幻想其实就在现实之中。厄普代克对此有过精辟的论述。他指出：“整部小说涉及的是‘自我’与‘社会’的问题，是关于既要成为社会的产物又渴望成为个人这么一个似是而非的问题。”[③]换个角度看，可以说兔子面对的是现实与幻想之间的矛盾，但对于他来说，问题的复杂性在于后者本身又是现实的一种，与现实间存在着互动和互换的关系。当他以逃离的方式反抗社会时，他实际上也推翻了他正在孜孜以求的幻想。他是幻想的维护者同时也是它的破坏者。正是这种厄普代克所说的悖论似的困境使得兔子始终处在“跑”的过程中。

(一)

故事发生在1960年。主人公是一位二十六岁的名叫哈里·安斯特朗的年轻人，绰号“兔子”。故事开始时，他是一家公司的推销员，专门推销一种厨用削刀。哈里曾是中学篮球队的明星，可眼下他的生活却不尽人意。妻子詹妮斯是个家庭妇女，却不善理家，整天盯着电视看一些无聊的或儿童看的节目，而且还酗酒，家里弄得乱糟糟的。有一天，哈里回家

---

① Donald Greiner, *John Updike's Novel* (Ohio University Press, Athens, 1984), p. 50.

③ James Plath, ed. *Conversations with John Updike* (Jackson: University Press of Mississippi, 1994), p. 133.

发现已经怀上第二个孩子的詹妮斯一幅邋遢臃肿的样子,只顾自己看电视,也不把两岁半的儿子从他父母家接回来。哈里只得自己开车去丈人家接儿子回来。但心中郁闷的哈里并没有去接孩子,而是在黑夜里向南驶去,开始了他“逃跑”的历程。不过他并没有逃走,而是去找了他当初的篮球教练托塞罗,通过他哈里结识了妓女露丝,并在那里居住下来。两个月后詹妮斯分娩,哈里又回到了她身边。但不久他又跑了。第二天,詹妮斯不慎把出生不久的女儿淹死在浴盆里。哈里闻讯回到家中。在葬礼上,哈里因不承认自己的过错,引起众怒,再次跑掉。他到了露丝那里,得知她也怀孕了,兔子于是又一次跑掉。小说在兔子的第三次逃跑中结束。

与《兔子四部曲》的其他作品相比,《兔子,跑吧》与时代的政治或文化背景的关系最不明显。厄普代克自己就说过,在这部小说里,“很少有什么直接的政治和文化方面的背景因素。”[①]但是,细读作品,我们还是可以找到一点与时代相关的“蛛丝马迹”,有助于理解兔子找寻个人自由的动机。

比如,兔子的工作就很值得关注。小说伊始,我们发现兔子的工作是在一家不起眼的小店里推销一种“神奇”厨用削刀。这是一种最普通不过的工作了,但正是这样一种普通的工作却向我们透露了诸多有关一个新的时代的信息,即大工业时代的到来。厄普代克研究专家里斯多夫指出,兔子推销的“神奇”厨用削刀很能代表美国二十世纪五十年代的社会特征,[②]一方面这表明了工业产品标准化的进程,另一方面也对应了米尔斯所说的社会新阶层——新中产阶级——的产生,[③]而这种情况的出现则是与财产所有权的变化不无关联。兔子也许并不能被归入新中产阶级,但他属于被雇佣一族却是不争的事实。更有意思的是,我们可以推测他干推销员这个工作很大程度上是因为他曾是篮球明星,明星效应在这里被极其合理、有效地用到了商品交换的过程中。换言之,在推销商品的同时,他也在出卖自己,他成为了米尔斯所说的“隶属于别人的人”,这样一种成为准商品的地位自然是他这位昔日篮球明星所不怎么乐意接受

① John Updike, “Introduction to *Rabbit Angstrom*: *A Tetralogy*,” Everyman's Library edition (NY: Alfred A. Knopf, 1995), p. xv.

② Dilvo I. Ristoff, *Updike's America*: *The Presence of Contemporary American History in John Updike's Rabbit Trilogy* (New York: Peter Lang Publishing, Inc. 1988), p. 65.

③ 见本书第一部分,“当代美国和文化矛盾:自由的缘由、悖论及其他”。

的。从这个意义上说，这也应是成为他找寻个人自由的动机之一，他从家里出逃自然也可以解释成他对这样一种社会形态的反抗，而他所从事的这份不起眼的工作则成为了我们窥测二十世纪五十年代社会特征的一个窗口。

如果说上述分析从经济的角度点明了小说的一个时代特征，那么我们还可以从另一个细节入手，看出时代的政治或意识形态特征。这里所说的细节指的是在兔子逃跑过程中，他驾驶的车的收音机里播送的一则新闻：达赖喇嘛从西藏逃离。厄普代克自己曾提到，这则新闻与兔子的逃离行为有关。[①] 的确，在小说中，兔子有好几次自比达赖喇嘛，似乎他从家里出走与达赖出逃西藏有什么共同之处。从情节安排的角度看，这样的新闻转瞬即过，在任何意义上都不能成为一个情节，但从读者的角度来说，却向我们传递了一个与时代相关的政治信息——首先表明了一个历史时间，其次是与这个历史时间相联系的特殊的历史阶段：冷战时代。生活在冷战时期的兔子，其思维方式自然脱离不了西方主流意识形态的影响，把达赖喇嘛出逃西藏看成是出于对自由的渴望，而在把自己与达赖相比时，他自己的逃离行为俨然也就被赋予了一种神圣的意蕴。但是，这样一来，通过逃离这个举动来表明其反抗社会姿态的兔子，似乎成为了主流意识形态的代表，这不能不说是一种讽刺。这种从背景分析上读出的讽刺的张力贯穿在整部小说之中，主要表现在现实与幻想的矛盾之中。

这种矛盾在小说刚开始时就出现在读者的眼前。整部小说围绕着兔子的三次逃离经历而展开。要知道他为什么要逃离，首先要了解他追寻的是什么。在小说中兔子本人从来没有明明白白地说起过他追寻的到底是什么。他是一个行动着的而不是思想着的人，但并不缺少幻想。通过他的幻想，我们可以窥探到他逃离行为背后的某些动机。在第一次逃离的过程中，他不止一次地提到他逃离的目的，他要去南方，去海边放松放松。他的这种想法是如此的强烈，以至还在路上驾车行驶时他就已经幻想起在海边的情景："他又一次想到了他的目的，天刚蒙蒙亮时就躺在墨西哥湾的海滩上。现在似乎车上粗糙的椅子垫变成了海滩，而正在刮过

---

① John Updike, "Introduction to *Rabbit Angstrom*: *A Tetralogy*," Everyman's Library edition (NY: Alfred A. Knopf. 1995), p. xvi.

即将醒来的小镇上的窸窸窣窣的风声则变成了海边的风声。”[①]对于很多中产阶级的家庭来说，这样的幻想并不是不可能的，是他们现实生活的一个部分。但对兔子来说，这确确实实只是幻想而已，一方面他还根本没有实现这种幻想的经济基础，另一方面这其实并不是他逃离的真正原因。促使他逃离的真正或直接的原因是对现实，尤其是对他的家庭、他的妻子詹妮斯的不满和反感。这种不满通过对海滩的幻想间接地表现在他的行为中。

现实与幻想的矛盾因此主要围绕着家庭展开。兔子拥有的是一个普普通通的家庭，与别的一般的家庭没有很大的区别。他在一家商店当推销员，妻子是一个家庭妇女，在家照看他们的儿子。但正如厄普代克指出的那样，兔子自己有一种强烈的感觉，觉得他是一个与众不同的人，“他的生活也应该是很有意义的”[②]。这也许是因为他曾经是一位中学篮球明星，有过辉煌的打球历史，相比之下他现在平庸的工作和不起眼的住所则时时让他感受到了生活对他的限制。有一天他下班回家，看到已经怀孕的詹妮斯一副邋里邋遢、醉醺醺的样子，什么事也不做只在看电视，这种感觉突然充溢他的整个头脑。忽然间他感到“她已经变得不再漂亮”，[③]甚至对他木呆呆的妻子和脏乱的屋子产生了一种反感。从表面上看，要解释兔子的这种感觉并不困难，与詹妮斯相反，兔子是一个喜欢干净的人，詹妮斯的不善理家，且经常酗酒自然会引起兔子的反感。但这不应该成为他逃离家庭的原因。事实上，促使他逃离的原因更多的不是他对詹妮斯生活习惯的不满，而是心中出现一种被一张大网网住不能动弹的感觉，一种高度的恐惧感。这种恐惧感背后反映的则是一种理想（幻想）破灭的感觉，关于一个家庭应该是什么样的以及家庭主妇在家庭中应扮演什么角色这样一种中产阶级的家庭理想。

在小说中厄普代克并没有提供多少关于这种家庭理想的文字。作为一个小说家，他要描述的更多的是人物的行动而不是提出理论上的解释。但这并不妨碍我们对这个问题进行深入的探究。如果我们把目光从故事本身移向故事以外，看看当时，也即二战后美国社会中一些关于家庭责任

---

①③ John Updike, *Rabbit, Run* (New York: A Crest Reprint Book, 1965), pp. 37, 10.

② James Plath, ed. *Conversations with John Updike* (Jackson: University Press of Mississippi, 1994), p. 246.

的社会学和文化的分析，或许能够看出这种家庭理想的实质内容。菲利普·斯赖特在他那本研究二十世纪五六十年代美国文化的专著《追求孤独——断裂时期的美国文化》里指出，在战后的美国家庭里，抚养孩子普遍需要遵守三个要点：容忍，个性，女性的家庭观念（feminine domesticity）。这三个要点来源于当时知名度很高的儿科专家和教育学家——本杰明·斯鲍克（Benjamin Spock）的一些思想，他关于儿童教育的著作当时都是畅销书。前两点是基于这样一种观念，即每个孩子都是一个不同的个体，都有开发的潜能，因此应该给予足够的发展机会。而在这一点上，女性应具备的家庭观念和家庭生活的技能对孩子的影响显得尤其重要。很多人都相信"女人的位置应该在家里"。[①] 斯鲍克这样告诉美国的家庭妇女们："你们完全有能力培养出天才来，在你们手中会有杰作产生。对于你们来说，这是最重要不过的事，因此，应该全身心投入到这项工作中去。"[②]当时，不仅有一些像斯鲍克这样的学者试图从科学的角度来阐明妇女在家庭中的作用，而且在一些通俗读物中也到处可见对家庭主妇作用的赞颂。妇女历史学家芭呐发现在从电视广告，妇女杂志到文学读物等通俗文化中，对女性家庭作用的重视随处可见。她指出："一些短篇小说的女主角都是家庭主妇，而非小说类的文章则写的差不多都是关于烹艺和抚育孩子方面的事。"[③]同样，在著名女权主义倡导者傅莱丹的名作《女性的奥秘》（又译《女人：走出陷阱》）里，我们也可以发现类似的描述。她还特别提到了这样一个事例：有一个年轻的家庭妇女在七年中仔细阅读了斯鲍克的六部书，并表示其喜悦之情不能言表。[④] 因此，一方面单身的中产阶级妇女获得越来越多的解放，另一方面结婚后的妇女回到家庭去的比例却比以前要高得多，这样的事情在当时也就不足为奇。[⑤]

更值得注意的是，这样一种女性家庭观念不仅仅成为了家庭妇女的"圣经"，同时也成为了全社会遵循的观念。因此，即使妇女走出家庭去工

---

①②⑤ Philip Slater, *The Pursuit of Loneliness: American Culture at The Breaking Point* (Boston: Beacon Press, 1970), pp.64, 67, 65.

③ Lois W Banner, *Women In Modern America: A Brief History* (NY: Harcourt Brace Jovanovich Publishers), 1984, p.235.

④ B·傅莱丹(Betty Friedan)，《女人：走出陷阱》(*The Feminist Mystique*)，毛迅译。上海：知识出版社，1992，p.49.

作的人数很快有了提高，但对于妇女应在家庭和社会中的作用的认同并没有发生本质变化。就像当时的一本通俗杂志所宣称的那样，现代女性可以做一份兼职工作，目的是帮助家庭拥有中产阶级的郊区生活方式，而不是让家庭脱离贫穷，或者是追求女性的自我实现或者是一份独立的职业生涯。[①] 显然，所有这一切都使得女性家庭观念上升成为了一种有关女性的意识形态。

西方马克思主义学者齐泽克指出，"意识形态不是一种梦幻般的幻想，我们建立起这种幻想以逃离不能确定的现实，就其基本面来说，它是一种想象建构，用以支撑现实本身：一种用以构造我们真实的、有效的社会关系的幻想。"[②]可见，意识形态一方面是一种幻想，另一方面也植根于现实，是现实的一种。在现实与幻想的共同作用下，社会观念也随之产生。女性家庭观念在二十世纪五十年代成为了意识形态的一种。可以说，对很多中产阶级妇女来说，照料家庭，抚养孩子是一种重要的职业，这样的观念深深地植入他们（包括他们的丈夫）的头脑之中。但是，另一方面，需要指出的是关于家庭的观念在很大程度上只是一种社会理想或理念。不错，很多妇女自愿选择留在家中照料和教育孩子，但这并不等于她们的努力就一定能够得到满意的结果。在这个意义上，就像斯赖特指明的那样，社会对妇女在家庭中角色的要求既是现实同时也是幻想。换言之，这样的幻想也是现实的一种。

厄普代克对自己的写作要求"做到确切，告诉自己知道的真实，"[③]二十世纪五十年代的女性家庭观念进入他的笔下应是顺理成章的事。按照这样的对女性家庭观念的要求，詹妮斯显然是不合格的。兔子对她的不满，对自己的家庭的反感也算是事出有因。但问题是他从来就分不清现实与幻想的不同。这就是为什么他的行为和性格总是表现出自相矛盾的地方。一方面，他一次又一次地逃离家庭，另一方面他实际上又是一个非常爱家的男人，用他的牧师朋友杰克·埃克斯的话说，他是一个"本质上

---

① Eric Foner, *The Story of American Freedom* (New York: W. W. Norton & Company, 1998), p. 266.

② Slavoj Zizek, *The Sublime Object of Ideology* (London: Verso, 1989), p. 45.

③ James Plath, ed. *Conversations with John Updike* (Jackson: University Press of Mississippi, 1994), p. 120.

有着家庭观念的人。"[1]他不仅喜爱干净(这本身就是中产阶级生活方式的一个重要因素),[2]而且还喜欢做家务,"具有干家务的天才。"[3]第一次离家出走后,知道詹妮斯要生第二个孩子的消息时,他很快就离开了情人露丝,回到了家里。这里,有一个细节很能说明他爱家的特点。从岳母处把儿子接回来后,兔子很快就投入到重新布置家的劳动中去:"吸尘器通过管子把灰尘吸到了纸袋中,当纸袋子装满了灰色、松软的尘物时,吸尘器的盖子就会显得一鼓一鼓的,就像一位绅士要脱下他的帽子,这种感觉让他很惬意。"[4]这当然不仅仅是他的身体的感觉,而是来自对那种幻想中的家庭模式的想象的体验。既使在逃离家的过程中,实际上他还总是念念不忘家,并且一直没有放弃与詹妮斯重归于好的希望。这也是为什么在他认为詹妮斯已经不再漂亮时,很快他又想到"明天她又会成为他的女人了。"[5]

但是另一方面,他总也脱离不了现实与幻想的矛盾。他与詹妮斯的关系在这种矛盾的左右中从重归于好又走向了破裂。在把詹妮斯从医院接回到家的第一个星期里,他对自己重新开始的生活非常高兴,对詹妮斯很是自豪,以致到达要崇拜和感谢她的地步:"他认为自己幸福、幸运,受到了保佑,获得了原谅,他要表示感谢。"[6]这种幸福的感觉给他的生活方式带来了一些变化,他要像别人一样,在星期天衣冠楚楚地上教堂去。在他的心目中,这本来就应是他的生活现实,他现在又回到了这种现实中来了。但事实上,这种他追求的"现实"一旦与他所处的真正的现实相碰撞时,前者的虚幻性就会显现出来,从而被后者撞个粉碎。经历了一个星期的幸福生活以后,兔子很快又感到回到了由詹妮斯的不谙家务、邋里邋遢和经常抱怨等等,以及她那些与一个家庭主妇的角色相去甚远的行为织成的大网中。恐惧感再次笼罩了他。结果,他第二次逃离了家庭。

值得注意的是,这种逃离行为本身产生了强烈的反讽意味。可以说他是带着对现实的强烈不满和对个性的追求而逃离家庭的。但他所追求

---

① John Updike, *Rabbit, Run* (New York: A Crest Reprint Book, 1965), p. 182.

② 富兰克林在他总结的美国新兴资产阶级的十三种美德中把干净也列为其中一项。参见 Daniel Bell, *The Cultural Contradictions of Capitalism* (New York: Basic Books, Inc., 1976), p. 58.

③④⑤⑥ John Updike, *Rabbit, Run* (New York: A Crest Reprint Book, 1965), pp. 11, 182—83, 195.

的个性的一个重要内容不是别的，正是中产阶级的家庭理想和模式，这种理想和模式的唯一发生地恰恰就是家庭。因此，在他逃离家庭的同时也意味着他失去了可以实现他的个性的领域。从这个意义上说，兔子的行为实际上是贝尔所说的“个人的动机”与“国家的道德宗旨”这个资本主义社会文化矛盾的一个缩影。[①] 不同的是，贝尔是从整个社会的角度谈论这个问题，从国家的道德宗旨的高度来看待个人与社会的冲突，在厄普代克笔下的兔子故事里，“国家”换成了“家庭”，但逻辑结果都是一样的，换句话说，离开“国家道德宗旨”的现代人的个人行为与兔子这样的逃离“家庭”追求个性的行为都是一种自相矛盾的行为，其行为动机实际上就是贝尔所说的“自我表达”和“自我满足”；兔子离开詹妮斯的原因之一是因为生育不久后的詹妮斯拒绝和他同房这个事实便是最清楚不过的明证。因此可以说，兔子的逃离家庭一方面是追求个性，另一方面也表明其极端自私的一面。

(二)

这种自相矛盾的行为和态度也出现在他和他的情人露丝的关系中。他和露丝的关系首先是建立在性关系的基础上的。但与此同时，露丝被兔子用来验证社会对女性的家庭角色的要求。与詹妮斯相比，露丝不仅显得更为清爽，而且还是一个很好的厨房能手。这当然与家庭女性的要求非常吻合。另一方面，在从露丝那儿得到性的满足的同时，他也经历一个将露丝浪漫化的过程。在他们第一次发生关系时，他就为他自己身上产生的温柔的感觉而激动不已，用一种肯定的语气来表达这种感觉：“他要的不是她的身体，那个机器，而是她，她。”[②]这个抽象的“她”在他第一次看着露丝的身体时得到了更为浪漫化的表述：

> 光线沿着她的身体的一边静悄悄地移动，照亮了她的身体；她做出一种害羞但又是非常优美的姿态，她有点僵硬的神态是用来阻挡他的眼光，他发现她的身体似乎是不可侵犯的；绝对是这样的，她赤裸的身体闪出一阵阵宝石的光亮。因此，当她的声音传过来时，他惊讶地发现整个声音来自一个完美的雕像，

---

① 见本书第一部分，“当代美国和文化矛盾：‘自由’的缘由、悖论及其他。”

② John Updike, *Rabbit*, *Run* (New York: A Crest Reprint Book, 1965), p.68.

一个未加雕饰的女人，一种家庭形象的美……①

这样的眼光是欲望和浪漫情绪的混合体。显然，很难想象詹妮斯能获得兔子这样的眼神的青睐。这与家庭妇女的性别角色有关。前面提到过，战后美国社会普遍认为，妇女的地位应在家中，主要任务是尽最大的可能培养孩子。这样做的一个结果是家庭妇女被非性别化了(desexualization)。斯赖特对此这样论述道：

> 在中产阶级的美国，母亲不仅是唯一的白天与孩子接触的人，而且是带着培养一个近乎完美的人这样的使命来与孩子接触的。这意味着，任何一个来自母亲的怪异的行为，任何一个来自母亲的情感的问题，任何一个偏离母亲使命的行为都会被孩子体验成一种不间断的极度夸大的干扰音……这不是一个偶然的事情。在一个拥有众多照看者的家庭体系里，一个具有诱惑力的母亲产生的影响绝对不会同我们社会中的母亲一样。在我们的社会里，母亲几乎就是孩子的整个世界。母亲的诱惑常常与男性精神分裂症有关这个事实与美国家庭妇女的非性别化紧密相关。正因为美国的母亲时刻都与孩子在一起，全心全意地投入到她的使命中去，因此她必须被中性化。非性别化之所以是必须的是因为要避免给孩子增加过多的母(女)性的东西，在这方面他们早已经吸收得太多了。②

这种家庭妇女非性别化的说法也许有点过于夸大其词，但从社会对家庭妇女的要求上来看，确实有其合乎逻辑性的一面。兔子对詹妮斯的不满显然与后者的被中性化有关。因此，从这个意义上说，兔子逃离家庭以及与露丝生活在一起的行为可以表示为他突破社会的规范、表现反叛精神的一种姿态。也正是在这一点上他追求与众不同的个性化的倾向得到了最强烈的表现。但是，从另一个角度看，他追求的个性化的生活其实质仍是一种虚幻的想象。他对于露丝的浪漫化的态度本身就是幻想的翻版。斯赖特对浪漫之情有过精微的分析："(它)是朝后看的，因此它关注的是恋旧和丧失这样的主题。"③无论是往日的还是丧失的东西唯有通过幻想才能得到恢复。同时，作为一种传统，在西方文化里浪漫情感本身也可以起到一种确证自我存在的作用。在《西方世界的爱》这部研究浪漫之

---

① John Updike, *Rabbit, Run* (New York: A Crest Reprint Book, 1965), p.70.

②③ Philip Slater, *The Pursuit of Loneliness: American Culture at The Breaking Point* (Boston: Beacon Press, 1970), pp.69, 87.

爱的著名著作里，作者罗杰蒙指出："除非爱遇到了障碍，否则并不存在什么'浪漫'这个东西，我们只是喜欢沉浸在浪漫之中——也就是说，自我意识、强烈的感觉、激情的变化和延长，以及随之而来的朝向灾难的高潮——而不是浪漫的瞬间的光芒"[①]按照罗杰蒙的看法，在西方传统里，人们关注更多的是浪漫带来的感觉包括自我意识的加强和激情的延续，也就是浪漫的情感形式，而不是浪漫本身。我们可以从兔子与露丝的性关系上看出他投射到对方身上的浪漫情感。在与露丝发生性关系前，兔子先要经历一番类似宗教仪式一样的洗身，仿佛不这样做就不会有情感氛围的产生。

《兔子，跑吧》发表后，有论者对小说中一些直露的性描写颇有微词。对此，厄普代克有自己的看法，他称这种描写是对二十世纪五十年代拘谨的社会氛围的"报复"，目的是让读者能够真切地感受到兔子所处的环境以及性对他的重要性："我感到这个人物是如此地生活在当下和感觉之中，以致一旦体育远离他的生活之后，性对他而言就成为了最真真切切的东西了——所以我要尽量把他的这种感觉传达给读者。"[②]对于厄普代克而言，性描写是出于刻画人物和烘托时代的需要，而从兔子这方面来说，一方面与露丝的交往表明了他反叛的个性，另一方面性也成为了他感受到自我存在的一种手段，通过一种纯粹的性关系带来的欣喜和快感，他似乎还能尝到一份获得自由的滋味，而在浪漫情调中进行的性行为则无疑为他带来了更多的"自由的欣喜"。[③]

从实际情况看，兔子之所以对露丝表现出如此多的浪漫的情感是为了找回他本应在詹妮斯身上得到但却不能得到的那份情感。但也正是在这一点上，他又一次陷入了进退两难、悖论式的困境中：一方面他试图同露丝一起营造温馨、浪漫的情爱气氛，另一方面他又时时以现实的准则来对待他们的关系。更确切地说，他和露丝只是一种情人的关系，但他却常

---

① Denis De Rougmont, *Love in the Western World*, trans. Montgomery Belgion (NY: Pantheon, 1956), p.52.

② James Plath, ed. *Conversations with John Updike* (Jackson: University Press of Mississippi, 1994), p.223.

③ Kyle Pasewark, "The Troubles with Harry: Freedom, America and God in John Updike's Rabbit Novels," in *Religion and American Culture: A Journal of Interpretation*, 6: 1 (winter, 1996), p.11.

常有意无意地把这种关系纳入到正常家庭的领域中。就像一些学者已经指出的那样,二十世纪五十年代后期艾森豪威尔时代的美国还是一个思想趋同、社会气氛压抑的时代,传统的价值观念主宰着家庭关系的方方面面。[①] 在评述二十世纪五十年代的文化时,美国文学专家莫里斯·迪克斯坦指出:"五十年代最大的特征是在诗歌与非诗歌,大众文化和中产阶级文化,高雅趣味和一般趣味以及低级趣味,诗歌和公共宣传,文化和野蛮间那些不容改变的文化差异、排他性和等级前表现出的软弱。"[②]迪克斯坦谈论的是文化领域的等级差别,这种不同文化领域间的等级区别同样也反映在社会和家庭关系中。兔子就是这么一个具有强烈等级观念的男人。他和露丝一起游泳时的一个细节颇能说明问题。看着露丝在泳池里的身影,他的胸中禁不住涌上一股"深情":"看着露丝使他充满了自豪感,一种如攥紧拳头式的拥有的感觉让他全身感到有力。他的,她是他的,他了解她就像他了解这水一样,就像水淹没了她的全身一样。"[③]这种"拥有"的感觉当然可以说是源于兔子对露丝的性的欲望,但同时也反映了传统家庭观念中丈夫的地位高于妻子、妻子是丈夫的附属物这样一种男权至上的思想。不仅如此,在另一个场景里,他则几乎完全充当起了丈夫和道德维护者的角色。在他和露丝在一家饭店吃饭时,他们遇到了露丝的旧日相好,此时的兔子表露出了强烈的妒忌和愤怒的表情。如果联系到他自己在性关系上的毫无顾忌的行为,他这种愤怒的情绪不得不让人觉得有点可笑了。这当然表明了他行为中不能克服的自相矛盾的地方。如果说这个例子还不能足以说明问题,那么在同一个场景里他接下来的行为——试图阻止他妹妹与男朋友的交往(因为他认为她还没有到交异性朋友的年龄)——则完全可以说明问题的本质:他可以从一个社会反叛者的角色很快就转回成一个传统的、甚至成为一个道德的维护者的形象。他可以既是道德的践踏者,同时也可以成为道德的维护者。

上述兔子的行为表明他很有现实意识,这可以从他对露丝的身份(她是一个业余妓女)的关注中看得一清二楚。在他与露丝交往的开初,他就

① Paul Johnson, *A History of the American People* (New York: HarperCollins, 1997), p. 859.

② Morris Dickstein, *Gates of Eden* (New York: Penguin Books, 1977), p. 4.

③ John Updike, *Rabbit, Run* (New York: A Crest Reprint Book, 1965), p. 120.

表露了这种态度。在一次与露丝外出登山的活动中，他一开始表现出非常浪漫的情绪，称露丝为“我的女王”。但很快，他就回到了现实中来了。站在山顶上，他忽然有一种迷茫的感觉：

> 他在这里干什么，站在空气中？他为什么不在家里？他感到了困惑，恳求露丝：“抱住我。”①

他头脑中真正想着的是露丝的身份问题：于是，在获得了安全感后，他问道，像是一个被宠爱的孩子提出一个玩笑似的疑问，“你真的曾是妓女吗？”露丝的回答针锋相对，道出了兔子的心理秘密。

> 她问道，“你真是一只耗子吗？”他不置可否地回答，语气中明显多了一点小心。“大概吧。”
>
> “那就好了。”②

露丝所说的“耗子”是美国俚语，意指一个可鄙的、偷偷摸摸出卖同伙的人。显然，露丝是摸透了兔子的心理。

确定露丝的身份并不是出于兔子的猎奇心理，而是对现实的焦虑。无论如何，同一个曾是妓女的女人交往是需要一点勇气的，这也许表明了兔子的反叛性格。但更重要的是，他自相矛盾的言行自行解构了这种反叛的个性。无疑，他既是一个幻想的制造者，又是幻想的破坏者，这一点在这里表现得最清楚不过了。这也说明了为什么在露丝怀孕后，面对她提出的结婚的要求，他表现的支支吾吾，躲躲闪闪。不是因为他不要负责任，实在是因为他不能做到负责任。他所能做的只是再一次逃离。

兔子的所作所为其实是遵循了一种现实状态（status quo）中人们普遍的行为原则。为了更好地理解这种原则，我们不妨引述一段法兰克福学派的重要人物阿多纳对此的阐述：

> 在资本主义社会中，舆论以及思想的自由表达这种观念——文化批判正是建立在此之上，有其自己的辩证法。当人们的头脑摆脱了神学——封建的监护时，它却越来越多地受制于匿名的现实状态的控制之下。这种作为不断前进的人类关系社会化的结果的同一性并不是简单地从外部影响人的头脑，它深入到头脑内部的坚硬的地方。它无情地将自己强加到自治的头脑中，就像来自他人

①② John Updike, *Rabbit, Run* (New York: A Crest Reprint Book, 1965), p. 96.

的条令曾被强加到受束缚的头脑中。思想不仅是为了市场的可能性而塑造自己,以再生产出流行的社会概念,更重要的是,在它主动地使自己避免成为商品时,它却变得越来越靠近现实状态。整个这张大网依照交换的行为变得愈加紧凑。这使得个体意识躲避的空间越来越小,这张大网越来越完全地塑型个体意识,抹去其先在的条件,似乎这样是出于尽可能地区别自己,但所有的差异在供应成为垄断的条件下变得微不足道。与此同时,自由的假象使得人们对不自由的思考变得比以前愈加困难,以前这种思考曾与表示不自由的行为处于矛盾的对峙中,结果是(思想的)依附得到了加强。①

正如阿多纳指出的那样,现实中人们行为原则的核心是对现实状态下人的思想的匿名的控制。思想对自由的思考的结果只是自由的假象,其实质是对现实状态的愈加依附。尽管阿多纳批判的对象是资本主义社会的文化生产对个体的影响和控制,但是他揭示的个体意识在资本主义社会中受到现实状态的制约和由此导致的自我矛盾却应有普遍意义。个体性常常被认为是一种冲破现实状态、追求自由的表现。但是在人的思想被先前定型的情况下,追求个体性的结果最终演变成为对现实状态的依附和趋向一致,正如斯赖特指出的那样:“试图总想有点特别,这种欲望引发了对在进步意义上更为稀罕、更为昂贵的象征的追求,一种竞争更加激烈的追求——这种追求最终是无效的,因为正是个人主义导致了同一性。”②

从另一个角度看,兔子陷入的矛盾也与“虚假意识”的影响有关。在谈论资本主义社会不同阶级的阶级意识时,卢卡奇指出人的意识常常以一种辩证的方式出现;意识从主观上试图反映现实的实际情况,但客观上却总是做不到。换言之,意识通常是“虚假意识。”按照卢卡奇的分析,意识与一个阶级的经济结构和状况紧密相关,应反映这个阶级的总体的实际情况。但在现实中,由于复杂的经济和社会状况,人们总是不能认识自己所处的实际的经济条件,尤其是与其阶级背景的关系。③ 结果是“虚假

① Theodor Adorno, *Prisms*, trans. Samuel Weber and Sherry Weber (Cambridge, MA: MIT Press, 1981), p. 21.

② Philip Slater, *The Pursuit of Loneliness: American Culture at The Breaking Point* (Boston: Beacon Press, 1970), p. 8.

③ George Lukacs, *History and Class Consciousness*. trans. Rodney Livingstone (Cambridge, MA: MIT Press, 1971), pp. 46—81.

意识”盛行。另一方面，“虚假意识”当然还与不同阶级的意识间的互相影响有关。在资本主义社会中，虚假意识可以发生在无产阶级身上，也可以发生在资产阶级身上。在当代社会的语境中，“虚假意识”的一个结果是抹去了个体的自我意识。

那么，“虚假意识”是怎么在兔子身上发生的呢？这与他的阶级背景有关。兔子来自于工人家庭。父亲一辈子都在一家印刷厂做工。他自己的工作是在一家杂货店里推销一种“神奇水果刀”。但是，另一方面，他的生活又与中产阶级的生活有很大关联。妻子詹妮斯的父亲是城里几家汽车行的老板。这样的背景并不一定就意味着他必须要努力成为一个中产阶级，但至少是提供了一个他能够被中产阶级生活价值观影响的环境。事实上，他确确实实感到了父亲的家庭与岳父母家庭的不同；他确实在意父亲那既小又难看的屋子与岳父的又大又敞亮的屋子的鲜明对照。兔子对中产阶级生活的渴慕在他去教堂那个情节里达到了高潮：

> 他憎恨街上那些穿着脏兮兮的平常服装的人，他们在宣言他们的信仰，说什么这个世界悬挂在一个大陷阱之上，最后的结果就是死亡，纷乱的感觉只会把他引向迷途。相比之下，他喜欢那些穿着整齐上教堂的人，那些肚子微凸、衣冠楚楚的人给予了他内心的、看不见的感觉一种内容和一份尊重；他们妻子们帽子上的鲜花似乎让这种感觉显现了出来；他们的女儿们本身就像鲜花一样，她们的身体都是一朵单独的花朵，薄薄的花瓣如丝一般，一束信仰之花。因此，即便是那些夹在父母亲间有着橄榄肤色和消瘦手臂的貌相最平平者，在兔子看来走路的姿态也是闪耀着美的光环，一种给予宽慰的美，他真想以感激的心情去吻他们的脚；他们把他从恐惧中解救了出来。①

这个场景发生在兔子第一次离家出走后又回到詹妮斯身边，正准备重新营造一个新家这个时候。很显然，在教堂里见到那些温文尔雅的人，让他很是激动，因为他们使他看到了希望，一种“美丽人生”的希望。他感谢他们是因为他们把他从重新陷入他过去曾有过的糟糕生活的恐惧中解救了出来。显而易见，此时的兔子已完全抛弃了自己曾有过的反叛的思想，将自己与社会中的主流意识形态——中产阶级的生活方式——紧紧联系在一起。需要指出的是，就兔子的具体情况而言，这显然是一种“虚

① John Updike, *Rabbit, Run* (New York: A Crest Reprint Book, 1965), p. 196.

假意识”，并不反映他的实际状况，相反是一种自我幻想。这种“虚假意识”造成两种结果，其一，真正的现实被幻想所掩盖了，其二，自我意识被消弭了，变成了趋同于主流意识的他律的意识。而这正是构成他行为和性格中的主要矛盾——现实和幻想的矛盾——的主要因素。

（三）

如果说前面主要是分析了兔子在处理家庭冲突时表现出的现实和幻想的矛盾，那么在涉及他的信仰方面也可看到这种矛盾的存在。厄普代克的小说往往表现出很强的宗教意味，《兔子，跑吧》也不例外。很多评论都认为，尽管兔子的行为表现出诸多自私和不负责任的地方，但是他还算是一个憧憬着希望的人，因为他相信上帝。的确，兔子似乎是那些为数不多的虔诚的信仰者之一。与一般人不同的是，他不是太关注信仰的各种仪式，而是意义，用他的话说就是上帝存在于一切事物的背后。在这一点上，他同样表现出了与众不同的个性。有些论者发现兔子这种超验式的信仰与 19 世纪美国思想家爱默生的超越主义有相似的地方，如果说爱默生的超验主义强调人性的神性，并由此引导出个人追求自由的正当权利，那么兔子信仰的目的似乎也是朝着同一个方向。

但是另一方面，对于他来说，这种超验式的信仰观念不仅使他脱离了日常的现实生活，而且实际上只表现为一种虚幻的想象。他与爱默生超验主义的区别在于，对后者而言，上帝与人同在，成为给予人的道德的源泉，而对于兔子来说，上帝只是一个虚幻的意象，一种抽象的理念，在他正需要道德和信仰的力量的支持时，却根本发挥不了作用。有一个细节很能说明问题，在詹妮斯生他们的女儿时，在医院里等候的兔子，一方面为詹妮斯担心，另一方面内心又因自己与露丝的关系而在进行自我谴责，他似乎感到了一种空荡荡的，失去希望的感觉：“他的生活似乎是一连串的没有目的的动作，一种失去信仰的乱舞。根本没有上帝，詹妮斯会死去的……”[①]很清楚，在现实生活中，在实际需要信仰的帮助时，他所谓的信仰却离开了他。对他而言，信仰就像一种乌托邦式的图景，只能远远地观望而已。这也是为什么在他“跑”的过程中，时常向着山顶的方向跑去。可是他又始终弄不清楚“上帝”到底是什么，在哪儿；因此，自始至终，在他

---

① John Updike, *Rabbit*, *Run* (New York: A Crest Reprint Book, 1965), p. 165.

谈到上帝的时候，只能用非人称代词“它”来表达。更重要的是，这样的信仰只是一种形式而已。厄普代克在谈到这部小说的意义时，指出：“《兔子，跑吧》有意试图从神学(宗教)的角度来审察人的困境……”[①]兔子在宗教信仰上的矛盾的态度就颇能说明厄普代克的这个观点。事实上，兔子的行为代表了战后美国社会普遍的“星期天上教堂现象”。正如二十世纪六十年代布朗大学的一位人文学者乔治·摩根指出的那样：“尽管上教堂的人数很多，但对于绝大多数人来说，宗教的精神并不出于他们生活的中心。对这些人来说，宗教只是星期天早上的兴趣，并不能为重要的价值系统提供鼓励和支持。”[②]兔子或许不能和这些人相提并论，至少他不是一个经常去教堂的人，但在缺乏真正的宗教精神这一点上他们是相同的。

宗教精神的缺乏不仅发生在普通人身上，同样也发生在牧师身上。小说中的年轻牧师杰克·埃克斯就是这么一个牧师。他是兔子居住区域的新教圣公会教会的牧师，对解决兔子离家的问题表示了极大的热情，不厌其烦地对兔子做工作，企图劝说他尽早回家。但是他自己作为一个牧师却明确表示什么也不相信。他是从现实的社会规范而不是从宗教信仰的角度来做他的牧师工作的。与其说他是一个牧师，还不如说是一个社区工作者、精神分析师或现实的社会规范的维护者。对他而言，牧师仅仅是一个职业而已，就像别的职业一样，与宗教信仰没有什么关系。把兔子弄回家就算是完成了他的工作，至于这样做是不是真的有意义，他们的婚姻是否能维持则不是他考虑范围之内的事。更值得注意的是，就像他自己跟他妻子所说的那样，他其实什么也不相信，这当然包括信仰。

与埃克斯相对的是路德教会的年长牧师，克伦本巴赫，在他身上体现了厄普代克所认为的真正的宗教精神。在克伦本巴赫看来，真正的宗教精神就是信仰，对上帝的信仰，而这不应与社会规范或道德原则混为一谈。他针对埃克斯对兔子生活的“干预”提出的批评表明了他的观点：

你跑前跑后，殊不知你远离了上帝给予你的让你的信念变得强大的责任，

① James Plath, ed. *Conversations with John Updike* (Jackson: University Press of Mississippi, 1994), p. 246.

② George W. Morgan, *The Human Predicament: Dissolution and Wholeness* (Providence: Brown University Press, 1968), p. 26.

因为它,在你得到召唤时,你会去告诉人们,'是的,他(耶稣)已经死了,但你将在天堂看见他。是的,你要受苦,但你必须热爱痛苦,因为那是耶稣的痛苦。'我们只有耶稣,没有别的。所有其他的东西,像你这样的体面工作,忙忙碌碌都是虚无。是魔鬼的工作。[①]

通过克伦本巴赫这个人物,厄普代克实际上是想向读者表明他自己对上帝与世界,信仰与道德之关系的看法。厄普代克的思想来源于瑞士新正统主义神学家卡尔·巴特(Karl Barth)的思想,在二十世纪五十年代末,六十年代初,厄普代克曾阅读了大量巴特的著作,深受影响。[②] 巴特认为人生活在一个上帝启示的世界上,上帝通过耶稣把他的意图告知人们。"自从耶稣在十字架上受难以来,现实就是上帝的恩典:一个人具有信念的行为正是表示对上帝通过耶稣选择人的承认,对作为被真正启示的现实的接受。"[③]这句话的中心意思是对人、世界和现实的肯定;上帝爱人,世界是上帝启示的世界,人应该爱这个世界,正如爱上帝一样。这是巴特的一个基本观点。道德提供了规范和指导人的行为的原则,但它并不一定会引导人产生对上帝的信仰。相反,它会使人走向背弃上帝和他的世界的行为,以至在心中产生"虚无"(nothingness)(如埃克斯的行为导致的就有可能是这样的结果)。这是巴特极力要批判的一个东西。他指出:"虚无是对上帝和他的创造物的否定。"[④]但是在另一方面,虚无不应与人或世界的不完善(creaturely imperfections)相提并论。"人的不完善,或世界的阴暗面是上帝的意愿,上帝要对此提供服务,同时这也是向上帝感恩的一个证明;但是虚无却恰恰相反是被上帝排除在外的,对它说不的东西……"[⑤]因此,因为人或世界的不完善,一个人在生活中可能会遭受痛苦,但不能因此而抛弃世界和上帝,就像克伦本巴赫所说的那样,"是的,你要受苦,但你必须热爱痛苦,因为那是耶稣的痛苦。"克伦本巴赫对埃克斯的批评对我们看清兔子的问题所在至关重要。兔子把人的不完善与虚无混为一谈,结果是对上帝的恩典视而不见。他不仅拒绝热

① John Updike, *Rabbit, Run* (New York: A Crest Reprint Book, 1965), p.143.

② 见本书第一部分,"道德、真实、神学:厄普代克小说中的宗教。"

③⑤ George Hunt, *John Updike and The Three Great Secret Things: Sex, Religion and Art* (Chapel Hill, NC: University of North Carolina Press, 1967), p.36.

④ Karl Barth, *Church Dogmatics*, ed. Helmut Gollwizter (Louisville, Kentucky: Westimister John Knox Press, 1994), p.136.

爱痛苦，而且还抛弃了这个上帝启示的世界。为了寻找“更好”的东西，他确实有过宗教层面上的追求。但是正像巴特指出的那样，他的那种超验式的对上帝的追寻是建立在幻想基础上的：“最常见的是，人们所认为的上帝是一个完全不同的东西，即，那种空洞的、无益的以及本质上极为乏味的叫做超验的庞大无边的东西，不是一个真正的对应物，也不是一个真正的他者，或真正的外部或更广大的世界，而是对人的自由的虚幻的反映，是一种对纯粹抽象空间的投射。”①

在巴特神学里，一个更为复杂的问题是，“虚无”与上帝的共在。走向上帝的同时也是拒绝“虚无”的过程，换言之，“虚无”可以用来证验对上帝的信仰。在“虚无”面前，人的一个最大的问题是扮演上帝的角色，这恰恰就是“虚无”的表现，因为这样的行为并不是出于对上帝的真正的信仰，而只是以上帝的名义进行的。兔子之所以那么固执地相信他心中那个超验的上帝，至少部分地表明了他对上帝的信仰，更重要的是，这同时给予了他行为的正当理由，在信仰的名义下，他的行为对他人造成的影响甚至灾难则被抛到了脑后，不在他考虑范围之内。同样，我们也可以在小说中找到一个细节来说明这个问题。既是在女儿被詹尼斯不小心溺死后(实际上兔子应该负部分责任，是他在詹尼斯需要他的时候离开了她)，兔子首先想到的并不是他应负的责任，而是“上帝”。下面所选的这个事件发生后他与埃克斯的对话点明了这个问题：

> 埃克斯抬头看了看，有点拘束的样子。他的脸上泛起一阵婴儿白，好像是没有睡够。“该做什么就做什么，”他说，“做一个好丈夫。一个好父亲。好好地去爱你还有的东西。”
>
> “那就够了?”
>
> “你是说要得到原谅？我相信一个人一辈子里会得到很多原谅的。”
>
> “我是指”—他觉得他还从来没有像现在这样央求过埃克斯—“还记得我们曾经讨论过的事吗？那个万事背后的东西?”②

兔子所说的“万事背后的东西”也就是他心中的那个上帝。之所以在这个时候还要提及它，是因为这让他有别于其他人，因为在这个时候只有

① Karl Barth, *Church Dogmatics*, ed. Helmut Gollwizter, (Louisville, Kentucky: Westimister John Knox Press, 1994), p.29.

② John Updike, *Rabbit, Run* (New York: A Crest Reprint Book, 1965), pp.233—34.

他理解女儿的溺死是上帝震怒的表现，用他自己的话来说是“可爱的生命被可爱的死亡占有了”，[1]能够看到这一点当然表明他相信上帝的存在。但是，极具讽刺意味的是，这种对上帝存在的洞察通过他的嘴表达出来却变成了其自私面的最大的展现。我们可以通过细读兔子在女儿葬礼上的表现的一段描写，看出这层意思：

> 他看了看天空。心中有了一种奇怪的力量，似乎在一个洞穴里爬行了一阵后，现在他终于在那些挡在前面的岩石间穿行而过，看到了一线光亮；他转过身来，看到詹妮斯的脸，满是忧伤，木木的样子，她挡住了光线。“别看我”，他说，“不是我杀了她。”
>
> 这句话清清楚楚从他嘴里说出，语气是那么直率，与他现在看待世界的天真态度一样。那些在说着话的人们齐刷刷把头扭过来，朝向这个突然间冒出来的、残酷无情的声音。[2]

兔子在这里看到的“光线”指的是他与上帝间的个人交流，意指他领会了上帝的意图，“不是我杀了她”则是要表明女儿的死不是谁的过错，而是上帝的震怒的表现，而这也恰恰表明上帝的存在。但是，这样的表述既不符合实际情况，也的确是残酷无情。之所以他会这样说话，原因正是因为他心中想着的只有他自己，更重要的是，这种做法实际上是用上帝的名义来证明自己行为的正确。

如果说巴特神学要求的是个人全身心地依附于上帝，那么兔子的所作所为却是反其道而为之，不仅以上帝的名义来证明自己行为的正确，更甚的是在面对个人困境时，把个人的力量与上帝的力量混淆起来，前者替代了后者，而这正是巴特神学中的“虚无”的表现。在这样一种“虚无”处境里，兔子自己其实也成为了一个虚无者，不知道自己到底是谁。在小说的结尾部分，兔子在得知出生不久的女儿因詹妮斯不慎而淹死在浴盆后，回到了家。在去参加女儿的葬礼的路上，他在内心经历了一次对这个世界的存在的意义质问和怀疑的过程：“为什么这些人都生活在这儿？为什么他在这儿……这个孩子般的神秘问题——这种在‘任何地方’都能产生的问题，尤其是，‘为什么我是我？’——开始在他的心中升起了恐惧。一种冷飕飕的感觉传遍了他的全身，他感到脱离了这个世界，似乎最后就

---

[1][2] John Updike, *Rabbit, Run* (New York: A Crest Reprint Book, 1965), pp. 235, 244.

像他一直害怕的那样，他是在空中行走。”①

毋庸置疑，他内心深处对自己、对周围的一切产生了怀疑，这种怀疑具有了本体论的意义，是对世界和人的本质的怀疑。这种脱离世界，丢失自我的感觉最明显地表现在每次逃离家的时候，他都弄不清楚要去哪儿。小说开头时，他在逃离中与一个加油站工人的对话很能说明问题：

“这条路会把你带向鹊奇镇。”

“那个地方后面是什么？”

“纽荷兰。兰凯斯特。”

“你有地图吗？”

“孩子，你到底要去哪儿？”

“嗯，我真的不知道。”②

在小说结尾时，在他最后一次逃跑中，这种毫无目标的“跑动”与一种象征黑暗的意象结合在了一起：

> 害怕，真的感到害怕，他想起他曾经好像是通过开一个洞，看到外面的阳光来安慰他自己，于是他抬起眼睛，向着教堂的窗户望去。或许是因为教堂穷的缘故，要么是因为夏天的光亮，也许只是疏忽了的原因，窗户里面灯没亮，它似一个黑黑的圆圈嵌在石墙中。③

黑暗是虚无的同义词。兔子或许仍然会去寻找阳光（教堂窗户的象征意义），但因为处于虚无的包围之中，阳光（世界）的意义不会向他显示。他所能做的只是继续他的漫无目的的逃跑，一直不停地跑下去。正是以这种“跑”的行为的意象，厄普代克结束了他的这部小说：“噢，跑，跑……”④

在谈到《兔子，跑吧》与时代的关系时，厄普代克这么说道：“这其实并不是有意要表现二十世纪五十年代，它其实更是二十世纪五十年代的产物，这是一部关于在二十世纪五十年代陷入困境的书，由一个陷入困境的人写成。”⑤与其说厄普代克说的是自己写作此书时的一种精神状态，

---

①②③④ John Updike, *Rabbit*, *Run* (New York: A Crest Reprint Book, 1965), pp. 235, 26, 254, 255.

⑤ John Updike, “Why Rabbit Had to Go?” *New York Times Book Review*. 5 Aug., 1990, p. 24.

还不如说他是给其笔下的兔子在二十世纪五十年代的行为做了一种总结。兔子是二十世纪五十年代的产物，更是一个陷入困境的人。但是，另一方面，他对个人自由的不停追求也表明了挣脱困境的努力。尽管在这过程中，一次又一次遭遇到挫折和失败，但是对个人自由的幻想依旧存在，依旧会给予他行动的动力。小说以一种开放的方式结尾也许正可以说明兔子继续追求的可能，尽管同样可能的是继续遇到挫折和失败。正如美国著名社会学家帕森斯在谈到二十世纪五六十年代美国青年的特征时所说的那样，“从美国现有的价值体系来看，青年人将不得不对社会的总体状况给予一种相对的支持，因为这是一种制度化的情况。”①换言之，生活在制度化的社会里的人也已经制度化了。兔子的“逃离”行为也许可以说是对制度化情形的挑战和反抗，尽管这种挑战和反抗本身就表明了制度化的影响，十年以后当他在《兔子归来》中再次出现时，这样的情形变得更为明显。

① Talcott Parsons, “Youth in the Context of American Society,” in *The Challenge of Youth*, ed. H Erikson (New York: A Doubleday Anchor Book, 1965), p. 139

二、是什么让兔子归来？——自我认同危机和二十世纪六十年代的社会文化矛盾

《兔子归来》是一部讲述二十世纪六十年代文化矛盾和社会冲突的小说，可以说涉及到了与那个特殊时期有关的各个方面，如越南战争、黑人民权运动和种族冲突、青年反文化运动、性革命以及阿波罗登月等等。小说描写了一个让人困惑的年代，一些在那个年代困惑得不知所措的人物，而这或多或少与作者本人的困惑有关。从某种意义上说，厄普代克正是在一种困惑气氛中创作这部小说的。在谈到这部小说的最初设想时，厄普代克不止一次地提到，在《兔子，跑吧》出版十年后，他再一次续写兔子的故事，只是迫不得已，是这个时代本身又让他回到兔子生活中。用他自己的话说，“把六十年代搞得晕头转向的那些社会上的抗议运动的口号和语词大大地震惊了我，让我失去了方向。”[①]于是他放弃了原本想写一部关于美国内战前总统布坎南的历史小说的计划，转而回到“兔子”哈里故事中，因为他发现归根到底他是个现实主义者，对现实生活的感受要多于对历史的想象。这种对现实的感受的结果便是《兔子归来》。厄普代克说过他将这部小说视为一个大容器，把自己对在那个时代闹得沸沸扬扬的一些社会事件和现象的看法和产生的困惑以及不安、焦虑和愤怒的情绪一股脑儿全搁到了里面。此言并不夸张，读罢小说，我们感受最深的，就像厄普代克自己的感觉那样，也许就是主人公“兔子”哈里“被社会生活中的各种各样的‘革命’整个儿弄乱了脑子，不知所措。”[②]而这也正是厄普代克自己对小说中兔子处境的评语。事实上，厄普代克的这个自我评语成为了很多评论与判断的立脚点。有些论者认为小说表现了在二十世纪六十年代急剧的社会动荡中，白人美国社会的僵化，[③]或者说在面对传统价值受到冲击时，必须要经历的一种“死亡仪式”。[④] 另有一些评论者则

---

①② John Updike, “Introduction to *Rabbit Angstrom*: *A Tetralogy*,” (New York: Alfred A Knopf, 1995), pp. xiv, xv.

③ Joyce Markle, *Fighters & Lovers*: *Theme in the Novels of John Updike* (New York: New York University Press, 1973), p. 150.

④ Edward Vargo, *Rainstorms and Fire Ritual in the Novels of John Updike* (Washington: Kennikat, 1973), p. 152.

认为小说过多充斥了作者的主观判断和说教，人物缺乏行动，因此是一个败笔。[①]

无论是厄普代克的自我评判还是上述论者的评论都可以从小说中的人物，尤其是兔子本人的行为和言语中得到某些印证。但从另一个方面说，这些主观印象式的判断也有导致误读的地方。诚然，正如厄普代克研究专家葛雷纳指出的那样，小说描写的兔子的个人生活"可以成为六十年代美国社会传统价值崩溃的一个比喻，"[②]但问题的另一面是，小说展现的兔子在那个时代的经历本身也表明了他维护传统价值的种种努力。这两个方面在小说中共同存在，恰如一个硬币的两面。确切地说，小说表现的是维护传统价值与传统价值观念不可避免地受到冲击以致崩溃之间的冲突，以及这种冲突的过程。也正是在这个意义上，《兔子归来》成为了《兔子，跑吧》的续篇，同时又不同于后者，因为十年后的兔子与十年前的兔子已不是同一个人了。如果说十年前兔子的表现尚可以被称为传统社会的反抗者，尽管这种反抗本身是模棱两可的，那么十年后兔子则成为了一个总是要摆出一副捍卫传统价值姿态的人。但兔子毕竟还是兔子，在本质上，前后相隔十年的兔子还是有相同的地方，那就是对自由的恋恋不舍。不同的是，在《兔子，跑吧》中，这表现为对个性的追寻，是个体向往自由的表现，在《兔子归来》中这种原本与个体有关的对自由的眷恋则演变为对国家乃至个体身份的一种界定。换言之，正是这种以自由概念及其衍生意义为主要内容的身份界定构成了传统价值框架下的美国人的身份认同，而身份认同的危机则正好表明了建立在传统价值之上的社会和文化所遭遇到的挑战和矛盾。这一点在兔子身上表现得尤为突出。评论家德特维勒指出："兔子现在是深陷于一种冲突之中，那是一种延续与变化，对梦想的顽固的崇拜和梦想破灭的亲身体验之间的冲突。"[③]兔子崇拜的"梦想"与传统价值观念有着千丝万缕的联系。从小说的具体内容来说，它包括三个层面，既意识形态层面的自由观念的含义，社会生活规范层面的中产阶级家庭理想和宗教信仰以及种族关系层面的白人至上主义

---

① George Hunt, *John Updike and The Three Great Secret Things: Sex, Religion and Art* (Chapel Hill, NC: University of North Carolina Press, 1967), p. 160.

② Donald Greiner, *John Updike's Novel* (Athens: Ohio University Press, 1984), p. 65.

③ Robert Detweiler, *John Updike* (Boston: Twayner, 1984), p. 135.

的思想。

(一)

与厄普代克一贯的写作风格一样,《兔子归来》关注的更多的是家庭冲突和个人困境,这不是说小说没有涉及社会和政治问题,恰恰相反,这本小说是厄普代克所有小说中政治意味最为强烈的小说之一。在整个《兔子四部曲》中,厄普代克认为这部"最出奇、最激烈",[①]当然这是从小说展现社会问题的程度而言的。从小处和细节入手,从中透视出整个社会的背景,这是厄普代克的一贯写作手法,也是整个"兔子"系列的风格。这样做自有他自己的理由。他曾这样说道:"在小说中描写一个重大事件是要冒风险的。我相信,一个国家的生活是通过个人和他们的日常生活来反映或者说折射的。"[②]这不仅仅是对他写作策略的一种解释,实际上也是一针见血地点明了社会和文化矛盾产生的具体领域。从小说中,我们可以看到,兔子混乱不堪的个人生活活生生就是那个特别年代整个社会的一个缩影。需要强调的是,厄普代克并不只是简简单单地讲述一个像兔子这样的普普通通的"失败者"的故事,而是着眼于揭示造成这种常见的"失败者"背后的文化成因。这样的揭示是深层次的,因为作者抓住了问题的核心,也就是兔子身份认同的危机以及由此引出的社会和文化矛盾的真正原因。作为抱定传统价值的普通美国人的一个代表,一方面,面临着体现美国的价值受到冲击时,兔子总是要做出一副捍卫者的姿态,另一方面,他又自觉不自觉地被卷入到文化冲突的大潮中,以致在有意无意中或多或少地改变了自己的态度。这种冲突是造成其身份认同危机的主要因素,而这也正是二十世纪六十年代这个文化的转折时期整个美国社会的一个写照。从小说的情节安排来看,这种冲突的过程具体表现在"家庭"这个形式的变化中,先是一个普通家庭的破裂,然后是一个"新家庭"的产生,最后是回到原先的家庭,但已不再是简单地恢复原样,而是面临着新的挑战,因为维持家庭的社会道德规范已面目全非了。

《兔子归来》的故事发生在 1969 年的七月中旬到九月底的三个月左

---

① John Updike, "Introduction to *Rabbit Angstrom: A Tetralogy*," (New York: Alfred A Knopf, 1995), p. xv.

② Morris Dickstein, *Gates of Eden* (New York: Penguin Books, 1977), p. 94.

右的时间里。兔子现在在他父亲一直工作的那家印刷厂里做工。在过去的十年里生活还算安逸,但变化即将到来。妻子詹妮斯在其父亲的车行里就职,而且正在与同一个单位的员工查理搞婚外恋。兔子知道此事,但不知怎么地并不想干预他们两人间的事,直到有一天他与詹妮斯发生了一场争吵,兔子发狠打了她。詹妮斯于是弃家去和查理公开住在一起。不久,通过他的一位黑人工友的引见,兔子认识了嬉皮士少女吉尔并把她带回家住。很快,吉尔又把一个外号"斯基特"的黑人青年带到兔子的家里。此后,这三个人再加上兔子的儿子纳尔逊就同在一个屋檐下生活,组成了一个特殊的"家庭"。但兔子的行为引起了周围邻居的极度愤怒,吉尔与斯基特在光天化日之下的所作所为更让他们不能忍受。最终兔子的家被邻居烧毁。斯基特逃跑,吉尔却死在火灾里。兔子失去了自己的房子,不得不到父母家去住。更糟的是,他还失去了他的工作。幸好,最后在妹妹米姆的帮助下,兔子和詹妮斯又重归于好。

与《兔子,跑吧》一样,在这本小说里厄普代克也没有忘记让故事和人物的言行不失时机地与某个新闻事件串联在一起,以衬托时代背景。在《兔子归来》中,这个手法表现得更为明显。在故事开始不久,我们就看到一个最大新闻进入情节的中心。这个新闻就是越南战争。厄普代克选择越南战争作为背景和人物行动的连接点,一方面是因为这确实是一个最大的社会事件,另一方面也是因为越南战争本身可以成为折射传统价值,尤其是美国式的自由观念的一个三棱镜。兔子捍卫传统价值的姿态正是从他对这场战争坚决支持的态度和言语中开始的。更重要的是,这场战争本身也成为了引发社会价值观念转变的导火线,并导致了小说涉及的一个重要主题,即身份认同危机的产生。

如上所述,出现在《兔子归来》中的兔子已与十年前大不相同,他已不再离家出走,而是循规蹈矩地生活。更让人诧异的是,他似乎已成为政治上的保守派。他支持政府发动的越南战争,而且还振振有词地加以"理论"上的辩护,似乎他俨然就是政府的某位发言人。当听到查理说,美国在越南的行为只是美国政府在国际社会中玩的一种"权力把戏"时,他不免感到有点不自在,他认为查理说的这个理论靠不住,因为它没有抓住关键。那么,兔子心目中认为的这场战争的关键问题是什么呢?我们不妨来看看,叙述者是怎样来表露他心里想说的话的:"(但是)兔子满脑子都是他的直觉。直觉告诉他,把美国的行动说成是'权力把戏'是没有抓住问题的关键。美国的行为不能简单地用'权力'不'权力'来说明,美国的行为如同梦幻一般,就像是上帝的脸面。美国在哪里,哪里就有自由,哪里没有美国,疯狂就会带着铁链统治一切,黑暗就会绞杀成千上万的人。在坚持战斗的轰炸机下面,天堂是可能的。"[①]尽管兔子自己否认在谈论政治,也许他以为政治是政府的事,与他无关,但他的这种言语无疑表明了他的政治立场。

用这样一种传统保守派的立场来捍卫美国在越南战争中的行为其实并不只是兔子一人所为。他的立场实际上反映了那个时代相当程度的民情。历史学家保罗·约翰逊在《美国人民史》一书中写道,在战争初期,美国民众总体上是支持用武力解决越南问题的,在白人青年人中这样的支持率尤其高,而且他们中的很多人还特别希望武力升级。[②] 这种支持战争的公共民意一直持续到二十世纪六十年代后期,直到随着黑人民权运动的兴起,反战运动的高潮也随之而来。很多白人特别是中产阶级阶层并不热心各种各样的运动和社会"革命"。他们被称为"沉默的大多数",兔子就是其中一员(在小说中,厄普代克让詹妮斯来指明了这点)。他们的共同特点是"都对传统价值和清教伦理精神情有独钟。"[③]因此,可以说兔子的"心理直觉"多少反映了传统价值观念。从另外一个角度来说,这样的"直觉"更是浸透了关于"美国"的意识形态含义,也即这样的一种信念:"美国是解放者,美国是理智所在,美国是光明所在。"[④]换言之,在捍卫美国的同时,兔子也是在捍卫一种关于"美国"的意识,一种国民意识或者说国家身份认同意识。有些学者更是将其称为美国式的生活方式。美国意识形态研究学者耶和沙·阿勒里这样指出:"在美国社会里,国民意识由社会和政治价值观念塑造而成,而且声称具有普遍适用的本质,但其实只是一种美国式的生活方式。"[⑤]值得注意的是,阿勒里进而发现,正是

---

① John Updike, *Rabbit Redux* (New York: A Fawcett Crest Book, 1972), p. 49.

② Paul Johnson, *A History of the American People* (London: Weidenfeld & Nicolson, 1997), p. 905.

③ Terry Anderson, *The Sixties* (New York: Longman, 1999), p. 117.

④ Dilvo Ristoff, *Updike's America: The Presence of Contemporary American History in John Updike's Rabbit Trilogy* (New York: Peter Lang Publishing, 1988), p. 90.

⑤ Yehoshua Arieli, *Individualism and Nationalism in American Ideology* (Cambridge, Massachusetts: Harvard University Press, 1964), p. 23.

从这种国民意识中,“美国人发展出了一种强烈的民族使命感和命运承担感,由此,美国人咄咄逼人的民族主义把他们的疆域从大西洋扩大到了太平洋。”[1]可见,兔子便是这种美国式的生活方式,或者说思维方式的代表之一。

这种“民族使命感和命运承担感”在美国人的思维中是深有传统的。从历史上看,早在十七世纪新英格兰清教时期就初露端倪。清教徒们认为他们同时肩负着创造神圣历史和世俗历史的责任和使命,用著名清教思想研究专家萨克文·伯科维奇的话说,这种使命感“从个体角度说指引他们走向拯救,从集体角度看则是美国式的上帝之城。”[2]如果说清教徒们或多或少是从宗教的意义上去阐释他们的使命感,那么在随后的历史时期里,这种宗教意义上的使命感被转化成了一种民族或国家身份认同,而支撑它的核心就是关于美国与自由概念间的联系的观念。阿勒里认为民族身份认同不是自然而然形成的,而是意识形态运作的结果。自由的观念首先出现在清教徒“山颠之城”想象中,随后被用来求证美国这个国家之出现以及它所肩负的使命的正当性和合理性。要理解这一点,我们不妨读一读历史上一些重要人物的演说词,从中可以窥见“自由”一词是如何在不同的时期出现在这些政治家的语汇中,并最终成为美国这个国家的象征。如果说在杰弗逊《独立宣言》的名言“生命、自由和对幸福的追求”[3]中,相对而言,“生命”和“对幸福的追求”是从个体角度而言的,那么“自由”则成为了民族独立的动力。在美国内战时期,这个观念成为了林肯总统的信仰,被用来证明维护国家统一的重要性,林肯将此表述为“自由的新的诞生”。[4]同样,在第一次世界大战之后,威尔逊总统提出维护世界和平的责任落在了美国的肩上,美国人应为人类的自由付出一切:“美国人民没有其他原则可以依循,为了捍卫这个原则他们随时可以贡献他们的生命、荣耀和他们拥有的一切。捍卫人类自由的最后的战争和道义之峰已经来到,美国人时刻准备让他们的力量、崇高目标、真诚和风险精

① Yehoshua Arieli, *Individualism and Nationalism in American Ideology* (Cambridge, Massachusetts: Harvard University Press, 1964), p. 24.

② Sacavan Bercovitch, *The American Jeremiad* (Madison: The University of Wisconsin Press, 1978), p. 9.

③④ Daniel Boorstin, ed. *An American Primer* (NY: A Meridian Book, 1995), pp. 86, 437.

神经受考验。"[①]几十年后,在冷战高峰时期,肯尼迪总统更是在"自由"一词的使用和观念的阐释上更上一层楼,发誓要让美国成为"自由"的拯救者:"(美国)将付出任何代价、承担任何负担、面对任何困难、支持所有的朋友、反对一切敌人,以确保自由的延续和成功。"[②]无独有偶,在越战期间,肯尼迪的继任者约翰逊总统也扯起"自由"这面大旗,为美国进行辩护:"美国责任的原则、行为的准则、必要的领导给美国的自由以及我们这个伟大的国家招致来了凶狠的威胁。"[③]

需要指出的是,这种对"自由"一词的使用和阐释并不仅仅成为政治家们演说篇章中的修辞手段,在对美国和"自由"间的等同关系的反复强调过程中,"自由"这个普普通通的中性词汇早已演变成美国意识形态的一部分,对民族身份认同的形成起了关键的作用。政治意识和文化意识是互相关联的。源于宗教意识的"自由"观念在历史中转变成政治意识的一部分,同时也又以意识形态的形式进入到了人们的头脑,成为了一种特有的文化行为。社会学家菲利普·司赖特注意到这样一种现象,在自由的名义下,这个国家历史上曾有过的灭绝种族的习性被掩盖了起来,如,有计划地赶尽杀绝印第安人,无论是在奴隶制废除前还是后,对黑人的随意杀戮,更不用提在第二次世界大战中对平民投下原子弹后表现出的漠不关心的态度。[④] 在这样一种文化里,人们看问题的角度也是特殊的,是一种自我与他者的关系,不是关心他人的感觉怎么样,而是"我"如何给对方输出了自由和幸福。兔子对越战的理解就是这种观点的典型代表。在与查理争论美国如何想给越南带去好处时,他这样说道:

> 如果他们愿意,我们可以把它变成第二个越南。那就是我们想做的,把那里变成一个到处是高速公路和加油站的幸福和富裕的国家。可怜的老LBJ(林登·约翰逊总统),天哪,在电视上满眼泪汪汪,你一定听他讲过话,如果他们停止扔炸弹,他差不多是乐意把北越变成该死的联邦的他妈的第五十一个州。我们在央求他们安排一些选举,任何选举都行,而他们宁愿扔炸弹。我们还能做

---

①② Daniel Boorstin, ed. *An American Primer* (NY: A Meridian Book, 1995), pp. 804, 939.

③ Donris Kerns, *Lyndon Johnson & the American Dream* (NY: Harper & Row, Publishers, 1976), p. 254.

④ Philip Slater, *The Pursuit of Loneliness-American Culture at The Breaking Point* (Boston: Beacon Press, 1970), p. 33.

些什么？我们正试图给予一些东西，这就是我们全部的外交政策，我们给予一些东西，好让那些黄种小子们快乐点，可像你这样的家伙却只会坐在饭馆里呻吟"天啊，我们堕落了。"[①]

兔子并不只是在鹦鹉学舌式地重复当局的宣传语言，事实上，他的这番表白是出自内心的，因为他自认为他是在尽作为一个美国人应尽的一份责任，捍卫美国的价值。这也恰恰说明了文化的力量。伯科维奇指出，文化涉及的是"人们如何阐释以及信仰什么"。[②] 换言之，价值观念是以文化的形式贮存在人们的头脑中，并指导着人们的言行，而无形的文化发挥的力量在很多时候要比有形的社会机制或机构的力量更为强大，影响更为深远。从这个意义上说，文化的影响具有了意识形态的功能。我们可以借鉴法国结构主义马克思主义者路易·阿尔图赛的意识形态国家机器的理论来剖析文化的意识形态功能。

马克思国家理论学说认为在一个阶级社会里国家是一种压制性的机器，是为统治阶级服务的。作为一个结构主义者，阿尔图赛并不满意马克思的这个观点。阿尔图赛认为马克思的理论是一种描述性的理论，只是描述了国家理论的一个初级阶段，因此，有必要在此基础上增加一点东西。阿尔图赛把自己要增添的思想理论称为意识形态国家机器。根据阿尔图赛的看法，马克思以及列宁的国家理论的经典学说强调的是国家通过政府、军队、警察和法院等机构而发挥的压制作用，这些发挥作用的方式他称之为国家机器。但是，事实上，国家权力还可以通过其他方式，如宗教、教育、家庭、传播（报刊、广播、电视）以及文化（文学、艺术、体育等）发挥作用，所有这一切他称之为意识形态国家机器。国家权力在这些领域是通过意识形态的运作而发挥作用的。阿尔图赛相信，统治阶级的意识形态不仅可以在国家机器中，也可以在意识形态国家机器中得到贯彻，而且功效是一致的："正是在这个地方（意识形态国家机器）统治阶级的作用才充分地聚集起来，这也正是掌握国家权力的统治阶级意识形态集中体现的地方。也正是主流意识形态起的调停的作用才使得在起压制作用的国家机器和意识形态国家机器之间有了一种'和谐'的关系（有时是

---

① John Updike, *Rabbit Redux* (New York: A Fawcett Crest Book, 1972), p. 47.

② Sacavan Bercovitch, *Rites of Assent* (New York: Routledge, 1993), p. 12.

紧张的)。"[①]换言之,阿尔图赛认为一个社会的主流意识形态总是能够把国家机器和意识形态国家机器融合成一个统一体。

从阿尔图赛的这个"新"意识形态理论中,我们可以得到两个启示。第一,意识形态的作用是全方位的,所谓国家意识形态实则也就是文化的各种形式,它们发挥的意识形态作用与国家机器的强制性行为有不谋而合之处。第二,国家机器与国家意识形态机器之间由于主流意识形态的作用而形成的"和谐关系"很容易在整个社会中造成一种价值观念趋同的结果。这两点对我们理解美国文化有着很大的帮助。尽管从一开始美国就是一个崇尚个体独立精神的社会,但不能忘记的是个体所依存的价值观念的核心是一致的,即以自由观念为主要内容的精神和物质的追求,而这恰恰也正是国家民族的诉求对象。也就是说,在这个强调个体主义的社会里,在基本价值观方面有着相当程度的趋同性。这种趋同性当然也会表现在国家民族身份认同和个体的身份认同的一致性方面。兔子认同的并不只是政府的所作所为,而是这个国家所体现的价值观,也就是阿里勒所认为的"美国式的生活方式"。也正是在这个意义上,我们发现兔子所说的话与约翰逊总统有何其相似之处:"我们并没有炫耀武力。我们不想吓唬什么人。但我们也不会被什么人吓倒。我们不会从美国肩负的责任——这是上帝的意愿——中退却。责任与力量并存。"[②]这是约翰逊总统 1968 年对一群美国老兵说的话。语词不尽相同,但精神是一致的。他们维护的都是美国的价值观,在这一点上国家民族的身份认同和个体的身份认同是合而为一的。

(二)

但是,在二十世纪六十年代这种价值观念遭遇到了严重的挑战,身份认同出现了危机,而根源也正是在于越战引发的社会变化本身。在二十世纪六十年代后期,越来越多的人认识到了战争的"种族杀戮"的本质,社会公众中反战的情绪越来越强。结果是,当美国大兵在越南战场中越陷越深,死伤人数急剧上升时,反战运动终于占领了上风。与此同时,这也

① Louis Althusser, "Ideology and Ideological State Apparatuses", trans. Ben Brester, *Lenin and Philosophy* (London: New Left Books, 1971), p. 150.

② 《时代周刊》,1968 年 3 月 22 日,第 21 页.

成为了社会价值观念变化的转折点。

兔子的思想不可避免地受到了冲击。让兔子感到困惑的并不是社会上出现的此起彼伏的抗议浪潮本身,而是那些抗议者表现出的对国家的敌意态度。似乎那些人并不只是在反对战争本身,而且连带着"美国式的生活方式"也要一起抛弃掉。在这里,对厄普代克本人的态度做一些分析可以有助于理解兔子的言行。在这个方面,厄普代克与其笔下的兔子表现出了同样的困惑。在他的1989年出版的自传中,厄普代克专辟一章讲述了他在越战期间"不当鸽派"的理由。他是当时少数几个支持越战的作家之一。之所以在越战这一事件上,他持鹰派态度,一个很大的原因是出于发自内心的对这个国家的一种深深的隶属感。在其眼里,美国是世界上最伟大的国家,"伟大"是这个国家的身份标志,而让美国成为一个伟大国家的不是别的正是自由观念这个理想。[①] 他这样解释他对战争和美国的看法:"为战争辩护(或更确切地说,反驳那些反战言论)也许是表明我为这个国家服务、对这个国家表示忠诚的一个方式,就我而言,这个国家始终遵守了她的诺言,尽管是陈旧得不能再陈旧——生命,自由和对幸福的追求"。[②]

显然,厄普代克把他的这种感觉移植到了他笔下的人物兔子身上。如同厄普代克,兔子之所以对越战如此支持,不仅仅是针对战争本身,也是因为战争让他或多或少萌发出了一点"忧国忧民"的思绪,对这个国家的命运产生了一点担忧。一面是反战运动方兴未艾,一面是其他各种"革命"行为热火朝天,如青年反文化运动、黑人民权运动等。社会似乎是陷入了混乱之中。因此,在兔子眼里,这场战争的一个好处是可以把这个国家重新凝聚起来。我们可以从他对詹妮斯和查理解释他的立场的一段话中,看出这个意思:

我的意见是,你要表明你的意愿,你就得时不时地打上一仗,无所谓在那儿

---

① 厄普代克曾在二十世纪六十年代作为美国政府的文化特使访问过前苏联和东欧国家。他自称从这次外访得出的一个经验是相比之下美国比那些国家强多了:"我们与他们的区别,不是像那些人说的那样——而且在越战的那些日子里,他们的声音还越来越大,不是半斤和八两的区别,而是一斤和几钱的区别。一个是雅典,另一个是斯巴达,一个是光明,另一个是阴影。" John Updike, *Self-Consciousness: Memoirs* (New York: Alfred. A. Knopf, 1989), p.139.

② John Updike, *Self-Consciousness: Memoirs* (New York: Alfred. A. Knopf, 1989), p.137.

打。麻烦的不是战争，而是这个国家。我们现在不会在朝鲜打仗了。老天，我们不会再和希特勒打了。这个国家已被自己的麻醉药麻翻了，在自鸣得意中，在胡言乱语中，在一片污秽中陷得太深了，正需要从底特律到亚特兰大的每一座城市里扔氢弹，好把我们惊醒，即使在那个时候，我们也许还会以为只是让别人亲了一下。①

兔子当然有点愤世嫉俗的样子。但这种态度至少还是表明了他对社会现状的不满，而背后的原因就在于传统价值——那种用于界定美国人的价值观念的衰落。可以说，对兔子而言，为越战辩护实质就是在为这种价值理念辩护。在小说中，厄普代克通过对一场棒球赛的描述，非常形象地表明了传统价值的衰落。这个场景是通过兔子的视角展开的：

(在棒球中)有一种美要比打篮球时猛烈碰撞时的美更让人赞叹，这是源于乡村牧场的美，一种孤独的游戏，等待的游戏，等待着投手去完成死盯着的第一垒再闪电般地扔出去，一种连吐沫、灰尘、草地、汗水、皮球、太阳全都浸泡着美国味的游戏。②

在通俗文化中，棒球是美国的象征。因此，坐在看台上和儿子、岳父一块看球的兔子期望着有一种美感从球场上升起，能让他感到美国仍然"是一个独一无二的地方"③。但是，这种感觉却并没有来到，似乎"什么地方有点不对劲儿"。一方面，"只有那些醉鬼们、赌注经纪人、瘸子、老头儿们和少年杂痞子们才在周末的下午出来看球"，另一方面，"球员们自己似乎都是一些无精打采的高手，人人都怀着自己的成功梦，进入高一级的联赛去挣大钱"。因此，兔子感到"一种英武的表现被抛弃了，一种微妙的平衡正在被粉碎"④。无疑，兔子的观感形象地表明了一种失落感，似乎生活中失去了一种宝贵的东西，美国已不再是从前的样子。如果说这种对于美国的意象的表述或多或少指向一种超验式的理想，那么在实际生活中随着人们的精神道德的衰落这样的理想正在消失。

兔子的失落感并不是空穴来风。在小说中，兔子是一个满腹牢骚的人，其中有一个例子颇能说明问题，那就是他对现实生活中人们丧失工作劲头的抱怨。他对查理说："从尼克松往下的每一个人整天什么事也不

①②③④ John Updike, *Rabbit Redux* (New York: A Fawcett Crest Book, 1972), pp. 50, 79, 49.

做,空想着不费什么劲,不干任何工作,就成为富人。"[1]在美国文化中,尤其是清教精神和新教伦理的传统中,工作曾被赋予特殊的意义,工作并不是简单的生存之道,而是通向最终精神救赎的道路,因此,也可以说是一种让人们保持道德的一种方式。包括丹尼尔·贝尔在内的很多学者指出,传统的美国社会正是建立在这种工作伦理精神的基础之上的。兔子并不是在严格意义上遵循这种工作伦理精神的人,但不管怎么说他还是一个勤勉工作的人,在这个意义上说,他对人们工作态度转变的抱怨也可以说是他看到了现实生活中传统价值的式微。同样需要指出的是,在兔子眼里,传统价值的衰落意味着的美国的衰落,而美国的衰落对兔子而言,则意味着作为个体的美国人的身份认同的危机。至此,我们可以说兔子之所以那么激烈地为越战辩护,原因正在于此。现实生活中的美国离他越来越远,与他越来越没有关系。美国已不再是他生活中的一部分。与他对越战的态度形成对照的是他对美国的登月行动的看法。阿波罗二号成功登月被称为是美国的胜利,是美国力量的表现。可具有讽刺意味的是,兔子这位自认为很能代表美国的人却未能从中得到任何精神上的振奋,相反,在他看来,整个庞大的登月计划"只是在做着一些空虚的事。"[2]这样一种沮丧的情绪多少反映了二十世纪六十年代部分美国人面对着社会急剧变化时的一种心态。尼克松总统在他的就职演说中称之为精神衰落与物质进取间的分裂:"我们发现在物质上我们已经非常富有,但是在精神上却非常贫瘠,我们能够极其精确地登上月球,但在我们自己的土地上却陷入混乱的分裂之中……分歧让我们分崩离析,缺乏统一。在我们周围我们看到的是空虚的生活,行动的缺乏。"[3]

造成这种"分裂"的状况自然与二十世纪六十年代的现状有关。尼克松所谓的"分歧"很容易让我们联想到兔子以及厄普代克本人对那些社会抗议者的不满态度,是他们造成了社会的"分歧"。但从深层次上分析,不能不说这是社会价值观念冲突的结果。在《兔子归来》中,厄普代克首先通过兔子的家庭危机反映了这样的冲突。在情节安排上,阿波罗二号登月的那一天恰恰也是詹妮斯离开兔子与查理同居的日子。这当然不仅仅

①② John Updike, *Rabbit Redux* (New York: A Fawcett Books, 1972), p.28.

③ William Manchester, *The Glory and the Dream—A Narrative History of America: 1932—1972* (New York: Bantam Books, 1975), p.1162.

是巧合，本身就给尼克松总统的“分裂”之说提供了最好的注脚。从表面上看，詹妮斯离开兔子部分原因是因为不满与兔子的性生活，自十年以前詹妮斯意外地溺死了他们的新生女儿后，兔子就好像对性失去了兴趣。但是，从更广阔的社会和文化的角度来看，詹妮斯的这个行为从一个侧面反映了发生在二十世纪六十年代的价值观念的变化，尤其是性革命运动带来的影响。

在谈到二十世纪六十年代社会生活领域变化的各个方面时，《伊甸园之门——六十年代的美国文化》一书的作者莫里斯·迪更斯坦强调性革命是其中之一：“性革命毫无疑问是那些变化之一，在公共价值领域——甚至包括我们的个人行为方面，没有什么比这方面的变化来得更为明显。”[①]需要指出的是，从女性的角度来说，性革命并不只是要在与男性的性关系上达到平等，更重要的是在于推翻和颠覆文化强加在女性身上的各种社会等级结构。从这个意义上说，性革命是要给女性的生活带来变化，使其找到自我。这种变化对女性生活的影响是深刻的，因为涉及女性性生活的领域从来就不是一个真空地带，而是充满着权力关系的运作。福科在他的《性史》一书中就揭示了性与权力和快乐之间的关系。他指出，性与权力和快乐的表达有着紧密的关系。自从十八世纪以来，性就成为了各种社会机制和话语策略赖以产生的一个重要领域。普通人被剥夺了谈论性的权力，因为他们的议论被认为是过于直露和粗俗，只有那些手握话语权力的人才可以以知识的名义谈论有关性的话题。福科认为正是在这种对权力的控制之中诞生了快乐。[②] 在一个男性至上的传统社会里，只有男人才有这种把快乐和性联系起来的权力。从福科对性与权力之关系的揭示中，我们可以得知性原本就是社会机制的一个部分，而与性不可分割的家庭当然就是其中之一。兔子也许并不拥有福科所说的那种言谈性话题的话语权力，但是从另一个方面来说，他手中握有作为一个男人和丈夫在家庭中控制与性有关的行为的权力，而且是以暴力(权力的形式之一)的形式实施的。小说中一个细节颇能说明这个问题。在得知詹妮斯与查理的幽会后，兔子先是狠劲地打了詹妮斯，后又与她做爱发泄不满。这也许只是一个很平常的行为，但正是这种平常行为透露了在家庭

---

① Morris Dickstein, *Gates of Eden*, (Penguin Books, 1977), p.94.

② Paul Rabinow, *Foucault Reader* (New York: Pantheon Books, 1984), pp.311—12.

这个社会机制的一分子中男女之间不平等的等级关系。

因此,詹妮斯的离家出走可以被解读为以实际行动来对抗家庭中的这种权力结构。从小说的具体内容来看,詹妮斯的"反抗行为"同样也表现在身体意识的变化上。她发现兔子这个男人的庞大身躯正在腐烂,而拥有情人更是让她获得了新的感觉。她开始发现性对她而言不再是羞耻的事,相反值得赞颂,因为它让她感受到了身体的快乐,而在以前女人是不能把身体和快乐联系在一起的。在小说中,詹妮斯的一段自我独白似的联想值得我们特别关注:"他们曾经告诉过她——每一个人,体操课的老师,主教堂的牧师,还有妈妈甚至在一次很尴尬的时候——不要把你的身体变成一个玩物,而实际上身体就是身体,原本就是那样的。"[①]但是这种告诫现在却遭到了质疑。

厄普代克当然不是孤立地讲述兔子与詹妮斯的故事。詹妮斯头脑中冒起来的想法和二十世纪六十年代发生的各种与女性意识有关的各种事件和思潮不无关联。历史学家特里·安德逊注意到,发明于二十世纪六十年代初的口服避孕药是一个很重要的事件,它不仅让女性有了有效控制生育的方式,更是对其性意识产生了很大的影响。此外,一些以往的性行为方面的观念,如女性在性行为中很难享受男性一样的高潮这种观念在二十世纪六十年代也遭到了抨击,二十世纪六十年代出版的一些性研究方面的书,如《人类性反应》这样的产生广泛影响的畅销书,从医学研究的角度证明在性行为的感受方面男女是平等的。[②] 詹妮斯对自己身体的感觉不能不说多少反映了这样一种社会思潮。

性意识方面的平等不仅仅限于生理方面,更重要的是预示着社会生活方面的平等。用一些女性主义者的话说,"个人的亦是政治的。"女性主义者夏洛特·邦奇这样写道:"任何个人生活的个人领域都会与政治有关,而没有一个政治事件最终不会与个人有关。"[③]在小说中,我们发现,詹妮斯的自我意识是与身体意识同步发展的。她不仅意识到了兔子男性身体的懦弱,而且也会嘲笑兔子自我标榜的"美国人"的身份,奚落他把美

① John Updike, *Rabbit Redux* (New York: A Fawcett Crest Book, 1972), p.55.

② Terry Anderson, *The Sixties* (New York: Longman, 1999), p. 169. (William H. Masters and Virginia E. Johnson, *Human Sexual Response*, Boston: Little, Brown & Co., 1966)

③ Eric Foner, *The Story of American Freedom* (New York: W. W. Norton & Company, 1998), p. 299.

国国旗贴在汽车后玻璃窗这样的"爱国"行为。可以说,厄普代克对詹妮斯身体感受方面的描述是很有象征意义的,一方面这体现了厄普代克一贯重视细节的写作风格,另一方面这种细节描述本身就超越了自己,指向了诸多社会现象,如妇女在家庭中的地位。

传统上,女性被认为适宜于在家里相夫教子。但是,很多妇女并不满意当家庭妇女的角色。曾轰动一时的女性主义著作《女性的奥秘》一书的作者弗里丹在书的开篇就向妇女和社会问了这么一个问题:"仅仅这样就够了吗?"[①]社会学家菲利普·司赖特更是从美国社会商品化的角度探讨了这个看似简单的问题。他指出在很长一段时间里,甚至在第二次世界大战后的很长时间里,对很多美国妇女而言,他们的主要工作就是在家里照料孩子。在这种家庭化的过程中,很多妇女在很大程度上被非性别化了。但是另一方面,社会的商品化使得几乎每一种成年人能够买得着的商品都拥有了能够引发"性趣"的属性。于是就出现了一种矛盾,而这种矛盾似乎只有家庭妇女才能够解决。司赖特这样描述道:"因此,美国商业社会的目的是尽可能地增加这种性刺激,同时又尽可能地减少性接触——这样,投放到这个空隙中商品的数量就可以是无限量的。这个任务就落到了家庭妇女的身上,那就是扭转整个过程——最多的性接触与最少的性刺激的结合——以避免她们的丈夫心迷神乱。"[②]显然,这是用家庭来维护商业社会的两全其美的方式。但是,不得不指出的是,这种对付商业社会带来的威胁的办法完全是从男性的角度来构建的,要求女性做到"最多的性接触"的前提假设就是要满足男性的要求,目的当然不外乎维护男性在家庭中的统治地位。而所有这一切与商业社会的最终目的是一致的。因此,在这样一种家庭氛围里,女性不仅成为了牺牲品,更是丧失了自我意识。

从这个角度来说,二十世纪六十年代所谓的性革命在很大程度上乃是要颠覆妇女在家庭中的传统地位,性的解放同时也意味着社会身份的变化。我们同样可以在詹妮斯身上看出这一时代变化的特征。詹妮斯不

① 弗里丹(Betty Friedan),《女性的奥秘》,程锡麟译。成都:四川人民出版社,1988,第1页。

② Philip Slater, *The Pursuit of Loneliness-American Culture at The Breaking Point* (Boston: Beacon Press, 1970), p.75.

仅是从身体意识的变化上感受到了自己的存在，她走出家门，到她父亲的车行去工作，这本身就是一种社会身份的变化，随之而来的是自我意识的变化。詹妮斯发现与查理在一起不仅让她找到了自己的身体，而且还发现了自己的“声音”，因此她甚至要开始考虑自己到底是谁，要到哪儿去这样一些涉及自我身份的问题，并且建议兔子也这样做。詹妮斯对兔子说的一段话清楚地表明了她的意思：“哈里，不管这给你带来什么样的痛苦我都很抱歉，真的很抱歉，但是在我们生命中的这个时候重要的是不要让负疚的感情控制了我们。我正在努力想弄明白我自己，我是谁，该往哪里去。哈里，我需要我们俩来做出一个双方都能接受的决定。现在已经是1969年了，两个成熟的人没有任何理由仅只是由于惰性而把对方闷死。我想找到一个实实在在的我，我建议你也这样做。”[①]从某种意义上说，这种寻找自我的行为也正是女权运动所极力倡导的。

如果说詹妮斯在寻找自我的过程中表现非常主动、积极，那么相比之下，兔子则显得很是被动，甚至正如詹妮斯所言，因为“惰性”而有点失去行动的能力，似乎在詹妮斯离家出走与他人同居一事上他根本没有办法去加以阻止。从表面上看，这也许是他的个人的性格所致，但是实际上这本身就是社会文化矛盾在他身上的体现。与詹妮斯要寻找一个“实实在在的自我”相对照的是，兔子的自我意识正在经历一个分裂的过程，以致变得失去自我。

兔子其实很清楚詹妮斯与查理之间的关系，也知道詹妮斯最后要离他而去，但奇怪的是，他似乎并没有采取行动来加以阻止，更为重要的是，他似乎是失去了自我感觉。就像他自己对他妈妈解释的那样，“‘我不知道，妈’，他很快承认道。‘我知道这件事要发生，但是我没有什么感觉。’”[②]这种“无能为力”的表白表明他在精神上陷入了困境之中。

兔子不仅是对自己家里发生的危机失去了感觉，更为严重的是他对生活乃至生命本身失去了感觉。我们知道在《兔子，跑吧》中，厄普代克从宗教精神的角度对兔子的信仰进行了深入剖析，同样，在《兔子归来》中，宗教信仰也成为了厄普代克刻画人物的一个重要角度。换句话说，兔子的身份认同危机也表现在信念危机上。一个最明显的现象是兔子时时被一种死亡的感觉所笼罩。在小说伊始，读者被告知兔子现在是三十六岁，

---

①② John Updike, *Rabbit Redux* (New York: A Fawcett Crest Book, 1972), pp. 98, 93.

但“他比以前知道的东西更少了”。[1] 在一个星期天的早上，当他起来时，他发觉“他正在躺着死去，而且是多年来就这么一直躺着。一直以来他的身体在告诉他这么做……不再相信会有死后的生活，不再对此抱有希望，同样的事情太多了，就好像他已经是活过两次了”[2]。对死后灵魂复活不再相信表明他对宗教信仰(基督教)失去了信念，同样，生活在“死亡”的阴影中亦表明对上帝失去了信念，因为“死亡”对立面是“上帝创造的世界”。从这里我们可以看出，就像在《兔子，跑吧》中一样，厄普代克又一次把巴特的神学思想融会在了对兔子精神世界的描述之中。“上帝创造的世界”是巴特神学中强调的最多的思想之一，它是上帝无限荣耀的表现，也是上帝给予人类的存在，这样的“礼物”是上帝赐予的，人类并没有权力去得到。[3] 从这个意义上说，让“死亡”的阴影吞噬自己亦表明对上帝创造的世界和生命失去了关注，换言之，对上帝失去了信仰。

无论现实生活怎样，信仰一直是兔子生活中的一个重要内容，但是现在他自己都不得不承认只能是“放任不管”。尽管他有时依然要做一些祷告，但那只是处于习惯而已，而且有着明显的功利目的。如果说十年以前他心中时常怀着一种超验式的信仰，而且还用“逃离”家庭的形式去追求他的这种信仰，不管这种信仰实际上是虚幻的或是虚假的，那么十年以后的兔子有时还会提到一点上帝，但却不再有什么实际行动去追求他的信仰了，因为他的信仰危机的根源在于对所处的生活的失望和由此产生的失落感，上帝似乎在这个方面并不能帮他多少忙。他的信仰危机说到底是源于对“美国”的失望，他心目中的美国所信奉的价值观念的变化和衰落直接导致了他在现实生活中的“惰性”，进而产生了对“上帝创造的世界”的冷漠态度，而死亡阴影的笼罩对其来说也因此成为了一种必然。这也是为什么他躺在病榻上的母亲催促他再次“逃离”以获得“新生”时，他毫无行动，反而只是在心中自语道：“新生等于死亡，自由等于谋杀。”[4] 说这话的目的是要发泄他对詹妮斯离家出走行为的不满，“新生”、“自由”在这里是相对于詹妮斯的行为而言的。但具有讽刺意味的是，“自由”恰

①②④ John Updike, *Rabbit Redux* (New York: A Fawcett Crest Book, 1972), pp. 28, 97, 175.

③ Karl Barth, *Church Dogmatics*, ed. Helmut Gollwizter (Louisville, Kentucky: Westimister John Knox Press, 1994), p. 150.

恰正是兔子所信奉的美国的价值的核心。这种文字上的反意对称其实也是在隐含的层面上说明了兔子在社会价值观念急剧变化时所面临的困惑和矛盾，同样，小说的题目本身也暗含了他的这种矛盾的心态：《兔子归来》中的"归来"可以理解为相对于《兔子，跑吧》而言的，意为回到传统价值观念中，但在实际生活中这只是一片虚无而已。从这个意义上说，这与《兔子，跑吧》中的现实与虚幻的矛盾的主题是一致的。[①]

（三）

通过对兔子家庭危机和其个人所处的困境的描述，厄普代克引导读者进入了二十世纪六十年代社会动乱的美国，让我们看到了价值观念变化和冲突的一个侧面。这是小说第一部分的主要内容。在小说的第二和第三部分，也就是关于吉尔和斯基特的部分，对观念冲突的描述得到进一步展开，延伸到了更广泛的社会层面。如果说第一部分描写了一个普通传统式家庭的破裂，那么第二部分则叙述了一个"新型"家庭的形成。形式不同，但精神实质相同。兔子尽管处在不同的氛围之中，但面临的冲突是类似的：一方面他依旧是要做出姿态来维护美国式的传统价值，另一方面他又自觉不自觉地被卷入到文化矛盾和观念冲突的大潮中，并且常常成为冲突中的"被受制者"。第一部分的时代背景可以说是越战和包括性革命在内的女性主义思潮，第二部分的社会背景则扩展到了包括青年反叛运动在内的新文化或反文化运动和与黑人民权运动有关的种族冲突问题。需要指出的是，通过吉尔和斯基特这两个主要人物，厄普代克展现了这些"运动"本身固有的矛盾。

二十世纪六十年代美国的一个突出社会现象是新文化或反文化的蔓延，以及随之而来的新旧文化的冲突。社会学家司赖特在其描写二十世纪六十年代的专著《追求孤独——断裂中的美国文化》一书中对新旧文化的对撞做了一个总结，耐人寻味：

> 这两种文化的对立面几乎是无限的，我们可以通过它们的对立来加以区别。如果一定要让旧文化选择的话，在财产权与个人权之间，在技术要求与人

---

① 《兔子归来》的英文原名为 *Rabbit Redux*。厄普代克依据韦氏新国际词典在小说的扉页上专门对 redux 一词加了注，意为：生病后恢复健康。从小说的具体内容可以看出，此词的意思恰恰是指向反面，多少说明了兔子的"不健康"（也即精神失落）的状态。

的需求之间,在竞争与合作之间,在暴力与性之间,在集中与分配之间,在生产者与消费者之间,在手段与目的之间,在隐秘与公开之间,在社会形式与个人表达之间,在奋斗与满足之间,在俄狄浦斯之爱与公有之爱之间等等,在所有这些对立面之间,它都会选择前者。而新兴的反文化则会颠倒所有这一切。[①]

简而言之,新文化要做的是颠覆旧文化所依循的传统价值。这种思想在二十世纪六十年代年轻人中盛行的反叛思潮中显得尤为突出,用斯赖特的话说,他们需要的是一种直接的、迅速的、没有污染的、来自身体本身的和源于感观的感觉。[②]从这个意义上说,吉尔代表了新文化中的这种思潮。她是一个中学生,年仅十八,有一个富有的父亲,在上层社会中长大和接受教育,但是她却卷入到了青年反文化运动的大潮之中,走向了她家庭所代表的旧文化的反面。她先是受男友所迫吸毒,继而辍学并逃离家庭,成为了少女嬉皮士。

从兔子这边来看,他对待这种所谓的新文化的态度是模棱两可和自相矛盾的。从一开始他就憎恨那些青年反叛者,特别是那些来自富人家庭的年轻人。他对他们的那些革命行为怨气冲冲,而且也不屑一顾,因为他觉得那些年轻人只是在玩弄革命而已。他对吉尔这样说道:"你们这些玩弄生活的富家孩子让我讨厌,那些可怜巴巴的警察在保护你们老爸的家产,而你们却拿石头砸他们。你们只是在玩闹而已,年轻人。"[③]在兔子看来,那些年轻人在"革命"的名义下的所作所为是非常荒唐的。一方面,他们并不知道社会公众,尤其是像他那样的人是什么需求,另一方面,他们要反叛的正是他们已经享受过的舒适的上层社会的生活。兔子发现的青年反叛者的这些特征与实际情况是相符的。《纽约时报》当时的一次调查透露,发生在哥伦比亚校园及其他地方的骚乱中,有很多白人青年好斗分子,他们中的很多人来自郊区的富有家庭。[④] 兔子认为这些人的行为不会有什么好结果,只是会带来更多的社会混乱和意见的不统一。在他与吉尔的一次谈话中,他用自己的例子来说明他的观点:"我以前也内心有过冲动,还跑出去过,但是结果是损伤了周围的人和事。革命,或者

①② Philip Slater, *The Pursuit of Loneliness—American Culture at The Breaking Point* (Boston: Beacon Press, 1970), pp. 100, 90.

③ John Updike, *Rabbit Redux* (New York: A Fawcett Crest Book, 1972), p. 152.

④ William Manchester, *The Glory and the Dream—A Narrative History of America: 1932—1972* (New York: Bantam Books, 1975), p. 1134.

不管是其他什么，只不过是在说，越乱越好玩。”[①]兔子是在指十年以前他自己经历过的为了追求个人的自由而进行的损人又损己的行为。但从读者的角度来说，从兔子嘴里说出这样直言不讳、冷嘲热讽的反对青年人抗争行为的话还是让人觉得有点吃惊，毕竟他自己也曾是一个反叛者。

兔子的言语实际上反映了他所处的社会阶层的一种立场，这个阶层就是美国文化语境中的工人阶级阶层的一部分。历史学家罗伯特·艾伦在谈到白人对待黑人民权运动时提到了一个涉及美国工人阶级的突出现象。他指出：“那些白人产业工人——一直都是白人左派的希望——当发现他们自己的安全受到威胁时，则可以变成这个国家最恶劣的种族主义者。”[②]这个评语放在兔子身上是再恰当不过了，他是一个已有十年工龄的产业工人，而且也是一个“恶劣的种族主义者。”更重要的是，从这个现象我们还可以看出美国工人阶级中的一部分早已经偏离了这个概念原有的含义，不但不再是左派运动的脊梁，恰恰相反，已成为了支持现有体制的核心力量，是传统价值的中坚。这在很大程度上是美国这样的工业社会固有的融合力量作用的结果。赫伯特·马尔库赛认为工业社会的融合力量（integrating power）早已经将类似“个性”、“阶级”、“个人”等一些表示立场的概念变得销声匿迹，[③]而在美国文化里，这种融合力量又在诸如“美国梦”、“应许之地”和“美国生活方式”等一些人人都额手称同的宣扬美国神圣使命的概念中得到进一步的加强。

兔子对青年反叛者的不信任使他站在了新文化大潮的对立面。但是，就他与吉尔的个人关系而言，吉尔似乎对他很有吸引力。很多评论者指出，兔子把吉尔带回家，潜意识中是想让吉尔来替代詹妮斯充当“妻子”的角色。这个行为表露了他按照传统的中产阶级家庭模式重建自己的小家庭的幻想。尽管他只是一个普通的产业工人，但是中产阶级的生活方式对他来说始终是生活的标准。在他刚见到吉尔时，他就被吉尔身上特有的“阶级的气息”吸引了，而吉尔表现出的持家的能力则更是促动他把吉尔带来的中上层社会的“气息”落实到自己的家里。吉尔住在他家里，

---

① John Updike, *Rabbit Redux* (New York: A Fawcett Crest Book, 1972), p. 154.

② Robert Allen, *Black Awakening in Capitalist America—an Analytic History*, quoted in Dilvo Ristoff, *Updike's America: The Presence of Contemporary American History In John Updike's Rabbit Trilogy* (New York: Peter Lang Publishing, 1988), p. 102.

③ Herbert Marcuse, *One-dimensional Man* (Boston: Beacon Press, 1964), p. xlvi.

他感受到了以前不曾有过的舒适，因为她给他带来了一种生活的品味："吃了她做的东西让他感到津津有味，以前从没有过这种感受：烛光，盐水，健康时尚，品种多样，档次高……她的烹饪重新唤起了他对生活的趣味。"[①]在他的想象中，这个家庭已俨然变成"他们的家庭"。兔子与吉尔的关系让我们想起了十年以前兔子与露丝的故事，时代不同了，但兔子对那种温馨、舒适家庭生活的想象是相同的。但是，具有讽刺意味的是，在他们这个"家"的外面，像吉尔这样来自富裕家庭的年轻人正热火朝天地要捣毁这样的生活方式。司赖特指出："新文化最重要的不是要赞颂经济的富裕程度，而是推翻其基础。"[②]这正是兔子以及其父亲那样的工人阶层的很多人所自然而然要坚决反对的，也说明了为什么他们没法理解那些年轻人的目的，反过来也表明后者为什么不能取得社会公众的支持。

这也是与青年反叛运动本身的自我矛盾分不开的。《六十年代》一书的作者，历史学家特里·安德逊发现通过对现存文化的规范、价值和道德标准的冲击和反叛，那些嬉皮士们从根基上很大程度地改变了美国的社会，[③]但这并不表明在改变旧文化的过程中他们找到了自己的方向，相反，他们常常因为自我矛盾的行为迷失了方向。

我们可以从吉尔的身上发现这种矛盾。一方面，她极力想在新文化里洗礼，另一方面又摆脱不了源于其家庭背景的思维模式。她自认为是那些青年反叛分子的一员，把兔子看成是现有体制的代表，可是另一方面只有在兔子的怀抱里她才感到最安全。兔子在想象中把她当成了"妻子"，而她也乐于这么做。有一个细节颇能说明她与自己的家庭背景藕断丝连的关系：兔子的儿子纳尔逊没有自己的汽车，这让她感到很丢人，因为她想当然地认为在美国每一个人都是应该有车的。这样的矛盾更进一步体现在她对宗教的体验上。对很多二十世纪六十年代的青年而言，宗教体验是他们洗清自己身上的旧文化残余的一个重要方式，吉尔也非常热衷于这样的宗教体验。在她眼里，上帝无处不在，人们之所以看不见上帝是因为受到了自我的阻止。另一方面，在每一个人身上都有一种"魂

---

① John Updike, *Rabbit Redux* (New York: A Fawcett Crest Book, 1972), p.153.

② Philip Slater, *The Pursuit of Loneliness-American Culture at The Breaking Point* (Boston: Beacon Press, 1970), p.108.

③ Terry Anderson, *The Sixties* (New York: Longman, 1999), p.130.

灵”存在，一旦它被激动起来，人就能和上帝交流。厄普代克研究学者乔治·亨特指出，这样一种宗教信条实际上是一种叫做“狂热”的邪教的重新复活，其渊源可以追溯到中世纪，其主要的思想是宣扬泛神论。[①] 显然这与传统的基督教是不相符的。矛盾的是，声称相信这种教义的吉尔并没有在现实生活中看到什么希望，在她看来法律是腐烂的，生活是垃圾；尽管在说起上帝时谈得头头是道，但上帝并没有帮她摆脱颓废的感觉，相反，似乎只有依靠吸食大麻心中的“魂灵”才得到了触动，并在幻想中看到了上帝。此外，也似乎只有通过性，她才能感觉自己的存在。在被兔子带到他家里后，她主动要和兔子上床。在黑人青年斯基特来到兔子的家后，她又和他随意发生性关系，而在兔子问起她为什么这么做时，她表现出了无所谓的神态：“你只是让别人来干你而你不去干别人这不划算。”[②]当然她这么做也是因为斯基特声称他是黑人耶稣降临人间，而吉尔相信他。由此，宗教体验、毒品以及性这三者结合在一起把吉尔所信奉的泛神论变成了用身体接触的泛性行为。

从那些青年反叛者的角度看，性是他们用来反抗传统和现存体制的一种身体姿态。正如有一个嬉皮士这样说道：“对我们中的大多数来说，在法律范围内的性关系如果不是已经过时，至少已经没有意义。”[③]这也是为什么在一段时间里，兔子对吉尔产生不了“性趣”，毕竟他还是一个有着家庭倾向的男人。但是，就那些包括嬉皮士在内的青年反叛者来说，具有讽刺意味的是，性也只是成为一种他们无限地放纵自己的手段而已。就像一些学者指出的那样，从吉尔身上我们可以看出一种二元分裂的生活和信仰方式，理想与现实、精神与物质的分裂，其结果是表面上看似严肃的政治抱负与实际上的自我沉溺间的结合，这也正是二十世纪六十年代青年反文化运动的一个显著特征。因此，通过对吉尔这个人物的描写，厄普代克表现了所谓的新文化行为本身固有的问题，同时也表明了兔子对待新文化潮流的自我矛盾。

关于《兔子归来》厄普代克经常提到的一点是，此书有很强的“教育”

---

① George Hunt, *John Updike and The Three Great Secret Things: Sex, Religion and Art* (Chapel Hill, NC: University of North Carolina Press, 1967), p.178.

② John Updike, *Rabbit Redux* (New York: A Fawcett Crest Book, 1972), p.190.

③ Terry Anderson, *The Sixties* (New York: Longman, 1999), p.117.

意义，用他自己的话说，“兔子试图在学习什么。”[①]兔子当然不是一个被动的旁观者，在新文化大潮面前作壁上观。他确确实实在学习并吸收着一些东西，至少在一定程度上，他或多或少受到了吉尔的生活方式的影响。尽管他并不相信吉尔那种宗教信仰且时常加以讽刺，但还是感到有点入迷。他讨厌吉尔那种革命者的姿态，但是另一方面，他摆脱不了吉尔放纵的性行为方式的诱惑，尽管在开始时，他还有点小心翼翼，甚至在一段时间里还处于一种性无能的状态，但最后在吉尔面前还是恢复了性能力。如果考虑到他在小说的开始曾把詹妮斯的身体与死亡联系在一起，那么可以说因为吉尔他又重新勃发性欲这一事实本身具备了某种象征意义，表明他不自觉地与新文化潮流的认同。需要指出的是，新文化强加在兔子身上的这种“学习过程”始终是一种双向冲突的过程。一方面，他自始至终是旧文化的坚定捍卫者，另一方面，他又不得不被卷入到新文化的大潮中并亲身体验了传统价值的式微以及由此导致的身份认同的危机。这也许是厄普代克所说的“教育”一语的真正含义。

相比之下，在与斯基特的关系上，兔子经历的“教育”过程更能说明身处新旧文化冲突中的兔子的矛盾态度以及作为作家的厄普代克本身的写作策略。在《兔子归来》中厄普代克并没有用全景式的角度直接描写二十世纪六十年代的社会冲突状况，包括种族冲突，但是通过一个侧面——兔子与斯基特间的关系——这个主题还是得到了充分展现。如果说因为吉尔的到来兔子建立了一个“新家庭”，那么随着斯基特的加入，这个“新家庭”则演变成了一个由一个白人成人、一个白人少女嬉皮士、一个黑人青年和一个白人孩子组成的“公社”，在一定意义上，这本身就成为了二十世纪六十年代美国社会的一个缩影，形象地集中了社会矛盾的各个焦点。

从种族关系的角度来看，随着斯基特的到来，兔子经历了一个“迂回曲直”的过程。厄普代克本人对为什么用整整一章来写兔子和斯基特的故事有一个很好的说明：

> 那个很长的第三章——在第一稿中甚至还要长——是一种有着二十世纪六十年代特征的发明，全部是“讨论会”的形式。兔子在试图学习点东西。在大声朗读佛雷德里克·道格拉斯著作的过程中，兔子他自己也成为了黑人，而且

---

① James Plath, ed. *Conversations with John Updike* (Jackson: University Press of Mississippi, 1994), p. 224.

> 在某种意义上，与斯基特携手结盟了。有着欧洲血统的读者应该不会忘记，非洲裔美国人有着与英裔美国人一样久远的移民背景；在这个新世界里，“黑人问题”由来已久。在美国，十分之一的人是黑人，黑人音乐、黑人的悲哀、黑人的喜悦、黑人英语、黑人风格弥漫在整个文化里，美国音乐的形成，特别是在世界上有如此大的影响，很大一部分是来自黑人的贡献。但是，整个社会在种族方面依旧是一分为二，兔子不是那么情愿地跨越肤色线的行为则是代表了一种前进着的痛苦形式。[①]

正如厄普代克所说的，兔子与斯基特的故事构成了《兔子归来》中最长的一章，同时也最能形象地反映二十世纪六十年代的一个社会状况——白人与黑人间的种族对峙关系。厄普代克在这段话里所说的“前进着的痛苦形式”很是确切地说明了很多白人在二十世纪六十年代对待黑人的态度。一种自我矛盾的态度，即一方面不得不接受黑人的存在以及他们的文化，但另一方面却尽力要使自己区别于黑人，划清界限。兔子是这种态度的一个典型代表。在整部小说里，他的种族主义者的立场始终没有改变。事实上，在小说伊始，我们就感受到了他那种异常灵敏的种族主义者的嗅觉，在他的眼里，“他的城市”，“他的国家”正在被那些越来越多的从各个地方冒出来的黑人占领，他们不仅吵吵嚷嚷，而且还长得稀奇古怪。即使在后来他似乎变得很宽容，让斯基特住到他家里，可是在见到他后脑子里还是止不住冒出这样的念头：“他是毒物，他是谋杀者，他是黑人。”[②]但是，在另一方面，就像与吉尔的关系一样，兔子在与斯基特相处的时间里一步一步地开始与黑人和黑人的历史文化相遇，并且在身体和心理两个层次上体验了“黑色力量”对他的冲击。二十世纪六十年代黑人活动家斯多克力·加米切尔和查尔斯·汉密尔顿认为种族主义有两种形式。他们指出：“种族主义可以是公开的，也可以是隐蔽的。它有两种紧密相关的形式：白人个人厌恶黑人个人，另一种则是来自整个白人社会对黑人社会的反对行为。我们称之为个人种族主义和制度化的种族主义。”[③]兔子表现出的种族主义显然是属于后

---

① John Updike, “Introduction to *Rabbit Angstrom*: *A Tetralogy*,” (New York: Alfred A Knopf, 1995), p. xvi.

② John Updike, *Rabbit Redux* (New York: A Fawcett Crest Book, 1972), p. 189.

③ Stokely Carmichael & Charles Hamilton, *The Black Power*: *The Politics of Liberation in America* (New York: Vintage Books, 1967), p. 4.

者。从这个意义上说,他与斯基特的相遇也蕴涵了在种族关系层面上的不同价值观念的冲撞。

围绕兔子与斯基特关系的第三章几乎没有什么人物的行动,用厄普代克的话说,大部分内容是以"讨论会"的形式进行,即斯基特召集大家听他读黑人作家道格拉斯等人的著作,兔子和其他人则接受"教育"。虽然少了点情节意义上的行动,但就兔子本人而言他在内心深处还是经历了一次"行动的历程"。兔子与斯基特的关系实际上也是白人与黑人间的力量斗争的过程,或者更确切地说是兔子作为一个白人的力量衰落的过程。在斯基特到来之前,尽管兔子在很大程度上受着吉尔的影响,但他在他们这个"新家庭"里仍然牢牢地占领着主人的位置。可是,随着斯基特的到来,他这种绝对主人的权力遇到了挑战,甚至到了被"夺权"的边缘。在斯基特刚进家门之时,兔子就似乎感到了一种"黑色力量"的威胁。尽管在一开始他非常讨厌他的到来,甚至因不能忍受斯基特的语言侮辱还狠狠地教训了他一顿,但最终兔子还是接受了他。他对吉尔解释说,这样做是为了报复詹妮斯,可不管怎么样,至少这表明他开始容忍像斯基特这样的黑人的存在。很快,这种容忍发展成了他在自己家里的权威的跌落,似乎他已不再是这个家的主人,而是成为了一个被动的"听者",一个被要求接受"教育"的人。与之相反,在吉尔的帮助下,斯基特成为了这个家的代理主人,用他那带着黑人色彩的雄辩的语言和取自黑人作家的大段大段的篇章不停地"教育"兔子。很多时候,兔子并不接受斯基特对白人的无情批判,在他看来,黑人在历史上遭受的压迫是他们自作自受的结果,但是奇怪的是他却能很是耐心地、甚至是有点谦卑地倾听斯基特滔滔不绝的数落。这种容忍的态度表明或许在潜意识中他默认了白人曾经对黑人犯下的种种罪过。

丹尼尔·贝尔发现自从 1954 最高法院宣布黑人在这个国家里应有完全同等地使用公共设施和服务的权力时,平等的象征意义得到了强调,随后发生了两件有很大影响的事情。首先,黑人的要求获得了合法性,其次,社会道义掌握到了他们的手中。贝尔这样指出:"当一个国家公开承认道义上的罪过,再要对那些它曾经侵害过的人说不就变得非常困难,而且当一个国家承认道义上的罪过,但同时在赔偿方面又做得很慢,那么受害方那种激烈的程度将更加难以遏制。”[①]贝尔的分析或许可以用来说明斯基特在面对兔子时所表现出的激愤的程度。就兔子而言，尽管他一直就没有直接承认过斯基特以黑人代表的身份对白人的指控，但实际上，他是以一种不自觉的、无意识的、含糊的方式接受了斯基特给予的“教育”。我们可以从几个细节上看出他的矛盾态度。在一次“聆听”斯基特暴风骤雨般的指责时，兔子忍不住也冷嘲热讽地大声向对方发起了反驳：“见你的鬼去吧，你们不就是只有十分之一嘛。事实是大部分人他妈的并不在乎你们在干什么。这是世界上最自由的国家。你们要是能呆下去，就呆着，要是不能，那就好好去死吧。但是，老天，别再整天嚷嚷着想白蹭饭。”[②]这样的话从兔子嘴里说出并不让人感到惊奇，毕竟在本质上他有着严重的种族主义倾向和白人至上的思想。但令人奇怪的是，当吉尔因为害怕斯基特那种狂人好斗者的样子，要求兔子把他赶走时，兔子却什么行动也没有采取，而且还在晚上“睡得很香，因为有斯基特在屋里。”[③]因此，从表面上看，他似乎一直在与斯基特进行着对抗，但实际上他好像觉得在这场“白”与“黑”的斗争中，他正在一步一步地走下坡路。

这种矛盾的心态从兔子无意识中对斯基特身体的迷恋上表现得尤为突出。斯基特到来不久，兔子发现斯基特的身体吸引了他：

> 斯基特的身体强烈地迷住了兔子。舌头、手掌、脚板心那发亮的灰白色，受到了阳光的冷落他的皮肤闪耀着独特的光泽。这种脸似乎很规整，有棱有角，有好多个地方亮晶晶的，反射着光亮：比较而言白人的面孔则是一团难以名状的团状物：像是正在变干的油灰。他的身姿表现出一种柔润的优雅，像是上了一层润滑油，犹如蜥蜴的举动敏捷而警惕，丝毫不见那些哺乳动物具有的肥胖。住在他家里的斯基特好像是一个制作精美的电动玩具；哈里想去碰一碰，但又害怕会触电。[④]

在这段文字里，兔子眼中的斯基特的身体与在小说开始时他在公共汽车上看到的那些黑人的模样形成强烈的对照：这里，斯基特的身体似乎是那么优雅强健，而那些黑人则是那样的奇怪丑陋。更重要的是，与斯

① Daniel Bell, *The Cultural Contradictions of Capitalism* (New York: Basic Books, 1978), p. 185.

②③④ John Updike, *Rabbit Redux* (New York: A Fawcett Crest Books, 1972), pp. 208, 208, 221.

基特的身体相比,白人的身体显然是不成样子。尽管斯基特的身体被形容成一个玩具,但那是一个有着强大震颤力量的玩具。

这段兔子迷恋斯基特身体的文字实际上有着很深的背景意义,我们可以从中读出二十世纪六十年代一些黑人批评者从文化的角度对白人的批判。其中,爱尔德里奇·克力费的《冰上的灵魂》可以作为我们剖析这种文化意义的代表文本。[①] 克力费是二十世纪六十年代黑人激进组织黑豹党的主要领导人之一,也是那个组织的政治和文化发言人,在他这本当时极为畅销的文化批评集里,他超越了一般的政治批判模式,从深层心理学的角度分析了白人和黑人间的对峙关系。书中一个论点就是从"身体"的角度来探讨白人和黑人的互相渗透关系。在他看来,白人代表了掌握着绝对权力的治理者,或者是"头脑"的代表,而黑人则代表了有着超强男性气质的仆人,或者说就是"身体"的代表。白人属于上层社会,但就身体本身来说,他们不是黑人的对手。克力费写道:"虚弱、脆弱、懦弱以及柔弱,这些都是与'头脑'有关的特征属性,而力量、雄性、劲力、阳刚气质以及身体之美则是与'身体'有关的属性特征。"这样的对比同时也隐含了一种复杂的"辩证"关系,一方面掌握着绝对权力的治理者厌恶那些有着超强男性气质的仆人,认为对其形成了威胁,因此也把他们看成是敌人,另一方面,由于自己身体形象过于柔弱,因此"他会不由自已地,甚至是以一种极其高尚的掩饰方式向那些被踩在自己脚下无人理睬的人的身体和力量投去羡慕的眼光……"[②]从这个角度说,白人成为了黑人身体的崇拜者。

克力费做这种比较的目的是要从心理上来颠覆白人对黑人的压迫。正是在这个意义上,我们可以把厄普代克对兔子迷恋斯基特身体的这段描写与克力费的这个比较联系在一起,换言之,从中我们可以看出这两种文本的"互文性"。事实上,在一次关于《兔子归来》的采访中,厄普代克确实是提到了克力费:"爱尔德里奇·克力费和其他一些人让报纸上充满

---

① 爱尔德里奇·克力费(Eldridge Cleaver)是二十世纪六十年代著名的黑人作家和社会活动家,1968年出版文化散论集《冰上的灵魂》(Soul on Ice),此书是他在加州的监狱里写就的,很快就成为了畅销书,在二十世纪六十年代后期售书量达两百多万本。

② Eldridge Cleaver, *Soul On Ice* (New York: Dell Publishing Co. Inc., 1968), pp. 167—68.

了那些怒气冲冲的黑人形象,在校园里也是如此。”[①]我们不能确定厄普代克在写作《兔子归来》时是不是注意到了克力费对白人形象的批判,但是从兔子与斯基特的关系上来看,“身体迷恋”这段文字里颠覆的意图与克力费的分析是非常一致的,也就是说在对斯基特的身体不由自主地产生迷恋的同时,兔子的自我认同意识再一次遭遇到了瓦解。就像厄普代克在同一个采访中说的那样:“尽管黑人处于下等的地位,但在美国人的心理中,他们是不可分割的一部分,兔子面对的就是这个问题,事实是在某种意义上说我们都是黑人。”[②]

克力费进一步指出,对白人而言,一个更为矛盾的问题是,因为他们憎恶白人自己柔弱的身体,所以在潜意识中会对属于自己阶层的白人女人产生一种厌恶感,而相反会去寻觅那些属于低下层但有着强壮力量的(黑)女人。[③] 同样,我们可以用克力费的分析来解读兔子的一些行为。当因吸毒而变得狂暴的斯基特在兔子的家里要强暴吉尔时,吉尔哀求兔子的解救,兔子却无动于衷。在另一个细节里,吉尔因为毒瘾发作而疯狂地要与斯基特发生性关系时,兔子只是在一边观看,似乎乐于看着吉尔受到斯基特言语的侮辱和身体的强暴。在使吉尔受制于他的性力量的控制过程中,斯基特仿佛取得了颠覆白人力量之斗争的胜利,而作为一个旁观者,兔子则成为了这个过程的同谋者。于是,在兔子自己的家里,在这场“白”与“黑”之争中,斯基特成为了绝对的赢家,这对兔子这样的种族主义者来说,不能不说是一个极大的讽刺。

但是,从另一个角度来说,厄普代克并没有把斯基特描写成黑人英雄,相反,同吉尔一样,斯基特本身也充满矛盾,从一个黑人激进主义者变成了完全的虚无主义者,而这样的人物刻画本身也透露了厄普代克本人写作的“政治立场”。

厄普代克曾提到,斯基特这个形象多少表达了二十世纪六十年代“黑人的愤怒”情绪。从当时的背景来看,通常,人们会把所谓的“黑人的愤

①② James Plath, ed. *Conversations with John Updike* (Jackson: University Press of Mississippi, 1994), p.225.

③ Eldridge Cleaver, *Soul On Ice* (New York: Dell Publishing Co. Inc., 1968), p.168.

怒”同黑豹组织这样的鼓动夺取和建立黑人权力的运动联系在一起。[①]斯基特表现出的激进态度很容易让人联想起这样的社会背景。但就斯基特这个人物而言，他的“愤怒”更多的只是表达在言语上，“说的比做的要多”。[②] 他的攻击对象除兔子以外，就是吉尔。但这本身就是一个矛盾。作为一个来自社会低下层的黑人，他似乎应该和吉尔这样的白人青年反叛者联手反对现有体制，就像厄普代克指出的那样：“在特权阶级和黑人下层之间有一种特殊引力关系。”[③]但是，厄普代克并没有让斯基特认识到这种“引力关系”的重要性，相反，斯基特只是把吉尔当成了发泄“怒火”的对象——以性虐待的方式进行，行为是如此狂烈，以致成为整部小说中场面最为暴力的情景。因此，可以说斯基特的行为方式似乎是出乎人们的阅读期待之外。

斯基特之所以被描写成这样一个人物，这与厄普代克作为一个白人作家的创作意图是分不开的。在很大程度上，斯基特成为了厄普代克表现黑人民权运动本身存在的矛盾的手段。通过斯基特这个形象，厄普代克传达了一些著名的黑人斗士如马尔科姆·X以及斯多克力·加米切尔等争取黑人权力运动领导人的声音。[④] 他们深信美国社会的现存体制是建立在压迫剥削黑人的基础上的，黑人要想获得真正的自由就必须砸烂这种体制，黑人应该重新拥有他们自己的历史和身份，应该有一整套界定他们与社会关系的准则。争取黑人权利运动的一个基本要求便是要抛弃

---

① 黑豹组织也称黑豹党（Black Panther Party），是一个激进黑人准军事组织，成立于1966年，其领导者号召黑人武装自己以反抗白人压迫者，在二十世纪六十年代后期该组织的一个领导人被警察打死，进入七十年代后，因内讧等原因影响力逐渐衰落。

② Joseph J. Waldmeir, “Rabbit Redux Reduced Rededicated? Redeemed?” in *Rabbit Tales: Poetry & Politics in John Updike's Rabbit Novels*, ed. Lawrence R. Broer (Tuscaloosa, AL: University of Alabama Press, 1988), p. 118.

③ James Plath, ed. *Conversations with John Updike* (Jackson: University Press of Mississippi, 1994), p. 225.

④ 马尔科姆·X（Malcolm X, 1925—1965）是二十世纪六十年代著名黑人激进主义者和黑人民族主义者，黑人伊斯兰组织的领导人，1965年在纽约演讲时遭暗杀。斯多克力·加米切尔（Stokely Carmichael）是黑人学生非暴力运动委员会（SNCC）的后期领导人，在他的鼓动下，该组织从1966年起倾向于更加激进的争取黑人权力的形式。在二十世纪七十年代早期该组织分裂瓦解。

黑人与白人的联盟。[①] 但正是在这一点上,著名黑人非暴力运动领导者马丁·路德·金与他们产生了分歧。

对这种分歧做一下分析有助于我们理解厄普代克塑造斯基特这个人物的深层意图。金与那些激进主义者有不同的看法。他认为"'黑人权力'是一种虚无主义的哲学,其根源来自黑人不可能获得胜利这种悲观想法。从根本上说,这种观点认为美国社会是一个完全腐烂的社会,邪恶丛生,毫无希望可言,从这样一个社会中得到拯救是根本不可能的。"[②]尽管这样一种思维是可以理解的,因为它是对白人对黑人要求平等的诉求长期置之不理的反击。但是金认为这样的思维方式本身就有问题,因为它"挟带了自我灭亡的种子。"[③] 他坚信黑人唯一的出路在于把自己的命运与这个国家的命运结合在一起。他这么写道:"我们或许被蹂躏、被煎熬,但我们的命运与美国的命运是联系在一起的。我们会赢得我们的自由,因为我们这个国家神圣的传统,上帝永恒的意愿回响在我们的诉求之中。"[④]

历史学家艾黎克·方纳发现金在利用美国梦的传统推进黑人梦想的实现方面显示了"大师"的眼光,他把黑人的追求完美无瑕地纳入到了美国白人社会的传统之中,但同时并没有表现出对他们的危险或威胁。通过这种方式,"金用这样一种语汇向世人展示了黑人争取权力的要求,它弥合了种族间的沟壑,把黑人的体验与国家的体验融合在了一起。"[⑤]作为一种政治策略,相对于那些持激进态度的黑人权力运动者的行为,金这种诉诸自由——这个具有强烈美国式意识形态的内涵——的理念来谋求黑人解放的努力,对公众来说,特别是白人社会,显然更有吸引力。当然,从另一方面来说,这也说明了"自由"这个概念在美国文化中所发挥的意识形态的作用是何等强大。

理解了这样一个文化语境,我们再把目光移到《兔子归来》中,不难发

① Stokely Carmichael & Charles Hamilton, *The Black Power: The Politics of Liberation in America* (New York: Vintage Books, 1967), pp.4, 35.

②③ Martin Luther King, *Where Do We Go From Here: Chaos or Community?* (New York: Harper & Row Publishers, 1967), p.44.

④ Martin Luther King, *Why We Can't Wait* (New York: Singer Books, 1963), p.63.

⑤ Erick Foner, *The Story of American Freedom* (New York: W. W. Norton & Company, 1998), p.279.

现斯基特注定是要“自我灭亡”的,因为他“挟带了自我灭亡的种子。”在情节安排上,厄普代克给斯基特安上了毒品交易嫌犯的“头衔”。此外,他自称是黑人“耶稣”降临,但实际上什么也不相信。吉尔记下的斯基特的祝福语虽然带点玩笑的口吻,但还是能表明他的一种信仰观:

权力是胡扯
爱情是胡扯
常识是胡扯
混乱是上帝的本来面目
除了永恒的一致万事皆无趣
除非通过我,无人能获救。[①]

一切皆胡扯,除了他自己。就像吉尔一样,在斯基特身上我们也发现了严肃的政治与自我放纵的融合,最后的结果是他成为了一个极端的自我主义者,既救不了他自己更救不了别人。在兔子的家因他和吉尔的出格行为被白人邻居一把火烧了时,斯基特逃之夭夭,却并没有把吉尔救出来,这对他自称的“耶稣”形象形成了鲜明的讽刺。

(四)

如果说小说第一部分描述的兔子家庭的破裂象征了传统价值和旧文化的衰落,那么后来新建立起来的“新家庭”的毁灭则表明了所谓的新文化固有的矛盾症候。在小说的最后部分,兔子和詹妮斯终于重归于好,兔子又重新获得了家庭。在经历了痛苦的“受教育”过程后,兔子最后得到了一个好的结局。但这只是事情的一个方面,他可以和詹妮斯重新走到一起,但他面临的情形与以前不会再一样了。传统价值观念正在被新的价值观念替代,新旧文化的矛盾也已经内化到了个人的行为中去了。

在这样一个变化和冲突的时代,尽管兔子似乎仍然要坚守他所信奉的价值观念,但他不得不意识到这个世界已经发生了变化。在小说最后部分,兔子发现他成为了一个真正的失败者。他没有了房子,更令人烦恼的是,他还失去了工作。他所在的印刷厂要引进新的机器,他学的技术已不再有用。在辛辛苦苦工作了十年后,他突然发现自己被这个社会抛弃

① John Updike, *Rabbit Redux* (New York: A Fawcett Crest Book, 1972), p.233.

了，成为了一个与社会格格不入的人。有意思的是，他依然坚持自己对越战的态度，而且还认为把吉尔和斯基特弄到家里来住是扮演了“自由女神”的角色。当他妹妹告诉他不应该这么做时，他这样说道：“我有什么错？我是他妈的一个大好人。我把那些个孤儿弄进来，黑的，白的都有，我对他们说上船吧，不管你们的肤色是什么颜色，都上船吧。白吃白喝。我是他妈的自由女神。”[①]不管兔子说的是真话，还是自我嘲弄，有一点是不能否认的，像他这样一个“自由观念”的坚定信仰者，最后自己却成为了一个最没有“自由”的人——失去了控制自己生活的自由，不得不回到父母家去度日。尽管他自己觉得又有了一种回家的感觉，但这本身却说明像他这样的“坚定的市民”在社会中已失去了原有的位置。兔子因此变得沉默寡言，再次陷入情绪上的“惰性”之中；如果说在小说的前一二部分，这样的“惰性”表明了他思想上的困惑，那么现在他则进入了行动上的迷惑。如同吉尔和斯基特一样，他现在能做的只是在感官上自我放纵——通过手淫进行一些漫无边际的性幻想，但结果只是更多的悲哀而已。

我们可以说，兔子面临的问题是如何使自己适应这个变化着的世界。从这个方面来看，兔子的妹妹米姆对兔子还是颇为了解的，她对兔子说：“其他人都在按照一些规律生活，并且用这些规律来保护自己。你却跟着你的感觉跑，可一旦事情不对，房子毁了，生活破败了，你就只会呆在那儿撅着个嘴生气。”[②]这的确点明了兔子的问题所在，他的“感觉”也就是他所信奉的传统的价值观念和生活方式，但社会变化之快以至于他自己都承认不知道“什么是对的。”

相比之下，米姆在生活中找到了她的“规律”。她是拉斯维加斯的一个应招女郎，可对她的工作并不感到什么羞耻，相反，她却很为自己感到骄傲，而且也很有自信心，因为她认为自己是一个职业妇女，靠着自己的辛勤劳动获得一份舒适的生活。

厄普代克评论者勒斯多夫认为，如果不理解米姆这个角色，要想完整地知晓《兔子归来》这部小说的意义是不可能的。的确如此。厄普代克引入米姆这个人物来结束整部小说意味深长，因为这从深层次上涉及了文化矛盾和社会的嬗变。我们知道，贝尔提出的资本主义社会文化矛盾的关键在于经济结构和文化结构的断裂，前者依然强调与新教伦理有关的工作精

①② John Updike, *Rabbit Redux* (New York: A Fawcett Crest Book, 1972), pp. 311, 321.

神，而后者则在大肆宣扬自我放纵和享乐主义的生活方式。从某种角度来说，米姆身上正是体现了这样的矛盾。一方面，她很努力地工作，谨守这个行业要求的工作精神，认真负责、吃苦耐劳，另一方面，她生活的中心是以享乐为主，尽情享受身体带来的各种快感。但是，这个人物带给我们更多的思考是厄普代克似乎同时在米姆身上体现了这种文化矛盾的克服。这来自一个简单的事实：米姆从事的应招女郎的工作在拉斯维加斯是一个合法的工作。这个职业的合法性——在传统价值和道德体系里这当然是不可能的——导致的一个后果便是它堂而皇之地成为了整个经济活动的一部分。于是，我们就看到了这样一个"矛盾的解决方式"：原本贝尔所焦虑的以享乐主义为代表的文化结构对经济结构的危害在这里已不复存在，因为"应招女郎"之职业之合法性不仅表明这种工作作为一种形式被整个经济体系所接纳，更重要的是，这表明它所指向的以"玩"和"乐"为主的生活方式和价值取向也同样被经济体系所接纳并成为这个行业的一种"工作伦理精神"，正是在这个意义上，贝尔文化矛盾的主要内容——经济结构与文化结构的断裂——在这里被弥合了。当然，这只是一个表面现象，隐藏在背后的是一种新的道德观念的产生和蔓延，即贝尔所说的"玩乐道德观"，[①]一种以物欲满足和身体快感刺激为主的文化价值体系。具有讽刺意义的是，尽管这种新的价值体系和道德观念与传统观念格格不入，但似乎却有其"合理、合法性"，因为在实际生活中它顺应并维护了经济的发展，在这个意义上，我们可以说它与传统的"善行道德观"[②]有着异曲同工之处起到了同样的作用。换言之，道德观念与价值体系的"好"与"坏"，"善"与"恶"并不重要，重要的是要维护整个社会体制的运行。

正是在这一点上，米姆表现了与吉尔和斯基特的不同——尽管在快感的自我放纵方面他们是一致的，后者的行为是对现行体制的强烈反对，而前者则是恰恰相反。因此，厄普代克让米姆扮演了一个"传统主义者"的角色也就是顺理成章的事，她并不喜欢那些青年反叛者，因为他们毁坏了生活，而她却能控制和享受自己的生活，是她从拉斯维加斯来到家里给让兔子糟糕的生活弄得烦恼不安的爸爸和妈妈带去了欢乐。也是她极力劝说兔子与詹妮斯重归于好，并且还不惜通过自己与查理的肉体接触促

①② Daniel Bell, *The Cultural Contradictions of Capitalism* (New York: Basic Books, Inc. 1978), p.71.

成此事。于是乎，我们看到兔子的家庭危机最后通过米姆这个应招女郎使出的特殊招数得到了解决。这对兔子这样的自始至终要极力做出捍卫传统价值姿态的人来说不能不说是一个极大的讽刺。

如果说我们在兔子身上看到的是在二十世纪六十年代这个特殊时期"新""旧"两种文化冲突造成的困境状态，那么在米姆身上我们读到的是在一个新的基点上的这两种文化的结合，而这种结合则预示了一个新的社会的来临，即以商品原则代替道德原则的消费社会的到来。这也正是米姆这个人物在小说结束时出现的意义。

小说结束时，兔子终于与詹妮斯走到了一起。与《兔子，跑吧》一样，小说的结尾也呈开放形式，耐人寻味。兔子和詹妮斯在一个汽车旅馆里进行了分别几个月后的第一次见面，在那里度过了一个下午，两人没有做什么只是相拥而睡。也许遗忘是面对现实最好的方式。但是，兔子在过去几个月经历过的困惑时光并不是那么容易抹去，两人睡觉以前的一段对话很能说明兔子的心情：

> 兔子："我感到内疚。"
> 詹妮斯："为什么？"
> 兔子："为一切。"
> 詹妮斯："放宽心吧。并非每件事都是你的错。"
> 兔子："我不能接受这一点。"[①]

"这一点"指的是什么？是指他承认自己有问题，还是并非每件事与自己有关？厄普代克在评论这部小说时说"美国最后还是度过了动乱的危机"，[②]但是正如历史学家安德逊所言，"美国再不会和以前一样了。"[③]这也许是兔子真正不能接受的。但不管是接受还是不接受，他必须得经历这个变化的过程，等到他在旅馆里一觉醒来，他也许会发现身处在一个新的世界里，一个消费主义盛行的社会，在那里他念念不忘的、孜孜以求的依旧会是"自由"这个词，但面对商品交换的原则，他的追求会变得更加矛盾百出、似是而非。这是《兔子四部曲》的第三部《兔子富了》要讲述的故事。

---

① John Updike, *Rabbit Redux* (New York: A Fawcett Crest Book, 1972), p. 352.

② John Updike, "Introduction to Rabbit Angstrom," (New York: Alfred. A. Knopf, 1995), p. xvii.

③ Terry Anderson, *The Sixties* (New York: Longman, 1999), p. 149.

三、富了的感觉怎样？
——自我意识与“物”意识

尽管《兔子四部曲》的每一部都以描写日常生活见长，但相对来说，在《兔子富了》中，对日常世界的描述、家庭生活的烘托则更是锦上添花，甚至是到了淋漓尽致的地步，这是因为在这部兔子系列的第三部小说中，厄普代克似乎是让兔子真正进入了一个感觉良好的时期，一个能够让他获得某种成就感的氛围。如果说与前两部兔子系列有什么区别的话，那么区别之一或许可以说，《兔子，跑吧》更多的是放在精神追求上，《兔子归来》的重点是对社会生活的强调，而《兔子富了》则是把注意力真正转移到了日常生活上，更确切的说法应该是经济生活领域。毕竟，在经历了前两部小说中大部分时间里的晃里晃荡的生活后，兔子现在富了，也因此很有点心满意足的样子。“一种梦幻般的气氛弥漫着整本书，”厄普代克如是评论，“兔子几乎是要拿拳头不停地捶自己，为的是要让自己确信他这种中产阶级式(原文为 bourgeois)的幸福是真的——如果说他还算不上拥有那种大丈夫的、家庭主人的架势，就像韦伯·莫科特那种神采，那至少他也是进入了同一个圈子了。”[①]莫科特是这部小说中兔子的朋友，其富裕、舒适的生活曾让兔子羡慕不已。用厄普代克评论者斯基富的话说，《兔子富了》的成就就在于艺术地再现了这种“中产阶级的幸福感”：“《兔子富了》的成就在于厄普代克能够把这种中产阶级的幸福感描述得如此有趣味、有深度，以至于充满诗意。”[②]确实如此，与前两部书相比，展现在读者面前的这部作品无论如何都可以说是“一部快乐的书”，这或许跟作者本人在写作此书时欣喜的情绪不无关系。关于写作这部小说时的心情，厄普代克自己曾这么说过，“我当时心情不错，有一种活力四射的感觉，这种情绪也蔓延到了书中。”[③]具体情况是，他非常享受他的第二次婚姻，美满生活带给了他写作时的快乐心情。

---

① John Updike, “Introduction to Rabbit Angstrom: A Tetralogy,” Everyman's Library edition (NY: Alfred A. Knopf 1995), p. xviii.

② James Schiff, *John Updike Revisited* (New York: Twayne Publishers, 1998), p. 48.

③ James Plath, ed. *Conversations with John Updike* (Jackson: University Press of Mississippi, 1994), p. 224.

但是，从另一方面看，这样一种快乐、梦幻般的氛围掩盖不了小说中时不时跑出来的忧郁、甚至是沮丧的情调。兔子的喜悦是真的，一点不假，可在享受幸福生活的同时，兔子仍然会陷入一个又一个的挫折之中。与前两部小说一样，《兔子富了》也充满了各种可能性之间的冲突。正像厄普代克研究者德特维勒所说的那样，整部作品充满了各种力量间的紧张关系，涉及“熵和新生，失去的机会和再次获得的机会，堕落和恢复，死亡和新生命，从这些对峙的关系中，发展出了一种停滞、平衡和妥协的形态。”[①]造成这种紧张关系的原因在于兔子心中无时不在的冲突，一种内心感受与外部环境间的冲突。关注“经济生活”的兔子同时也生活在消费文化弥漫的世界里，经济上的成功让他感觉良好，但同时也限制了内心的某些追求，这似乎是印证了消费文化的逻辑。

追求个人自由同样也是《兔子富了》的主题，只是从第一部到第三部这个主题的表现形式经历了变化的过程：在《兔子，跑吧》中是对个性的推崇，在《兔子归来》中是对自我身份的界定，在这部表现二十世纪七十年代生活的小说中，它则变化为对个人意识或个人存在意识的关注。相比于前两部小说，这个主题在《兔子富了》中出现了某种程度上的“转折”。如果说无论是《兔子，跑吧》还是《兔子归来》中，追求个人自由的主题多多少少与社会的、宗教的、政治的生活和背景有关——在前者，是个人与社会责任间的关系，在后者，是自我认同与国家身份间的联系，那么在《兔子富了》中，这样的背景变得模糊了，取而代之的则完完全全是围绕个人生活的日常世界的场景。正是在这样的“场景变换”中，兔子寻求个人自由的轨迹也经历了一个转折的过程，从社会的、政治的和超验式的指向落回到了平凡但并不缺乏曲折的日常生活中，而兔子在这个过程中表现出的对个人意识的关注也就成为了追寻个人自由的另一种形式。对兔子而言，所谓的个人意识其实也就是维持属于自己的一种存在意识，一片个体的空间，可以放下一个独立自律的自我。当然，这样的个人意识对兔子这样的人来说同时也是模糊的，甚至难以界定，但是，假如没有这样的意识，他的生活也就会变得没有意义，作为个体也就没有存在的价值，正是在这个意义上，这种个人意识推动着兔子时不时地要从日常生活的包围中突破出来，找寻某种生活的存在意义，也正是同样的原因，在经历了成功的

① Robert Detweiler, *John Updike* (Boston: Twayner, 1984), p. 172.

喜悦，过上了中产阶级的舒适生活后，兔子的内心依然会不期然地涌动着一种对自由与自我的向往。问题是这种对个人意识的关注同时也让兔子再一次陷入思想与行为的困境之中。

如同兔子系列前两部所展现的那样，出现在《兔子富了》中的兔子同样也不可避免地深陷于矛盾之中。一方面是生活富裕，似乎是有了掌握命运的条件，至少在经济上是如此，但另一方面，兔子模模糊糊地感觉到要想拥有一点自己的个人意识却并不容易。就像以前一样，兔子依然是要做出这样那样的努力来获得哪怕是一丁点的个人空间，但结果却是恰恰相反，非但没有感受到个人的存在，而是个人意识的消失。从厄普代克的角度来讲，在表现这么一个矛盾的、似是而非的过程的同时，他也让读者感受到了对弥漫在全书中的消费文化及其核心——商品拜物教——的深刻的洞察和批判。在某种意义上来说，兔子的个人意识无意识地替换成了商品意识，对个人意识的关注转换成了对金钱的迷恋，对自我的追寻最终变成了对物质的拥有过程，并且在这样的类似商品买卖的拥有过程中最终寻觅到了自我的存在和自由的意义。也是在这一过程中，贝尔所说的文化矛盾得到了更加直接的展示（在前两部作品中，文化矛盾更多的是通过迂回的方式贯穿在小说中）。

（一）

故事发生在1979年中旬到1980初的几个月之间。作为詹妮斯父亲开的车行的业务总代表，兔子现在是发了，在这个经济衰落能源危机时期，靠销售省油型日本丰田车，兔子领导的这个车行是赚足了钱。兔子经常和一些与他有着同样身份的人在乡村俱乐部里消磨快乐的时光，感觉很是风光；随着财富的增加，他与詹妮斯的性生活也开始活跃起来——此前在这方面他总有点忧郁的感觉。在内心深处，他也会时不时地意识到对自我和自由的向往，这大概与现实有关，因为生活并不是什么都那么春风得意。在大学读书的儿子纳尔逊现在成为了兔子潜在的威胁。和当年的兔子一样，纳尔逊的女朋友普鲁也未婚先孕了，更让兔子挠头的是，纳尔逊退学回家来了，而且还带来了另一个女孩，普鲁的朋友密蕾妮。纳尔逊要在车行工作，而且还赶走了多年的老手查理，兔子虽极力反对，但也没有办法，因为詹妮斯的母亲，车行的真正主人给纳尔逊撑腰。父亲和儿子的冲突不仅仅围绕着车行的经营方式，而且也针对纳尔逊的婚姻，兔子不同意纳尔逊结婚，在他看来，婚姻对纳尔逊而言是一个陷阱，就像他曾经对自己的婚姻的感觉一样。为了躲开家里的这一切烦恼，兔子开始移情别恋，把注意力转到一个来买车的女孩身上，他自认为她是他与多年前的情人露丝的女儿，不仅如此，兔子还偷偷摸摸三次到郊外去找露丝和那个女孩。纳尔逊的情况越来越糟糕，他抛下怀孕的妻子普鲁，从家里跑了，就像当年的兔子一样，正在加勒比海度假的兔子夫妇不得不赶回家来。小说结尾时，兔子有了一个外孙女，但不知怎么他却感到离"死亡"更进了一步。

与前两部兔子系列小说一样，《兔子富了》的故事同样也有鲜明的时代特征，整个情节以二十世纪七十年代的社会和文化环境做背景。同样，在小说开始时，厄普代克也用了一个具体的社会事件来显示时代背景。从二十世纪七十年代中期开始的能源危机成为了兔子系列第三部的引子。除此以外，很多那个时代的国内和国际事件也被厄普代克挪用安排进了小说的情节之中。为了比较清楚地了解人物和时代背景的关系，有必要援引一下厄普代克自己的一个说明：

> 这些小说在故事的酝酿过程中，每一个都需要一个清楚的背景新闻，一个能够把个人的和国家的领域串联起来的"钩子"。在7月下旬时，我到宾州去了几天，发现可以将因欧佩克引起的汽油短缺事件以及由此引发的恐慌作为一个"钩子"；在一些地方的加油站，汽车排成了长队，我们在费城郊区的主人早早地就起床出去给我们的油箱灌满了油，好让我们能够回到新英格兰去。那个春天，一场核灾难差点在哈里斯伯格的三英里岛上发生，卡特的支持率降到了百分之三十；我们的人在尼加拉瓜被暴乱分子驱逐了出去；我们的人在伊朗被扣作了人质，正面临着死亡的危险；约翰·韦恩去世了；空中实验室有掉下来的危险。兔子的妻子酒量不减，儿子退学回家，四十六岁的他有足够理由相信他和美国都快"没油了"，只是他并不相信他会这样。①

这段话相当精彩地总结了《兔子富了》所针对的时代背景。值得我们注意的当然不只是新闻事件的罗列，而是这些事件表达的意义与兔子这个人物的刻画之间的关系。似乎在这两者之间存在着一种对峙的关系，所有的事件包括兔子自己都透露了一种危机感，但兔子同时却并不完全

---

① John Updike, "Introduction to Rabbit Angstrom: A Tetralogy," Everyman's Library edition (NY: Alfred A. Knopf, 1995), p. xvii.

相信自己也会陷落进这种危机里面。无论从反映现实的角度，还是从兔子本身的处境来看，厄普代克在这段话里所说的内容都是真实存在的。二十世纪七十年代的美国，在尼克松后期和整个卡特时期，确实陷入了经济滑坡、国力衰退的境地。但从兔子本人的角度来说，他有一百个理由把自己和社会的状况划清界线。非但没有陷入危机，相反，他的事业正蒸蒸日上，趁着能源危机，靠销售省油的日本车，兔子大捞了一把。非但不是“没油了”，相反，兔子现在是精力旺盛，活力十足。因此，可以这么说，正如厄普代克评论者贝雷曼指出的那样，厄普代克在这里描述的主人公的情绪是与时代的主调相违逆的。[①] 但需要指出的是，这只是一种表象；在兔子幸福生活的表象后面隐藏着一种悲哀感，一种无法拥有自我意识的惆怅感。这种失落感在小说中更多的是与表现商品和消费文化固有的矛盾融合在一起的；换句话说，如果说上述引文中厄普代克所言的时代的主调——“危机感”确实存在的话，那这种感觉其实与厄普代克所说的那些事件并没有什么直接关系，而是换了一个角度完全浸透在兔子的个人生活中。这个角度就是商品消费文化背景下的日常生活，这在某种意义上构成了《兔子富了》的真正的背景。通过这样迂回的方式，厄普代克所说的“个人领域与国家领域的联系”同样得到了凸现，并且更具有了表现文化本质的意义。

我们的分析因此也应该从对小说的细读开始。对兔子而言，喜悦和幸福的感觉是确凿无疑的。有生以来他第一次想从心里说：“生活是甜蜜的。”[②]处在销售总代表的位置上，他现在算是真正的中产阶级了，可以说是有了休闲的时间，在乡村俱乐部里喝啤酒、打高尔夫球、时不时地和一帮和他身份相仿的人聊一聊国内国际的时事。他也成为了真正的消费者，《消费者报告》成为了他的《圣经》，是他必读的阅读材料。但同时一种异样的感觉也常常充斥他的心头，用厄普代克的话说就是：“富就是另一种形式的穷，你的需求随着你的收入一同增加，但是这个世界最终把给你

① Charles Berryman, “Updike Redux: A Series Retrospective,” in *Rabbit Tales: Poetry & Politics in John Updike's Rabbit Novels*. ed. Lawrence R. Broer, (Tuscaloosa, AL: University of Alabama Press, 1988), p.23.

② John Updike, *Rabbit Is Rich* (New York: A Fawcett Crest Book, 1982), p.4.

的东西给拿走。"[1]这种异样的感觉不仅仅表现在偶尔出现的对工作的厌恶上,而且还会化成一种死亡的阴影,常常袭上他的心头。当然,最让他心焦的是尽管他现在富了,可以过上一种自由自在的生活,但自由似乎依旧是可触不可及。

具体地说,我们可以从几个方面来说明他的这种感觉。首先,从物质条件上来看,他觉得自己还没有完全自由:虽然一年有四、五万美元进帐,但直到现在他还没有拥有自己的房子,仍旧住在岳母的家里。这样的状况有时候会严重限制他的生活,以至于他会产生这样的感觉:"在斯普林格家里没有任何一个地方哈里能够绝对呼吸到自己的空气。"[2]其次,在经济上,他也不能算是绝对自由:虽然他在主管这个家族企业,但他却没有最后的决定权,因为他只是一半的拥有者,另一半属于妻子和岳母。事实上,他不能否认这样的事实——他是靠着妻子詹妮斯才有现在这一切的,他不能忘掉是詹妮斯的父亲"免费让他走上了"[3]这条阳光大道。最后,他的儿子纳尔逊即将要退学回家到他这里来干活,很明显纳尔逊要成为他最大的麻烦。如果说这些让他不安的感觉只是表明他不能获得个人自由的外部条件,那么他的内心状况同样会让他不安。从前的兔子有一个最明显的特征是内心有一种源于自由的渴望,并且总是有所行动,相比之下,兔子发现他现在似乎也面临着同样的情况,但却有点懒于行动。他不得不这样承认:"自由,他以前一直以为是一种外部的行动,现在却成为了一种内心的退化。"[4]这使得厄普代克专家葛雷纳也不得不替兔子担起心来:"《兔子富了》的读者会跟着哈里一起焦虑,是不是他内心本能的对生活的冲动已经燃烧殆尽。他还年轻,不应该就这样失去渴望,但也许他已经过了继续保持这份渴望的年龄。这样的情况正是又可悲又吓人,因为随着外部条件的改善,他的内心生活却退化了。"[5]

兔子似乎在精神生活上是有点变得慵懒了,但另一方面他却并没有完全放弃。换言之,他还是试图在看似无忧无虑的优裕生活氛围里维持属于自己的一点个人的存在意识,而且还付诸行动。这个行动的主要内

---

① John Updike, "Why Rabbit Had To Go?" New York Times Book Review, 5 Aug. 1990, p.24.

②③④ John Updike, *Rabbit Is Rich* (New York: A Fawcett Crest Book, 1982), pp. 34, 133, 89, 91.

⑤ Donald Greiner, *John Updike's Novel* (Athens: Ohio University Press, 1984), p.91.

容是将内心的想象自我投射到某个外部物体，将其物化成个人意识的载体。如果说能源危机事件成为了小说连接时代背景的纽带，那么在小说开始时厄普代克引进的一个新人物则成为了兔子在这部小说里探求个人自由和维持自我意识的一个起因。这个新人物是来到兔子车行看车的年轻女孩。兔子自认为她就是多年前他和露丝的孩子。由此，这个女孩便成为了兔子可以投射个人想象的载体，一个他自认为可以让他意识到个体存在的手段，通过这种方式，兔子似乎可以暂时脱离纷扰的日常生活，体味自我的存在，但同时他也成为了一个自恋者。更重要的是，这种寻觅自我意识的努力并没有得出什么结果，而是最终被另一种意识——商品意识所代替。

从结构上说，《兔子富了》与《兔子，跑吧》有一些相近的地方。后者的情节由兔子的三次“逃跑”行为组成，而前者同样也有兔子的三次“出行”行为。所不同的是，这次兔子不是逃离他的家庭，而是独自去找寻他的“女儿”和昔日情人露丝。从情节安排来看，兔子的这三次出行都是一个人偷偷摸摸进行的，这本身就具备一种象征意义。厄普代克如此安排情节当然是有他的用意的，我们可以把兔子三次出行寻找“女儿”和情人的经历看成是他寻找自我的历程，而整个经历本身又是小说的中心矛盾和冲突展现的过程。因此，对这个过程做一细读分析就显得很有必要。

在小说中，这三次寻觅历程分别安排在不同的时间里，但起因却都是类似的。从某种意义上说，它们都给兔子提供了逃离身边的烦恼事情的机会，让他有个机会去发现自我，确证自我意识。

第一次出行发生在纳尔逊从学校回家以后。兔子对他儿子的行为很有点看不惯。为了排除纳尔逊带来的烦恼，兔子先是开始寻找自我安慰方式，他所做的就是在头脑中想他的“女儿”和她的母亲露丝。最后，在纳尔逊毁坏了兔子的车后，兔子的想象变成了行动，开始了第一次寻找女儿的历程。这次行程的过程本身很简单，兔子出城到郊外去找露丝和她的女儿，但并没有找到，因此这也更像是一次心理体验而已。值得关注的是兔子内心的感觉和他想象中的与露丝的对话：

> 他敲门后，如果她来开的话，他会对她说什么呢？
>
> 嘿。你也许不会记得我了……
>
> 老天。我希望我不会。
>
> 别，等一等。别关门。也许我能帮助你。

你会帮我个鬼！滚出去。我向天发誓，兔子，看见你就让我恶心。

我有钱了。

我不要。我不要散发着你的臭味的任何东西。我那时真的需要你的时候，你却逃走了。

好吧，好吧。但是还是让我们来看看现在的情况吧。你看，我们的女孩……

女孩，她已是个大人了。她有多么可爱！我很为她骄傲。

我也是。我们应该有更多孩子。伟大的基因。[①]

从主题上说，这个想象中的对话把《兔子富了》和《兔子，跑吧》联系到了一起。可以看出二十年前兔子与露丝的关系依然在兔子心中占有一席之地，现在他终于有机会有能力来赎回从前犯下的错误了。他来认领他们的女儿这个行为无疑是想表明他还非常珍惜二十前他与露丝的关系。更重要的是，这种行为给他提供了一个体验自我的机会，似乎通过来寻找昔日的情人和他们的女儿，多年前在与露丝的交往中获得的那种自我的感觉现在可以重新续上了。兔子并没有明确表明他的这种想法，倒是叙述者替他道明了："他并不清楚他是否爱过她，和她在一起他体会到了爱是什么，感受到了那种朦朦胧胧的自我的膨胀，这是一种让我们变成婴儿的感觉，使得每一时刻都充盈着让人激动的目的，就像是他膝盖下的那一簇草丛，里面布满了它们自己的最好的种子。"[②]考虑到上面提到的这次兔子郊外寻"亲"的实际原因，这么一种感受倒确实可以让兔子感叹一番。但同时，我们也可以看到，就像多年以前他对露丝表现出的浪漫态度，现在他又一次把浪漫化的想象一厢情愿地投射到了对方身上。所不同的是，现在他的身份变了，他有钱了。在上面这一段内心想象的对话中，一句最简单，也是最重要，最富意义的话便是"我有钱了。"这不仅是表明了他这个不大不小的企业经营者的社会身份，更是透露了一种强烈的自我意识，一种不同与以往的感觉。正是这么一种感觉使得他在这第一次寻找女儿的历程中，在没见到露丝时就折身返回了。这句话同时也表明了另一层意义，那就是他希望用钱赎回从前与露丝的关系，这个想法和姿态也许是无意识的，可也正是从这种无意识的思想中，我们可以看出兔子自我意识的矛盾：一方面是想通过找寻或者回味与昔日情人的关系来体味

①② John Updike, *Rabbit Is Rich* (New York: A Fawcett Crest Book, 1982), p. 104.

一下自由自在的自我的滋味，另一方面则是想用金钱赎回的方式获得这种自我意识，前者是自我浪漫投射的结果，但至少可以说是纯洁的、包涵激情的、远离现实的，后者则让这种纯洁的、激情的、远离现实的想象又回到了现实中，不仅如此，而且还以最能代表现实关系的形式——商品的交换形式——代替了以实现自我为目标的想象。因此，可以这么说，兔子这次寻找“女儿”的过程实际是以寻找自我、体验自我意识为目的，而结果是自我意识最终在对“金钱”的意识中获得了实现。

兔子的这种无意识的意识并不只是在内心对话的那一时刻产生的，在以后的两次找寻“女儿”的过程中，同样的意识，甚至是差不多同样的想象和行为重复发生。

让我们再来看看他第二次寻“亲”历程。这一次发生在纳尔逊结婚，并且取代了查理在车行的位置以后。与第一次一样，兔子出行的现实原因是他不满儿子的行为，但又无法阻止，于是又想起了他的“女儿”和露丝。兔子同样是一个人去一个人回，同样是没有见到露丝和那个女孩。同样我们可以把它看成是一种心理安慰的过程，是自我意识的想象过程。这一次，想象中的对话不是发生在露丝和他之间，而是变成了他和他“女儿”的对话：

> 嘿，你不记得我—
>
> 当然，我记得，你是那个卖车的。
>
> 我是说，我不单单是卖车的。
>
> 比方说？
>
> 你妈妈的名字是不是就叫露丝·白厄？
>
> 嗯……是的。
>
> 她有没有跟你说过你爸爸的事？
>
> 我爸爸已死了。他过去是给镇上学校开校车的。
>
> 那不是你爸爸。我是你爸爸。①

这个想象中的对话如同第一个，还是很简单，但同样意义颇丰。这个女孩认识兔子，因为她曾陪着男朋友到兔子车行来买车。也是在那一次兔子第一次同她相识，并将其当成了他的“女儿”。这也是为什么在上述

---

① John Updike, *Rabbit Is Rich* (New York: A Fawcett Crest Book, 1982), p. 258.

对话中兔子告诉女孩说他不单单是卖车的，而是她的“父亲”。同样，这也与兔子的自我意识有关。就像第一个对话表明的那样，兔子找寻“女儿”的真正目的是要寻找他的自我，或者说在这个过程中获得一种自我意识。声称他是女孩的爸爸至少说明了他要肩负的一份责任，也是他感到自身存在的价值。这种感觉也许在旁人看来是微不足道的，但对兔子而言则是不可或缺的。相对于在家里所处的尴尬地位——在纳尔逊面前感到的作为父亲的一无用处，他在这个女孩面前则有了一种做父亲的感觉，一种可以发挥某种作用的感觉。同样，兔子并没有直接表露这种感觉，但叙述者说明了他的这种心情：“他是真正感到有一种活着的感觉。”[①]似乎他有了寻觅到了自我的体会。

但是问题也恰恰在这个时候发生了。这种自我意识很快被另一种“自我意识”代替了。这一次他是到达了露丝和那个女孩住的地方，可是刚下了车，他就开始怀疑起他的目的来了：“（他感到）不仅是他前边的空间，而且是所有的地方都开始塌陷，尽管脚下的地是那么坚固，他有点纳闷他到这里干什么来了，穿着挺括的米色西装……他可是一个有自己办公室的人，门上写着自己的名字，名片上写着‘销售总代表’，在几个小时以前他还穿戴整齐地在儿子隆重、繁复的婚礼上款待来宾……”[②]显然，这样的怀疑感觉与他的社会身份是相符的。换言之，兔子的脑子里现在出现了两种意识，一种是作为女孩的父亲的意识，另一种是作为“销售总代表”的意识，如果说前一种意识给了他“活着的感觉”，后一种意识则告诉他现在他是谁。从这个意义上说，他对女孩说的那种话“我是你爸爸”实则乃是要表明“我是你爸爸，我有钱。”换言之，如同第一次一样，兔子又一次把个人意识的获得同“金钱”的力量联系到了一起。

兔子的这两次出行实际上都没有结果，没有见到露丝，也没有看到他所谓的“女儿”。只是到了第三次他才同露丝见了面。这一次发生在一次家庭危机之后，纳尔逊离开了他即将临产的妻子离家出走了。在同露丝简单地说了几句话后，兔子这一次是直截了当地提出给露丝一点钱，理由是用于他们女儿的教育。如果说前两次金钱的作用仅仅是以隐含的方式提到的，那么这一次兔子似乎是在直接做一桩商品交易了。当然，兔子的本意是要获得露丝的原谅，他觉得露丝仍然会爱他，而他也是需要露丝

---

①② John Updike, *Rabbit Is Rich* (New York: A Fawcett Crest Book, 1982), pp. 258, 257.

的，至少露丝能够让他感到自己的作用，换言之也就是自我的存在。兔子当然遭到了露丝的拒绝。

从以上的“细读”和分析中，我们可以看出，兔子三次寻找“女儿”历程的真正目的是寻找自我，或者说是确定自我意识，这本身应该是一种心理的、精神的历程；从小说的情节安排来看确实也是如此，但我们同时也发现，这三次历程的一个共同点是精神的因素最终落实到了物质的、金钱的形式上，也就是说从中透露的一个关键问题是自我意识到底靠什么来实现。这实际上涉及到了消费文化中的商品拜物教的本质问题。马克思说，商品拜物教的本质反映的是“人们之间一定的社会关系，但是在人们的眼中，这种社会关系却被看成是一种奇特的物与物之间的关系。”[①]也就是说，从商品拜物教，或者说商品崇拜的现象中我们实际看到的是一种替代关系，即物与物的交换关系替代了人与人的社会关系，这种替代关系并不被人们意识到，但却深刻影响了人们的自我意识，以致其本身就具有了意识形态的功能。我们可以从意识形态研究学者齐泽克对金钱这种普通物质的分析中进一步看出这种替代关系的意义。我们知道，对于大多数人来说，钱指向的是财富和社会关系，也就是说作为物质形式的钱本身并不表示什么。但对于某个个人来说，钱的这种功能“表示为‘钱’的直接的、自然的属性，似乎就其本身来说，‘钱’具有了直接的物质属性，是财富的化身。”[②]换言之，在日常生活中，人人都知道物与物的关系背后是人与人的关系，但是“问题是在人们的社会活动中，在平常生活中，他们的行为却表明似乎‘钱’直接就表示财富。他们成为了实际上的而不是理论上的（金钱）崇拜者。”[③]金钱因此也就具备了一种“物意识”，正是这种“物意识”导致了商品拜物教。齐泽克进一步指出，“人们‘不知道的’，人们没有意识到的是这样一个事实，即在社会现实中，在社会活动中——在商品的交换中——引导他们的是一种虚幻的崇拜。”[④]其结果是，作为个体的人不再去思考，因为“物本身替他思考了。”[⑤]

因此可以这么说，商品拜物教的本质是在商品交换过程中个体的自我意识被“物意识”的代替，或者说是这两者之间的等同、互换关系。从这

---

① Karl Marx, *Capital. Vol. one*, in *The Marx-Engels Reader*, 2nd edition, ed. Robert C. Tucker (New York & London: W. W. Norton & Company, 1978), p. 321.

②③④⑤ Slavoj Zizek, *The Sublime Object of Ideology* (London: Verso, 1989), pp. 30, 34.

个意识上说，兔子用钱来“赎回”他的自我意识也就是“自然而然”的事了，这本身就是商品交换的一个最普通的过程。只是需要指出，兔子本身并没有意识到（也不会意识到）有这样一种替代关系存在，在他看来，他的所作所为只是为着一个目的：寻找一个属于自己的空间，从中可以体味自我的存在。但在不经意地用‘钱’的方式来获取其自我意识的过程中，他走向了其目的的反面——“物意识”替代了自我意识，这多少表明了寻找自我意识过程中的一种矛盾。也许他主观上可能并不会意识到在他这么做的过程中，他把能够给予他自我意识的对象——露丝和她的女儿——实际上当成了商品来对待，但实际行动表明他正是这么做的。这正恰恰说明了商品拜物教导致的“物意识”对个体产生的影响。从这个角度来说，我们发现在《兔子富了》中兔子的内心精神追求往往最终表现为对“物”的崇拜也就不足为怪了。

（二）

确实如此。在整部小说中，读者会发现兔子对钱是如此的关注以致他的语言和行为本身都充满了“钱”的味道。除了上述例子，我们还可以找出很多其他例子加以说明。如读者会清楚地知道兔子一年的收入是多少，尽管这是通过叙述者的角度得知的，但很明显这表明了兔子本人对收入的关注。他还常常把他现在的情况与他父母以前的寒酸生活相比较，得出的结论当然就是钱对于维持他现在的生活是何等的重要。小说的一个重要情节是写兔子投机金币和银币的故事。对钱的关注甚至也贯穿在家庭成员的关系中。兔子与他儿子纳尔逊的矛盾与他们对钱的不同态度有关，而在纳尔逊怀孕的妻子普鲁因从楼梯上摔下来住进医院后，兔子首先关心的是这要花去他多少钱，这当然说明了更多的问题。但是，相比之下，在小说中没有什么比钱（物）与性的关系更能表明兔子在追寻个人意识上的矛盾，或者说自我意识被“物意识”的替代。

与前两部兔子系列一样，性也是《兔子富了》的一个重要主题。如果说在《兔子，跑吧》中性或多或少被描述为一种精神动力，在《兔子归来》中对性的描述与对文化和社会的变迁放在一起，因而被赋予了某种社会意义，那么在《兔子富了》里，兔子的性活动则被用来表明内心对自我的意识，但同时，这种由性引发的自我意识完全与“物意识”联系在一起。

厄普代克研究者亨特认为，厄普代克倾向于把性看做是“一种象征，一种状态，用来表明一些模糊的、要消失的感觉，一种我们还活着的感觉。”[①]他指出厄普代克对性的赤裸裸的描述的意义在于表明男性人物对自我的追寻。用厄普代克自己的话说，“在性接触中，你能确定你自己的存在以及一种极大的内在价值，这是你在别的地方得不到的，除非也许是很小的时候在你母亲的怀抱中。”[②]换句话说，性描述的目的之一是确定人物的自我意识，让人物感受到自我的存在。厄普代克同时又是一个现实主义作家，对他而言，对性的描述不能脱离生活本身，要透露生活的真实。他指出：“关于性，总的来说，在小说中，要尽量从需要入手，做到细致精确，但是真实，真实体现社会和心理的关系。让我们把媾和从壁柜里，从圣坛上拉下来，把它放在人的行为的连续过程中。”[③]这正是在《兔子富了》中厄普代克性描写的基本方式，兔子的性生活一方面说明了他内心的自我意识，另一方面也告诉了我们很多“社会的关系”，具体说，通过性感受对自我的追寻实际上是与对物质占有的渴望同步进行的，也就是说，自我意识与“物意识”的关系同样也反映在兔子的性生活中。厄普代克评论者鲍斯维尔敏锐地看到了这一点，他指出，在兔子和詹妮斯的性生活中，财富本身起到了性的作用：“在《兔子富了》中，兔子和詹妮斯有三次在一起做爱，其中至少有两次他们的性欲是因为其财富的增长而激起的。”[④]这种性与财富共同发挥的作用在兔子与詹妮斯在金币间做爱的场景描写中达到了高潮。

二十世纪七十年代后期，美国经济陷入衰落时期。兔子听从他的朋友莫科特的建议，决定去投资金币，这样可以避免因通货膨胀而导致的货币贬值。就像他的三次寻找“女儿”的历程，兔子也是一个人悄悄地去银行买了南非的金币。那天晚上，兔子性欲膨胀，一方面是预感到了自己财富的增长，另一方面那些金光灿灿的金币本身给他带来了无限的刺激。他先是把金币分摊在床上，然后再把它们放在詹妮斯赤裸的身体上，接着便在叮当响的金币间开始了他们的性生活。这一次性活动极大地加强了

---

① George Hunt, *John Updike and The Three Great Secret Things: Sex, Religion and Art* (Chapel Hill, NC: University of North Carolina Press, 1967), p. 210.

②③ James Plath, ed. *Conversations with John Updike* (Jackson: University Press of Mississippi, 1994), pp. 250, 256.

④ Marshall Boswell, *John Updike's Rabbit Tetralogy* (Columbia and London: University of Missouri Press, 2001), p. 142.

兔子的自我意识,同时也唤醒了他的性趣。

为了更好地理解这两者之间的关系,有必要做两个情节上的补充说明。首先,在这一情节以前,兔子的性生活其实并不积极,甚至有点压抑。与詹妮斯相比,他似乎对性不是太有兴趣,很多时候要通过想象别的女人包括露丝和她的女儿他才能有所作为,这当然表明了他内心生活的退化,尽管生活本身是那么舒适。第二个说明与纳尔逊有关。前面提到兔子与纳尔逊之间有很大的矛盾,兔子视其为对手,在精神上和经济上都给他造成了威胁,因此成为了"阻碍其自由的一堵墙"。兔子买金币以及和詹妮斯在金币间的性生活发生在纳尔逊从学校回来,即将结婚这个情节以后。从这两个情节说明中我们多少可以看出厄普代克安排兔子买金币以及在金币间的性活动的用意。很明显,这里所说的兔子的自我意识是针对他在家庭中所遇到的矛盾而言的。在性趣增强的同时,他的自我意识也得到了加强,至少在潜意识中这有助于他摆脱家庭矛盾带来的困扰,给他一种自由的感觉。但这样的自我意识本身是虚幻的,因为在其产生的同时"物意识"就已替代了它。无论是性意识还是自我意识,如果没有对财富增长的想象就不会有其本身的存在。就像叙述者所说的那样,手上拿着叮当响的金币,身体里欲望膨胀,兔子在一瞬间好像是"死者复活"。① 是性与财富的结合让兔子"复活"了,而所谓"复活"当然指的是他的自我意识的增强。但具有讽刺意味的是,这样的自我意识更多的只是"物意识"的表现而已。换言之,如果说寻找自我通常表现为内心自我意识的萌生,那么对兔子而言,这同时需要物化为外在的物质形式。这正是商品拜物教的典型表现。

在另一个同样是充满性描写的情节里,"物意识"的作用同样发挥得淋漓尽致。不同的是,在这个情节里,兔子并不是性活动的主角,而是充当一个看客——翻阅莫科特和他妻子性生活的照片。通过对这样一个场景的惟妙惟肖的描述,厄普代克不仅表现了他细节刻画的特长,更是微妙地说明了性与商品的关系以及性转变成商品的过程,而这多少与色情商品愈演愈烈的二十世纪七十年代有点关联。

上面提到,在《兔子富了》中,兔子体味自我意识的一个方式是将自己的想象投射到另一个客体上,由此建立一个个人的想象空间,从中在心理

① John Updike, *Rabbit Is Rich* (New York: A Fawcett Crest Book, 1982), p. 201.

上和精神上获得些许个人自由的期待。这样的想象很多时候同时也是一种充满性意识的欲望。对露丝和其女儿的想象是其中之一。另一个类似的欲望想象来源于兔子心中怀有的对幸迪的好感。幸迪是兔子朋友莫科特的新婚妻子,年轻、漂亮、性感。兔子一直幻想着能有机会和她有一次身体的接触。这个幻想从小说开始到结束一直萦绕在他的心头,可惜最终也没有实现。但是,兔子还是得到了一次机会间接地看到了幸迪的胴体,这也算是多少满足了他的欲望。

这个情节发生在莫科特的家里。兔子去参加莫科特的家庭晚会,一个偶然的机会让兔子看到了莫科特与幸迪做爱的照片。那是一些这对夫妇摆出各种姿势欢爱的自拍照片,看着这些照片,兔子的眼睛一下就瞪大了。他一张一张地细看这些照片,心中充满对莫科特的妒忌,同时又恨不得把照片上的幸迪看个洞穿。厄普代克对这个细节的描写细致、精确又富有感染力,文字延续了有几页之多,以致引起了一些评论的争议,认为有色情渲染的嫌疑。要判断这样的描述是否就是色情文字恐怕不是很好断定,但有一点似乎可以确定,厄普代克这样做是有明显意图的,一方面这样的白描手法本身融入了他自己对色情这种文化产品和现象的思考,另一方面也让小说对时代背景敞开了空间,为引导读者进入二十世纪七十年代的一个重要文化现象——享乐主义生活方式——提供一个很微妙的视角。

二十世纪七十年代是色情现象开始蔓延的时期。按照一些社会学家的看法,色情的蔓延与起源于二十世纪六十年代的性革命不无关联并在七十年代产生了变异:“在很多人看来,所谓的性革命在七十年代成为了最令人震惊的社会趋势。来源于(六十年代)反文化运动的性革命摒弃了传统的对性的制约,开始了整整一个时代的各种变化:情色诱惑,花样翻新,杂交欢爱。”[①]在一定程度上说,厄普代克描述的莫科特夫妇的性爱姿态与流行的色情短片非常相似,用一位研究者的话说就是:“根本谈不上有什么高雅情趣的地方,没有什么情节,只是一些杂技式的动作,一些满足窥淫癖者的表演。”[②]这也许正是有人认为是色情描写的原因。但是,另一方面,需要把色情与作为色情的商品区别开来,也就是说色情本身并

---

①② Victor Bondi, ed. *American Decades*: 1970—1979 (Detroit: Gale Research, 1995), pp.328—29.

不能发挥社会效应——如果它不是成为商品的话。换言之，我们同样需要从商品拜物教的角度来解读这个问题。不管怎么说，莫科特夫妇的那些类似色情表演的照片只是照给自己看的，但是通过兔子带着欣赏的态度细细阅看这些照片的过程，这些照片似乎从属于个人的东西变成了公开的几近于商品的东西，于是我们可以体会到厄普代克实际上在这个情节里模拟了一次色情成为商品的过程。这种描述手法的目的当然并不只是在于表现时代现象，其本身就隐含了强烈的批判意识。“在六十年代，性解放被认为是可以引导自我表达和进入超验境界，但在七十年代却成为了一种消费经济。”[①]从个人体验转变成商品表明的不仅仅是自我意识逐渐消失，而更是“物意识”抹去自我意识的过程。

我们可以从与这个情节有关的一个细节里读出“物”在这个转变过程中所起的作用。莫科特夫妇的那些照片是用最高级的保丽莱一次成像相机拍成的。在休闲俱乐部里，他们曾向大家介绍过这种有着神奇功能的产品。评论家德特维勒这样评述道：“技术——以保丽莱相机的形式出现——在这里进一步加强了好色的氛围，富有的莫科特夫妇拥有了最新的设备，于是可以模仿色情杂志来进行他们的性游戏。”[②]从厄普代克的角度来说，体验性感觉本身是要表明自我的存在，但同时不难看出，这样的自我存在的意识是靠着“物”(相机)的作用来实现的，换句话说，在他们的欢爱之余，让他们感到惊奇的并不是性本身，而是“物”(相机)的神奇力量。我们也许并不能在莫科特夫妇身上确认这一点，但却可以从作为旁观者的兔子身上发现这个问题：“消费者报告书上在不久以前提到过很多关于这个 SX-70 型一次成像相机，但却从来没有解释过 SX 代表什么。现在哈里知道了。他的眼里充满了渴望。”[③]原来 SX 与 sex (性)相关，发现这个秘密让兔子感到有点惊奇。

从小说要表达的主题意义上来说，这个发现是非常重要的。就像在寻找其“女儿”的过程中，兔子不知不觉地、无意识地诉诸钱(物)的力量来获得他的自我意识，在莫科特夫妇展示各种欢愉姿势的情节里我们同样

---

① Victor Bondi, ed. *American decades*: 1970—1979 (Detroit: Gale Research, 1995), p.329.

② Robert Detweiler, *John Updike* (Boston: Twayner, 1984), p.178.

③ John Updike, *Rabbit Is Rich* (New York: A Fawcett Crest Book, 1982), p.286.

也看到了最新的照相技术发挥的让其充分体验自我存在的作用。兔子的发现因此更进一步加深了他对物(商品)之力量的体会,尽管他只是通过照片与他的梦中情人相遇,但对他来说这已足够表明物所能起的作用。这种体会的一个逻辑结果便是自我意识与"物意识"的完全等同,而这种等同关系透露的恰恰是在寻求自我过程中不可克服的矛盾。这也是一个时代的矛盾,是二十世纪七十年代一个突出的文化现象——追求自我实现与享乐主义生活方式间的矛盾。

二十世纪七十年代的美国常常被认为是一个"以自我为中心的十年"(Me Decade),这是指一个流行的社会趋势是自我意识和追求自我实现,但是所谓的自我实现最终却往往等同于对物的占有和身体本身的感觉。历史学家布卢斯·舒尔曼认为,从社会和政治的层面上说,"这是一个自恋、自私的时代,是一个个人意识的而不是政治意识的时代。"[①]与更多地关注社会和政治正义的二十世纪六十年代相比,二十世纪七十年代似乎更趋向于态度漠然和反政治化。当然反过来说,政治意识本身就可以转化成个人意识,借用二十世纪六十年代流行的一句女性主义的话说就是"个人的就是政治的"。但问题是追求自我实现的过程本身就是一个出发点和落脚点充满矛盾的过程。一个现象之一就是对身体本身的关注超过对真正的自我的关注。著名作家诺曼·梅勒在1979年的一篇文章中这样抱怨:"七十年代是一个人们把注意力放在皮肤上的时代,重点只是浮在事物的表面,而不是事物的根源。这是一个外在形象尤其突出的时代,因为深层的东西已不复存在。"[②]

无独有偶,在《兔子富了》中可以看到这种对"外在形象"的关注,而这当然也与追求自我或者是自我的实现相关联。兔子能够体会到的最直接的"富"的感觉是他有能力、有时间在乡村俱乐部里悠闲度过时光,游泳、打高尔夫、休闲这已经成为他生活不可或缺的一部分,事实上,整部小说弥漫着一股浓郁的悠闲生活情调,以至于在读罢小说后印象最深的就是兔子在俱乐部度过的那些闲散时光。俱乐部里那种悠闲的生活当然给兔子带去了愉快的情绪:"在飞鹰俱乐部,哈里感到身体得到了锻炼,神清

①② Bruce Schulman, *The Seventies: The Great Shift in American Culture, Society, and Politics* (New York: The Free Press, 2001), p.145.

气爽，有一种舒坦的感觉。”[①]似乎只有这样的生活才是与他现在的中产阶级的身份相符的，当然这也是一个能让他感觉到自我存在的地方，而这一切多少与“外在形象”有关。兔子开始注意起他自己的身体，又开始“跑”了，不是跑离家庭，而是慢跑锻炼身体。兔子发现詹妮斯的体型保持得不错，而这不能不归功于在俱乐部里的锻炼。

有些学者指出这种“身体意识”是二十世纪七十年代盛行的各种“身体疗治”(therapy)在小说中的回应。二十世纪七十年末一本有着广泛影响的文化批评书的作者，著名学者克里斯朵夫·拉希发现二十世纪七十年代风行一种“关注身体的疗治情感（therapeutic sensibility)。”他这样评述道：“当前的氛围是诉诸疗治而不是宗教。人们现在最关注的不是个人的拯救，更不用说恢复早先时代那些黄金时期，人们关心的只是个人安乐、健康和心理安慰的感觉和短暂的幻觉。”[②]所谓“个人的拯救”，拉希指的是把中心放在通过辛勤工作来得到精神拯救这样的传统价值上，如新教伦理。恰恰相反的是，“身体疗治”只是把个人当作一个具体的物质身体而已，关注的是这个身体的感觉，而不是精神。

在《兔子富了》中，我们可以发现厄普代克把这种对“身体的关切”意识引入到了小说中。除兔子以外，对身体关切的是密雷妮，她是纳尔逊的校友，普鲁的朋友，她随纳尔逊在夏天放假时来到兔子家里，目的是替普鲁监督纳尔逊的行为。把这样一个女孩引入到兔子的家庭生活中不仅是情节发展的需要，同时也与主题的铺陈相关。细读小说，我们可以从密雷妮的身上看到《兔子归来》中吉尔的影子。密雷妮也是在小说情节发展到中间时出现的一个人物，另一处同吉尔相像的是，密雷妮也给兔子一家带来了一种新的生活方式：她极力向大家推荐吃健康食品的重要性。对他人来说，这只是一种不同的食品选择而已，但是对密雷妮而言，这种生活方式更像是哲学，是一种信仰。正如她自己所说的那样，很多东西我们都可以不要也能生活，比如电动切割刀，但自然不能不要，蜗牛和鲸鱼要比石油更重要。密雷妮所说的当然不仅仅是对“身体的关切”，而是延伸到了身体以外涉及到了崇尚自然这样的信条。同样，在这方面，她又让我们

① John Updike, *Rabbit Is Rich* (New York: A Fawcett Crest Book, 1982), p.56.

② Christopher Lasch, *The Culture of Narcissism: American Life in an Age of Diminishing Experience* (New York: Warner Books, 1979), p.33.

想起了吉尔，她也曾说过要憎恶身体(自然)以外的其他东西。如果说吉尔是一个代表了嬉皮士生活方式的女孩，而嬉皮士的信条之一则是摈弃现实生活中的条条框框，为的是追求内心的自我，那么可以说在密雷妮身上我们看到了来源于二十世纪六十年代嬉皮士的某些观念在二十世纪七十年代的延续。二十世纪七十年代自我实现潮流的一个具体表现是很多人身体力行的"回归自然"运动，在本质上这是二十世纪六十年代嬉皮士运动的一个延续。密雷妮这个人物多少反映了这样一种社会文化现象。但这只是一个表象，恰恰是在看似相同的地方存在着根本的区别。二十世纪六十年代的嬉皮士是以反文化姿态出现的，其反抗的对象是主流文化或意识形态，而在二十世纪七十年代，类似的行为则早已融入到了主流文化之中并成为了其中的一部分，正如有些历史学家指出的那样，如果说二十世纪六十年代的反文化曾具有明显的政治倾向，如要求分散权力，参与民主，反对资本主义扩大化等，那么这样的政治倾向在二十世纪七十年代则不见了踪影，更重要的是，嬉皮士曾有过的反抗精神在二十世纪七十年代也差不多消失殆尽，并被纳入到了主流文化之中。其结果是嬉皮士的生活方式被转化成了中产阶级享乐主义的生活方式。[1]

从这个角度来看，一些诸如像密雷妮这样的人物看似奇怪的行为也就不足为怪了。她可以谈论健康食品的重要性，也可以毫无顾忌地去寻找快乐的刺激。即便是像查理这样的中年男人，老病号，当他向密雷妮发出邀请一同去度假，后者很快就接受，随后一同飞往佛罗里达找寻快乐生活去了。有意思的是，别人都似乎很能接受密雷妮的行为，而且视其为想当然的事，倒是兔子自己觉得有点别扭，尽管骨子里他还是蛮欣赏密雷妮的。

拉希指出，享乐主义生活方式的本质是"摈弃禁忌，获取感官的直接满足。"[2]问题是无论是密雷妮，还是莫科特夫妇，甚至是兔子本人，这样的生活方式同时也是指向另一目标——自我的实现。这似乎与这样一种生活方式有点背道而驰，毕竟自我并不完全等同于感官刺激。更重要的

---

① Victor Bondi, ed. *American decades*: 1970—1979 (Detroit: Gale Research, 1995), p. 341.

② Christopher Lasch, *The Culture of Narcissism*: *American Life in an Age of Diminishing Experience* (New York: Warner Books, 1979), p. 43.

是，如果说自我是一种内心意识的话，那么对他们而言，这种自我意识却往往只有通过外在的物化方式才能获得，在密雷妮是所谓的健康食品，在莫科特夫妇是具有神奇功能的相机，在兔子则是钱本身，所谓这些东西(物)在某种意义上都成为了他们自我实现的催化剂，或者说，替代品，这不能不说正是商品拜物教对个人意识的影响。需要指出的是，在商品消费文化里，物品对个人的自我意识的影响是如此深刻以致这样的替代和物化过程本身被认为是一个自然的过程，用马尔库赛的话说，只是一种“生活方式”而已：“物品有灌输和控制的功能，它们倡导虚假意识，但其虚假性本身是免疫的。随着社会各个层次的人越来越多有能力获得那些有益的物品时，这些物品的灌输功能也就停止了其宣传功能，它成为了一种生活方式。”[①]

厄普代克一方面充分展示了这样的方式，另一方面也明显地表明了他的批判态度。如果说《兔子富了》一个突出的成就是“厄普代克能够把这种中产阶级的幸福感描述得如此有趣味、有深度，以至于充满诗意，”那么厄普代克同时也以象征的手法把人物的虚无感融合在里面，以表明他的批判态度。我们可以在兔子和他的朋友们在加勒比海度假以及换妻游戏这个情节里读出厄普代克的批判意味。

去加勒比海度假首先由莫科特夫妇提出，很快得到包括兔子夫妇在内的其他夫妇的响应。这应是他们俱乐部休闲生活的扩展和延续。兔子尤其对这次出游情有独钟。一方面是因为他可以暂时远离纳尔逊这个“捣蛋鬼”，另一方面，他把这看作了一次与幸迪亲密接触的好机会。事实上，他对这次出游是如此地充满渴望，以致几乎把它与宗教朝拜相比较。在他们上飞机不久后，他就有了一种“自由”的感觉：“幸福让他的心咚咚地跳个不停；在哈里到了中年时期，上帝也早已缩小成了葡萄干大小的东西，被遗忘在他车座位的底下，但现在上帝突然又冒了出来，如此巨大。到处都像是一阵风刮过。自由了：那些已死去的和那些活着的统统被留在了五百英里之下的云雾中，云雾就像哈在玻璃上的雾气，遮没了整个地面。”[②]就像叙述者所说的那样，上帝确乎已从中年兔子的生活中隐身了，“有时候他会在晚上说几个祷告词，但是一种无情的休战似乎占据了他和

---

① Herbert Marcuse, *One-dimensional Man* (Boston: Beacon Press, 1964), p. 11.

② John Updike, *Rabbit Is Rich* (New York: A Fawcett Crest Book, 1982), p. 365.

上帝间的空间。”[①]也就是说他也不再从上帝那里得到某些精神启示，我们知道，对兔子而言，上帝总是一种帮助他发现自我的力量，如果说“他和上帝间的休战”指的是日常生活的碌碌劳作已经磨灭了他的精神追求，那么上帝在这个时候的突然出现可以说是让他想到了那个内心的自我。但具有讽刺意味的是，上帝的突然出现和对自我的感觉都是随着对即将到来的肉体快乐的期待而一同产生的。

在接下来的换妻游戏中，兔子的自我意识与虚无的感觉掺杂在了一起，这就更是表明了厄普代克对其笔下的主人公的嘲讽。在这场厄普代克称之为“莎士比亚式的夫妻对换”的场景中，[②]《兔子富了》的性描写也算是达到了极致。遗憾的是，兔子并没有得到他想要的女人——幸迪。不过，和他度过了一个晚上的哈里逊太太倒也让他有了酣畅淋漓的感觉，但同时，我们从叙述者的描述中也读到了另一层意思。哈里逊太太不巧正来例假，于是她把臀部贡献给了兔子，这让兔子颇为感动，但同时一种虚无感也油然升起：“空洞，完完全全的黑匣子，一个盛满纯粹空虚的盒子。”[③]有意思的是，在这一刺激无比的行为结束时，兔子突然真正有了找到自我的感觉。这不能不让我们想到，也许令兔子念念不忘的自我原来不是别的只是感官刺激而已。

（三）

由此，我们可以看出，厄普代克确实是一位揭示一些似是而非的矛盾的大师，这些矛盾隐含在兔子和其他人物日常行为的各个细节里，透过它们让我们看到了人物行动的社会含义和文化指向，这在兔子追寻自我意识的过程中表现得最为明显。上述分析主要集中于兔子内心意识方面的矛盾，尽管已经足以说明这些矛盾的社会和文化的根源，但如果要从更深层的角度来探究兔子追寻自我历程中的矛盾，则需要把讨论的视角放到更广泛的背景中。这个视角的切入点应是兔子和儿子纳尔逊的矛盾。

首先，这个父子间的矛盾可以放在丹尼尔·贝尔所说的文化矛盾的大背景中来考察。贝尔曾用了一个非常简捷的方式来说明现代资本主义

---

①③ John Updike, *Rabbit Is Rich* (New York: A Fawcett Crest Book, 1982), pp. 130, 391.

② John Updike, "Introduction to Rabbit Angstrom: A Tetralogy," Everyman's Library edition (NY: Alfred A. Knopf. 1995), p. xvii.

的矛盾："在生产领域——也就是在工作领域——要求新教伦理，但在消费领域却要求快乐、享受和娱乐原则。"[①]这种以刺激感官快乐为主的生活方式在贝尔看来是威胁资本主义经济体系的主要因素。如果我们用这样一种角度来看兔子和纳尔逊之间的冲突，我们则会发现这对父子间的矛盾主要是针对他们的家庭企业而言的。在兔子眼里，纳尔逊的所作所为对他们的车行带来了潜在的危险。兔子的看法是纳尔逊整个儿就是那种以玩乐为生活主要目标的年轻人的代表。有一个细节颇能说明兔子的忧虑：当詹妮斯给兔子看纳尔逊的一封信，说他要和密雷妮一块回家时，兔子的第一个反应是他们的儿子要来摧毁他们的家了。当詹妮斯说他在纳尔逊和密雷妮的关系上显得太古板，他这样回应道："我并不是像清教徒那样的古板，我是从实际着想。让那些孩子们到外面喝醉酒，玩滑翔，或者别的什么东西是一回事，让他们把一些吸毒的家伙和风骚丫头带回家来是另一回事。"[②]

让兔子更为担心的是纳尔逊那种玩乐的态度会给他的生意带来麻烦。兔子的担心不是毫无根据的。他早就发现他的这个儿子在生意方面没有头脑，曾经花了不少钱买了一个随身听，但很快不要了，而且只是以一半的价格卖了出去，一想起这事，"就会给兔子带来窒息的感觉。"[③]果然，纳尔逊的行为证明兔子的担心不是多余的。纳尔逊先是损坏了兔子的车，接着趁着他不在的时候，做起了买卖旧式敞篷车的生意，这让兔子大为光火。我们且看下面他们父子间的一段对话：

> 纳尔逊惊讶地看着他。他手上拿着钥匙，眼神迷惑，下嘴唇颤抖着："我是想让你驾驶罗莱尔兜风玩呐。"
>
> 哈里说道："还玩呐。你知道这些老赛车要烧掉多少油？在这个一加仑油要一美元的时候，你以为谁还仅仅是为了兜风会去开那些张着大嘴猛吃油的八缸老爷车？你那，你是生活在梦中。"
>
> "人们不在乎，爸。人们现在已不在乎钱。钱归根到底是狗屎。钱是狗屎。"[④]

---

① Daniel Bell, *The Cultural Contradictions of Capitalism* (New York: Basic Books, Inc. 1978), p.75.

②③④ John Updike, *Rabbit Is Rich* (New York: A Fawcett Crest Book, 1982), pp.37, 85, 157.

纳尔逊说的并不是一点都没有道理。他这种对钱不在乎的态度多少了印证了二十世纪七十年代的现实，更主要的是揭示了在生活方式上的一种社会和文化的变迁。在谈到二十世纪七十年代的经济状况时，尤其是涉及到信用卡的使用时，历史学家舒尔曼提出了他的看法：

> 直到七十年代，对信贷和欠债有一种普遍的抵制。借钱被认为是不良的行为，是道德脆弱的表现。长期以来，节俭是美国人的一个重要美德：只要想一想本杰明·富兰克林在其自传中对浪费和过度的警戒。但是，随着双位数的通货膨胀的到来，节俭已变成了傻事一桩。存钱意味着用昨天已贬值的钱来支付明天价格高涨的商品。从这个意义上说，借钱反而变得是聪明之举。你可以趁着物价还没涨现在就去购物，日后再来支付，反正到那时钱也不值钱了。①

舒尔曼这里说的是二十世纪七十年代经济衰退的情况，通货膨胀改变了人们以往的观念，信用卡由此流行起来。从经济的角度看，这当然是事实，就像纳尔逊提到的人们已不再关注钱了。但是，另一方面，在这个经济现象背后反映的是人们生活方式的改变，从节俭到借钱，从存钱到花钱，实质是正如舒尔曼提到的美国人道德品格的改变。舒尔曼援引了一位经济学家的话来描述这种变化"'不要买你买不起的东西，这是我们父辈对我们的规劝。'经济学家克力斯多夫·鲁皮奇这么说道，'现在这个规劝已变成了：你不得不去买（即使是你买不起的东西）'"②

纳尔逊让兔子感到担忧的正是这样一种生活观念变化导致的道德品格的变化，而这样一种变化恰恰也是消费文化盛行的一个重要标志。同样，我们可以从厄普代克富有象征手段的描写中，读出这个意思来。在紧接着上面提到的场景后，发生了兔子与纳尔逊的冲突高潮，在被兔子指责为灾难的肇事者后，纳尔逊心中升起一股无名火，在情绪失控的情况下，他把对兔子的怒火发泄在了对车的撞击上。下面一段描述撞车的文字的隐含意义值得关注：

> 纳尔逊压下他的怒火，说："爸，我不会再买那些车了，我保证。这些车会卖出去的，我保证。"
>
> "你不用给我保证什么。我要你保证的是别在我的生意上指手画脚，赶紧

①② Bruce Schulman, *The Seventies: The Great Shift in American Culture, Society, and Politics* (New York: The Free Press, 2001), pp. 135—36.

> 滚回俄亥俄你的学校去吧。告诉你，纳尔逊，我讨厌让我来告诉你这一切，但是，你就是灾难。你必须要改变你的行为，这样的事不能再在这里发生了。"
>
> 他其实很是憎恶他刚才对他儿子说的话，尽管这是他自己的感受。他恨得不行，干脆转过身来，想进刚才他们出来的那个门，但是门在他们背后锁住了，这种门就是这样的。*他被锁在自己的车库的外面，而钥匙在纳尔逊手中。*兔子使劲地摇动门把，用他的手掌根重重地敲大铁门，甚至是因为怒火中烧下意识地用膝盖去撞击门；疼痛升起，遍布全身，尽管他听到了在不远处有汽车发动的声音，但他并不明白发生了什么，直到他听到了一阵橡皮的吱呀声和汽车快速的冲击声，随后便是叮叮当当的金属的撞击声……（斜体为笔者所加）[①]

"*他被锁在自己的车库的外面，而钥匙在纳尔逊手中*"这个描述显然是富有象征意义的。一方面，这表明作为父亲和车行的销售总代表，兔子似乎在阻止"灾难"发生方面显得无能为力，说明了父亲在儿子面前的无能；另一方面，象征意义也超越了故事和具体情节本身而指向了时代背景，确切地说，是对二十世纪七十年代社会和文化"痼疾"的批判性表述：消费文化驱使下的自我放纵本能的膨胀与爆裂以及影响。用卡特总统1979年一篇著名演讲中的话来说就是："在我们这个曾经是为辛勤工作、重视家庭和关系紧密的社区以及对上帝的信仰这样的东西自豪的国家里，有太多的人现在是崇拜自我放纵和消费。"[②]自我放纵不能不说与传统价值观念的丧失有关，而造成这种现象的一个重要原因则是生活方式的改变，或者说是享乐主义生活方式代替了传统的生活方式。这种改变对社会尤其是经济体系本身会带来什么样的影响，在很多人看来是值得忧虑的。这在上述所引的卡特的讲话里非常明显。贝尔揭示资本主义文化矛盾的一个根本原因就是要表明这样一种忧虑。从这个角度再来看上述场景，纳尔逊行为的破坏性是显然的：兔子白白损失了两辆新车。从行为逻辑上说，纳尔逊这样做是要报复兔子对他的苛刻的指责，但同时，这是不是也表明了这样一个暗示：这是纳尔逊玩乐生活方式导致的一个必然的极端的结果？

如果说上面对兔子和纳尔逊冲突的分析主要集中于他们对经营家庭企业的不同态度上，那么我们还可以从另外一个角度来看这对父子间的

---

① John Updike, *Rabbit Is Rich* (New York: A Fawcett Crest Book, 1982), pp. 157—58.

② Jimmy Carter, "Energy and the Crisis of Confidence", www.pbs.org/wgbh, 2006,3,3, p.3.

冲突,那就是,他们的冲突本身与小说的主题——追求自我和个人自由——是相关的。

厄普代克曾经提出过一个非常有见地的、被很多评论者援引的关于他的小说和历史的关系的观点。他这样说道:"我的这些描述普通人的日常活动的小说要比历史书里表达的历史还要多,这就像是在考古学里要比在一张关于战争和政府的变化的单子里含有更多的活生生的历史。"[①]当然,"平常人的日常活动"肯定要在历史背景中展开,这是兔子系列全部小说的一个显著特征。但是,这并不是说要把讲故事与提供历史信息完全等同起来。厄普代克对此这么评述道:"我们读小说不是为了知晓信息……与新闻或者是社会学不同,小说并不给予我们事实……它是要扩展我们的各种可能的感觉,潜在的自由。"换句话说,"小说不是别的,而是人类迄今发明的自我审视,自我展示的一种微妙手段。"[②]因此,从某种意义上说,小说的目的是展示人物朝向自我发现的历程。当然,自我发现的历程离不开历史背景的衬托。

从这个角度来看,兔子与儿子纳尔逊的冲突同时也提供了兔子寻找自我的一个极好的角度。这首先表现在他对纳尔逊的另一种担忧上:除了觉得纳尔逊的行为会给企业带来破坏以外,兔子心中还存有一种深深的害怕,那就是,他觉得纳尔逊是被"套牢了"。上文提到,《兔子富了》非常接近于《兔子,跑吧》的改写,这主要是表现在兔子三次寻找"女儿"的历程上。同样,从兔子与纳尔逊的关系上看,我们也可以发现这两部小说的一个相似之处。在《兔子,跑吧》中,兔子从家中逃跑去找寻他所谓的"个性"和自由。二十年后,兔子已经成为了一个颇为成功的小经营主了,生活总的说来还算不错。但正如已经分析过的那样,兔子的内心对个人自由的向往并没有完全消失。这种内心的欲求时不时地会让他在有意无意间做出一些实际的或者是心理的表示。寻找"女儿"是表现之一,同样,他也把内心的欲求投射到了纳尔逊身上,后者在很大程度上成为了兔子自己的"替身"。

---

① James Plath, ed. *Conversations with John Updike* (Jackson: University Press of Mississippi, 1994), p.37.

② John Updike, "Why Rabbit Had To Go?" *New York Times Book Review*, 5 Aug. 1990, p.87.

在兔子看来,纳尔逊成为了一个应该逃跑的人了,因为他这个儿子似乎是在过着二十年前他在《兔子,跑吧》中曾经有过的生活——这正是这两部小说的一个相似点。与兔子一样,纳尔逊也是在还没结婚前就使女朋友怀孕了,随后被迫结婚,接下来是从学校里退学回家像兔子一样在车行里干上一份活。评论者鲍斯维尔认为,通过兔子和纳尔逊这对父子的一些相似之处,厄普代克把纳尔逊这个人物"当成了探索兔子精神因素的一个主要出发点。"[①]换言之,在精神上,纳尔逊成为了兔子的另一面,兔子内心深处觉得,纳尔逊不应该像他一样只是满足于平庸的家庭生活,他应该去找寻他自己的生活,他的自我,他的自由,就好像他本人多年前曾做过的那样。兔子实际上是在无意识地把他自己的欲求一厢情愿地投射到了一个"他者"的身上,而与他自己的生活有很多相似之处的纳尔逊则在无意间成为了这样的他者。这也是为什么在纳尔逊的婚礼上,兔子突然间升起一种强烈的愿望,要阻止婚礼的进行:"兔子压下去了一种疯狂的要喊叫出来的冲动。他感到嗓子干得疼。"[②]尽管这样一种极具破坏力的无意识的冲动最终没有表现出来,但在整个婚礼过程中,兔子还是止不住地一直在流泪。实际上,他是为着自己在哭,为着他的"替身"纳尔逊的命运在哭,后者看来是要和他一样注定不会有什么自我可言了。

需要指出的是,纳尔逊并没有意识到他父亲的感觉。也就是说,我们会得出这样一个印象,兔子对纳尔逊的想象只是为了满足他自己被压抑的内心对自我的欲求。联系到兔子的其他行为(找寻"女儿"和对幸迪的想象等),这当然是有道理的,但同时,这只是留于表面的印象,因为从根源上说,兔子这样的自我想象实际上超越了故事的具体逻辑而涉及到了美国文化的一个根本动因:个人自由作为生活和生存的最本源的目的。

要理解这一点,我们可以不妨跳出小说文本的框框,把这个问题置于一个大文化背景下进行考察,而这种考察的方法之一是把它与处于同一时代背景下的其他文本做一比较,以读出大文化背景下的兔子行为的深层动因。在这个方面,上面提到的卡特总统的那篇著名演讲可以作为一个参照文本。那篇演讲的题目为"能源和信心危机",能源危机是卡特执

① Marshall Boswell, *John Updike's Rabbit Tetralogy* (Columbia and London: University of Missouri Press, 2001), p.156.

② John Updike, *Rabbit Is Rich* (New York: A Fawcett Crest Book, 1982), p.226.

政的一个难题，1979 年在卡特总统任期的第三年，他决定向全国做一讲话，阐释他关于对待能源危机的态度，但是有意思的是，这篇演讲的内容并不完全是关于能源问题，而是转到了另一话题上来：美国人的信心危机，因为卡特相信潜伏在能源危机背后的是美国人的信心危机问题，后者要比前者更可怕，它涉及到整个国家和民族的精神。他指出："这样的威胁不是一般方式下所能察觉到的。这是一种信心危机。这个危机涉及到了我们这个国家和民族的心灵深处和精神意愿。我们可以在日益增长的对我们自己的生活意义的怀疑上，在对我们整个国家的一致目的的丧失上看出这个危机的存在。"①在他看来，"信心是我们这个国家赖以建立的思想基础，是引导我们作为一个民族向前发展的指南，"②信心支持了一切——"公共社会的体制，个人的努力，我们的家庭以及美国宪法本身。"更重要的是，信心是这样一种信仰："我们是这个叫做民主的、致力于追求自由的人类进步的一部分，这个信仰一直是增强我们的目的力量。"③

卡特用了一些抽象的修辞的手法来表述"信心危机"的含义，撇去那些语词的包装，我们可以看出，他对所谓的"信心危机"的剖析实际上是在重申美国文化中的一些重要理念如"自由、民主"，这些理念是这个国家的"一致目的"，是美国人生活的终极意义，这些理念的丧失想必要比现实中的能源危机可怕的多。信心的丧失不仅针对国家而且也针对个人，卡特把这归咎于社会中愈演愈烈的对"自我放纵和消费的崇拜。"

厄普代克显然是注意到了卡特的这篇演讲，而且还将它放进了小说的故事中，作为背景之一。在小说中，这篇演讲的题目"信心危机"被提到了好几次，当然，这并不表明厄普代克会照搬卡特的逻辑来阐释"自由、民主"之类的东西，如果是那样的话，他就不成其为作家了。相反，卡特和他的这篇演讲在小说中多次成为了被讽刺的对象。有一次，兔子将自己对生活慵懒的态度比成是"信心危机"，而实际上他是在指责卡特政府在对待通货膨胀方面的无能，还有一次，在一次家庭聚会上，这篇能源危机的演讲被兔子提了起来并成为讨论的话题，很快这遭到了查理的苛讽，他说这让他对卡特本人失去了信心。这种对卡特的指责并不是无的放矢，因为相对来说，卡特政府在国家管理方面确实显得比较无能。

---

①②③ Jimmy Carter, "Energy and the Crisis of Confidence", www.pbs.org/wgbh, 2006, 3,3, pp.2—3.

但是，另一方面，这并不妨碍我们把卡特的演讲和厄普代克对兔子的刻画放在同一个文化背景下进行分析。我们会发现卡特所说的“信心危机”的原因与兔子面临的问题有着很多一致的地方：如果说卡特指出“信心危机”实际上是意在批判文化中消费和享乐主义趋势，那么从兔子这边来说，兔子与纳尔逊矛盾的一个焦点就在于兔子对纳尔逊玩乐和浪费生活态度的不满，而更重要的是，卡特所声称和强调的美国式的文化理念和理想与兔子内心所追寻的自我意识和个人自由在本质上是一致的，都是美国意识形态的产物。如果说有不同的话，那么这种不同在于，作为总统，卡特是从国家和民族的角度来阐释这种文化理念对美国人的重要性，而作为一个作家，尤其是一个有着强烈现实观念的作家，厄普代克则是把这样的理念放在了个体的日常生活中来展现。无论是对卡特而言，还是厄普代克笔下的兔子来说，这种“自由”观念都是不言自明的，不须求证的，因为这是这个国家和组成这个国家的个体——美国人——的生存方式的需要。从兔子的内心体验来看，正是因为这种生存方式遭遇到了各种阻碍他才萌生出了对自我意识和个人自由的寻觅，从这个角度看，兔子把纳尔逊视为他的一个“替身”，为他（纳尔逊，也是他自己）对丧失自我的视而不见而焦虑不安也就成为了顺理成章的事。厄普代克并没有给予兔子专门的时间和空间来表述这样的焦虑（如现代派作家经常会用的意识流的手法），而是更多地下意识地表现在他的行为和言语中。让我们来看一看下面兔子与纳尔逊的一段对话：

> “我只是不想看到你陷进去，”兔子语焉不详地对纳尔逊说。“你太像我了。”
>
> 纳尔逊提高声音说。“我不是你！我没有陷进去。”
>
> “纳尔逊，你已陷进去了。他们抓住了你，而你却没有什么声响。我讨厌看到这一切，就这样。我想说的只是，在我看来，你根本用不着经历这一切。如果你想跳出来，我可以帮你”
>
> 我不想你用这种方式来帮我！我喜欢普鲁。我喜欢她那样子。她在床上很有一套。她需要我，她觉得我很不错。她并不认为我是孩子。你说我陷进去了，但我并不觉得，我觉得我正在成为一个真正的成人。”
>
> 救救，救救。[1]（原文斜体字）

---

① John Updike, *Rabbit Is Rich* (New York: A Fawcett Crest Book, 1982), p.194.

这是一段发生在纳尔逊结婚前他们父子间的对话,从故事情节看,兔子是在劝纳尔逊不要结婚,而纳尔逊认为兔子是不愿意让他在车行工作。他们两个人的话都是符合实际情形的,但作为读者,我们似乎还是能够觉察出故事情节以外的意蕴。兔子说“你已陷进去了”,这仅仅是指结婚而已吗?他对纳尔逊说“他们抓住了你,”这个不定代词“他们”是指谁?是指结婚——也许结婚对纳尔逊是过于匆忙草率,或者是指纳尔逊在车行工作一事——也许这个工作分量太重,纳尔逊无法承担,还是指生活本身——生活过于复杂,纳尔逊还无法应对?自然,纳尔逊是无法理解兔子的意思的,实际上兔子不仅仅是说给他儿子,也是在说给他自己听的。这也是为什么对话结束时,兔子的脑子里会出现“救救,救救”两个词。兔子的焦虑是对生活本身的焦虑,我们可以从有一次兔子和詹妮斯谈论纳尔逊的一段对话和叙述者的评语中,读出其中的意义:

> 詹妮斯:“他有什么可害怕的?”
>
> 兔子:“你在他那个年龄时害怕的东西。生活。”
>
> 叙述者:生活。太丰富了,又不是太够。那种害怕突然间某一天生命会结束的焦虑,那种害怕明天会与昨天一样的焦虑。①

这样的“焦虑”和“害怕”让我们想起了二十年前兔子曾有过的“焦虑”和“害怕”,结果时过境迁,生活变样了,焦虑的具体原因和对象也不尽相同,但从本质上来说,二十年前的“焦虑”和二十年后的“焦虑”是一样的,都可以说是源于对自我的寻觅和这种寻觅本身造成的困惑,而这又无不深深地烙上了美国文化对“个人自由”的诉求。同样,我们也可以说这也正是卡特要把能源危机和“信心危机”放在一起论说的原因。这里,有必要提及一下卡特在这篇“能源危机”的演讲里大谈“信心危机”的原因。之前,为卡特负责民意调查的派特里克·卡戴尔从民意调查的结果中以及征询包括社会学家贝勒和拉萨在内的专家的意见后,得出一个结论,即“现在最大的问题是历史上美国人对明天会比今天更好——这种美国梦的核心——的信念正在崩溃,而与之相应的更加严重的情况是,那种把整

① John Updike, *Rabbit Is Rich* (New York: A Fawcett Crest Book, 1982), p.331.

个国家在追寻共同的个人之梦过程中团结在一起的力量正在分崩离析。”[①]因此，卡戴尔坚信，除非卡特面对这个问题，否则他的总统位置以及他领导下的国家就会陷入死局。卡特采纳了卡戴尔的意见，在演讲中大谈特谈了“信心危机”问题。

但是，与此同时，我们同样也看到了兔子的另一面——他在寻觅自我的过程中不可避免的、甚至是与生俱来的、似是而非的矛盾。他提供给纳尔逊的建议是让他逃走，就像他二十年前曾经经历过的那样，而更具有讽刺意义的是，兔子有一次想到了用“钱”作为解决的办法。让我们再来看一看上述所引对话的前半部分：

这个孩子还真该打屁股。“我不是妒忌，纳尔逊。恰恰相反。我为你感到遗憾。”

“别为我感到遗憾。别在我身上浪费你的感情。”

他们走过索恩宝姆葬礼堂。在这雨天没有人在外面。哈里咽了一口气，问道：“你不想出来，如果我们能把这事解决的话？”

“我们怎么解决？她已经有五个月了。”

“她可以继续怀着孩子，但是你可以不娶她。那些收养孩子的机构在到处找着要白人的孩子呢，你还可以给别人做个好事。”

“普鲁决不会同意的。”

“别这么肯定。我们可以来减轻她的痛苦。她们家有七个孩子，她知道一块钱的价值。”

“爸，你这话说得有点不着边际了。你忘了这个孩子也是人，是一个安斯特朗家的人。”

“老天，我怎么会忘了这个？”

……

他又开始说道：“或者你还可以这样，我不知道，不做出任何决定，干脆消失一阵子。我来给你钱这样做。”

“钱，你总是在给我钱让我离开。”

“也许那是因为我在你这个年纪，我是想着要离得远远的，但我做不到。我没有钱。我也没有那个想法，我们让你出去就是要让你有点想法，而你却嗤之以鼻。”[②]

---

① Kenneth E Morris, *Jimmy Carter, American Moralist* (Athens, Georgia: the University of Georgia Press, 1996), p.3.

② John Updike, *Rabbit Is Rich* (New York: Fawcett Crest, 1982), pp.192—93.

同样，我们可以从语言本身读出一些弦外之音。兔子对纳尔逊说，他和詹妮斯把他送出去读书是让他学会一点想法，什么是"想法?"是指"要意识到自我的存在"，还是指"钱的重要性?"不管怎么样，从兔子的话里我们可以清楚地看出，"钱"能够帮助实现他要求纳尔逊离得远远的的目的。这不得不让我们联想到了兔子经历的那三次寻找女儿的历程，最后兔子也是想通过的"钱"的作用来达到获得"女儿"的目的。当然，兔子提出的解决纳尔逊面临的问题的方法是非常实际的，但也恰恰正是因为这样一种过于实际的举动使我们又一次看到了"钱"在寻觅自我的过程中所能起的作用——"物意识"对"自我意识"的替代。在无意识间，兔子向我们表明了这样一个信念："钱"能够赎回自由，"钱"是一切；而如果联系到小说告诉我们的这样一个事实：兔子和他那些朋友们之所以能够享受给他们带来身体的刺激和快乐的生活多少也与因为他们有钱有关，那么兔子在这儿再一次试图诉诸"钱"的力量来解决他所谓的纳尔逊寻觅自我的问题也就显得顺理成章了。

(四)

兔子自己陷入的这种似是而非的矛盾也让我们又一次联想到了贝尔所说的资本主义的文化矛盾以及由此引出的资本主义文化的含义。事实上，我们甚至可以这样认为，作为小说家的厄普代克与作为社会学家的贝尔在很大程度上涉及到了同样的问题：享乐主义思潮下资本主义文化的变迁。在谈到资本主义的文化矛盾时，一方面贝尔认为传统价值(如新教伦理)的崩溃是文化矛盾的原因之一，另一方面他也把原因归咎于资本主义经济体系本身。正如他指出的那样，"从十九世纪继承过来的、强调自我约束、节制和满足的延缓 (the delay of gratification)这样的性格结构仍与经济结构领域相关，但却与文化产生了尖锐的矛盾，因为在文化结构领域这种资产阶级的价值被完完全全拒之门外——其中一个原因则正是资本主义经济体系机制本身，这不能不说是一个悖论。"[1]更确切地说，是经济体系本身走到了它原本对传统价值的要求的反面，促使了以寻求快

---

①② Daniel Bell, *The Cultural Contradictions of Capitalism* (New York: Basic Books, Inc. 1978), pp.37, 22.

乐和刺激的生活方式的产生，而后者反过来则重新确定了文化和资本主义本身的含义。用贝尔的话说就是："资本主义文化的——如果不是道德的——合理性变成了享乐主义，也即作为一种生活方式的以快乐为主的理念。"[②]换言之，贝尔所说的经济领域与文化领域的矛盾在享乐主义替代了传统价值观念的过程中得到了和解，其结果是原本资本主义文化所强调的自我、自律的精神和生活方式如果还存在的话，那它也已经让位给了享乐主义的生活方式，或者说如果自我的观念还存在的话，其表达自己的方式也只能是物质的、身体的而非精神的、超验的。在贝尔看来，这应该是资本主义文化在消费主义占主流的当代社会变迁的轨迹。

在考察兔子的行为之后，我们可以看出兔子经历的种种自我矛盾其实也印证了这样的文化变迁轨迹。在内心寻觅自我的过程中，兔子三番五次地会诉诸"钱"的作用，这应该不是偶然的，而是文化对其意识影响的结果；不管他是否意识到，他的行为表明在他眼里自我意识和"物意识"是等同的，也许从主观上说，这并不是他追求的终极目的，但在客观上，其实际行为往往走向了主观意愿的对立面，而且是"乐此不疲"。如果说在《兔子，跑吧》中我们还多少能看出兔子心中怀有的超验关怀——物质世界以外的自我体验，那么在《兔子富了》中，即便他心中仍保留些许这样的超验关怀，在文化变迁的过程中，它也已淹没在物欲横流的大潮之中了。当然，问题的关键是，物欲本身成为了自我体验的代名词。

贝尔对享乐主义这种所谓的新文化和生活方式是持批判态度的，文化矛盾的一个直接后果是对经济过程本身产生的负面影响，并由此可能导致对资本主义自我、自立、自律为核心的文化理念的威胁。作为一个遵循现实主义创作原则的作家，厄普代克不会自己站出来对人物的行为评头论足，但这并不等于说，他没有自己的倾向，只是这种倾向完全渗透在了故事的情节安排和人物本身的言行中。前面已经提到纳尔逊的行为实际上已经给兔子的企业带来了一定的损害。纳尔逊同样也几乎给他们这个家庭带来了悲剧。有一次，纳尔逊和普鲁在一个朋友家里参加聚会，发生了激烈争吵，在出门下楼时，纳尔逊无意识地推了普鲁一把，结果已有几个月身孕的普鲁从楼梯上滚了下来，尽管最后并没有出什么大事，但也着实让兔子全家吃了一大惊，尤其是给兔子的生活带来了某种阴影。如果说在小说中纳尔逊扮演的是一个"负面"的形象，而他做出的"坏事"多少与他的那种极端个人主义以及玩乐生活态度有关，那么这与兔子本人就一点也没有关联吗？在普鲁从楼梯上摔下来的那个晚上，兔子夫妇和他们在俱乐部的朋友们一同去看了脱衣舞表演，这样的情节安排是偶然巧合还是有隐含意义？如果考虑到兔子把纳尔逊当成他的“替身”，那么我们是不是可以看出他们之间的某些关联？无论是兔子还是纳尔逊其实都是消费文化和享乐主义生活方式的弄潮儿，不同的是在迷恋于物欲的同时，兔子还会或多或少地思忖一点自我的问题，保持一份自我意识始终还没有完全从他的生活中消失，尽管“物意识”最终会替代自我意识出现在他的头脑中。于是乎，我们不得不提出这样一个问题：富裕了的兔子到底是一个什么样的自我感觉？

我们也许可以从他的一次幻觉似的沉思中，看出他的一点想法。在一次到银行存他投资的银币时，兔子忽然间感到了一阵真正的失落感：

> 他感到人行道仿佛像是向下倾斜的平面，过去的一年整个在他底下溜走了，一个损失接着一个损失。他的那些银币撒了满地，闪闪发光，但华而不实。他的保险箱也会破裂，那个清洁员会把他的那些硬币通通扫走。反正这些也都是垃圾而已……透过朦胧的光线，他窥见了一个真理：富了也就等于是被抢了一样，富就等于是穷。[①]

尽管这种失落感产生的直接原因是来自兔子对儿子纳尔逊行为的焦虑，但是带有很强悲哀甚至是看破红尘意味的思绪至少也能表明兔子的另一种生活态度。在谈到小说人物的复杂性时，厄普代克曾经这样说过：“我觉得只要是一个人就应该处在一种冲突的情形中，一种辩证对立的情形中。一个四平八稳的人不是一个真正的人——只是一个披着衣服的动物而已，或者只是一个数字而已。”[②]《兔子富了》中的兔子显然是属于那种处在冲突中的人。如果说上述兔子对“富裕”的反思多多少少是符合实际情况的话（如纳尔逊的问题，通货膨胀问题等），那么我们可以说这种反思实际上也是指向了他的内心生活——在体验自我的历程中所遇到的一个又一个的矛盾。自我的可求不可达在于兔子是显而易见的（也许他自己并没有完全意识到这一点），就像他在瞬间有的“富就是穷”的感觉一样，而小说也正是在这样的“冲突”意蕴中结束的。

---

① John Updike, *Rabbit Is Rich* (New York: A Fawcett Crest Book, 1982), pp. 350—351.

② James Plath, ed. *Conversations with John Updike* (Jackson: University Press of Mississippi, 1994), p. 34.

相对来说,《兔子富了》结尾的气氛要比前两部小说更加欢乐一点,尽管从象征的角度来看并不如此。最后,厄普代克终于让兔子拥有了一个"女儿"——纳尔逊的女儿。小说结尾时,普鲁把出生不久的婴儿交给了兔子,兔子有了一种颇为复杂的感觉:"……她被放到兔子的腿和手之间,轻得几乎没有重量,但却是活生生的一个。财产的抵押物,内心的欲望,一个孙女。他的。在他的棺材盖上又增加了一个钉子。他的。"[①]如果说纳尔逊新出生的女儿给兔子带来了什么希望或者欢乐的话,那么这种希望的代价则与"财产的抵押"和离"死亡"的更进一步联系到了一起。这种"生"(新生婴孩)与"死"(棺材)放在一起的意象显然是辩证对立的冲突的表示,这是厄普代克一个最重要的写作手法,也是兔子必然要经历的一个过程,而"生"与"死"的冲突则在下一部也是最后一部兔子小说中成为了主题。

① John Updike, *Rabbit Is Rich* (New York: A Fawcett Crest Book, 1982), p. 437.

四、是什么让兔子安息？
——"死亡"的意义与主体的丧失

在《兔子四部曲》中，《兔子安息》可以说是一部读后让人觉得有点沮丧的书。如果说可以用叙述主调来说明兔子系列各小说的不同的话，我们也许可以这样说：《兔子，跑吧》天真、感伤，《兔子归来》激愤、沉闷，《兔子富了》欣喜、落寞，《兔子安息》寡欢、郁悒。在 1990 年发表在《纽约时报》上一篇题为"兔子为什么要走？"的文章中，厄普代克自己也承认这部小说有点抑郁。他这样说："这是一部读了让人沮丧的书，是关于一个抑郁沮丧的人，由一个心情抑郁的人写成。"他的解释是："决定要让这个系列就此结束对于我来说就像是死亡一样。"[①]这也许是表达了一个作家对其笔下的主人公的一种恋恋不舍的心情，从实际情况来说，厄普代克写作这部小说的时候遇到他母亲病重住院，他的情绪可能会受到影响。从小说本身来看，厄普代克所说的抑郁或"死亡"的气息确实也是弥漫在整部小说之中，尤其是主人公"兔子"哈里·安斯特朗——这个从二十世纪六十年代一直走到八十年代末，伴随了许多读者几个年代的普通美国人——的最终"倒下"应该说是传递了某种"死亡"的信息。评论家们从中看出了一些象征的意义，把这与美国的衰退这个大背景联系到一起。詹姆斯·斯基富这样评述道："安斯特朗这个家的可预测的倒塌——源于其对幸福的不顾后果的追求——从更大的意义上来说，反映了美国的衰退。"[②]的确，与十年前的兔子相比，出现在《兔子安息》中的兔子不仅是人更老了，情绪也更悲哀了，而且还似乎是不可避免地朝着死亡的方向走去。从整个兔子系列来说，兔子的形象一直就是美国中产阶级的象征，从这个意义上说，把兔子的死亡与美国的衰退相比应该是有其道理所在。

但另一方面，这并不等于说兔子就没有什么作为了，特别是他的精神方面的追求。这就像美国这个国家一样，国力的衰退并不表明从此就一蹶不振了。在其生命的最后一段时间里，兔子的内心意识依旧是体现在

---

① John Updike, "Why Rabbit Had To Go?" *New York Times Book Review*, 5 Aug. 1990, p. 23.

② James Schiff, *John Updike Revisited* (New York: Twayne Publishers, 1998), p. 60.

自我的追寻上，换句话说，对自我和个人自由的追求这个兔子系列的最重要的主题仍是兔子内心意识的一个焦点。就像评论者拉尔夫·伍德所说的那样，“尽管他的极具破坏力的自我中心主义者的行为使得他并不能成为一个好人，但他仍然是厄普代克《兔子四部曲》中的中心人物：一个不愿放弃的人，不愿像一个被打败的、哀怜的受害者那样向死亡投降的人。”[①]这当然是从兔子的内心追求来说的。与十年以前一样，兔子所谓的追求也就是要获得一种自我存在的感觉。不同的是，如果说在《兔子富了》中，他还是能够拥有一份自我的意识，尽管实际上这只是以“物意识”的形式出现，那么在《兔子安息》中，他似乎会觉得要拥有一份自我意识已是有点不太可能，而更具讽刺意义的是，一方面他还是不愿放弃，另一方面他却不可避免地卷入到自我毁灭的过程中去。从这个意义上说，《兔子安息》在主题上和结构上都重现了前三部小说的形式和内容，也是整个兔子系列的总结，这一点在兔子这个人物的刻画上尤其明显。在厄普代克的笔下，兔子又一次成为了我们认识历史和时代的桥梁。用批评者撒拉·蒙科夫的话说，我们可以从兔子身上看出后现代社会的某些特征。[②]当然，我们同样也可以把兔子的言行放到一个更大的政治背景中来分析，尤其是冷战思维的模式。也正是在这样一个框架中，兔子的“倒下”与美国的衰退的联系才能显得更加明晰，兔子的形象也更具有现实意义。

（一）

故事发生在1989年末到1991年的秋这段时间里。兔子现在是处于半退休状态，他和妻子詹妮斯有一半时间住在佛罗里达，在那里过冬。出现在读者面前的兔子现在是膀大腰圆，体重严重超标，这大概与他爱吃那些垃圾食品有关，也因此影响了他的身体，有了心脏病的征兆，这成为了他心头的一大隐患。但更让他心焦的是儿子纳尔逊的行为。纳尔逊现在是车行的主管了，可是染上了毒瘾，而且还暗中挥霍了大半的家产，家庭企业因此到了破产的边缘。兔子心脏病发作做了两次手术，但还不得不

---

① Ralph Wood, “Rabbit Angstrom: John Updike’s Ambiguous Pilgrim,” in *Rabbit Tales: Poetry & Politics in John Updike’s Rabbit Novels*, ed. Lawrence R. Broer (Tuscaloosa, AL: University of Alabama Press, 1988), p.148.

② Salah Moncef, “Sounding the Black Box: Linear Reproduction and Chance Bifurcations in *Rabbit at Rest*,” Arizona Quarterly, Vol. 51, No. 4, Winter 1995.

再次回到车行接管纳尔逊的烂摊子。而此前兔子与纳尔逊的妻子普鲁因互相同情发生了一夜风流。后来这事被詹妮斯知道,兔子只得又一次逃离家庭,到了佛罗里达,在一次与一个黑人少年打篮球时,心脏病突发倒在了篮球场上。

同样,厄普代克也需要在小说开始时找到一个新闻事件作为故事指向时代背景的引子。"这次,在里根时代的后期,没有什么像美国的发展、登月或者是什么汽油紧张事件可以成为一个主导的比喻,相反,发生在1988年圣诞节前的洛克比上空的泛美航空公司的空难则搅得兔子心神不宁。"[①]这个洛克比空难事件在小说开始时多次出现,以致成为了指向"死亡"的一种最直接的引喻,它隐含了多层意义,从现实生活来说,与兔子身体的糟糕状况相关,从内向意识讲,可以指主观意识的丧失,从时代背景来看,则可以象征美国的衰退。而所有这一切都与兔子以及时代的自我矛盾不无关联。

如果说洛克比空难预示了一种死亡的阴影,那么这种阴影从小说开头就开始从兔子的心中蔓延开来。故事刚一开始,兔子就被一种死亡的感觉所笼罩了。小说的第一句话是这样的:"站在守候在佛罗里达西南机场皮肤晒得黝黑、圣诞节后激动气氛尚未散去的人群之中,兔子·安斯特朗突然间有一种奇怪的感觉,似乎他来迎接的,马上就要降落的,尽管他看不见,不是他的儿子纳尔逊和他的儿媳普鲁以及他们的两个孩子,而是别的含有凶兆并且与他息息相关的事:他自己的死亡,他的现状迷迷糊糊地像飞机一样。"[②]这种隐秘的、内心的、奇怪的死亡的感觉也许与他自己的身体状况有关。兔子现在有了令人羡慕的东西:钱和地位,但他却有一种摆脱不了的感觉,他觉得自己是"未老先衰了",尽管实际上他才五十几岁,过大的身体和体重更是加重了他衰老的感觉。这种在内心意识中把死亡与自己身体的糟糕状况联系在一起的感觉成为了兔子心头挥之不去的阴影,从小说开始一直延续到结束。

反过来,我们也可以说,死亡的感觉也加强了兔子的自我意识,或者换句话说,之所以冒出死亡的感觉,这与他的自我意识或者说目前处境有

---

① John Updike, "Introduction to *Rabbit Angstrom*: *A Tetralogy*," Everyman's Library edition, NY: Alfred A. Knopf. 1995, pp. xx—xxi.

② John Updike, *Rabbit at Rest* (New York: Ballantine Books, 1990), p. 6.

关。在佛罗里达享受阳光和休闲之余,兔子也时常有一种无用的感觉袭上心头,一种“被他的妻子和儿子逼到一边”的感觉。[①] 就像他感觉自己正未老先衰一样,兔子发觉自己在家庭和企业中也正在经历一个被边缘化的过程。尽管他依然是车行的总销售代表,但实际掌权的是儿子纳尔逊,更令他不能接受的是,詹妮斯母亲死后把遗产的大部分都留给了詹妮斯,而辛辛苦苦工作了十几年的兔子却在遗嘱上一点都没有提到,倒是詹妮斯却一下成了富婆,这让兔子有点心寒。这种来自现实生活的感觉在兔子的内心意识中化成了死亡的阴影。站在机场里迎接他儿子一家到来之时,兔子曾想和詹妮斯说说他的内心感受,但却没有得到詹妮斯的半点反应,这让他更是有点“孤家寡人”的味道,他似乎觉得这种死亡的感觉也就只有他一人能体味了。但无论怎样,死亡的感觉也只是一种外在感觉而已,似乎并没有占据他的内心意识的全部,也就是说,如果生活中的种种烦恼让他联想到了死亡,这种死亡的感觉仅仅是一种客体,自我意识是主体,通过联想到死亡,反而更增强了他的主体意识,让他对自己的处境有了一种超验式的感受。这种表现在死亡感觉与自我意识间的主客体的关系微妙地渗透在了兔子对洛克比空难的想象中,而也正是在这种想象中,他内心意识的矛盾暴露无遗,同时这种矛盾也暗合了文化的矛盾。

在机场等候儿子一家的到来时,兔子想到了报上提到的最近的几次死亡事件包括洛克比空难事件。然后,他开始想象飞机掉下来时的那种感觉会是怎样的:

> 想象你在位置里坐着,罗尔斯·罗伊斯发动机的声音让你昏昏欲睡,空姐端来饮料,易拉罐碰在一起叮当作响,你感到坐在那儿稳稳当当,正空闲的无事可做,正想放松一下,但是突然间,响起一阵轰鸣声,接着是巨大的撕裂的声音,然后各种各样的尖叫声,原本温馨的世界突然间向下坠落,你的身下空无一片,只是黑糊糊的,你的胸腔被一股可怕的窒息的冷空气挤满……[②]

几天以后,因乘游艇与孙女出海游玩而犯了心脏病躺在医院里的兔子听了纳尔逊跟他说的有关洛克比空难的事件后,他的头脑里又闪现了想象中的空难的整个过程:

---

① John Updike, “Why Rabbit Had To Go?” *New York Times Book Review*, 5 Aug. 1990, p.23.

② John Updike, *Rabbit at Rest* (New York: Ballantine Books, 1990), p.5.

> 上升，上升，空气开始变得稀薄，气压表记录下数据，计时器开始滴答响，飞机悄无声息地穿过茫茫黑夜，飞行员的声音在广播里响起，他周围的飞行舱里的灯一闪一闪的，乘客们的面前是放着饮料的软软的塑料杯，他们正在打着瞌睡。那一瞬间，就像是一颗种子突然间从还带有露水的壳里萌芽了出来，哈里意识到，即便是在这个一尘不染的抗菌的空间，到处插着管子，他也是处于一种血缘和婚姻关系之中，和周边他为之颇感遗憾的那些人一样，从炸得分崩离析的飞机上掉下来：他也在坠落，不可阻挡的坠落，朝向死亡……①

厄普代克研究专家里斯多夫认为，在兔子的想象中，他实际上是把现实中的事件变成了他自己的意识。他指出："那些乘客们的恐惧变成了他自己的恐惧。在他的移情式的想象中，他以一种比喻的方式登上了他们的飞机，他们的痛苦和命运变成了他的痛苦和命运。"②兔子之所以把那些乘客们的恐惧心理想象成了他自己的，这当然与他自己目前的心态有关，就像前面已经提到的那样，他是把自己目前的"无用"的状态与死亡联系到了一起，这样的联想表明了兔子性格中的敏感成分，当然也免不了有夸张的地方，但另一方面，兔子似乎感到更多的是死亡的不可避免，而这种感觉于他则是确确凿凿的，换句话说，如果乘客们是在无意识中走向了死亡，兔子则是感到他是有意识地向死亡走近。

这种对死亡的意识其实也表明了他对自我的一种矛盾的态度，我们可以从他想象洛克比空难事件的方式上发现这种矛盾的态度。从上述文字中，我们会发现兔子的想象非常逼真，给人的感觉仿佛他是在看电视。事实上，就像里斯多夫指出的那样，兔子想象的内容有很多都是来自媒体报道，细节与报道的描述非常一致。但重要的并不是他的想象有多少来自媒体，而是他想象的方式。对兔子自己来说，他关注的也并不是这个事件本身，而是这样的不可避免地走向死亡的感觉是怎样的，而换个角度说，这也正是人们看电视或者其他媒体得到的一种感觉，与其说人们关注所观看的内容是什么，还不如说所观看的内容会带来什么样的感觉。有一个细节可以说明兔子所关心的到底是什么。在一次与他佛罗里达的朋

---

① John Updike, *Rabbit at Rest* (New York: Ballantine Books, 1990), p. 145.

② Dilvo Ristoff, "Appropriating the Scene-The World of Rabbit at Rest," in *Rabbit Tales: Poetry & Politics in John Updike's Rabbit Novels*, ed. Lawrence R. Broer. (Tuscaloosa, AL: University of Alabama Press, 1988), p. 53.

友们打高尔夫球时，兔子特意询问了他们的看法：

> “我是说，”他说，“你们会觉得那是一种什么感觉？坐在那儿，然后是飞机爆炸了？”
>
> “嗯，要我说，你肯定是从瞌睡中醒了过来，”埃迪说。
>
> “他们嘛感觉也不会有，”伯尼说，他感到哈里有点焦虑，很想讨好他一点，“什么也不会有。事情发生得那么快。”①

兔子并没有从他这两个球友那里得到他想要的答案，这两个人也没有理解他的问题，从某种意义上说，他是从一个观众的角度来提出这个问题的。实际上，在洛克比空难事件被提到以前，兔子已经是在这么做了。在机场等候他儿子一家的到来时，他不仅是联想到了死亡，而且还想象到了飞机的爆炸，而这种想象的角度则完全是观众观看的角度：“他想象飞机降落时出现了一个火光，爆炸了，升起了一团火焰，黑雾弥漫，就像你在电视中看到的那样……”②

之所以要关注兔子想象死亡的方式是因为从中我们可以发现兔子性格的矛盾之处以及与文化的某种关系。我们的分析可以从阐明观众观看(电视)过程中主客体的关系入手。一方面看者是一个主体，离观看的对象保持一定的距离，另一方面，在看的过程中，看者很容易被转化为客体，成为被观看的对象，这本身是一个矛盾的过程。后现代理论与媒体研究者马克·波斯特对此有精辟的论述：

> 信息的接受者因此扮演了两个角色，一个是话语的被动的、被控制的消费者意义上的客体，另一个是话语的指涉的主体，是判决者和确定者。看者由这两者组成，既是客体又是主体，既是事物又是事物的主人，但同时看者也处在一个不能确定的主体的位置，主体的空虚。“读”一则广告，从中找出意义的前提条件是你处于一个双重位置中：一方面是你必须要接受这个信息的言外之意(购买产品)，另一方面你也必须要参与广告的整个意义的制造过程，你要把浮动的能指与被指的产品联系起来。在同一时间内主体处在了分裂的位置，它戳破了这个被构建的主体的虚幻的坚固。③

---

①② John Updike, *Rabbit at Rest* (New York: Ballantine Books, 1990), pp. 56, 7.

③ Mark Poster, *The Mode of Information* (Chicago: The University of Chicago Press, 1990), p. 67.

波斯特所说的主体的"双重位置"的本质其实就是主体性的消失。尽管看者在主观上想保持其主体的身份,但是实际上摆脱不了成为了客体或者是认同客体的结果,因为从本质上来说,他脱离不了"双重位置"的处境。这种主客体的关系在兔子看待由飞机爆炸引起的死亡意象的态度上表现得再清楚不过了。一方面他是从看者的角度来"阅读"这些死亡意象,似乎与"死亡"保持了一定距离,另一方面他又是如此沉溺于想象之中(就好像一个完全沉浸在其中的电视观众)以致下意识地把死亡紧紧地与自己联系到了一起(把自己想象成即将爆炸的飞机乘客的一员),联想到死亡本身似乎是增强了他的自我意识,但自我意识同时也被死亡意识消解了,以致想象死亡成了他不自觉的意识行为。换言之,他的主体意识在想象的过程中被消融了,这当然与他的原本意图——通过联想死亡而表明一种不甘心的姿态——是背道而驰的。

无论从内容还是形式上兔子在对死亡的想象上表现出来的矛盾都指向了波斯特所指出的主体在媒体面前所处的"双重位置",而这也正是厄普代克的用意所在——揭示在以媒体文化占主导的后现代社会中,人们的言行受到的影响,其结果正是主体性的丧失。通观整部《兔子安息》我们会发现,不仅是兔子,其他一些人物的言行也表现出了这种影响。其中最为明显的是兔子年仅九岁的孙女朱迪。用评论者鲍斯维尔的话说,这是"一个(看电视时)长时间的频道冲浪者,一个典型的美国孩子,就像别的同年龄的孩子一样,在任何事情上她的注意力都不会保持在十分钟以上。"[①]这当然是源于电视的影响。在与朱迪一起乘艇出海兜风时,兔子遇到了心脏病突发,他让朱迪唱一些歌来缓和一下气氛,朱迪想不起有什么会唱的歌,但当兔子提醒她唱一些广告歌曲时,朱迪的嘴巴里立刻唱出一首又一首广告歌曲。鲍斯维尔评论道:"她的脑子里除了那些广告和情景剧以外,别的什么也没有。"[②]有一次,朱迪讲述了学校里另一个孩子的事,但兔子却怀疑她很可能是把电视里的情境与真实事件混淆起来了,而这本身与兔子自己的想象死亡的方式又何其相似。

通过揭示兔子在对待死亡意象时内心意识出现的矛盾以及与媒体文化的关系,厄普代克很微妙地,也是很深刻地表明了在后现代社会中人的

---

①② Marshall Boswell, *John Updike's Rabbit Tetralogy: Mastered Irony in Motion* (Columbia and London: University of Missouri Press, 2001), p. 211.

主体性的丧失。这成为兔子在《兔子安息》这部小说中追寻自我过程中遇到的一个主要问题。如果说在小说的开始,通过描述兔子内心对死亡意象的想象,读者只是初步体味到了兔子陷入的这个矛盾,那么在接下来的一个重要情节里,这个矛盾则得到了更进一步的体现和展开,而其中表明的后现代社会人的主体性的丧失也更加明显。

《兔子安息》这部小说的一个主要情节围绕兔子每况愈下的身体和他接受的手术展开。与朱迪在海上的游玩让兔子遭遇了心脏病的袭击,不得已他只能到医院接受手术,而同时这也提供了一个机会让他可以考虑一下自己的身体尤其是自己的"心"与自我的关系,以及亲身体验主体性是如何被机器所替代的。鲍斯维尔发现,"在整个小说中,厄普代克把兔子的心脏描述成是有着自己意愿的东西,是与兔子本身分离的一个东西。"他认为厄普代克通过这样的描述来表明身体与灵魂的分离,而这"正是沉溺于电视和电影文化的一个主要后果"①。这与上述对媒体文化的揭示是一致的,而另一方面,兔子对自己的"心"的关心也表明了他的主体性意识。

《兔子安息》的读者会惊讶地发现,厄普代克描述兔子心脏手术的过程以及医院的情况非常之细腻,而且还涉及到了不少的专业知识。厄普代克曾经说过,他把去看望他病重住院的母亲的经历和体验都原封不动地搬到了这部小说中。除此之外,他还查询了不少专业医学刊物,对一些诸如分流手术、导管插入等手术进行了研究。这种专业的医学知识使得小说的情境和背景显得更加真实,而另一方面这也使得兔子对自我存在的思考有了一种对应的、反差的依据。

兔子的思虑可以从与手术过程有关的两个方面做一分析。第一个方面是他把手术与机器制造联系在一起,第二个方面是在手术过程中他意识到自己的"心"与身体的分离。

兔子对手术并不特别乐意,其中的一个原因是他感到手术把他这个人变成了机器。我们可以从他对现在的情人,哈里逊太太,说的话中,听出他的抱怨:"这叫做搭桥手术,在一个导管的一端有一个气球,导管有三英尺那么长,他们把它插入你的心脏,从你的大腿股那儿开一个口子,

---

① Marshall Boswell, *John Updike's Rabbit Tetralogy: Mastered Irony in Motion* (Columbia and London: University of Missouri Press, 2001), p. 202.

动脉管在那里……这种感觉真是很奇怪：并没有疼的感觉，但你却会觉得很滑稽，就像是丢了魂一样，在随后的几天里你一直会觉得难受、恶心。当他们把燃料放进去后，你的胸腔就会一阵发热，就像是在烤炉里面……然后是在几个小时里通过一个机器让你的血流动。我的意思是，在那个时候，那个机器就变成了你。机器停止了，你也就死了。"①兔子并不是随便说说而已，他的感觉是真实的，而把手术的过程比喻成"在烤箱里"，把结果比成是"变成了机器"则让我们立刻就联想到了死亡意象。这种把手术和死亡以及机器联系到一起的想象再次出现在兔子正式做手术前的内心意识中。我们可以通过叙述者的描述来看出兔子这种想象的发展：

> 兔子对那些要搁到他身体里面去的东西总是感到有点异样——牙医的钻子，压舌板，掏耳屎用的长长的小刀，药栓，每年一次医生要捏住你的前列腺检查的那只手。因此，一想到要在他的大腿的根部插入一根导管，一点一点地往前移动，顶部时时地会冒出一个小点——就像是一个你看不见的小虫子正蠕动着要冒出来，而你正好在那个地方咬了一口——就会让兔子恶心不已，但这与先把你冻个半死，然后再把你切开，算不了什么，你的血会通过一个复杂的机器流动起来，同时他们会把一块从你的大腿切下来的滑溜溜的还冒着热气的皮缝在你那个可怜的、蜷缩的心脏的表面②

机器控制了你的身体，机器让你的血流动，无疑，这种让没有感觉的机器摆弄的结果也就与死亡差不多了。我们可以通过叙述者的话语进一步看看兔子对机器控制身体的态度。兔子在头脑里想到："在外科医生用戴着安全套那样的乳胶手套的手摆弄、切割和缝线那阵子，是机器在为你活着了。"③兔子不能理解"他自己的生命怎么就受制于了那些个机器——那个在身体里面一直在说话的'我'像一个水中的昆虫，在这个由身体的各种滑溜的管线组成的池塘上匆匆走过。他的生命之火怎么就可能从这些个湿稻草里点燃？"④

显然，在这种意识流式的思虑里，兔子最为关心的是他的身体里面的那个"我"，他害怕这个"我"要被那些机器吞噬了，以致最后也变成了机器。那么，这个"我"到底是什么？在与查理争论人是不是就是机器时，兔子的头脑中闪现过对这个问题的回答：它是"上帝制造的，其中有一个不

---

①②③④ John Updike, *Rabbit at Rest* (New York: Ballantine Books, 1990), pp. 164, 223.

朽灵魂的东西。代表了(上帝)恩典。”[1]这种对人的灵魂的不朽的信仰对兔子而言是非常重要的,它让我们想起在《兔子,跑吧》中,年轻的兔子对那个带有超验和神圣意味的“它”的追求,几十年过去了,兔子对灵魂不朽的信仰似乎还留在心中,而更没有变的是,就像以前一样,兔子有了一个正当的甚至是神圣的理由来维护他的自我了。正像叙述者发现的那样,兔子怎么也不能放弃自我这种状态,就像基督教徒不能放弃耶稣一样。这样看来,当那些个“邪恶的技术”要摧毁他这个因上帝制造而充满神圣的身体时,兔子是那么地感到异样也就不难理解。我们可以说,手术本身让兔子进一步增加了自己的主体性意识,又一次让他回味了他与上帝间关系。但是,另一方面,也正是在同一个过程中,我们看到这种主体性意识被无情地、甚至是滑稽地解构了。

这表现在与手术过程有关的第二个方面。在手术过程中,兔子很有意思地发现,他的“心”与他的身体有被“分离”的趋向,这同样让他感到很有点不安。兔子的手术运用了高科技手段,一台监测仪被用来检测他的心脏的活动,手术室里的人都可以在屏幕上看见兔子的心脏演出的“节目”:“监测室里有几台电视那样的屏幕,把他变成了跳跃着的闪亮的线条,一些重要的符号:兔子安斯特朗的表演……”兔子也被告知要观看自己心脏的活动,这让他感到有点奇怪:“哈里看着图像想知道他的心脏是否会窒息,是否会把入侵者呕吐出来。”[2]谁是“入侵者”?是那些医生、护士、还是他自己,因为他自己也是观者之一?不管怎样,兔子似乎是觉得作为一个主体,他的“心”像是要离开他,而且是要变成了有着公共属性的客体。而更有意思的是,通过观看屏幕上自己的心脏的活动,兔子本人既是观看者,又是被观看者,既是参与者又是看客。这样的结果是,用评论者韦果的话说就是,“造成了参与者与实际体验的分离。”[3]换个角度说,监视屏幕已失去了作为医疗设备的属性,变成了一个真正的电视屏幕,而兔子看屏幕上的自己心脏的跳动也就是像看电视一样。事实上,兔子也确实由监视屏幕上的图像联想到了一种广告里经常出现的产品,脆米饼,而且他心中升起一种欲望,要

---

①② John Updike, *Rabbit at Rest* (New York: Ballantine Books, 1990), pp. 196, 226.

③ Vargo, Edward. “Corn Chips, Catheters, Toyotas: The Making of History in Rabbit at Rest,” in *Rabbit Tales: Poetry & Politics in John Updike's Rabbit Novels*, ed. Lawrence R. Broer, (Tuscaloosa, AL: University of Alabama Press, 1988), p. 79.

把他的发现告诉医生,“但是他的口很干,嗓音发哑。他想要的只是想承认说,是的,他看见了这一切,他看见了自己那个缠拢在一起的模糊的自我展现成图标一样,他看见了那个突出的板块,就像做了X射线后的脆米饼。”[①] 他似乎是意识到了他的那个“我”被从他的体内取了出来,被转化成一种商品,也就仅此而已,他并没有什么办法可以阻止这样的事发生。更具讽刺意味的是,兔子甚至在暗暗地想,他的经历是否也可以成为美国ABC电视网著名脱口秀主持人奥普拉的一个话题。评论者司达西·奥斯特在一篇研究《兔子安息》中的通俗文化的文章中指出,这样的想象有助于减轻兔子在手术时对死亡的恐惧感,但是,同时这也表明了他放弃了捍卫他那个神圣的自我的努力,至少在内心意识中如此,用评论者奥斯特的话说就是放弃了“独立思考的能力。”[②]可以说,在这个占了小说相当篇幅的兔子接受手术的情节里,他又一次重复了在小说开头时他对空难死亡意象的想象方式,面对的具体情形不一样,其中体现的内心意识的矛盾却是一致的。

需要指出的是,以上分析并不是说兔子不关心他的身体,恰恰相反,他很是关注自己的身体,也同意做手术,他不喜欢的只是那种需要完全依赖机器来恢复自己的健康这种感觉,而他那种带有明显宗教色彩的思虑则表明他拒绝真正的死亡的努力,也就是主体性的丧失。但也正是在这个问题上他陷入了悖论,一方面为了活命,他必须依赖那些机器,另一方面他也下意识地参与进了把自己变成机器的过程,从一个有独立思考的人变成了一个如普通人一样的受(电视)控制的观者。换句话说,在他努力抵制“死亡”的时候,他同时也走向了其行为的反面。

(二)

如果说上述兔子在对待死亡意象上的矛盾态度主要表现在他的内心意识中——无论是无意识还是有意识的,那么在实际行为中他同样也表现出了类似的矛盾,同样也涉及到了与死亡有关的问题。我们可以从他青睐垃圾食品这个特殊爱好中看出这样的矛盾。在《兔子安息》中,兔子行为中一个突出的地方是他是那些垃圾食品的极大的爱好者,不是一般的喜好,

---

① John Updike, *Rabbit at Rest* (New York: Ballantine Books, 1990), p.226.

② Stacey Olster, “Rabbit Rerun: Updike's Replay of Popular Culture in Rabbit at Rest,” *Modern Fiction Studies*, vol.37, No.1, Spring 1991, p.53.

而是非常喜欢，就像是上了瘾一样，用厄普代克的话说就是“一个瘾君子——垃圾食品的瘾君子，一个对盐味有瘾的人。”[①]如果在生活中有什么东西能让兔子真正感到高兴的话，那就是吃那些垃圾食品。“他的快感中心差不多是集中在他的嘴巴里了。”从小说开始到结束我们都可以发现兔子这种特殊的爱好。评论者斯基富为此专门列了一个兔子喜好的食品的单子：“花生薄脆糖、炸面圈、花生、杏仁、榛子、椒盐卷饼、炸玉米片、牛排、山核桃派、黄油山核桃冰激凌、樱桃饼、麦当劳巨无霸、小甜饼干、澳洲坚果仁、煎鸡蛋和香肠、汉堡、薯片、热的五香熏牛肉、法式吐司、香肠圈、包在熏肉中干贝、浇上汁的芦笋、土豆饼等等。”[②]并不是所有这些食品都属于垃圾食品，但其中一些对他的身体肯定是有害的。兔子体重严重超标和吃这些东西不无关系，给他治疗心脏病的一个医生提醒詹妮斯说，兔子的心脏里充斥着太多的油腻。

当然，兔子也明白垃圾食品对自己身体的危害，但值得注意的是他似乎怎么也阻挡不住它们的诱惑。在小说伊始，在机场等候纳尔逊到来之时，我们就看到“他止不住进了一家商店，要买点东西放到嘴巴里嚼嚼，这是一家叫布朗特的店，兔子要的是四十五美分一块的花生薄脆糖。”[③]在小说的中间，在他从手术室里出来不久，他买了一袋九十九美分的炸玉米片，那种味道是如此地美妙，很快他就吃完了一袋：

> 他沿着人行道走了不久，那些炸玉米片已经在他的肚子里集聚起来，变成了一个小小的球，他有了一种胃酸的感觉，但还是止不住又往嘴里放了一片，他的舌头舔到玉米片卷起的一角，有一种咸咸的味道，一口咬下去是那么的清脆，嘴巴里立刻满是唾液。等到他走到长满枝叶茂盛的挪威枫树的约瑟夫街墙后边时，他已经吃完了那整整一袋炸玉米片，即使是那些带点咸味的碎片，那些足以让蚂蚁搬回到人行道边褐色的蚁皇处、让她吃得身体滚圆的碎片也都被他一扫而光；他吃下去了整整六盎司又四分之一的毒素，整个儿淤积在血管里，吃完后，他的喉咙和牙齿间有一种油腻的感觉。他也恨自己，但味道还是不错的。[④]

我们可以发现“止不住”这三个字在上述两段引文里重复出现，这至少

---

① James Plath, ed. *Conversations with John Updike* (Jackson: University Press of Mississippi, 1994), p. 226.

② James Schiff, *John Updike Revisited* (New York: Twayne Publishers, 1998), p. 59.

③④ John Updike, *Rabbit at Rest* (New York: Ballantine Books, 1990), pp. 4, 272.

说明了兔子对这些垃圾食品的特殊偏好，更重要的是他明知对身体有害，但还是忍不住要尝一尝这种矛盾形态。

我们或许可以把这样一种在吃垃圾食品上表现出的矛盾形态放在消费文化的大背景下做一考察，从中发现其真正含义所在。斯基富指出，兔子这种习惯“是弥漫在《兔子富了》中的消费主义主题的延伸”[①]。不同的是，兔子现在消费的不是十年以前那些大宗东西如房子、金币、银币等，而仅仅是咬起来嘎吱嘎吱脆响的带点咸甜味的或根本没有味道的日常零食。从消费的本质上说，这个行为指向的意义是一样的，在美国社会里尤其如此。厄普代克自己的解释更是非常明确：“充满消费味道的电视一天到晚地让你觉得是要出去，吃东西，因此，从一定意义上说，他(兔子)就像是一个普通美国人一样，要成为一个彻头彻尾的消费者。”[②]而就兔子来说，其消费行为的一个不同之处在于这个吃的行为与死亡意象联系在了一起。他吃得垃圾食品越多，给身体带来的危害也就越多，离身体的崩溃(死亡)也就越近。但是，这似乎并不阻碍兔子继续他的这种行为，一直到他临死之前，他都在吃着这种直接导致其心脏病的食品。在小说末尾，在只身从家里逃出前往佛罗里达的路上，我们又一次看到了这样一个细节：他停车在路边的快餐店里要了一个大薯条和汉堡，最后吃完时还不忘用手指沾着剩下的东西放到嘴里吮吸，就像他的孙子罗伊一样。[③] 很显然，厄普代克似乎是想说明，兔子是在一步一步地走近死亡，拥抱死亡。这也许是厄普代克称兔子为“垃圾食品上瘾者”的原因。

但是，另一方面，我们也可以说，对兔子而言，这种吃的行为也象征了其抵制死亡的努力。每次，一想到死，他就会想到要吃点什么，似乎吃能阻止死的到来，当然吃也让他感到自己还活着。在论述消费文化的特征时，唐·司赖特指出了这么一个现象，在消费过程中，人们似乎能获得一种自由或解放的感觉。[④] 二十世纪八十年代一个赞颂消费行为的口号甚至把传统的西方自我意识表述“我思，故我在”改成了“我购买，故我在。”[⑤]从这个

---

① James Schiff, *John Updike Revisited* (New York: Twayne Publishers, 1998), p.59.

② James Plath, ed. *Conversations with John Updike* (Jackson: University Press of Mississippi, 1994), p.226.

③ John Updike, *Rabbit at Rest* (New York: Ballantine Books, 1990), p.368.

④ Don Slater, *Consumer Culture and Modernity* (London: Polity Press, 1987), p.23.

⑤ Victor Bondi, ed. American decades: 1980—1989 (Detroit: Gale Research, 1995), p.339.

角度说,我们可以把这句话进一步改成"我吃,故我在",用以表明吃在兔子自我意识方面的重要性。毕竟,吃是一种个人的、自然的行为,对兔子来说,也只有在吃的行为中,他能做出自己的选择。

但是,实际情况真的如此吗?在这个看似简单的个人的行为中实际上蕴涵了文化的意义和矛盾。我们知道消费行为中的所有需求都不是自然的而是文化造成的。换言之,与其说消费行为是个人的或自然的行为,还不如说是文化的和社会的行为,或者说个人的自然的行为只是文化和社会的符号而已。鲍德里亚指出:"对我们而言,那些具有社会意义的东西,那些使我们这个时代具有消费特征的东西,恰恰正是它们在符号系统中的重组,表明的是这么一个模式,即从自然到文化的变化,这也许是我们这个时代的特式。"[①]为了进一步说明这个模式,鲍德里亚借用了索绪尔的言语理论来阐释他的关于消费本质的观点。如果说从总体上看,消费是一种"语言"系统,那么个人的消费行为则应该属于"言语"。前者由"市场,购买行为,销售,商品和物品的获得……是我们这个社会借以交流的一整套规则"组成,[②]而后者则包括个人的需求和快乐,但那只是"言语的结果",建立在"语言"规则的基础之上。也就是说,"言语"的结果只是应用了"语言"这个系统的规则而已,而从消费的角度来说,这个规则根本则是从个人和自然到文化和社会的转变。这个转变过程的结果是个人意识的消失。

"消费,就其意义来说,是一种对符号控制的系统行为。"[③]鲍德里亚是从整个经济的运作过程来阐释消费行为的,消费就其本质来说是让消费者参与到整个社会包括经济的再生产过程中,而这个过程则是通过符号来表现的,换句话说,消费一个商品也就是这个商品的符号进入到消费者的意识中,同时也是符号的生产过程,也就是在这个过程中消费者有意无意地参与了社会的再生产。

兔子消费那些垃圾食品的过程其实也蕴涵了符号的生产,其文化含义则与现实生活中美国的形象密不可分。用厄普代克的话说,正是美国本身让生活在这个国家里的人变得对"吃"上了瘾:"我觉得在我们这里弥漫着这么一种思想,那就是美国让我们上瘾,在这里食品是如此之多,比我们能够吃掉的要多得多,因此,任何时候你会感到你要把你那份吃掉——至少

---

①②③ Jean Baudrillard, *Selected Writings of Jean Baudrillard*, ed. Mark Poster (Standford University Press, 1988), pp. 48, 22.

我是这么觉得的。"[1]言外之意,这种"吃"的行为是美国文化的一个重要方面,或者说是关于美国的一个符号。同样,在佛罗里达给兔子看病的医生也把兔子的心说成是一颗"典型的美国心脏"。更有意思的是,兔子更是把他这种吃的方式看成是美国生活方式之一,当那位来自澳大利亚的医生说他吃垃圾食品过多时,兔子竟然会感到气愤:

> 奥尔马医生用力地握了握普鲁的手,露出鲨鱼那样白的牙齿,对她说,"女士。要教育那个家伙怎样吃东西。"他转过身,用手轻轻地捶了一下兔子的肩。"我的朋友,在过去的半个世纪里,"他说,"你一直在往你的肚子里倒那些油腻。"说完,他也走了。
>
> 突然间只有他和普鲁两个人,有点害羞。"那个家伙,"兔子说,"一直在攻击美国。如果他不喜欢这里的食品,他为什么不回到他原来的地方去,吃袋鼠去?"[2]

兔子对医生的不满也许只是开开玩笑而已,但隐含在这种普普通通的话语后面的则是他的一种强烈的美国人的意识,也就是说,我们不妨这么说,兔子吃那些在旁人看来是垃圾的食品一方面是美国的生活方式使然,另一方面也表明了他作为美国人的身份,如果联系到小说涉及的二十世纪八十年代末的具体历史背景,那么这么一种美国人的身份则说明了厄普代克"对历史语境的意识"。[3]

具体地说,兔子在吃垃圾食品行为上表现出的矛盾同时也暗含了他作为一个美国人在二十世纪八十年代末所经历的身份危机。与前几部作品一样,《兔子安息》也是聚焦于兔子一家的故事,但与前几部小说的笔法一样,厄普代克同样也没有忘记把故事放在一个大背景中来叙述,用他自己的话说,做到了"让真正的时间与我的虚构的时间保持一致"。[4] 在一些评论者看来,厄普代克带有强烈引喻意味的语言本身就起到了反映真正的历史和文化指涉物的目的。[5]那么在《兔子安息》中这些指涉物又是什么呢?

---

① James Plath, ed. *Conversations with John Updike* (Jackson: University Press of Mississippi, 1994), p.226.

② John Updike, *Rabbit at Rest* (New York: Ballantine Books, 1990), pp.141—42.

③⑤ Vargo, Edward. "Corn Chips, Catheters, Toyotas: The Making of History in Rabbit at Rest," in *Rabbit Tales: Poetry & Politics in John Updike's Rabbit Novels*, ed. Lawrence R. Broer (Tuscaloosa, AL: University of Alabama Press), 1988, pp.85—86.

④ John Updike, "Why Rabbit Had To Go?" *New York Times Book Review*, 5 Aug. 1990, p.24.

让我们把文本放到历史背景中做一考察。《兔子安息》的故事发生在1988年末到1989年的10月,一个见证了冷战临近结束期的时代,而事实上兔子的言行在很大程度上也透露了浓厚的冷战思维的色彩。冷战即将结束对美国来说表明了一个新时期的到来。冷战让东西方在政治和文化方面对峙了近半个世纪,从表面上看,这场持续了数十年的对峙最终以西方特别是美国的压倒性胜利结束,但这并不等于说美国从此就高枕无忧了,恰恰相反,政治和社会问题依然是一个接着一个袭扰美国,更重要的是,很多美国人的心态似乎并不适应冷战结束带来的时代变化,出现了自我认同危机。一些学者指出,随着冷战结束的到来,美国发现倒是自己国家遭遇了身份认同危机:"在过去的四十年间,联邦政府的行为是由与莫斯科的对峙造成的。在很大程度上,我们是谁是由他们是谁来界定的,我们干什么由他们干什么来决定……"①一旦"他们"从美国人的视野里消失了,对一部分美国人来说,就有点迷惑,失去了方向感了,而另一方面这种"迷惑"也反映了美国所面临的新的情况:与很多人期望的不同,冷战临近结束似乎并不表明美国就是不可撼动的胜利者了,相反,美国在世界上的领导地位遭遇了新的严峻挑战。在国际上,来自阿拉伯人的反对力量对美国形成了威胁;在国家内部,"重新燃起的对种族和民族身份的诉求,对不同群体的承认和获得力量的要求"也让一部分人觉得有点不安。② 用一位历史学家的话说,冷战的结束"意味着两极世界形成的相对稳定和简单被迷惑和不可预测代替了。"③

需要指出的是,在《兔子安息》中厄普代克并没有直接描写冷战结束事件,这与他着重日常生活的写作策略是一致的。但另一方面,他也表明冷战尤其是冷战思维对兔子的生活还是产生了影响,在其作为一个美国人的意识上,这一点尤其突出。兔子曾经这样表明过他对美国人身份问题的顾虑:"没有了冷战,做一个美国人那还有什么意义?"④此外,他在心中升起了

---

① Quentin D Miller, *John Updike and the Cold War: Drawing the Iron Curtail* (Columbia and London: University of Missouri Press, 2001), p.163.

② Eric Foner, *The Story of American Freedom* (New York: W. W. Norton & Company, 1998), p.320.

③ Maldwyn A. Jones, *The Limits of Liberty: American History 1607—1992* (New York: Oxford University Press, 1995), p.612.

④ John Updike, *Rabbit at Rest* (New York: Ballantine Books, 1990), p.367.

对冷战的一种怀旧情绪，甚至把它视为了生活意义的一部分："冷战。它给了你一个早上起来的原因。"[①]这种怀旧情绪非常明显地流露在他对里根的羡慕上：

> 兔子喜欢里根。他喜欢那种朦胧的嗓音，那种微笑，他那个宽阔的肩膀，他那种在讲话间息期间不停地摇摆头的身姿，他那种漂浮在事实之上的方式，因为他知道政府要说的要比事实更多，他那种一边在说要勇往直前，一边却在改变方向，把军队从贝鲁特撤出来，和戈尔巴乔夫搞得很亲昵，让国家背上很多的债。奇怪的是，除了那些潦倒无望的人，这个世界在他的领导之下却变得美好起来。那些共产党人分崩离析了，除了尼加拉瓜以外，即使在那里，他也让他们惶惶不可终日。那个家伙确实是有神奇手段。他是一个能让你生活在梦中的人。哈里想说，"在里根领导之下，你知道，就像是上了麻醉药一样。"[②]

在这段话，兔子似乎是把里根看成了一个神话般的人物，他不仅欣赏这位总统的个人风格，更是喜欢他领导这个国家的方式，让它"变得美好起来。"这种对里根的领导才能和领导方式的认同并不只是兔子个人的想法，实际上也反映了二十世纪八十年代冷战结束之前里根在公众中的受欢迎的程度。在 1986 年 7 月 7 日《时代周刊》题为"杨基嘟嘟之神奇"的封面文章里，我们可以看到类似的对里根受欢迎程度的描述："在让美国露脸方面，罗纳德·里根显示了他的天才。他是美国人记忆中的福星，一个魔术师，魔棍所到之处，一个灿烂的、理想的美国陡然升起。"[③]显然，与兔子的感觉相似，这篇文章所要赞颂的也是里根神奇的领导才能。从具体背景来看，之所以对里根有这样的认同是因为在经历了二十世纪七十年代后期卡特时代的经济滑坡和国力不济后，里根让美国回到了人们心目中的"梦中之地"。在 1986 年自由女神落成百年的庆祝周里，有这么一则广告语，从中可以看出里根与这种期待的关系："今天，这个梦想又复活了。今天，工作又回来了。经济也恢复了。美国也回来了，屹立在世界。里根总统重塑了美国梦。"[④]里根的经济政策对美国经济的恢复确实起了作用，于是乎，在人们的眼中，美国梦的火炬在里根的领导之下又被重新点燃，而所谓的美国

---

①② John Updike, *Rabbit at Rest* (New York: Ballantine Books, 1990), pp. 293, 50.

③ *Time*, July 7, 1986, p. 12.

④ Kathy Evertz, "The 1986 Statue of Liberty Centennial: Commercialization and Reaganism," *Journal of Popular Culture*, (Winter 1995), p. 215.

梦其本质也正是美国的价值——自由。

1988年,里根在其告别演讲中对他长达八年的总统职责做了总结,他认为他在两方面取得了巨大的成绩,一方面是经济复兴,另一方面则是美国人士气的振兴,或者说美国精神的回归。他这么声称:"我们的精神回来了,但是我们还没有重新使其制度化,我们还需更进一步,让这个信念传出去,美国是自由——言论自由,宗教自由,进取自由。"[①]自由当然不只是局限于言论、宗教或进取精神,而更应该是美国本身的象征,是美国价值的核心所在,美国人身份认同的中心内容。也正是在这种语境里面,里根在经济和文化领域掀起了著名的"里根革命",自由一词则成了里根政府的标语和口头禅,里根本人成为了使用"自由"这个词语最多的总统。[②] 在1983年的就职演说中,他谈到要恢复美国的这个传统价值因为"个人自由和尊严在这个国家里比在任何地方、任何时间都更通行和更能得到保证,"[③]四年以后,他继续告诉他的美国同胞,他们不能停息下来:"每一个美国人像享受出生权一样享受完整的自由、尊严和机会。"[④]这个"自由"的概念最突出的表达则是出现在冷战思维的意识形态框架里。也就是说,在里根的言语修辞里,美国这块自由之地是相对于另一块非自由,即以前苏联为首的东方而言的。在其1983年关于东西方关系的一次演说中,里根把前苏联比成邪恶帝国,号召美国人要树立这样的坚定信念:"自由不仅仅是少数几个国家的唯一前提,而且也是全人类的不可或缺的普遍的前提。"[⑤]从某种意义上说,里根政府的外交和军事策略都是朝着解放世界的另一边而制定的。里根用这样的自由观念在冷战背景中重新阐释了美国的价值,同时也给予了美国人一个清晰的身份界定。里根也因此显示了其"神奇手段",让美国人重新具有了其不同与他人(者)之处的独特感觉。

---

① Ronald Reagan, "The Farewell Speech (1988)," www.victorian.fortuecity.com, 2005, 8.1, p.2.

② Eric Foner, *The Story of American Freedom* (New York: W.W. Norton & Company, 1998), p.323.

③ Ronald Reagan, "The First Inaugural Speech (1981)," www.victorian.fortuecity.com, 2005, 8, 1, p.3.

④ Ronald Reagan, "The Second Inaugural Speech (1985)," www.victorian.fortuecity.com, 2005, 8, 1, p.2.

⑤ Ronald Reagan, "The Evil Empire' Speech (1983)," www.victorian.fortuecity.com, 2005, 8, 1, p.4.

也正是在这样的背景中，兔子发出了在里根的领导下就像是"上了麻醉药"一样的感叹，他当然不是指美国人被里根蒙蔽了，而是说里根让美国人有了一种飘飘然非同寻常的感觉。但是，冷战的结束却让美国人从这种飘飘然的感觉里醒了过来，非但没有更加强大，而且里根目标下的"梦之地"的力量正在削弱。就兔子而言，我们可以从他对布什总统的看法中得出这种印象。与里根相比，布什不是他喜欢的总统，尽管他投了他的票。与里根不同，布什缺乏那种尊严，他和他妻子与他们家的狗一块洗澡这样的事让兔子感到不快。而更重要的是，在布什的领导下，美国不再是他所能感到骄傲的、就像是里根统治下的美国。在与斯普林格车行的一个女职员埃尔维拉谈论时政时，兔子在不经意中吐露了他哀伤的感觉："'你时不时有这样的感觉，'他问她，'现在布什上台了，我们却被挤到了边上，我们就有点像那个庞大的加拿大一样，我们的行为对别人不再有影响了？也许事情本来就是这样的。我猜想，不当大拿是一种解脱'。"[①]隐含在"不当大拿"背后的是一种深深的被边缘化的感觉。布什和里根的区别不在于其领导风格的不同，而是在于他们所代表的力量的不同。如果说里根通过成功地诉诸"自由"这个观念和语词重新唤起了美国人的自我意识，那么不管是"自由"还是自我意识在布什时代都遭遇到了挑战。不仅这个国家的所做所为不再那么引起别人的注意，而且其本身的自由也遇到了威胁。在长达几十年的冷战时期，不曾有一个美国人被苏联人杀死过，而在冷战末期的洛克比空难事件中就有多达二百多美国人丧生。尽管这个事件发生时，里根已经届满总统任期，布什总统在任，但这个事件本身无疑成为了一个新的时代到来的象征。如果在里根时期，他那些充斥"自由"观念的语词和口号让美国人像上了麻药一样飘飘然，那么现在他们中的一些人则看到原来所谓的自由也遇到了危险。正是在这样的背景中，一些评论者在论述《兔子安息》中提到的美国衰落的主题获得了现实意义，而这也解释了为什么在小说中洛克比空难事件一再出现在兔子的意识中，这实际上与他受冷战思维的影响有关。

厄普代克在提到《兔子安息》与时代的关系时更是直截了当地指明了冷战对他的影响。他这样说道："就像和我一样，他成年后的生活是在冷战的背景中度过的。他参加过军队，准备去朝鲜，支持越战，对阿波罗登月非

---

① John Updike, *Rabbit at Rest* (New York: Ballantine Books, 1990), p.297.

常骄傲,从某种意义上说,在其头脑里,对自由、美国这样的观念深信不疑,这种与共产主义针锋相对的观念让他觉得自己的行为是正当的。”[①]而从兔子的角度来看,就像里根的表述一样,美国和自由这两个观念是一致的。因此,当他发现“美国”这个神圣的形象遭到那些“他者”玷污时,他就会忍不住发出感叹。同样,我们可以从他与埃尔维拉对话的下半部分看出其感叹的含义:

> 埃尔维拉想逗逗他。她用手摸着耳环,斜眼看着他说:“哈里,你对我们每个人都是很重要的,如果那是你所指的话。”
>
> 这是她同她说过的最像从一个从女儿角度说的话。他自己也感到脸上有点烫。“我不是在说我自己,我说的是这个国家。你知道我指责的是谁吗?那个老阿雅图拉,管我们叫撒旦恶魔。就好像他那邪恶的眼睛盯着了我们,而我们却退缩了。真的。他真的向我们投来了邪恶的眼光,有一点。”
>
> “别生活在梦中,哈里。我们这里还是需要你的。”[②]

埃尔维拉只是想跟兔子开开玩笑,但兔子所做的解释却是发自内心的。他发现美国现在被看成了“邪恶国家”,里根曾经用过的针对前苏联的那个说法被加到美国的头上,这不能不说是极大的讽刺。他所说的“阿雅图拉”指的就是伊斯兰国家的领导人,暗指伊朗领导人霍梅尼。更让兔子不能接受的是,美国所能做的只是“退缩”而已。也许,潜意识里,兔子还是想到了里根,为了对付前苏联,里根曾经把军备扩展到了前所未有的地步。兔子说他不是在想着自己,而是在想着国家,表明了他具有的深深的美国人的身份意识,似乎他把自己与美国的命运联系在了一起,但是另一方面,埃尔维拉玩笑似的提醒,告诉他别人还是需要他的,从一个侧面暗示兔子其实是把自己在现实生活中感到的“无用”与美国在国际社会中的某种处境联系到了一起,就像和他一样,美国现在也到了一种“无用”的地步,而这也正是冷战结束时像兔子这样的美国人的心态写照。冷战的结束表明一个时代的终结,但对于兔子这样的深受冷战思维影响的人来说,随之一同结束的是美国人曾经有过的那种独一无二的明确的“身份”和“使命感”。

厄普代克通过一种引喻的手法把这种“身份”丢失的感觉表现得淋漓尽致,且又极具讽刺意味。我们可以从兔子在美国独立日扮演山姆大叔这

---

① John Updike, “Why Rabbit Had To Go?” *New York Times Book Review*, 5 Aug. 1990, p.24.

② John Updike, *Rabbit at Rest* (New York: Ballantine Books, 1990), p.297.

个场景中管窥一斑。在7月4日美国独立日那一天,兔子孙女朱迪的学校要举行庆祝游行,兔子因其身高马大的身材被邀请扮演山姆大叔,他因此也得到一次体味作为一个美国人的骄傲的机会,但这种骄傲感同时也悖论似的指向了美国的衰落。整个庆祝场景的描述充满了微妙的反讽意味。斯基富指出,从一开始,兔子扮演的山姆大叔的形象就完全是一个小丑的角色,身上的每一个东西,从裤子到山羊胡子等有掉下来的可能。[①] 但是,好像除兔子本人以外,观看的人并没有注意到这个不祥的征兆。相反,大家都在为山姆大叔欢呼,这也着实让兔子有了一种飘飘然的感觉。他成为了"一个神话,一朵行走的云"。更有意思的是,他感到山姆大叔的含义真正在他身上体现了:

> 在还没有弯过来的游行队伍的尽头,风笛吹手们正专心致志地吹一首苏格兰高地的猎手歌,而摇滚乐即兴演奏者则发出一种呜咽声"……想象所有的人民",靠近前面的地方,一个发出吱呀响的扬声器正在放着一盒嘎吱响的歌带,凯特·司密斯的歌声轰轰地从那里发出,她已经死了,坏疽病把她拉进了坟墓,"上帝保佑美国"——"……朝向海洋,白浪滚滚。"哈里的眼睛火热了,一种眩晕的感觉——仿佛他站在高高的地方视察整个人类的历史——在他身上油然升起,心跳得越来越厉害,无论如何,这是这个世界曾有过的最他妈的幸福的国家。[②]

兔子用美国国骂语言的方式表明了对自己国家的态度——这是世界上最幸福的国家,也许这对于他来说是一种真诚的感受,但从读者的角度来说,这种方式的表述本身就会让人觉得好笑。厄普代克在谈到这个场景时提到了他自己类似的经历,他也曾经参加过一个地方上的独立日游行,而且也似乎从这个活动中获得了"这是美国","一个挺不错的国家"的感受,[③]实际上他是把自己的体验糅合到了兔子的感觉中了。而在兔子经历的这个场景中,他那种美国人的自豪的感觉更是因为有了凯特·司密斯歌声的伴奏而得到了升华。凯特·司密斯这位以颂扬美国而闻名的歌手出现在这个场景中并不是厄普代克的即兴想法,而是有着深层意蕴的。在很长时间里,凯特·司密斯以及她的主打歌曲"上帝保佑美国"都被认为是爱

---

① James Schiff, *John Updike Revisited* (New York: Twayne Publishers, 1998), p.60.

② John Updike, *Rabbit at Rest* (New York: Ballantine Books, 1990), p.308.

③ James Plath, ed. *Conversations with John Updike* (Jackson: University Press of Mississippi, 1994), p.227.

国主义的代名词，这也是为什么在听到了这首歌后，兔子的头脑中冒出了"这是这个世界曾有过的最他妈的幸福的国家"的想法。但同时，他似乎也不能忘记凯特·司密斯已经死了，而且和他一样，她也是多半因为肥胖而病魔缠身的。这两种念头在其头脑中同时涌现，后一种"死亡"的意象与前一种对这个国家的美好的感觉共同存在，这本身就是一种嘲讽，兔子这次扮演山姆大叔的经历让他在感受到美国的"伟大"时，同时也联想到了死亡，这样的心态与他对自己生活的感受以及冷战结束时的美国的处境绝妙地融合在一起。

（三）

死亡意象在这部小说里最具象征意义的表达是在兔子家庭企业的崩溃上面。与《兔子富了》一样，《兔子安息》的相当部分的内容集中在对斯特林普车行的描述中。与十年前不同，现在的车行陷入了严重经济问题之中，以致最后不得不面临倒闭。同样，我们读到的不仅仅是车行走向关闭的故事，透过这个故事我们还看到了贝尔所说的文化矛盾，以及这种矛盾对美国社会的深刻影响。

从历史背景来说，我们可以从"里根革命"的内容本身读出隐含的文化矛盾的逻辑。一方面，里根极力在社会中倡导围绕家庭和社区的传统观念，而另一方面，正如历史学家方纳指出的那样，"但是就像大多数保守派一样，在经济方面，他却并没有摈弃他所憎恨的那种以自我利益为主的行为，同时也放弃了他主张的对道德的要求，而是把对利润的无休无止的追求当成裁决对错的唯一的尺度。"其结果是，"里根革命恰恰是削弱了那些保守派们所极力倡导的价值观念和社会体制。"[①]显然，这样的悖论与贝尔所说的资本主义的文化矛盾有着共同的逻辑，贝尔的中心观点即在于指明资本主义经济体制本身造成了文化和经济的断裂。如果说在生产领域传统价值观念如自律、满足的延缓、节制等还能对经济的运行发生作用，那么因为经济体制本身对消费、享乐等所谓的新文化的推动，传统观念面临了严重的挑战和冲突。

在小说中，我们可以从兔子儿子纳尔逊成为瘾君子的故事中读出这种

① Eric Foner, *The Story of American Freedom* (New York: W. W. Norton & Company, 1998), p.323.

冲突的不同形式的表述。吸毒是二十世纪八十年代一个重大的社会问题。一些历史学家指出,“在整个八十年代,在美国,没有几个事件像广为蔓延的、迅速增长的可卡因的使用那样持续出现在新闻中。”[①]在二十世纪八十年代后期,吸毒扩散如此之快,以至里根政府不得不成立一个政府机构来专门打击毒品的蔓延。厄普代克在《兔子安息》中把纳尔逊描述成了一个瘾君子多少了也是反映了时代的一个特征。在反映这个问题的同时,我们也可以看到厄普代克把纳尔逊的吸毒纳入了小说的主题结构之中,即死亡意象与文化矛盾的关系。

小说实际上是以詹妮斯发现纳尔逊有吸毒嫌疑开始的。对纳尔逊而言,吸毒并不是一个什么大不了的事。詹妮斯就此事询问他时,他这么回答:“妈,这不是什么事。像你这样年纪的人对毒品总是那么疑神疑鬼的,可这只是一种放松的方式,得到一点刺激而已。”[②]纳尔逊所说的放松方式实际上也就是感官满足,而吸毒正是瞬间满足感官刺激的最直接的方式。这个看起来很简单的问题实际上蕴涵了很深的文化意义,与传统的工作伦理形成鲜明对照。在传统价值里,特别是新教伦理价值系统里,工作是通向满足的一个方式。贝尔以及其他一些社会学家对工作能够带来的满足给予了特别的重视。对贝尔而言,从工作中衍生出自律、节俭、清醒等道德品格,同时也让工作着的人获得一种社会责任感,以及精神追求意义上的满足感。在米尔斯看来,人们在工作中实现了自我价值,成为了这个世界的创造者。贝尔着重强调的是,工作带来的是延缓的满足,类似于宗教意义上的精神赎救。放在这样一个背景里来考察,我们发现吸毒就不是一个简单的感官满足或刺激的问题,而是意味着背离传统价值的行为。在小说中,我们可以从下面兔子和他的高尔夫球伙伴伯尼针对报纸上关于黑人橄榄球队员迪昂·桑德斯涉嫌吸毒的对话中看出这种“工作”与吸毒的区别:

> “我不太了解桑德斯,”伯尼说,“但是很多事与毒品有关。可卡因。这种东西到处都有。”
>
> “你说,人们从中看到了什么,”兔子说。
>
> “他们看到的是,”伯尼说……“是瞬时的快感。”……“要么是通过工作,日复一日的工作得到,就像你我一样,要么是通过一种化学的捷径。就现在这个社会

---

① Victor Bondi, ed. *American decades*: *1980—1989* (Detroit: Gale Research, 1995), p. 396.

② John Updike, *Rabbit at Rest* (New York: Ballantine Books, 1990), p. 122.

来说,那些孩子选择了捷径,没什么奇怪的。那个更长的方式看来是太长了。”[①]

就社会方面来说,更为严重的是,吸毒正在成为一种生活方式,而且被吸纳进了主流社会之中。纳尔逊这么给詹妮斯解释他对吸毒的看法:“那些使用这种东西的人十有八九都是一些成功人士。实际上,这也帮助他们保持成功,让他们变得很精明。”[②]可以想象,如此这样的逻辑与传统的工作伦理精神形成了何等鲜明的对照。纳尔逊也许只是在给自已找个理由,但他所说的确实也反映了二十世纪八十年代的一种社会倾向。二十世纪八十年代后期的一份报告这么描述当时的吸毒问题:“有越来越多的证据表明(价格不太高的)强效可卡因正朝着城市的高收入区、中产阶级住的郊区、甚至一些被认为是远离毒品的小城镇和乡村地区蔓延。”[③]从某种意义上来说,这样的毒品蔓延的趋势与美国人信奉的“对幸福的追求”“不谋而合”,而这样的“追求”在本质上则与个人自由和个人意识不无关联。

二十世纪八十年代的美国见证了雅皮文化的兴起。雅皮指的是生活在郊区的年轻的专业人士,雅皮们在二十世纪八十年代掀起了一股新的文化潮流,倡导对金钱以及世界上最好的东西的追求,这种追求是正当的、合理的、合法的。除此以外,很多雅皮人士同样也大力宣扬个人自由和个人的潜能。有一位记者这么描述雅皮:“雅皮们从嬉皮士们那里继承了对所谓‘自然’的东西的赏析,强调个人自由以及对反文化运动中曾经名噪一时的人的潜能的思潮。”[④]雅皮文化中对个人自由和潜能的强调为我们从深层次上理解纳尔逊吸毒的文化指涉指明了方向。如果说对雅皮们而言,成功是伴随着个人自由名义上的个人意识的提升,否则成功就没有意义,那么纳尔逊实际上也是在试图通过吸毒来获得他的自我。就像他对詹妮斯说的,吸毒让他感到充满力量,就像超人似的。在詹妮斯眼中,纳尔逊是一个缺乏自信的人,也许像他这样的人的确需要有一种东西帮助他提高自信。与雅皮们不同的是,他们是通过物质上的成功来获得个人自由的意识,而纳尔逊则是想通过吸毒来做到这一点,至少吸毒让他获得了一种想象的现实,似乎他也是那种潮流中的一员了。然而这种不同仅仅是形式的不同而

---

①② John Updike, *Rabbit at Rest* (New York: Ballantine Books, 1990), pp. 46, 185.

③ Victor Bondi, ed. *American decades: 1980—1989* (Detroit: Gale Research, 1995), p. 397.

④ Bruce Schulman, *The Seventies: The Great Shift in American Culture, Society, and Politics* (NY: The Free Press, 2001), p. 243.

已，因为实质上纳尔逊的行为遵循的正是雅皮文化的哲学原则，即通过任何可能的手段获得物质世界中最好的东西。有一份雅皮手册这么写道："这个游戏的名称就叫'最好的'——买最好的、拥有最好的、使用最好的、吃最好的、穿最好的、养最好的、开最好的、什么方法能获得最好，就去做。"[①]这样的行为原则可以说是与消费文化所极力倡导的正好走到了一起。消费文化涉及的一个方面是人们日常生活中需求与欲望的关系，确切地说是欲望对需求的压倒和占领。如果说需求代表的是传统社会，在这样的社会里，人们对物质的期望是有限制的，那么欲望代表的则是现代消费社会，在这个社会里，欲望在消费过程的生产和再生产中被无限地刺激，而这个过程本身正是社会的经济体制的要求。从这个角度来看，雅皮对最好的东西的追求与纳尔逊的吸毒具有某种程度的相关性也就合乎逻辑了。

与《兔子富了》中的兔子一样，纳尔逊在《兔子安息》中也成为了一个真正意义上的消费者。以他对兔子经营的丰田汽车为例，他很是讨厌丰田这样的车，看上去太土，坐着也不舒服，更重要的是，这样的车"不能表达任何东西。"[②]他这样对兔子解释他所理解的消费社会的准则："爸，你没有意识到的消费社会的一点是，所有的东西只是一种时尚而已。人们买东西不是因为需要这些东西。实际上你需要的很少。你买东西是因为要的是需要以外的东西，是那种能够提升你的生活的东西，而不是只顾消费。"[③]这种需要以外的东西正是欲望的最实在的表现。对纳尔逊而言，吸毒成为了他获得欲望的渠道，吸毒帮助提升了他的生活，因为这不仅让他感到像超人似的，更重要的是可以在日常工作中也获得超人那样的成功的动力。正是在这一点上，我们看到《兔子富了》中的"物意识"替代自我意识的主题在《兔子安息》中的重现。一方面，纳尔逊吸毒是为了在精神上获得自我(自信)的感觉，另一方面，这种自我最终是要落实到(物质)欲望的实现上，而这也正是雅皮文化的要旨。

这种日常生活中无止境的欲望自然也会让我们联想到里根经济政策中"对利润的无休无止的追求。"在有限地促进经济的同时，这种政策在二十世纪八十年代也导致了很多的抱怨。文化批判者保尔·华奇戴尔这样

---

① Bruce Schulman, *The Seventies: The Great Shift in American Culture, Society, and Politics* (NY: The Free Press, 2001), p. 224.

②③ John Updike, *Rabbit at Rest* (New York: Ballantine Books, 1990), pp. 30, 346.

表明了他对美国文化中欲望的看法：

> 我们这种对越多越好的欲望成了经济增长的一个主要动力，但是在美国在很大程度上它也让这种增长的成绩变成了一种空洞的胜利，我们始终在提高下的赌注；决定我们以为我们正在朝好的方向发展的不在于我们拥有多少，而在于我们是否拥有更多——比我们的父母亲更多，比十年以前更多。我们整个的经济体系依赖于人的无止境的欲望，依赖于有一个潜在的市场存在，可以消耗掉我们所能生产的所有东西。一直以来我们并没有认识到我们的问题所在，就这样，我们建立了这样一种形式，在这种形式里，我们的不满一个接一个地产生。①

显然，华奇戴尔是对这种建立在欲望上的经济体系持批判态度。事实上，在二十世纪八十年代后期，这种经济增长方式的负面影响也开始显露出来。里根执政八年美国经济复苏并快速增长，但同时政府也背上了庞大的债务，在二十世纪八十年代后期，达到了历史上前所未有的程度。在里根时期，美国从世界上最大的债权国变成了最大的债务国。在小说中，我们发现，尽管兔子对里根特别是其领导者的风采很有好感，但他也止不住表现出了对美国的庞大债务的担忧。用他自己的话说，里根让他不能理解的是“不知道从哪儿弄来这么多钱，但又一个劲地背债。”②在一次采访中，在被问到兔子对二十世纪八十年代的看法时，厄普代克这样回答：

> 他似乎是有点晕乎，有点迷失了方向，是不是？现在当我回想到那段时期，也许我自己就是很晕乎，迷失了方向。里根那几年其实没有什么多少可说的，有点梦幻般的样子，情况不错，但又好像有点那么不牢靠。他在为债务担忧——里根那种花钱的方式不是他的方式，还有，我们好像是被日本人占有了，或者是部分地占有了——这当然是和他家里正在往上涨的债务相关的。几乎可以说他似乎是被美国弄垮了。③

让兔子担忧的当然不只是国家所背负的债务，他更担忧的是他们这个家庭企业因纳尔逊吸毒导致的债务问题而陷入了财务困境之中，而后者实际上也成为了遭遇债务麻烦的国家的缩影。纳尔逊把企业的钱用于购买

---

① Victor Bondi, ed. *American Decades*: *1980—1989* (Detroit: Gale Research, 1995), p.386.

② John Updike, *Rabbit at Rest* (New York: Ballantine Books, 1990), p.6.

③ James Plath, ed. *Conversations with John Updike* (Jackson: University Press of Mississippi, 1994), p.227.

毒品而招致了二十万美元的损失，这对兔子一家是沉重的经济灾难。如果说十年以前，兔子已经感受到了来自纳尔逊的威胁，那么现在这种威胁终于成为了现实。纳尔逊在兔子眼中成为了罪魁祸首，他甚至还把他比成了希特勒，从纳尔逊自己毁掉了亲手经营的企业的角度来说，这种相比还是说明了一定的道理。

从文化语境来说，安斯特朗家庭企业的倒闭更多地反映了美国文化中的自由和秩序间的冲突和矛盾。在小说中，厄普代克通过丰田公司在加州的美国总部代表，日本人岛田之口表明了这种冲突。这位长得很不起眼、到斯特林普车行来调查纳尔逊欺骗行为的日本人非常敏锐地看到了美国文化中的问题。他对兔子这么说道：

> 在美国，我觉得很好玩，秩序和自由间的斗争。每一个人都在说自由，包括电视都用自由来笼络人。谈论自由漫天飞。那些轮滑者想要获得使用海滩边的人行道的自由，不顾撞到贫穷的老人。那些拎着收音机的黑人需要自由来毫无顾忌地大放震天响的噪音。人们需要拥有枪的自由，在高速路上随便开枪射人。在加州，狗屎让我很惊讶。到处都是，狗肯定也有到处拉屎的自由。狗的自由要比保持草和地的干净更重要。在美国，丰田公司想在一片自由的海洋中建起富有秩序的岛屿。希望外部世界和内部需求间，在我们日本人所说的在 giri(义)和 ninjo(情)间树立一种平衡。①

这位日本人看到的是日常生活中美国人遇到的自由和秩序方面的矛盾之处。这些看似很平常的事情实则反映了美国文化中的与“自由”观念相关的深层次的问题，也就是自由的悖论问题，而这实际上也正是贝尔所说的文化矛盾的本质所在。贝尔在提到资本主义社会中公司的矛盾行为时这么写道：“一方面，公司企业要求个人努力工作，追求职业精神，接受延缓的满足——成为真正意义上的组织人。但是，在产品和广告中，公司却在推崇快乐、瞬间的欣喜，放纵。在白天，人们是正人君子，到了晚上却是放浪形骸。这就是自我实现和自我表达。”②贝尔所揭示的经济生产领域的矛盾与上述这位日本人对兔子的一番话有着逻辑上的一致性。这个丰田公司美国总代表所抱怨的美国人过度的自由，换成贝尔的语言也就是：“自

---

① John Updike, *Rabbit at Rest* (New York: Ballantine Books, 1990), p.325.

② Daniel Bell, *The Cultural Contradictions of Capitalism* (New York: Basic Books, Inc., 1978), p.72.

我实现和自我表达”，无论是“自由”还是“自我实现”实质上都是建立在无节制的欲望和自我放纵之上。也正是在这一点上，我们看到了“自由”这个观念本身的悖论：一方面自由在美国文化里被认为是人人应有的与生俱来的不可或缺的权力，另一方面对自由的追求是如此的热衷以致这种追求往往变质为自我放纵，其结果是反过来颠覆了保证人人自由的文化和体制本身。从这个意义上观之，斯特领普车行最终被取消了经营丰田汽车的权力也就成为了很强的象征符号，纳尔逊的吸毒当然是（追求自我实现名义上的）自我放纵的结果，而从另外一个角度看，这成为了对“里根革命”在冷战后期诉诸“自由”观念以恢复美国的“士气”的一个不声不响的嘲讽。

小说实际上也的确揭示了这种文化矛盾对包括经济在内的整个社会的影响。厄普代克还是通过那位日本人之口来表现美国的问题。岛田先生发现，曾经是一个大哥哥的美国现在则是“什么也不生产，只是在做兼并，并吞，减税，借债。没有什么东西出去，倒是进来了很多东西——外国商品，外国资金。美国总是要东西，却什么也不给予，就像一个大黑洞。”[①] 这个“黑洞”的比喻令我们再一次联想到了死亡意象，更确切地说，透过现实情形我们看到了一个被放大的死亡意象，而这背后反映的则正是一副衰退的景象。对美国文化的批判来自一个兔子在心底里有点蔑视的日本人，这样一个事实则似乎更是加重了危机感。我们看到这样一个形象的描述：在岛田先生宣布取消斯特林普车行的丰田经营权时，兔子感到：“头重脚轻，一把斧子已经落到了头上。”[②] 事实上，不仅仅是纳尔逊，兔子自己也应该对家庭企业的倒闭负责，就像岛田指出的那样：“‘不仅仅是儿子，’他说，‘谁是这种儿子的父亲和母亲？他们在哪儿？在佛罗里达享受阳光，而他们的儿子却在打车的主意’……”[③] 岛田指责的是兔子只顾自己享受，而忽略了对儿子的管教，但实际上，问题的另一面是，这也说明了生活方式中传统价值的摈弃及其后果——从严格的工作伦理的角度观之，兔子在佛罗里达享受阳光其实正是自我放纵的表现，而这也正是贝尔所说的文化矛盾发生的一个重要原因——清教精神和新教伦理的丧失。

---

①②③ John Updike, *Rabbit at Rest* (New York: Ballantine Books, 1990), pp.324, 326—27.

(四)

也许上述这个例子有点极而言之,但自我放纵乃是小说的一个重要主题是不言而喻的,对纳尔逊如此,对兔子亦如此。整个《兔子四部曲》中最让人不能接受的兔子的艳遇——兔子与其儿媳普鲁的一夜风流——不能说与自我放纵无关。与纳尔逊的吸毒一样这也成为了兔子最终走向死亡的一个主要原因。有意思的是,与过去曾经有关的性遭遇一样,兔子同样也把这次与普鲁的性相遇当成了他确证其自我存在的一个方式,尽管实际上这只是他获得感官满足的一次展现而已。

这个场景发生在兔子做完手术从医院回来不久。与厄普代克一贯的表达手法一样,这个场景的描写也充满了引喻与象征的意蕴。普鲁来看独自躺在床上的兔子,听着普鲁向他抱怨纳尔逊吸毒导致的恶劣行为,兔子心中升起了同情,很快两人就发生了关系:

> 雨点落在窗户上。从窗台上漏进来的雨水使得雨点的敲打声听起来更响了。一阵刺眼的闪电震颤了空气,紧接着响起了雷声,朝着房顶压来,声音响得让人停止了心跳。似乎是和这种自然的无意的行为一样,普鲁说了一声"妈的",从床上跳下,猛一下关上窗户,拉下窗帘,一把撕开她的浴袍,蹲下来,从头上脱下她的内衣。在光线黯淡的屋里,她高高的有着宽阔的臀部的裸体非常可爱,就像上个月布鲁厄街口盛开的梨树一样,这一切宛如无意间碰上的一片天堂,确确凿凿。①

在这段颇有情色味道的描写中,值得注意的是自然意象与性冲动之间的关系,普鲁的裸露的身体被比成盛开的梨树,在兔子的眼中这两者是一样可爱。同样值得注意的是,这段文字是从兔子的角度叙述的,这种把人物的视角与叙述者的视角时而融合在一起的手法是厄普代克在《兔子四部曲》中使用的一个重要的写作策略。有一些评论者注意到了这种比较,并从中得出了对兔子性格的令人信服的阐释。比如,马修·威尔逊认为这种隐喻中隐含的自然的意象表明兔子"接受并进入了这个世界",②也就是说,

---

① John Updike, *Rabbit at Rest* (New York: Ballantine Books, 1990), p. 286.

② Matthew Wilson, "Rabbit Tetralogy: From Solitude to Society and Solitude Again," in *Rabbit Tales: Poetry & Politics in John Updike's Rabbit Novels*, ed. Lawrence R. Broer (Tuscaloosa, AL: University of Alabama Press, 1988), p. 104.

兔子现在终于可以不把性行为当成是一种逃脱行为，而在以往这是促使兔子逃离家庭的一个主要原因，如在《兔子，跑吧》中兔子的逃离行为。相反，朱迪·纽曼则认为这种隐喻"充满了自然的自发的意蕴和无邪的情感"，[①]这或许同样可以让读者联想起三十年前兔子在《兔子，跑吧》中的行为，在这部兔子系列最早的小说里，性被认为是通向纯洁的爱与理想之路。

这种解释对于理解兔子的性格及其变化当然都是有帮助的，但另一方面也不能忽视的是，这段描写中蕴涵的宗教意味。除了上述如两位评论者指出的那样，自然的意象可以表示兔子对这个世界的接受或者是暗示兔子至今仍保持的对纯洁的爱的憧憬，这个场景里出现的自然意象还应该从巴特神学中有关造物主的角度加以理解。卡尔·巴特的新正统神学在二十世纪六十年代曾对厄普代克产生过深深的影响。尽管在二十世纪七十年代，他承认已经不再阅读巴特，但从读者的角度看，巴特的影响在兔子系列的后几部小说里一直是存在的。

上帝，按照巴特的理解，是两方面的，一方面，上帝是严厉的，是不可触及的，是"完全的他者"，另一方面，世界是上帝出于对人类纯粹的无限的爱而创造的。自然是这个世界的一部分，热爱自然，感触世界的存在，也就是热爱上帝的表现。正是在这一点上，我们可以说，兔子与普鲁的肉体接触在厄普代克笔下被隐喻成一种自然意象也就具有了宗教的意味。换言之，在这个充满情欲色调的场景里，"自然"不仅仅是指"天真无邪"意义上的"自然或自发"的意思，而且也具有神圣的意味。我们或许可以说，兔子的性行为不单单是"自然的无意的"行为，而且也是出于他对这个世界的热爱，而这也正是威尔逊所声称的兔子"接受并进入这个世界"的意思。

更重要的是，宗教含义还应该与兔子对自我意识的追求放到一起来理解。综观兔子系列全部作品，可以说性是兔子生活的一个重要部分，不管是物质还是精神生活，用其自己的话说，性是"精神食粮"，[②]是感觉自己还活着的方式。而当性掺入了宗教意蕴后，它与自我意识的关系自然也就更加不容置疑，不管怎样，上帝总是帮助提升自我意识的最根本的力量。由

---

① Judie Newman, "Rabbit at Rest: The Return of the Work Ethic" in *Rabbit Tales: Poetry & Politics in John Updike's Rabbit Novels*, ed. Lawrence R. Broer (Tuscaloosa, AL: University of Alabama Press, 1988), p. 200.

② John Updike, *Rabbit at Rest* (New York: Ballantine Books, 1990), pp. 163, 420, 425.

性到自然再到上帝,这样的联系在于别人也许不可理解,甚至是荒唐的,但对于兔子,这确确实实是其确证自我存在的最实际同时也是最能让他超越现实进入宗教意义上的与上帝同在的境界。威尔逊因此这么指出,“如果在这个事件中有什么(道德)越界的意思的话,那么在兔子观看普鲁的裸体的带有超验意味的那一瞥中,这种意思被完全否定了。”[①]评论者拉尔夫·伍德则更是指出了这个性事件对兔子的“用处”,“这次性交往与其说具有美妙的交流的意思,还不如说更带有奇怪的个人的意味:在他发现他对于别人的价值时,他于是有了有用的感觉。”[②]于是,《兔子,跑吧》中通过性行为获得自我意识的主题又出现在了《兔子安息》中,并成为了兔子的“一种半自觉的抗争”(厄普代克语)行为,[③]如果考虑到在整个故事情节中,兔子一直在内心进行抗拒死亡的斗争,那么他与普鲁的性行为或许也在于表明他抗拒死亡的努力。

但是,与以往的行为一样,兔子同样也陷入了矛盾之中。尽管他可以从这次“半自觉的抗争”中体会到一点自我存在的感觉,尽管可以借助宗教的信念来为自己的行为辩护,但无论如何,他都很难否认在这次近乎乱伦的行为中犯下的道德错误。更为重要的是,他的宗教意识与其说是基于对上帝的真正的理解还不如说是自我的表达,换句话说,上帝只是在名义上被用来证明其行为的正当,当他通过诉诸宗教而获得了自我意识的同时他其实也远离了真正的宗教精神。

为了更好地理解兔子在这个问题上陷入的矛盾,有必要来看一看巴特对无私之爱(agape)与自私之爱(eros)的关系的讨论。前者指的是基督徒的爱,后者是指爱自己。前者是基于对自我的否定,后者则是自我的表达。拥有自私之爱的人会声称对爱的对象付出了足够的爱,但是他所做的只是要突出对自我的肯定。巴特指出:“这样的事情是会发生的,一个表示爱的

---

① Matthew Wilson, “Rabbit Tetralogy: From Solitude to Society and Solitude Again,” in *Rabbit Tales: Poetry & Politics in John Updike's Rabbit Novels*, ed. Lawrence R. Broer (Tuscaloosa, AL: University of Alabama Press, 1988), p. 104.

② Ralph Wood, “Rabbit Angstrom: John Updike's Ambiguous Pilgrim,” in *Rabbit Tales: Poetry & Politics in John Updike's Rabbit Novels*, ed. Lawrence R. Broer (Tuscaloosa, AL: University of Alabama Press, 1988), p. 147.

③ James Plath, ed. *Conversations with John Updike* (Jackson: University Press of Mississippi, 1994), p. 226.

人,不管他是多么显然地忘掉自己,或者是多么地超越自己(以一种非常高尚的精神的姿态),一切向着爱的对象,其实在他获得爱、保持爱、拥有爱的同时,他只是在更加强烈地突出自己而已,因为在他眼里有的只是他自己,以及他自己追求的对自己的肯定和进取。"[1]更为重要的是,这些人也会经常言及上帝甚至表现出对上帝的无比热爱,但实际上他们只是使用上帝的名义而已。巴特这么写道:"在这种情形里,与其说他要和上帝在一起,把上帝当成其永恒的伙伴,还不如说他怎么也不能舍弃自己,而且他还会让上帝成为其自我膨胀,自我突出的存在的源泉。"[2]

显然,自私之爱之人尽管在形式上会表现出宗教的倾向,但目的只是要确证其行为的正当,而不是成为一个完全摈弃自私观念的人,也就是拥有无私之爱之人。巴特所说的自私之爱之人其实也就是自我中心者,在上帝和自我之间,他真正选择的是自己,尽管同时他并不会放弃上帝,至少在形式上如此。自私自爱之人也因此常常会被当成或自认为是无私之爱之人,从而获得了与上帝同在的理由。兔子正是这种自私之爱的典型。他自认为是拥有上帝制造的自我,与上帝有着不可分割的关系,而实际上这不过是借着上帝的名义表达自我而已,就像自私之爱之人表明对上帝的热爱一样;同样,在与普鲁的性交往一事上,与其说他获得了宗教意义上的启迪并由此导致自我意识的加强,还不如说是感官上的一次真正的自我放纵,或者说,即便是前者有可能存在,那么这种可能性也早已被身体的快感完全淹没了。这也是为什么他不仅没有任何羞耻感,而且在这个事件发生几个月后,还想从普鲁那儿得到对他性能力的肯定,而他对这次风流韵事最不能忘怀的是他竟然还能让普鲁获得两次高潮。

贝尔在分析资本主义文化矛盾时,认为其中的一个形式是行为纵容和道德底线之间的矛盾,其原因在社会中的现代自由主义之倾向。他指出,"因为它(自由主义)极力宣扬个人自由,极端体验('刺激'和'高潮'),以及生活方式中的性实验,而自由主义的思维方式……并没有对朝这个方向的发展做好准备……。"换言之,"它赞许基本的行为纵容,但却做不到明确地

---

①② Karl Barth, *Church Dogmatics*, ed. Helmut Gollwitzer (Louisville, Kentucky: Westminster John Knox Press, 1994), pp. 174, 186.

界定一个底线。”[1]贝尔的分析说明了现代社会中道德的无能，而造成这种无能状况的则应是自由主义倾向本身，如果说自由主义的核心在于自我实现和自我表达，那么其实际结果则往往变为自我的放纵，道德在此面前的无能也就可想而知。更需指出的是，无论是在思想还是日常生活领域，现代社会的文化主流是自由主义，无限的自我追求于是成为了生活的主要旋律。在这个意义上，兔子的性放纵与其喜好垃圾食品及纳尔逊的吸毒都遵循了共同的生活逻辑，都是在这种给予行为纵容通行证的文化氛围里发生的行为，而且也都是在追求自我的名义下进行的。但不可避免的是，无论是父亲和儿子都给自己和他们的家庭带来了灾难，也正是在这样一个语境中，我们才能更进一步体会到厄普代克通过日本人岛田所说的自由与秩序间的关系的用意。

在其追求自我的道路上，兔子陷入了一个又一个的矛盾和困境，一个显而易见的事实是，他越是努力追求自我，他越是更快地走向自我毁灭。事实上，几乎所有的与其自我意识有关的行为或想象，从想象洛克比空难到吃垃圾食品上瘾再到与自己儿媳的一夜风流，都推动着他向着“死亡”靠近。但同时，我们也可以说所有这一切行为也表明了兔子性格的另一面，即他对“死亡”的抗争，或者说对于他而言，追求自我本身就是抵抗“死亡”的最好的证明，尽管这本身让他走向了“死亡”。

从这个意义上来说，厄普代克在小说的结尾让兔子又回到篮球场上，重新体味几十年前篮球明星的滋味，同时兔子最后倒在了篮球场上，这样的安排的确是意味深长。而从结构上看，兔子因与普鲁的事被詹妮斯发现而只身一人离家出走，这种结尾方式也让读者想到了《兔子，跑吧》的结尾，同样，这也应该是厄普代克的“有意为之”。在被问到整个《兔子四部曲》结构的平衡这个问题时，厄普代克这样回答：“生活是有规律的，因此你也总会想在开始的地方结束生活的行动。你关心什么，你也会在那个地方结束。”[2]厄普代克真正关心（也是兔子不能忘怀的）的是给兔子最后一个展示其自我价值的机会。有意思的是，三十年前，兔子在第一次离家出走时，曾

① Daniel Bell, *The Cultural Contradictions of Capitalism* (New York: Basic Books, Inc., 1978), p. 79.

② James Plath, ed. *Conversations with John Updike* (Jackson: University Press of Mississippi, 1994), p. 227.

想过要去南方海边，但最后没有成行，三十年后他终于成行了。当然最重要的是，他获得了一次重现曾经有过的明星的风采，尽管早已经是"好汉不提当年勇"。同样，厄普代克的描述文字充满象征意味，"汗水开始流下来，和着泥灰黏粘在腿上，他害怕，他大概会失去节奏、那种舞蹈、那种叫不上名的动作、那种冲力、那种优雅……圆圆的篮筐像是一个极妙的美景，篮筐下沉下来要亲吻他的嘴层，他绝对不能错过……他往上跳了，一直向上，向着撕碎的浮云。他的上身，感到一阵剧烈的疼痛。疼痛像是要从身体中冲出来，他感到有一个巨大东西在他身上不停地摸索，然后，他倒在地上，失去了知觉。"[①]兔子最后还是表现出了曾有过的明星风采，但代价是生命的失去。就像他吃垃圾食品上瘾一样，他知道对身体有害，但他不能不吃，他应该清楚已经做过两次心脏手术的他上球场会是什么结果，但他还是去做了，因为有一种极美妙的东西在等待着他，那种"美景"是那么的迷人，他不能错过。也正是在这个意义上，我们又一次体会到了贯穿《兔子四部曲》的主题——对基于个人自由的自我意义的矢志不渝的追求，尽管面临的是一个又一个的失败、挫折甚至死亡。这也是兔子作为一个美国人所要表现的生命的意义。小说最后，兔子想要告诉纳尔逊的那句话值得每一个读者玩味："我能告诉你的是，还不错。"[②]兔子说的是他这一生还算过得可以。他是不是在生命的最后一刻想把他作为美国人的最宝贵的经验传递给他的儿子：此生能成为一个美国人还真是值得，如果你能知道成为一个美国人的关键是什么的话？

①② John Updike, *Rabbit at Rest* (New York: Ballantine Books, 1990), pp. 420, 425.

五、“兔子被怀念”：有关美国精神的问题

随着兔子在《兔子安息》中的离世，厄普代克终于结束了这部写作时间跨越几个时代的《兔子四部曲》。但是，要忘掉兔子这个人物却不是一件那么容易的事。厄普代克曾经说过他要向兔子告别了，可是，有意思的是，在《兔子安息》问世十年后，他又重新回到了兔子故事中，在二十一世纪初期，写了《兔子被怀念》这个中篇小说。就像题目所提示的那样，小说讲述了兔子妻子詹妮斯，尤其是儿子纳尔逊对兔子的怀念。纳尔逊现在在一家心理诊所工作，在兔子生前儿子与父亲矛盾重重，曾经互相视为敌人，在兔子过世十年后，纳尔逊可以用一种平和的语气来描述他对父亲的看法：“他很有点自恋，这使得他的性格有点受损，他也许可以成为我的治疗对象。他靠直觉行事，但不是太有同情心，他一直就没有长大。”“他粗心大意，总是想着自己，但他有他的理由。”①纳尔逊这番话是说给他的同父异母妹妹安娜贝尔听的。后者是兔子在二十世纪五十年代时与情人露思的孩子，在这部小说中，厄普代克让詹妮斯和纳尔逊在事隔多年后终于找到了兔子的私生女。纳尔逊其实并不是想否定兔子，相反，他提到，尽管他曾经觉得兔子的一生是一个失败者，但发现兔子本人却不这么认为。纳尔逊这种对父亲的模棱两可的态度直接来自厄普代克本人。在《兔子安息》出版后不久，有一次被采访时，有人问厄普代克如果要给兔子写墓志铭，他会怎么写，他这么回答：“这儿躺着一个美国人——就这样，就这么模糊一点的才好。”②

但是，另一方面，厄普代克似乎发现了在兔子身上有一点东西值得他去颂扬。还是在同一个采访中，在被问道他是否认为兔子是一个好人时，他回答道：“我把他看成是一个还是有希望的人，至少，热爱生活。当然，他不是一个道德榜样——他不是太能控制自己，太冲动，而且还有那么一

① John Updike, “Rabbit Remembered” in *Licks of Love: Short Stories and a Sequel* (New York: The Bllantine Publishing Group, 2000), p. 248.

② James Plath, ed. *Conversations with John Updike* (Jackson: University Press of Mississippi, 1994), p. 228.

点点卑鄙——但我把他看成是一个人,一个好坏参半的人。"[①]同样,面对兔子生前的朋友鲁尼(他现在是纳尔逊的继父,兔子死后,詹妮斯与他结婚)对兔子的侮辱言语,纳尔逊也似乎忍不住要挺身护父。他对鲁尼说:"他(兔子)要比我们都坏,但也要比我们都好。我们没有一个能比得过他。"[②]

纳尔逊以及厄普代克想要为兔子极力维护的其实就是兔子一生所表现出的追求精神,也就是对个人自由、自我的追求。在一些评论者看来,这种追求正是体现了美国的民主精神。厄普代克研究者包思维尔认为,厄普代克笔下的兔子形象代表的"是传统意义上的民主的美国,一种注重独立的个人的观念"。[③] 他指出这种"个人"的观念与《美国的民主》的作者托克维尔对于美国个人主义的分析是一致的,在后者看来,使美国区别于欧洲的正是这种个人主义在美国人思想中的存在。托克维尔这么写道:"美国人养成了这样的习惯,认为每个人都处于独立状态,他们想象他们的命运掌握在自己手中……每一个人最后总是要靠自己。"[④]包思维尔论述说正是这种以自我为中心的观念"构成了厄普代克关于美国的精神的血脉",而作为自我意识最为突出的一个人物,兔子则当仁不让地成为了"厄普代克笔下最有代表性的美国人"。[⑤]

确实如此。厄普代克本人其实也是这么认为的。在1995年版的《兔子四部曲》的前言中,他写道,"就一个作家对其作品的看法而言,我的印象是兔子哈里对我来说是一张进入我生活的美国的票子"。[⑥] 厄普代克所说的美国也是兔子经历过的战后几个时代的美国,而之所以把兔子比喻成进入美国的一张"票子"正是因为在他身上体现了美国的精神。

需要指出的是,兔子也代表了当代美国的另一面,即在体现美国精神的过程中个人所遭遇的问题、困惑以及矛盾。如果说兔子体现了托克维尔所说的传统的美国个人主义的精神,认为命运掌握在自己的手中,那么在当代状况下,他仍旧可以这样去想象,乃至行动,但结果却会是很有点

①② John Updike, "Rabbit Remembered" in *Licks of Love: Short Stories and a Sequel* (New York: The Bllantine Publishing Group, 2000), pp. 248, 301.

③④⑤ Marshall Boswell, *John Updike's Rabbit Tetralogy: Mastered Irony in Motion* (Columbia and London: University of Missouri Press, 2001), pp. 308, 234—35.

⑥ John Updike, "Introduction to *Rabbit Angstrom: A Tetralogy*," Everyman's Library edition, (NY: Alfred A. Knopf. 1995), p. ix.

让人怀疑的。在他以为自己的努力已经快有了结果时，这样的结果其实早已经变样，变成它的反面，换言之，他追求个人自由越是努力，不自由的感觉越是明显。

"要想有独立的状态，你就需要离开卧室，离开社会。"[①]十九世纪思想家爱默生曾经如此教导美国人去成为一个有个性的人。在爱默生看来，一个理想状态中的人是一个能够独立行为的人，一个做他认为是正确的事的人，也就是一个思想着的人。这样的一种产生于浪漫主义时代的独立个性的人的形象早已经进入爱默生以后的经典作品中，在很大程度上，构成了美国精神的主要内容。从这个意义上说，兔子这个形象的一个突出点便是对这种传统个人形象的颠覆。如果说传统的个人形象是社会的反叛者，与社会处于一种对立的关系中，那么可以说兔子也被挟在这股大潮之中，但是更多时候，兔子要反叛的恰恰正是他要追求的，更重要的是，他自己对此并没有意识到这一点。如果说传统的个人形象会努力像爱默生所教导的那样追寻一种孤立与独立的状态，以便持守自我意识，那么可以说兔子也采取了同样的行为，但结果是他往往走向了反面，越是努力持守自我意识，越是丧失自我，成为了没有个性的芸芸大众中的一员。厄普代克把兔子分裂的自我归因于道德吊诡。问题是这种道德吊诡既是个人层次上的，也是国家层次上的。

正是在这个意义上，厄普代克所说的兔子是"一张进入美国的票子"这个比喻显现了其意蕴所在。"一个作家的任务不是在作品里进行描述，而是要让作品成为存在。"[②]厄普代克在《兔子四部曲》前言中这样定义作家的工作。换言之，作家的工作不仅仅是描述这个世界，而且也要告诉读者关于这个世界的一些根本性的东西，也就是说不仅仅是描述现在的状态，而且也要指明应该走的方向。因此，可以说厄普代克所谓的把《兔子四部曲》变成一种"存在"其实就是在讲述兔子这个普通美国人的故事的同时，要透露出当代美国社会经历的一种走向，或者说，美国精神在当代社会状态下的表现。也正是在这个意义上，厄普代克与贝尔以及其他社

---

① Ralph Waldo Emerson, *Nature*, *in The Norton Anthology of American Literature*, 4th edition, vol. 1, ed. Nina Baym, et al., (NY: W. W. Norton & Company, 1994), p. 994.

② John Updike, "Introduction to *Rabbit Angstrom*: *A Tetralogy*," Everyman's Library edition (NY: Alfred A. Knopf. 1995), p. ix.

会学家和思想家们走到了一起。

贝尔以及其他一些学者阐释的文化矛盾构成了《兔子四部曲》的文化背景。兔子经历的四个年代,从二十世纪五十年代到八十年代,目睹了文化矛盾所引发的社会和价值观念的变化,如新教工作伦理的式微,消费文化的大肆侵入,享乐主义生活方式的蔓延等。但就厄普代克而言,在揭示这些现象的同时,更重要的是要表明作为一个个体来说,这些现象,或者说文化矛盾,是如何内化到其行为和思想中去的。兔子成为了这个过程的代表。

要理解兔子分裂的自我需要弄明白个人自由和自我的观念是如何在当代社会状态下嬗变的。传统上,美国的个人主义的思想发轫于宗教概念,人被认为与上帝一样平等,上帝的神性同样可以体现在人性中。于是,人有了自由行动的依据,因为上帝赋予了他道德。这便是十九世纪爱默生超验主义思想的个人主义观念。《美国文学史:从清教主义到后现代主义》一书的两位作者卢兰和布莱德勒认为爱默生的个人主义"在道德上与自私是针锋相对的,他的个人主义指向的是个人所能表现出的最好的一面,与那个超验的自我合而为一,也就是他所说的'超灵'"。[①] 所谓"超灵"也就是上帝的形象永驻人心。这种从宗教角度出发要求人在道德上尽善尽美的思想在经济领域里与新教工作伦理融为一体,形成了资本主义精神的传统内容,也就是文化资本主义。有了这种自我意识的个人因此也就拥有了独立、自律的品格,完全清楚自己是谁,该做什么。

但是在当代社会状态下,这种基于道德的个人意识遭到了解构,传统意义上的受宗教和道德牵制的个人被以自我为中心的、以"自我表达"、"自我实现"、"自我满足"为行为准则的新的个人主义所替代,传统道德在这种新个人主义面前的软弱无用显而易见,而这正是贝尔的文化矛盾想要告诉我们的主要内容。从表面上看,个人自由仍然是追求的终极目标,但是这个"个人"已是今非昔比,成为了一个缺少道德支撑的空壳。如果说道德对于传统的个人的作用是宗教意义上的赎救,因此,自由更多的是指心灵自由,那么在当代状况下,心灵赎救转变成了身体解放。个人自由也就变成了仅仅指向物质层面的追求。这可以说是美国精神的新的表达。

---

① Richard Ruland and Malcolm Bradbury, *From Puritanism to Postmodernism: A History of American Literature* (New York: Viking, 1991), p. 120.

传统价值崩溃的一个结果是享乐主义生活方式的兴起。在一定意义上,可以说《兔子四部曲》讲述的就是兔子在传统价值和享乐主义生活方式之间左右冲突,陷入困境的故事。享乐主义的突出表现便是及时满足代替了传统的满足的延缓,与之相应的是,精神意义上的对自我的追求转变成了对身体感觉的沉溺。这就是为什么在兔子故事里,性成为了主题之一。从《兔子,跑吧》到《兔子安息》兔子从没有停止过从性的角度探索身体的感觉,性成为了他确证自我存在的手段,但这种手段同时也成为了目的。正是在这个意义上,文化矛盾内化成了个人的行为表现。享乐主义的另一指向是消费文化对于生活领域的占领。消费文化把物质占有作为中心的中心,但同时,它又把这种占有等同于自由的获得。于是,我们发现个人意识被对物迷恋的意识所替代。自然,在这种状况下,传统的美国精神无处可寻。如果说兔子系列的前两部表明兔子对超验意义上的自我还是有一点情有独钟,那么在后两部中,对物的意识(房子,金钱,女人,身体等)则在小说的字里行间弥漫萦绕,久久不散。当然,最后对物的追求并没有给兔子带来他想象中的自我意识。这样的反讽形成了整个四部曲的主要风格。

事实上,不仅仅是风格,也是主旨,因为讽刺的同时,厄普代克也颂扬了自我追求这个行为本身并将之与美国精神、美国形象联系在一起。就兔子而言,无论什么似乎都不能阻碍他在自我追求的道路上往前走,一个很重要的原因便是这是他作为一个美国人的身份使然。尽管他常常对美国表示出不满甚至愤怒,但是他始终是一个"坚定的美国公民",这样的身份对他来说是不能置疑的。就像在《兔子安息》十年后,詹妮斯在《兔子被怀念》里发现的那样,那些坚定的美国公民们都有一个共同点:"他们都有一种认同趋向。他们认为这个国家与他们一样脆弱。"①同样,纳尔逊也认为,即使是像他父亲那样的曾经有过反叛行为的人,在他生命的后期,"即便是最简单的美国的事也会让他兴奋不已。"②美国对兔子来说就是一种象征,一种具有超验意义的意象,与它的认同也就是对其实现自我的认同。这就是为什么在《兔子归来》和《兔子安息》中,对于国家身份的关注成为了他生活中的一件大事,因为这关系到他追求个人自由的动机

①② John Updike, "Rabbit Remembered" in *Licks of Love: Short Stories and a Sequel* (New York: The Bllantine Publishing Group, 2000), pp. 252—53.

问题。这也是为什么十年后纳尔逊发现他父亲身上的这种追求精神是最值得他怀念的。在《兔子被怀念》中，纳尔逊颇动感情地回忆了《兔子富了》中的一个情节。兔子催促纳尔逊逃离逼厄的生活，去追寻他的自我："他想起，他父亲在一次他们开车出外时，央求他不要结婚，不要让自己陷入婚姻的陷阱中，尽管那时普鲁已经怀孕，而且婚礼的日子也已经确定；他向他儿子建议让普鲁去做人流，并承诺付一笔钱让她离开，这让纳尔逊很是吃惊。他想起了他父亲说过的话：我就是不希望看到你掉入陷阱，你太像我了。"[①]十年后，纳尔逊开始明白，原来他父亲是想尽其所能"帮助他躲开这样的决定会导致的灾难"。纳尔逊所说的"灾难"后来在他自己的婚姻生活中得到了验证，他最终与妻子普鲁分居了。但是，另一方面，还有什么比失去自我更大的"灾难"？兔子从没有清楚地表达过追寻自我到底是什么东西，但是他一生的行为足以说明他没有说出来的东西。

从这个意义上说，兔子的故事成为了一种社会意义层面上的象征行为。美国马克思主义批评家詹姆斯认为对一个文本的阐释可以遵循三个阶段，第一阶段是把文本看做一种象征行为，在第二阶段内文本超越了自己，成为了意识形态研究对象，所谓的意识形态是一个集合群，融合了各种不同的关于社会各个阶层的话语，在第三阶段里，文本和它所处的意识形态集合群转变成了一种"意识形态的形式"，即，"文本的象征意义通过各种不同符号系统共存的方式传达给读者，而这种共存形式本身则透露或预示了生产方式的迹象和走向。"[②]詹姆逊所说的"生产方式"来源于阿尔图赛对马克思关于生产方式概念的重解。阿尔图赛突破了马克思将生产方式限于经济领域的范围，把文化、意识形态、政治等领域的内容也包含进了生产方式的范围。因此，詹姆逊认为文本的意义是在不同文化的、意识形态的生产方式的相互竞争中展现出来的。正是在这个意义上，詹姆逊认为文学作品是一种社会层面上的象征行为。不仅仅是"象征"，更是一种把象征意义传达出去的"行为"。换言之，我们也可以说，作者不仅仅是世界的描述者，也是意识形态的生产者，他的工作是参与甚至干预

① John Updike, "Rabbit Remembered" in *Licks of Love: Short Stories and a Sequel* (New York: The Bllantine Publishing Group, 2000), p.298.

② Frederic Jameson, *The Political Unconscious: Narrative as a Socially Symbolic Act* (Ithaca & New York: Cornell University Press, 1981), p.76.

"生产方式"(文化的意识形态意义上的)。从这个角度说,对文学作品的阐释不仅要关注其象征意义,更重要的是其象征行为。

就厄普代克而言,他是通过"颂扬"的方式来表现其作品的"象征行为"的。他曾经这么从"颂扬"的角度评述过他自己的作品:"任何描述行为,在某种程度上,都是一种颂扬行为,即使描述的事件不那么可爱或者是很可怕或者是让人震惊得不能接受,描述行为本身,在某种意义上说,就是《旧约》中的那种表示颂扬的行为。《旧约》里的上帝重复不停地说他需要颂扬,我将其理解为,这个世界需要被描述,需要文字表达,需要被'歌颂'。"[①]厄普代克是在被问到他的宗教信仰时说这番话的,他所说的"颂扬"显然含有很强的宗教意味,来源于他对作为造物主的上帝的信仰。那么在《兔子四部曲》中,他具体要颂扬什么呢?答案应该就是美国精神,即体现在兔子行为中对个人自由和自我的追求。当然,这样的"颂扬"不是简简单单的歌颂,而是通过迂回曲折的方式展现的。或者说,"颂扬"的意图是通过与其他否定追求美国精神的——文化的意识形态的——迹象的斗争表现出其端倪的。如果说兔子故事这个"事件"不是那么可爱,甚至有点震惊得让人不能接受,那么也许可以说厄普代克的"颂扬"态度赋予了意义于这个故事,使其变得可爱、可读。这么说并不是要削弱厄普代克对当代美国和他笔下的兔子的批判锋芒。相反,正是这种既批判又颂扬,两者并置的意图构成了厄普代克对当代美国的想象。也正是在这个意义上,兔子成为了"他那个时代的美国。"[②]

①② James Plath, ed. *Conversations with John Updike* (Jackson: University Press of Mississippi, 1994), pp.253, 119.

第四章 “《红字》三部曲”和宗教

《兔子四部曲》应该是厄普代克作品中最有名的系列小说，除此以外他还写过另一个系列小说，尽管不像前者那样有名，但也应该算是其重要作品之一，从内容涉及宗教的角度来说尤其如此。那就是厄普代克改写霍桑的名著《红字》的三部系列小说，有论者通称为“《红字》三部曲”或“《红字》”系列小说。与《兔子四部曲》不同，这三部系列小说在情节和人物上并没有关系，三部小说讲述的完全是三个独立的故事。如果说有关系的话，那就是三部作品都是从《红字》中三个主要人物，即海斯特、丁姆斯代尔和齐林沃斯的角度讲述的。发表于1975年的《全是星期天的一个月》是三部曲中的第一部，其中的故事是从丁姆斯代尔的角度讲述的。十一年后发表的系列中的第二部《罗杰的版本》则是从齐林沃斯的角度来讲述的故事。三部曲中最后一部，出版于1988年的《S》则是从海斯特的角度来叙述的。当然，厄普代克并不只是采用了《红字》中这三个人的角度，在很大程度上，他是试图续写或者说是改写霍桑的这部美国文学史上的名著。尽管在具体情节上，这三部小说与《红字》并没有什么直接的关系，但是，在故事内容方面他们还是有很多相同之处。和《红字》一样，这三部小说都涉及婚姻问题，或更确切地说，“通奸”这个主题。《红字》中出现的灵与肉，精神与物质间的冲突，也出现在这三部作品中，《红字》中海斯特和丁姆斯代尔所面对的信仰与“罪”的困惑同样也可以在厄普代克的这几部小说中找到其影子。这种改写可以说主要集中在宗教这个主题上。《红字》的背景是十七世纪清教神权统治下的新英格兰，宗教以及与其相关的上帝与邪恶、拯救与惩罚等观念弥漫在整部小说之中，是小说的重要内容之一。与之相类似的是，厄普代克的三部系列小说也与宗教有很大的关系，同样也充满了关于上帝的思考。与《兔子四部曲》中的宗教描写一样，“《红字》三部曲”中的宗教内容也是建立在巴特式的神学观念基础上的。值得注意的是，我们也可以在宗教观念方面发现厄普代克与霍桑间的联系,他们的相同与不同之处。1979年在美国艺术研究院举办的一次会议上,厄普代克做了关于霍桑的演讲。我们可以从这篇题为"霍桑的信条"的演讲中读出他对霍桑的理解,并从中发现他们间微秒的关系。在厄普代克看来,霍桑这位充满宗教意识的美国文学的经典作家在对待宗教方面是非常矛盾的。一方面,他总是试图规避宗教,甚至有着深深的怀疑;另一方面,他又曾经说过这样的话:"宗教信仰是人所能拥有的最有价值和最神圣的东西。"[①]厄普代克指出,如果我们仔细阅读霍桑的作品,我们会发现一个鲜明的"基督教的幽灵"[②]跃然纸上,一个物质与精神相冲突的两重体;他援引霍桑自己的话说:"我不会同意让天与地,这个世界与彼岸世界像蛋黄和蛋白那样混合在一起。"[③]"天"与"地",即物质与精神冲突其实质也是世界与自我间的冲突,而结果则是自我为了突破压抑而起来斗争。在霍桑的思想中,清教传统带有这种压抑的内容,尽管同时强调信仰的力量。《红字》中的海斯特经历的便是这种自我争取解放的斗争,从广义上说,这也是霍桑要传达的在历史上美国所曾经历的斗争,支撑这种斗争的则是有着强烈宗教意识的信仰的存在。

显然,我们可以从厄普代克对霍桑的解读中看到他自己源于巴特神学的宗教观念,巴特的唯信论被他用到了对霍桑的读解上,霍桑对信仰的虔诚以及这种虔诚对自我之斗争的推动,在厄普代克看来正是美国文学中的一个重要传统。他的"《红字》三部曲"可以说是承继了这种传统,但同时他也超越了霍桑。用厄普代克研究专家斯基夫的话说,厄普代克在这三部作品中质疑了霍桑在《红字》中着意刻画的灵与肉、精神与物质这种冲突本身,以及从中表现出的道德标准,[④]在霍桑眼里,这种冲突是注定的、不能调和的,在厄普代克笔下却走向了统一,在强调自我争取解放的同时,霍桑并没有否定道德的作用,但在厄普代克那儿这种道德的作用却遭到了讽刺,霍桑故事中被压抑的身体的欲望在厄普代克笔下得到了释放,甚至是颂扬。一个明显的例子是,《红字》是全知全能叙述者,三个主要人物的声音在大部分时候都是通过叙述者来体现的,而在厄普代克

①②③ John Updike, "Hawthorne's Creed", in Updike, *Hugging the Shore: Essays and Criticism* (New York: Alfred. A. Knopf, 1983), pp.75—76.

④ James A. Schiff, *John Updike Revisited* (New York: Twayne Publishers, 1998), pp.88—89.

的三部系列小说中，全知全能叙述者改成了第一人称叙述者（如《全是星期天的一个月》和《S》），即使是第三人称叙述者，叙述的视角也变成人物的视角（如《罗杰的版本》）。换言之，在《红字》中没有多少话语权的人物，在厄普代克笔下，这些人物都在一定程度上获得了说话的权利。

这样的超越是巴特式信仰超越道德神学观的一个反映。巴特的唯信论给予了厄普代克超越霍桑的动力和勇气。当然，这种超越本身也是来源于对现实的折射和思考。如果说《红字》中的主要人物海斯特和丁姆斯代尔面临的是如何挣脱清教传统的束缚，那么在厄普代克笔下，我们发现那些生活在20世纪70年代和80年代的美国人同样也面临着类似的问题，他们现在要挣脱的已不完全是清教传统，尽管其影响和变化的形式依旧存在，而是中产阶级生活方式带来的厌烦和无聊感，以及由此导致的压抑。斯基夫指出，厄普代克作品里生活在这种状况下的人物需要经历激情，[①]以突破无意义生活的包围，寻回自我，用斯基夫的话说就是"重新创造一个世界。"[②]这可以说是厄普代克改写或者颠覆霍桑《红字》的现实原因。

但是，这只是问题的一个方面，因为在颠覆的背后不能抹去的仍然是冲突和矛盾，而且涉及的也依旧是灵与肉、精神与物质的关系，不同的是这种冲突的环境变了，相应的是冲突的形式也发生了变化，霍桑笔下多少带点玄思味道的物质与精神的冲突变成了厄普代克故事中当代美国人身边发生的看得见、摸得着的宗教情怀与欲望冲动间的冲突和矛盾。在超越道德，找寻自我的同时，他的那些人物也陷入了自我膨胀，自我放纵的陷阱，而这同样也让他们感到了无聊，因为与之相关的是信仰的危机。原本被用来支撑自己追寻自我的信仰在实际生活过程中却失去了原有的力量，上帝的存在失去了意义。在颂扬身体欲望的同时是自我与信仰的脱节，这恐怕应是厄普代克超越霍桑的真正目的，通过霍桑这个三棱镜来体察当代美国社会的精神状况，剖析在当代条件下追求自我与信仰这个美国文化中的永恒主题的自我矛盾。也是在这个意义上，厄普代克对他那位前辈作家的改写在很大程度上也是"戏仿"，是一种去浪漫化的戏仿。

---

①② James A. Schiff, *John Updike Revisited* (New York: Twayne Publishers, 1998), pp. 88—89.

一、游离在欲望与信仰之间：《全是星期天的一个月》中牧师的故事

《全是星期天的一个月》是厄普代克“《红字》三部曲”中的第一部，出版于1975年。按照厄普代克自己的说法，他对此书用心很多，写得也很顺利、很快，自认为是一本不错的小说。[①] 他也非常明确地挑明此书与《红字》的关系，认为它们都涉及了同一个题材：通奸，并且指出《全是星期天的一个月》是对《红字》的一种戏仿，或者变体。[②] 除此以外，厄普代克关于这本书说的最多的是有关宗教方面的内容，尤其是与巴特神学的关系，如果说要找一个贯穿全书的主线的话，那么在他看来，这条主线就是“巴特神学的展示”。[③] 用他自己的话说，书中主人公牧师马斯费尔德是一个心怀信仰的人，但不是那种一心只做“好人”的人。他是一个牧师，同时也是一个通奸者，因此，一个自然而然的问题是，这样的牧师诱惑受众的故事到底要说明什么？厄普代克并没有提供明确的答案，但显然他所谓的“巴特神学的展示”与这个问题有内在的联系，至少他是有意想通过这个牧师通奸的故事来表明他的一种巴特式的神学观点，同时他也指出马斯费尔德的故事也是很多美国人的故事，换句话说，他并不只是在创作一种寓言似的小说，现实始终是他的笔牢牢触及的东西。当然这样的结果，就像他自己所说的那样，使得这本小说很有点“刺目”，“让人难以接受”。[④]

小说出版后的反应似乎也印证了厄普代克自己的说法。评论反应平淡，很多持批评态度，且言词激烈，认为这部小说是一个富有才华的作家的“自我放纵”，“让人失望”，[⑤] 大多批评是针对厄普代克塑造的马斯费尔德牧师形象，有些是不满意小说中过多过细的性描写，而小说把性与信仰放在一起的写法则激起了一些论者的愤怒。另一方面，也有一些论者认为这本小说是厄普代克最好的作品之一，内容丰富，意义深刻。持这种观点的论者并不多，但至少说明这是一部值得注意的作品。

---

①②③④ James Plath, ed. *Conversations with John Updike* (Jackson: University Press of Mississippi, 1994), pp. 74, 178, 75.

⑤ James A. Schiff, *John Updike Revisited* (New York: Twayne Publishers, 1998), p. 89.

小说大部分内容用第一人称叙述，而且使用了日记体形式，日记的主人是马斯费尔德牧师，记述的内容是他如何与自己教堂里的两个女人通奸以及他自己的家庭背景和恋爱过程的故事。故事开始时，马斯费尔德牧师生活在亚利桑那州沙漠中的一个地方，因通奸丑闻抖搂出来后被教会机构流放到这里，算是一种惩罚，要求他在这个人烟相对隔绝的地方思过忏悔，记日记则成为了他“心灵治疗”的手段。马斯费尔德似乎并没有表示出多少忏悔的意思，相反，倒是极其详细地记录了他与两个女人往来，或者说互相诱惑的过程，其语气充满讽刺、甚至搞笑，但也不乏真诚情感的流露，或者干脆是反讽与真实描述搀和在一起，很难分清楚他说的是真还是假。这也表现在叙述人称的变化中。第一人称有时突然变成了第三人称，反讽文体也随之变得客观冷峻，语言的变化也是变化莫测，一会儿是拗口的类似维多利亚时代的语言，一会儿又转成口语体，甚至是布道体。小说共有三十一章，有四章的内容像模像样的布道，而且是均匀地插在中间，每隔六七章就会出现一篇布道，当然布道者也是马斯费尔德本人。马斯费尔德似乎在心中有一个明确的叙述对象，那就是他忏悔住所的女主人白兰太太（显然，这是暗指《红字》中的海斯特·白兰），所有的话都是讲给她听的，同时，读者也是直接的叙述对象，有很多次他直截了当地表明要和读者进行交流。有意思的是，马斯费尔德不仅没有表示出忏悔的意思，而且他的叙述本身就是一种诱惑，对白兰太太的诱惑，同时也是对读者的挑逗，小说结束时，他终于达到了目的，把白兰太太拥入怀抱，同时也完成了对读者的挑逗——读者自始至终也弄不清他的真实意图是什么，但成为了他所经历的各个诱惑过程的见证人。

与厄普代克的其他作品相比，这是一个文体实验意味很浓的文本，有些论者认为它充满很多后现代写作手法，厄普代克自己也说过他写作这本小说是一个很大胆的举动。[①] 他在这本小说中进行的文体方面的实验，尤其是语言方面的变化也暗含了对《红字》的戏仿和反讽。厄普代克学者斯基夫认为这是对霍桑在《红字》中刻画的丁姆斯代尔形象的颠覆和反拨。[②] 出现在《红字》中的丁姆斯代尔是一个没有多少机会说话，很多

---

① James Plath, ed. *Conversations with John Updike* (Jackson: University Press of Mississippi, 1994), p.74.

② James A. Schiff, *John Updike Revisited* (New York: Twayne Publishers, 1998), p.90.

时候沉默不语的人物，偶尔有几次公开布道也都是言不由衷，这构成了霍桑含混、模棱两可叙述语体风格的主要因素。而在厄普代克的笔下，暗指丁姆斯代尔身份出场的马斯费尔德则完全是另一种样子，不仅被赋予了完全的说话的权力——日记体是一个最好的例子，而且还非常雄辩、滔滔不绝、直抒胸臆，小说各种文体的使用也充分说明了马斯费尔德的语言天赋。丁姆斯代尔的沉默寡言和含混的语言特征表明了他内心经历的痛苦和“自我的分裂”状态，①语言仅仅是其内心状态的外部表现，作为读者我们只能通过那些意义模糊的话语来揣测他内心的矛盾和冲突，相比之下，在厄普代克的这本小说里，语言和文体的变化让马斯费尔德把自己的想法托盘而出，使得读者能直接面对马斯费尔德的内心活动。当然，这仅仅是厄普代克与霍桑相关的一个方面。

厄普代克要颠覆的不单单是语言和文体方面，更重要的是霍桑在《红字》中表现的主旨，即上帝与自我、灵与肉、身体欲望与宗教情怀的冲突和矛盾，在霍桑那里，这些矛盾是与生俱来的，是文化和自然的矛盾，是不可克服的；而在厄普代克这里，霍桑对待这种矛盾的态度同样遭到了颠覆：身体欲望和宗教情怀是可以合而为一的，这是马斯费尔德费尽心机写成的日记里要说的最重要的话。斯基夫认为这部小说的一个中心主题是行为道德准则和自我感觉，或者说是道德和欲望之间的冲突。这也就是厄普代克自己经常提到的“做一个好人和好”(to be a good person and goodness)②之间的矛盾。显然，把这样的冲突作为中心主题符合“巴特神学的展示”的目的。巴特强调的信仰超越道德的唯信论宗教观念可以说或多或少在厄普代克颠覆这种冲突的企图中得到了表现。一些评论者也充分注意到了这种颠覆的存在。斯基夫指出：“丁姆斯代尔的犹疑迟决和马斯费尔德的滔滔雄辩反映的不仅仅是霍桑阴郁、压抑的浪漫主义和厄普代克直接、坦诚的现实主义间的区别，更重要的是身体和灵魂间的内心战争。丁姆斯代尔把秘密和激情深深地掩埋在心中，结果是其受卡尔文思想影响的心灵摧毁了身体，而在马斯费尔德这边，他(厄普代克)却让身体和灵魂走向了一体。”③另一位厄普代克研究专家葛雷纳也持同样

①② James Plath, ed. *Conversations with John Updike* (Jackson: University Press of Mississippi, 1994), pp. 74, 50.

③ James A. Schiff, *John Updike Revisited* (New York: Twayne Publishers, 1998), p. 90.

的观点，而且进一步指出，支撑马斯费尔德行为的是巴特的神学，这当然是印证了厄普代克自己的说法。但葛雷纳也看到了马斯费尔德身上的矛盾，并由此提出了一个问题："但是，让马斯费尔德感到麻烦的是灵魂的需要和身体的期待走向一体时遇到的困难。"[①]葛雷纳认为困难的实质在于他是一个通奸者："总而言之，他是一个通奸者"。[②]这个评语应该说是入木三分，一针见血。一方面，"通奸"主题说明了厄普代克与霍桑间的渊源关系；另一方面，就厄普代克来说，这触及到了他的宗教观念和写作原则："通奸"这个在美国文化中与宗教观念密切关联的传统主题为他提供了阐发自己对宗教的看法的场所，但是同时，"通奸"本身是一个现实的、实际的、与普通家庭尤其是中产阶级家庭相关的时代话题。马斯费尔德尽可以从信仰的角度来为自己的通奸行为做样那样的辩解，但他始终不能否定的一个基本事实是他是一个通奸者。换言之，他可以通过信仰让自己获得身体和灵魂的解放，但他无法摆脱与现实的矛盾。从这种意义上说，葛雷纳提出的问题也正是厄普代克要表明的小说的真正主题。

厄普代克所谓的"巴特神学的展示"在《全是星期天的一个月》中首先表现在马斯费尔德对道德的蔑视和嘲笑中。马斯费尔德自称是巴特的信仰者，他并没有在理论上谈多少巴特的神学，但从他的言行中，我们似乎可以感觉到他时时有意无意地在践行巴特的宗教观念。在对比自己与妻子简的不同时，他说："她是一个自由派者，很讲道德，心肠软，我是一个巴特信仰者，心肠很硬。"[③]他所谓的"心肠很硬"指的是对现实道德的蔑视。一个常常被评论者引用借以说明他这种"硬心肠"的例子发生在小说的第七章里，在这个场景中，厄普代克充分发挥了他揶揄搞笑的天才，把马斯费尔德与简恋爱过程中的调情欢爱和简的父亲、马斯费尔德所在神学院伦理学教授的授课并置在一起：

> 到了春天，我们已经上到了格洛休，……随着现代伦理学在齐林沃斯（简父亲的名字，暗指《红字》中的齐林沃斯）的嘴里嘟嘟囔囔地展现开来时，我也经历了诱惑他女儿的快乐，这个同步进行的行为似乎成为了这门课的一个注脚。我们是在讲授霍布斯的现实主义时相遇的，那感觉就像是在英国气候宜人的阳光

---

①② Donald Greiner, *John Updike's Novel* (Athens: Ohio University Press, 1984), p.163.

③ John Updike, *A Month of Sundays* (Greenwich, Connecticut: Fawcett Publications, Inc. 1974, 1975), p.61.

中，互相击球玩，无拘无束，并且约定要成为同伴继续下去。等到我们下一次约会时，休谟正在那里咆哮“应该”和“正当”，边沁则在试图用最大化原则构建享乐主义。我们第一次吻发生在学斯宾诺莎期间，那种喜悦真是撩人……当康德试图用绝对命令这些伦理学概念来减弱理性主义时，简让我把手伸进她的毛衣里抚摩她的乳房。到了讲黑格尔把道德和国家的要求融为一体这种荒谬的理论时，我的手在她的胸罩里躁动不安，我可以被允许摸遍她的全身包括下身。[①]

马斯费尔德是简的父亲伦理学课上的学生，他不喜欢这门课，从心底里厌恶这种“学术宗教”，[②]认为从这些所谓的伦理学理论里看不出什么信仰的存在，它们只是让人满足于现状而已。显然，他是在把这些伦理学理论同巴特的信仰神学进行对比，与其纠缠于这些道德条条，还不如实实在在地关注自我的存在，于是与教授女儿的交往成为了他修这门课的唯一收获。用身体及其欲望来对抗道德成为了马斯费尔德超越现实、彰明信仰的手段。如果考虑到马斯费尔德的原形是丁姆斯代尔，那么很明显，厄普代克的用意是要通过前者说出后者被压抑的声音。传统道德层面中对身体的鄙视和厌恶在马斯费尔德的行为中遭到了挑战和颠覆，身体变成了颂扬的对象；如果说信仰是源泉，提供精神上和教义上的支撑，那么落实在具体现实中，身体则成为了信仰的直接的象征，这构成了对传统道德的最大的反拨。简的身体不仅让马斯费尔德也让自然本身惊诧：

站在这里的是一个事实，5.7英尺高，从脚跟到臀部，从腰围到头顶，身体各个部分是那么地富有变化，奇妙无比。窗户开着，晚风和亮光进来，也惊诧不已。[③]

需要指出的是，马斯费尔德对简的身体的赞叹是相对于他对其父教授的伦理课和他所代表的传统道德的不满而言的，换句话说，这种赞叹更多的是在思想意识包括宗教意识层面上的表示，尽管马斯费尔德颇为详尽地描述了他和简如何在其父书房的楼上欢爱偷乐的过程，但从读者的角度看，尽可以把这看成是男女恋爱的自然过程而已，也就是说，在这个时候马斯费尔德并没有涉及“通奸”，他并没有和道德发生实际冲突。

厄普代克当然不会只是在这个层面上来讲述马斯费尔德牧师的故

①②③ John Updike, *A Month of Sundays* (Greenwich, Connecticut: Fawcett Publications, Inc. 1974,1975), pp.63—65.

事。与霍桑一样，现实及其矛盾始终是厄普代克关注的中心。马斯费尔德卷入的通奸起因很简单：中产阶级婚姻生活的厌倦。结婚、成家、生子，简成为了家庭妇女，变成了一个"他者"，[1]一个性冷淡的女人，马斯费尔德似乎很难再能从她身上找到曾经有过的冲动了，他不得不靠想在简和教堂中的另一位年轻牧师间制造某些绯闻这样近乎怪诞的行为来给自己寻找一点刺激。当然，最好的刺激是自己直接成为绯闻的实践者。他先是和教堂里的女风琴师走到了一起，然后又投入了另一位女教民的怀抱。与这两个女人的关系构成了马斯费尔德的婚外恋史，而更重要的是，在叙述婚外性关系同时，他并没有忘记阐释自己的宗教见解。这两者相互依承，构成了马斯费尔德日记中一道独特的风景线。

与女风琴师爱丽思的交往给马斯费尔德沉闷、抑郁的婚姻生活注入了一剂强心针。同简在一起，他就像是在履行一种规定好的仪式，无聊但不得不做，和爱丽思在一起，马斯费尔德像是进入了自由世界，感觉是那么地无拘无束，色彩缤纷；有意思的是，他的自我表述用的是一种宗教式的语言："床上的爱丽思带来的是启示(revelation)，"[2]是一种"狂喜、心醉神迷（ecstatic）"[3]似的感觉。他是在暗示人与上帝同在时的感受和心境？对此他并没有什么明确的表达，但从他使用的语言，尤其是前面提到过的他拥有巴特似的"硬心肠"的宗教情怀来看，这种可能性是完全存在的。也就是说，他只是在借用性爱带来的身体的感受表明信仰要传递的意义，就像身体是实实在在的一样，信仰也是确确凿凿，用不着遮挡，更用不着压抑；相对于《红字》中，海斯特和丁姆斯代尔只能在森林中偷偷地表示一下有限的激情，马斯费尔德与爱丽思的来往尽管也是一种"偷鸡摸狗"似的行为，但他的表述之直接与赤裸恐怕是海斯特和丁姆斯代尔（霍桑）这样的"前辈"所不敢、也不能想象的。马斯费尔德极尽其牧师之语言功夫之能事，把他与爱丽思的欢爱过程淋漓尽致地描述在他的日记中，这当然也是厄普代克的一贯手法。批评家乔治·斯坦纳指出，从宗教主题的角度说，"欲望与情爱给厄普代克提供了一种基本的核心"，[4]他这样评

---

①②③ John Updike, *A Month of Sundays* (Greenwich, Connecticut: Fawcett Publications, Inc. 1974,1975), pp.72, 43.

④ George Steiner，转引自 Donald Greiner, *John Updike's Novel* (Athens: Ohio University Press, 1984), p.164.

述厄普代克笔下的宗教与情爱的关系：“通过从身体角度到语言层面的性爱的详尽描写，厄普代克找到了一个中心，一种充分表达其艺术的手段。其高明之处是，辛辣与反讽的结合：在那些一般的作家那里不当一回事的东西，在他这里成为了严肃的主题。性爱场面越是强烈、越是动作繁多，作品就越表现出情绪的紧张和对轻易解释的鄙视。情欲主题对一个严肃艺术家而言是苦行者的追求……他小说中的情欲主题已经成为用激进的神学观看待美国社会状况的一篇长长的序言。”[1]用情欲主题来阐释神学观点不能不说是“激进”的，但同时不能不注意的是这种表达方法背后始终存在的反讽意味，也就是斯坦纳说的“辛辣和反讽的结合”。马斯费尔德用“游戏(play)”一词来表述他和爱丽思的性爱交往，而爱丽思的身体也成为了马斯费尔德崇拜的对象，从这种纯粹的性爱交往中，他得出的一个结论是“性是可以带来愉悦的(sex can be fun)。”[2]这句话的一个诉诸对象是霍桑在《红字》中暗示的“性”的暧昧和两重性以及由此导致的灵与肉的冲突，在霍桑那里被压抑的身体的欲望在厄普代克这里得到了颂扬，但与此同时，这种颂扬也开始脱离精神的羁绊走向了对身体的纯粹的赞颂。换言之，宗教的情怀被欲望的冲动掩盖乃至代替，以至逐渐隐身于后台直至消失殆尽。这正是厄普代克反讽笔法的微妙之处，用一位评论者斯特朗博格的话说，这是“厄普代克式的基督教享乐主义”。[3] 一方面是以信仰为核心的宗教精神的执著，另一方面是以(身体的)愉悦为中心的欲望冲动的释放和颂扬，问题是这两者能维持平衡吗？即便如此，又能持续多久？当马斯费尔德在爱丽思的身体中获得欲望的释放时，他心中的信仰还存在吗？

这样的问题本身可能就有违于马斯费尔德的信仰，因为在这个问题里“信仰”与“身体”被分成了两部分，而这有悖于马斯费尔德(厄普代克)的逻辑。在小说中，紧跟着描述他与爱丽思交往的一章是他的一篇自白式的布道，用一个牧师的口吻，或者说用宗教的语言为其行为进行了申

---

① George Steiner，转引自 Donald Greiner，*John Updike's Novel* (Athens：Ohio University Press，1984)，p.164.

② John Updike，*A Month of Sundays* (Greenwich，Connecticut：Fawcett Publications，Inc.，1974，1975)，p.49.

③ Victor Strandberg，“John Updike and the Changing of the Gods”，in William R. Macnaughton，*Critical Essays on John Updike* (Boston：G. K. Hall & Co.，1982)，p.181.

辩。他先是讲述了《圣经》中耶稣对一个有过通奸行为女人的宽恕的故事,以此说明上帝对人之爱,接着又罗列了多个《圣经》中出现过的通奸的例子,说明对我们人类而言通奸是"一种根深蒂固的条件"。[①] 针对耶稣说过的谁要是看见一个女人进而想她就已经在心里意淫了她的话,马斯费尔德牧师反问道:"但是只要有眼睛看得见的人,谁又不会这样意淫?"[②] 显然,马斯费尔德(厄普代克)在这里充分显示了他颇为"激进"的宗教思想,实际上,这个问题更多的是针对美国社会的现实而提出的。在接下来的同一篇布道中,马斯费尔德(厄普代克)干脆直截了当地把通奸放到现实矛盾中进行剖析,以说明其存在的必要。在引述了耶稣关于婚姻是神圣的话后,他又援引了保罗的一句话:"因此男人应该像爱他们自己的身体那样爱他们的妻子。"[③] 同样,马斯费尔德又提出了一个问题:"但是大部分男人并不喜欢他们的身体,这是确切无疑的。身体是什么,不就是精神可以在其中淹没的沼泽地吗?而婚姻又是什么,那个被认为是严密无缝的圆圈,不就是一口深井,男人和女人在井中瞭望太阳,那个远在天边的亮闪闪的圆圆的东西,自由的无望。"[④] 接着他又把这种很有点玄思意味的讨论引到美国社会的现实中:

> 让我们离开圣篇来到我们自己的世界中。请问,现代美国男人是从什么地方获得其自我价值的,不是从拼命挣钱养家,而是从作为一个富有浪漫气息的牧师、一个颇有男性魅力的骑士、一种象征、一个英雄的角度而言?从通奸中。再请问,美国女人,那些被家务劳累和身边贪得无厌的孩子折磨得脑子空空如也的女人们,她们是从哪儿获得其果断决定的勇气、分辨是非的能力——她们的尊严的?从通奸中。那些男男女女的通奸者来到其幽会地时,完全剥去了社会加在他们身上的虚假的外衣,他们不是听了什么人的话而来的,而是自觉自愿来的,不是因为什么信条,而是上帝赋予其的信仰,也就是永无满足的自我和可以使用的性器官。他们为了爱、心怀着爱,在爱中相遇,他们在没有被这个世界的智慧污染的荣光中战栗,他们是真正的带来光明的孩子……[⑤]

把"通奸者"说成是美国社会真正的男人和女人的代表,这当然是一种讽刺,讽刺的对象是那些被物质生活掏空了生命意义的当代人的精神窘态,但另一方面,这段针对现实的文字同时也含有强烈的超越现实的意

---

①②③④⑤ John Updike, *A Month of Sundays* (Greenwich, Connecticut: Fawcett Publications, Inc., 1974, 1975), pp. 56—58.

味；我们在这段文字中读到的不仅是对当代美国生活的讥讽，更多的是对“通奸者”的颂扬——他们被认为是心怀真正的爱的光明使者，如果我们从超越现实的角度来看这种颂扬，马斯费尔德（厄普代克）实际上是在赞颂一种真正的男女关系或者说是欲望和身体的关系，一种真正的合而为一的关系，而这样的关系也是马斯费尔德在布道中提到的耶稣所谓的夫妻关系的神圣性所在。于是，在讥笑讽刺的同时，“通奸”脱离了现实道德的范畴，被转化成了“自由”的代名词，信仰和身体在这里走向了一体。马斯费尔德也正是在这个意义上试图为他与爱丽思的交往辩护的，而这种辩护的实质仍然在于他坚信的巴特式的信仰观，换句话说，他与爱丽思的交往在很多程度上被他看成是他宗教观念的体现，而这可以说是厄普代克要进行的他心目中巴特式神学的展示。

在第二篇布道中，马斯费尔德因此专门讲述了耶稣与信仰的关系，以此证明信仰的神奇。耶稣拥有创造奇迹的本领，比如，在水上行走，把死人救活等，在马斯费尔德看来，这是因为他拥有信仰。他援引耶稣的话说：“如果你们拥有哪怕只有芥末籽那么一点的信仰，那么你们就可以搬开大山，没有什么对你们来说是不可能的。”[①]显然，马斯费尔德是在做一种自我辩护似的表白，这也似乎应成为他实际行动的指南。但实际情况却恰恰与他的自我表白不相一致，甚至背道而驰。在他极力为与爱丽思的交往进行宗教式超验层面上的申辩后不久，现实生活中的他已经开始疏离这位给他带来心灵“启示”和“狂喜”的女风琴师，表面上是因为爱丽思在教堂里不怎么听他的指挥，而且还有与另一位年轻牧师来往的嫌疑，实际上是因为他把身体的欲望转而投向了哈罗太太，一位因为与丈夫不合而到他这里寻求帮助的富家太太。哈罗太太虽没有像爱丽思一样给他带来“启示”的感觉，但她的身体与爱丽思一样让他不能不心醉神迷，而更有意思的是，他能感觉到作为牧师，他发挥了作用，因为他给由于婚姻生活的厌倦而感到生活无聊的哈罗太太带去了活力和生气。与爱丽思不同的是，哈罗太太是一个与马斯费尔德一样有信仰的人，不幸的是，马斯费尔德因此不能获得他与爱丽思交往中经历过的身体的“愉悦”。在与哈罗太太在一家汽车旅馆的幽会中，他为了获得身体的愉悦，甚至极力劝说哈

---

① John Updike, *A Month of Sundays* (Greenwich, Connecticut: Fawcett Publications, Inc., 1974, 1975), p. 127.

罗太太扔掉信仰。在哈罗太太提到很多人都持有信仰时，他说：

“这太荒唐了，”我说。“而且一直就这么荒唐。在历史上犹太人曾是一个可怕的沙文主义思想严重的部落。后来，一些狂妄自大的年轻人来到他们中间，对他们说，嘿，看着我。于是就有那么一些人这么做了。然后……我们不知道后来发生了什么，没有人知道，我们知道的只是罗马帝国变得腐烂不堪了，一只神秘的宗教派别开始出现，压倒了别的派别。那个时候的人就像现在一样混杂——也就是说任何一个派别在那个时候都有可能凸现。这他妈的东西现在还在我们中间。它仅仅是一种体制而已，佛兰奇(哈罗太太)亲爱的。这是一个骗局，相信我。那些话都是空话。面包就是面包。世界上最大的销售空洞卡路里的力量—耶稣基督。它是什么，佛兰奇？去垢剂？除臭剂？它是做什么的，佛兰奇？这个无踪无影，无臭无味的东西。”①

这样一段对基督教讽刺挖苦的话出自一位牧师之口，即便是像马斯费尔德这样的无视教规教义的“硬心肠”的牧师，也会让人惊诧不已。此前，他还在极力赞颂耶稣的信仰，而现在面对佛兰奇赤裸的身体，他却把耶稣同骗子相提并论。这也是因为他心中有着信仰，所以可以这样无所顾忌，或者说厄普代克在这里再一次使用了他惯用的反讽手法？批评家贾德纳看到了这一点，同时也发现了问题：

他小说的表面现象和深层意义间的区别令人难以捉摸。对一般的头脑简单的读者而言，像《全是星期天的一个月》这样的小说只是一本讲述一个喜爱交媾的牧师、充斥资产阶级色情欢娱画面的书，而对一个眼光锐利的读者来说，他也许能看出其中的讽刺意味，对虚假宗教的颇有心计的攻击，这样的讽刺如果不是暧昧的，但却会让人感到厌倦。因为这种反讽——原本是要达到讥讽的目的——在表面上很难察觉到，因为这本小说可以很容易被读成是一则新正统长老宗式的异端邪说，所以人们不禁要为厄普代克的意图担忧了。②

贾德纳的担忧也许只是他个人的判断，因为另有一些论者认为厄普代克在这部小说里表现了他最好的一面。但是值得我们注意的是贾德纳提到的厄普代克式讽刺的“暧昧”之处，一方面，这种讽刺手法为马斯费尔

① John Updike, *A Month of Sundays* (Greenwich, Connecticut: Fawcett Publications, Inc., 1974, 1975), p. 184.

② John Gardner，转引自 Donald Greiner, *John Updike's Novel* (Athens: Ohio University Press, 1984), p. 176.

德这样的唯信仰论者提供了摆脱或者是颠覆“虚假宗教”羁绊的武器，这里所谓的“虚假宗教”其实际指向就是现实中的道德规范，宗教在很大程度上是道德的本源，构成了道德的基本内容，但这对于马斯费尔德这样的巴特信仰者来说是不能接受的；另一方面，这样的讽刺本身也道出了马斯费尔德类人物信仰的“虚假”之处，巴特唯信论的核心是对耶稣基督的信仰，[①]耶稣是道德的超越者，但同时也是遵循道德的榜样者。对耶稣的信仰不仅是对其表现的奇迹本领的信仰，更重要的是对其从死到活的复活过程的信仰。[②] 后一种信仰是宗教区别和超越于现实的一个主要条件。但在马斯费尔德这里，巴特的基本原则似乎不再存在了，耶稣被抛在了一边，信仰遭到了嘲弄，他甚至要求哈罗太太相信，他本人也只是一个骗子而已，他们最终是要死的，并没有得救这回事，所有这一切仅仅是为了他身体欲望的释放。我们或许可以说，从反讽的角度看，这恰恰说明了信仰的重要性，可是从马斯费尔德的自我表白以及希望拥有哈罗太太身体的迫切心态这个基本事实来看，我们似乎又不得不相信，对此时此刻的马斯费尔德而言，身体远比信仰要重要得多，身体近在眼前，信仰却是远在天边。信仰和身体面临分道扬镳。这也正是贾德纳的担忧所在（其实，也是厄普代克要表明的信仰面临的矛盾）

不但是论者如贾德纳有这种担忧，小说中马斯费尔德的搭档，年轻牧师奈德也有同样的感受，并且认为马斯费尔德的问题是他心中的巴特本质上是一种“无神论”。在一次同马斯费尔德的谈话中，他非常明确地指明了这一点：“你知道，你和巴特的那种东西……我在神学院时，他们也让我们读过他的东西。印象挺深的，不像那些现代派那样一味奉承……但是过了一段时间后我知道是什么原因了。那是无神论。巴特用他的那种观点把所有的自由派的、综合派的神学家都掀翻在地……那只是一种戏法而已，汤姆。其实什么也不是，只不过是进入空洞的狂喜。那种上帝是绝对的不可知的他者论调。它迎合的是绝望的情绪。我倒是觉得蒂利希(Tillich)和布尔特曼（Bultmann)更应值得尊敬，是的，他们兜售的都是与身边有关的事，但是在他们说了他们要说的东西以后，总有一些东西

---

① Paul E. Capetz, *God*: *A Brief History* (Minneapolis: Fortress, 2003), p. 136.

② Martin Luther, “The Freedom of A Christian”, in Wayne A. Meeks, ed. *The Writings of St. Paul* (New York & London: W. W. Norton & Company, 1972), p. 121.

留了下来,他们说有那么一些东西,你没有看见吗?”[①]马斯费尔德当然不能接受奈德对巴特的指责。他的回答是:“我所知道的是,当我读蒂利希和布尔特曼时,我有一种被淹没的感觉,而读巴特则给了我需要呼吸的空气。”[②]奈德是属于那种自由派思想的牧师,他对巴特的不满只是因为神学倾向不同,并不能涵盖巴特神学的全貌,但是他指出了马斯费尔德接受的巴特神学的要点:唯信论和上帝是他者的论调。前者让马斯费尔德可以时刻用超越现实道德的姿态来为自己的行为申辩,后者则让他拥有了充足的理由来走自己的路;既然上帝不可知,那我们就有自由来表达自己的欲望,即便是与邪恶沾上了边,那也是很正常,更何况信仰总是会引导我们走向上帝。奈德似乎是看穿了马斯费尔德的内心逻辑。紧接着他的回答,奈德说道:“对了,那些孩子说的用大麻和海洛因的理由就跟你说的差不多。你和他们的共同点比你自己知道的还要多。你们都深信存在着另一个世界,比这个要好得多。你知道吗,他们最后都会朝向什么地方?他们都朝向了耶稣。”[③]奈德把马斯费尔德同吸毒者相比尽管有点刻薄,但不无道理,正像他所说的,他们最后都会用信仰来解释和证明自己行为的正当。马斯费尔德说不出多少反驳的话,只能回答说奈德的说法让他很沮丧。

可以说,奈德对马斯费尔德的讥讽一针见血,触及到了他言行中不能回避的自我矛盾。这也正是厄普代克式反讽笔法的微妙之处。马斯费尔德尽可以说奈德不懂巴特,但实际情况是在很多时候巴特的的确确变成了他用以解释和证明自己行为正当的工具。换言之,巴特成为了一种“应用的宗教”。[④] 我们可以从他对现实的态度和解释中看出这种隐含的逻辑。在奈德看来,马斯费尔德巴特式神学观的一个结果是他对现实漠不关心,但马斯费尔德并不同意。他只是与奈德的政治观点不相一致而已。奈德认为美国打越战是为了经济利益,而在马斯费尔德看来,经济利益总

---

①②③ John Updike, *A Month of Sundays* (Greenwich, Connecticut: Fawcett Publications, Inc., 1974,1975), pp. 108—109. 厄普代克在自传中也表达过类似的意思,见 John Updike, *Self-Consciousness* (New York: Alfred A. Knopf, 1989), p. 98. Tillich:保罗·蒂利希(1886—1965),德裔美国基督教神学家,主张从哲学人文科学角度研究神学,Bultmann:鲁道夫·布尔特曼(1884—1976),德国神学家,主张用存在主义哲学研究《圣经》。

④ Karl Barth, *The World of God and the Word of Man* trans. Douglas Horton (London: Hodder & Stoughton, 1935), p. 24.

比要让越南在共产主义统治下要好，同样他也非常憎恨二十世纪六十年代的反战和平游行活动，认为那只不过是各种利益之间的钩心斗角。值得注意的是，马斯费尔德认为他的这种“政治观点”源于巴特的教导。他引述巴特的话说：“‘基督徒在社会中除了遵从上帝的旨意还能做什么？’而上帝在这个世界要做的也就是恺撒做的事。”[①]后半句话是他自己对巴特问题的回答。显然，他在这里暗示耶稣曾经说过的，把上帝的事还给上帝，把恺撒的事还给恺撒，也就是说，上帝和恺撒各自做各自的事。在马斯费尔德看来，这也正是巴特辨证神学——上帝不可知论和上帝慈爱论（也就是厄普代克所谓的巴特神学的“是”和“不”两个方面）——的要点所在，“恺撒”指代的是现实世界，而这个世界是上帝出于对人类的无限之爱而创造的，所以面对着世界本身就是面对着上帝，做现实中应该做的事情也就是做上帝要求的事情。而对马斯费尔德来说，美国应该做的事就是符合美国利益的事，这不是一种简单的推论，而是关于上帝的神学观念的衍变——信仰上帝就要信仰这个上帝创造的世界，马斯费尔德面对的世界就是美国，因此维护美国的利益是最天经地义的事了。这样一种简单得近乎天真的联系在马斯费尔德这儿似乎并没有什么矛盾。他需要这样一种自我解释的逻辑。

《全是星期天的一个月》真正涉及现实生活的描述并不多，偶尔涉及的地方也都是采用了侧面映射的手法，如这里提到的马斯费尔德的“政治立场”，而且往往对现实的描述也只是宗教观念（马斯费尔德的角度）的变相表述。贾德纳认为整本小说读起来就像是一篇布道，这样的评语其实并不为过。在故事临近结尾、马斯费尔德快要结束他的日记的时候，他又一次用布道的方式阐明其宗教信仰，讲述信仰的重要性，而这一次，他要践行的仍然离不开诱惑（通奸），对其所在忏悔居所女主人白兰太太的诱惑。最终，白兰太太投入了他的怀抱，而他也以这种“人（体）的接触”[②]回应了教会对其忏悔的态度。这样的结尾方式显然也是对《红字》的一种回应，霍桑让海斯特和丁姆斯代尔天各一方，作为其行为的代价，厄普代克让马斯费尔德拥有了他心目中的圣女——集简的纯洁、爱丽思的性感和哈罗太太的信仰于一体的女人，以说明信仰和身体的共同解放和合而为

①② John Updike, *A Month of Sundays* (Greenwich, Connecticut: Fawcett Publications, Inc., 1974,1975), pp.108, 271.

一。但是，具有讽刺意义的是，马斯费尔德关于白兰太太的故事很可能只是一种想象，一种一厢情愿的白日梦，因为我们读到的只是他自己的描述，白兰太太自始至终没有说过一句话，开过一次口。她只是一个模糊的形象而已。从这个意义上说，厄普代克到底在多大程度上实现了对霍桑的颠覆成为了一个问题，而更重要的是，马斯费尔德孜孜以求的超越现实以达到信仰和身体的统一的努力最终也只是一个泡影而已。其实，此前他自己的叙述早已说明了这个问题。这恐怕也是厄普代克想说明的当代美国的问题：信仰和现实的脱节。问题是对很多人而言，就像马斯费尔德一样，他们采取的是兼而有之的态度，至少在形式上如此，尽管因此矛盾不断。这也是三部曲中的其他两部要涉及的内容。

二、通过“罪恶”之路的拯救：《罗杰的版本》中的颠覆和反讽

《罗杰的版本》是厄普代克“《红字》三部曲”的第二部，出版于1986年。在“三部曲”中，这部小说是篇幅最长的，按照厄普代克研究专家斯基夫的看法，也是分量最重的，最难阐释的。厄普代克自己在解释创作这部小说时说：“有人一直指责我的小说没有思想，所以我想我要写出一部有点思想的小说来。”[①]确实如此，这是一部充满“思想”的小说。这里所谓的“思想”并不是一般意义上的作品的思想，而是指人物在小说中讨论的内容之一，如关于上帝的存在和宇宙的产生等神学意义上的思想内容，这是厄普代克小说中经常出现的内容，也是其“《红字》三部曲”中的主要话题，上帝与宗教是贯穿整个“三部曲”的主线。不同的是，在这部小说中，宗教内容与“科学思想的”讨论并行展开，小说的三分之一篇幅放到了这种“科学思想”的展示上，涉及化学、物理、数学、计算机、生物、DNA等方面的学科，而且内容之深、之细、之广，以至会让人忘掉是在读一本小说。显然，厄普代克为了让这本小说有点“思想”着实是下了一番功夫。当然，这种“科学思想”的落脚点还是在于宗教，也就是说，在涉及宗教方面，小说展现了两条发展线索，一条是神学的，另一条是科学的，这两条线索分别由小说中两个主要人物罗杰和代尔来展示，前者是大学神学教授，后者是学计算机的学生，这两个人关于神学的不同观点、争论、对话构成了小说的一半内容，而另一半内容则是与这两人有关的“通奸”或者说性（爱）故事。正是在这个方面，小说与霍桑的《红字》建立了某种联系。与叙述科学观点时那种细致、深入的笔法一样，在描述与性相关的场面时，厄普代克同样也让读者看到了逼真、细腻的画面。斯基夫评述道，这部小说会让读者分成两个阵营：一部分读者会认为这是一部激荡思想的作品，而另一部分读者则会认为这是“一部冷漠的、让人沮丧的，充斥与色情描述无甚差别画面的，在思想和文字上虚张声势”的小说。[②] 这样的评语应该

① James Plath, ed. *Conversations with John Updike* (Jackson: University Press of Mississippi, 1994), p. 187.

② James A. Schiff, *John Updike Revisited* (New York: Twayne Publishers, 1998), p. 95.

说是很有见地，一方面概括了厄普代克“《红字》三部曲”的总体风格，另一方面也道出了其创作这个系列小说的初衷——对《红字》的续写和改写。

《罗杰的版本》的故事发生在美国东北部的一个城市里。罗杰·蓝波特是一位大学神学院教授，开设基督教历史上早期异教思想的课程。小说中另一位主要人物是一个名叫代尔·考勒的年轻人，他是罗杰所在大学中计算机系的研究生。他试图通过计算机模拟实验证明上帝的存在，为此来找罗杰并希望通过他在神学院获得一笔资助。自称是巴特神学信仰者的罗杰对代尔的想法嗤之以鼻，小说的大半内容讲述了这两个人之间的争辩。小说的另一条线索是关于在罗杰妻子艾斯特和代尔以及罗杰和他同父异母的妹妹的女儿维纳间发生的故事。罗杰对代尔的计划不感兴趣，但罗杰的妻子艾斯特却对代尔发生了兴趣，两个人继而成为了情人。二十岁不到的维纳因怀孕有了孩子离开西部老家来到东部，一个人和才几个月大的孩子住在城市里环境恶劣的一个廉租公寓里，孩子的黑人父亲不知去向。罗杰通过代尔知道维纳的情况后，先后几次去看望了她，辅导她学习，希望获得中学毕业证书。在与维纳的接触过程中，罗杰被她洋溢着青春气息的身体所吸引，维纳轻率、充满挑逗意味的言行激起了罗杰心中的欲望。在一次帮助把被维纳殴打致伤的孩子送到医院后，回到公寓的罗杰在维纳的邀请下钻进了她的被子。小说结束时，艾斯特结束了和代尔的关系，代尔的实验并没有获得成功，身心疲惫的他要回到西部老家去，而维纳也准备和他一同前往西部。

小说与《红字》的关系既明显又微妙。小说中几个主要人物的名字与《红字》中三个主要人物有着直接的关联，代尔和艾斯特与海斯特和丁姆斯代尔形成了对应的关系，而罗杰的原型则是海斯特的丈夫齐林沃斯。厄普代克说过这部小说是要从《红字》中齐林沃斯的角度来叙述。我们确实也能从罗杰的身上发现不少齐林沃斯的影子。《红字》中的齐林沃斯是一个有着学者身份的人，同时也是一个头顶“绿帽子”的男人，厄普代克笔下的罗杰也是一个学者，而且也面临同样的妻子“通奸”的情形。此外，两人都有一双深邃的眼睛，齐林沃斯的眼睛似乎是能让他“深入(他人的)内心”，[①]探测到对方心底的秘密，他就是用这双眼睛来盯视丁姆斯代尔，窥

① Nathaniel Hawthorne, *The Scarlet Letter*, in Nina Baym et al, *The Norton Anthology of American Literature*, vol 1, 4th edition (New York: W. W. Norton & Company, 1994), p. 1280.

测后者心中的秘密，这种窥测的力量如此之强以至让丁姆斯代尔的神经几近崩溃。罗杰也有这样一双神奇的眼睛，他不仅能窥测对方的内心，而且还可以把自己的眼睛转换成对方的眼睛，用一种类似“凝视”的方式想象和追踪对方的行为。不同的是，齐林沃斯的眼睛明显地带有报复的心理，因此也被认为是“邪恶的”，而罗杰的“眼睛”却似乎并没有表现出这种明显的意图，它只是更多地起到了一种功能性作用，一种转述故事的功能。正是在这个方面厄普代克表现了他与霍桑的不同。小说采用第一人称叙述，叙述者是罗杰本人。就像《全是星期天的一个月》中的马斯费尔德一样，这样的叙述方式客观上提供了罗杰（齐林沃斯）说话的机会，当然对于厄普代克来说，不仅仅如此，更重要的是，如同前一本小说一样，在这部作品里，他要表达的一个主题之一仍然是颠覆霍桑在《红字》中表现的灵与肉分离的关系。用斯基夫的话说就是：“厄普代克解放了维多利亚式的道德观，让读者看到了霍桑只是暗示的那些东西。”[①]这一切都是通过罗杰的“眼睛”来达到的，罗杰通过想象成为了代尔的“影子”，进而把代尔与艾斯特的关系悉数交代给了读者。在《红字》中海斯特尽管对丁姆斯代尔说过他们的交往是神圣的这样很有信仰意味的话，但是叙述者（霍桑）并没有给予他们多少机会来表达他们对于“神圣之爱”的具体追求过程，作为读者，我们看到的更多的是叙述者对于已经发生的结果的描述和思考。相比之下，在《罗杰的版本》中，读者看到的是代尔（丁姆斯代尔）和艾斯特从相识到身体交往的全部过程，而这个过程是从罗杰的角度来交代的，这样的安排本身就说明了厄普代克与霍桑的“针锋相对”，它颠覆了齐林沃斯这个人物原有的形象。齐林沃斯在《红字》中是作为海斯特和丁姆斯代尔的对立面来刻画的，他的目的是要找出海斯特和丁姆斯代尔关系的证据，并迫使其承认犯下的“罪恶”，从而可以以上帝和道德的名义对其施以惩罚，相比之下，罗杰对艾斯特与代尔的交往偶尔也流露出抱怨和妒忌，但另一方面，他们间的“通奸”关系更多的是给他带来了“刺激”，在很大程度上甚至激活了他已经有点麻木的情感神经，而这一切都是通过厄普代克给予罗杰“凝视”式想象的视觉功能进行的，就像斯基夫指出的那样：“霍桑避开了丁姆斯代尔和海斯特之间激情相遇的视觉描述，而厄普代克笔下的罗杰却能紧紧地凝视住（艾斯特和代尔间的）性行为，继而

① James A. Schiff, *John Updike Revisited* (New York: Twayne Publishers, 1998), p.102.

重新激发了一种自我刺激。”[①]这不能不说是一种颠覆，同时这样的颠覆本身也是一种反讽，因为这种“刺激”最终成为了虚幻。

这样的颠覆和反讽贯穿《罗杰的版本》，成为把小说各个情节串联在一起的一条暗藏的主线，而其表现形式则仍不外乎围绕宗教情怀与欲望冲动这对矛盾展开的。我们首先可以从罗杰和代尔在宗教观念上的争辩来揭示在这部小说中厄普代克式的反讽和颠覆的意义。代尔的计划是通过数学的方式模拟上帝创造世界的过程，从而试图证明上帝的存在，并且进一步让上帝在计算机上显现出来。带着这个宏伟计划来找罗杰的代尔遭到了罗杰的一口否决，不仅如此，而且还当面表示了对这个年轻人的想法的反感：“我必须实话对你说，对你的整个想法，无论是从情感上还是道义上，我都很反感。从情感上说，因为它描述了一个在智力上被人牵掣的上帝，从道义上说，因为它分离了宗教和信仰，它让我们失去了相信和怀疑的自由。”[②]代尔是一个学计算机的学生，企图用科学的方法来达及上帝，因为他同时也是一个虔诚的上帝的信徒，深信“上帝现在已经不能再把自己隐藏起来了”，[③]与之相对的是身为神学院教授的罗杰却对此断然否定，由此产生的一个问题是：学科学的代尔对宗教很是虔诚，而研究神学的罗杰却表示了冷漠、不屑置辩的态度，因为作为巴特信徒的罗杰根本不能认同代尔这种“科学论证上帝的方法”；显然，这种观念上的不同本身也起到了一种反讽的作用，而反讽的意义则更在于在罗杰用巴特的神学观阐明自己的宗教信仰的同时，他也为自己的欲望冲动打开了阀门，换言之，巴特的理论与罗杰自己的实践形成了一种张力关系，而这种张力既是对巴特神学的弘扬同时也是颠覆。

就像上述引文所表明的那样，罗杰反对代尔计划的理论根据是巴特的“上帝是完全他者”的神学观点。为了给自己找出这种理论根据，他专门查看了巴特的早期著作《上帝之言和人之言》，并从其中一篇题为“今日之道德问题”的文章中摘出一段文字以证明自己的观点与巴特的一致：“……站在人的一端的上帝——即使是这样的方式——不会是上帝。”[④]在读到了这句话后，罗杰多少有了一种释然的感觉，就像他自己说的那

① James A. Schiff, *John Updike Revisited* (New York: Twayne Publishers, 1998), p. 102.

②③④ John Updike, *Roger's Version* (New York: Alfred A. Knopf, 1986), pp. 24, 21, 41.

样:“读了神学以后,哪怕是那些很糟糕的神学,我总是感到心情好了一点——人更清爽了,更增添了活力,因为它抚摩和触及了那些不可知的每一个空隙”。[①] 有意思的是,紧接着这句话,他进一步把这种感觉与色情电影给予他的感受联系到了一起:“我可不是那种假正经的人,我在色情电影中发现了相同的舒适和刺激灵感的感受,那种遭到极力谴责的描述:那些紧张的、伸展开来的身体,互相缠在一起……”[②] 这样的自我表白出自一个神学教授之口,很可能会让大多数读者感到诧异(让我们想到了《全是星期天的一个月》中的马斯费尔德类似的表白),这也许仅仅是一个比喻而已,但却道出了罗杰的真实心态,一方面感观刺激是他讲述的这个故事中的一个重要内容,另一方面通过这样的比喻也道明了他心目中“上帝是完全的他者”的深层含义。

厄普代克研究者包思维尔在阐释厄普代克使用“上帝是完全他者”概念时提出了一个很值得注意的看法,他指出,在厄普代克的语汇中,“上帝是完全的他者”是一种双重的概念。[③] 我们知道巴特提出这个观念是基于排除将道德与宗教信仰混淆在一起的考虑,信仰并不等于道德,道德不能代替信仰。上帝与人的关系是单向的,只有上帝能达及人,而不是反之,这也就是巴特所说的“站在人的一端的上帝不会是上帝”。这样的“上帝观”完全排除了人对上帝的任何可能的想象,人走向上帝的唯一可能是信仰。信仰因此超越了道德。同时,这种观念也给予了人充分行使自己意志的自由,但另一方面,“人也会受这个堕落世界的摆布。”[④] 这也就是包思维尔所说的“上帝是完全他者”的双重性。厄普代克对这种双重性是有深刻认识的。“自由”和“堕落”成为了他在很多重要作品中表述这种双重性的同义词。同样,这也与巴特息息相关。巴特“虚无”(nothingness)概念的一个重要含义就是指出了人陷入“邪恶”的可能的存在,而正因为有这种可能的存在,人才成其为人,而不是同上帝一样,而更要的是“堕落”也会使人见证上帝的存在,在历史上有所谓亚当的堕落是“幸运的堕落”的说法,[⑤]厄普代克自己在谈到对路德和路德教的理解时曾表达过对

---

①② John Updike, *Roger's Version* (New York: Alfred A. Knopf, 1986), pp.24, 21.

③④ Marshall Boswell, *John Updike's Rabbit Tetralogy* (Columbia and London: University of Missouri Press, 2001), p.24.

⑤ Richard Chase, *The American Novel and Its Tradition* (New York: Doubleday Anchor Books, 1957), p.72.

路德思想中“大胆地(犯)罪”这个说法的赞赏,路德对“魔鬼”的关注更让他感到很有意思。[①] 当然这样的逻辑本身也让厄普代克有了充分发挥反讽笔法的可能。

对罗杰而言,感官刺激或者是欲望和身体的解放成为了“自由”的所指,尽管这种对“自由”的追求本身会经历“堕落”的危险,但同时也提供了他言说上帝的机会,这种言说是如此的“自由”和“大胆”以致与其神学教授的身份格格不入,而这当然也是一种反讽。他认为代尔接近上帝的方法是“自然神学”采用的手段,这是一种从外部的方式来揭示上帝的启示的思想,根源仍在于把人而非上帝当作主体,就像是《圣经》中提到的人建造巴比塔一样。罗杰的看法是我们不能知道上帝但可以知道耶稣,耶稣的本质就在于他是一个活生生的人,一个如常人一样的人,有着和常人一样的情感包括性意识,罗杰之所以这样描述耶稣是因为他要从这个“人”的本质中推断出他最关心的结论——身体和灵魂的结合。他告诉代尔其实每一个人都有点(性)变态,“不要害怕脚下这块地。不要害怕肉体”。[②]他引用基督教早期历史上的神学家德图良的话说:“在自然中没有什么能让你羞愧的,自然应该得到崇敬。”[③] 紧接着他又解释说,在德图良看来,男人和女人在一起时,欲望来自灵魂而身体得到了满足,男人的精液滴自灵魂。换言之,灵魂和身体本应是合而为一的。罗杰用这种“身体和灵魂同一”的哲学来反驳代尔对不可知的上帝的关注,另一方面,这种谈论宗教的言语其实也最直截了当地表明了厄普代克对霍桑的颠覆,而在颠覆的同时也充满了反讽。我们可以从小说的情节安排上看出厄普代克的用意所在。艾斯特和代尔间的关系是小说的一个主要情节之一,罗杰通过他那双具有“凝视”功能的眼睛在想象中窥测了他们的身体交往行为,有意思的是,罗杰的第一次窥测发生在他第二次前去看望维纳,婉拒了维纳发生性关系的要求,回到家后翻阅德图良,从这位早期神学家论述耶稣的肉体复活和对身体和灵魂的一致的讨论中得出“肉体就是人”,并用巴特的一句话“人的一切是肉体,而且从本质上说他终究是要灭亡

---

① James Plath, ed. *Conversations with John Updike* (Jackson: University Press of Mississippi, 1994), p.94.

②③ John Updike, *Roger's Version* (New York: Alfred A. Knopf, 1986), p.175.

的”[①]加以佐证之后发生的。厄普代克曾经说过他对至今仍然可以感受到的源于新英格兰的清教气息很反感，相比之下，他倾心于路德教派，因为一方面它强调对彼岸世界的追寻，另一方面又表现了对现实世界的关注，这种看似矛盾的态度深深地吸引了厄普代克。如果说强调身体与灵魂的同一是他对霍桑摆脱不了的清教思想的颠覆，那么与此同时在涉及与现实世界的关系时，与霍桑一样，厄普代克也让他的人物经历了矛盾的过程。

这种矛盾的过程可以首先从厄普代克对艾斯特和代尔身体交往的细节描述中看出端倪。透过罗杰的眼睛，我们看到了艾斯特和代尔幽会和发生性关系的全部过程。厄普代克作品的一个显著特点是细节描写上的出色表现，细腻、准确、深入的笔触把日常生活诸多微妙之处淋漓尽致地展现在读者眼前。这种细节描写上的特点同样也体现于经常出现在其作品中的性场面的描述上。厄普代克用了足足五六页的篇幅描述了艾斯特和代尔身体的激情交往，描述的手法就像是电影拍摄中长、慢镜头和特写镜头的交叉使用，效果之逼真，形象之生动，足以和画面相比较。这种“逼真”似的描述让厄普代克有了色情描写的嫌疑。事实上，在整个过程中，至少有两个地方出现了“色情”一词，第一个地方提到艾斯特的动作就像是色情小说中的那样，第二次则把他们两人的行为与色情电影中的慢镜头相比。把这种描述放在色情描写的语境中加以展示，这并不是一时的心血来潮，而是隐含着深刻意义的。厄普代克研究者杜法尔注意到了《罗杰的版本》中性场面描写中的“色情”倾向，他指出“色情”是有着具体含义的，“表明了力量（身体）作为物体，被分解成碎块，无论这种描写是现实主义的还是自然主义。”[②]《女士》杂志的创始人格萝拉·斯坦姆也持有同样的观点，她认为色情的寓意是“力量和把性作为武器”，[③]这两种观点的出发点都和女性主义的视角有关。但不管怎样，有一点是明显的，即在色情表述中，身体被当成了物体，而两性的交往也成为了力量的角斗，换言之，

---

① John Updike, *Roger's Version* (New York: Alfred A. Knopf, 1986), p.152.

② John N. Duvall, "The Pleasure of Textual/Sexual Wrestling: Pornography and Heresy in *Roger's Version*", *Modern Fiction Studies*, Vol. 37, No. 1, Spring 1991, p.85.

③ Gloria Steinem, 转引自 John N. Duvall, "The Pleasure of Textual/Sexual Wrestling: Pornography and Heresy in Roger's Version", *Modern Fiction Studies*, Vol. 37, No. 1, Spring 1991, p.85.

在色情中任何爱和情的纯和真荡然无存，剩下的只是身体的碰撞，正如物体的碰撞一样。考虑到艾斯特和代尔的原形是《红字》中的海斯特和丁姆斯代尔，显然，反讽的意味昭然若揭。霍桑笔下海斯特和丁姆斯代尔纯真的爱情变成了厄普代克若有若无的“色情”描述中赤裸裸的身体动作展现。更重要的是，身体和灵魂的一致——罗杰从神学先知和大师们中得来的不朽观念——也演变成了身体对灵魂的驱逐，成为了身体扮演的独角戏。

艾斯特同代尔交往的目的以及代尔自己的感受充分说明了这点。身体娇小比罗杰小十四岁的艾斯特的身份一半是家庭妇女，另一半是一家日托幼儿园的老师。生活的无聊让她产生了一种“动物般的厌烦，”①更可怕的是，每个星期四天的在外工作并没有给她本质上家庭妇女的角色带来任何变化，相反，“似乎这进一步加剧了她活力的枯萎和生命被浪费的感觉。”② 在家里，她与罗杰除了关于儿子的话题以外，似乎已无话可谈，关系的冷漠已是不用点明的事实，而这时代尔的出现则给她的生活带来了一些变化。尽管自始至终我们是通过罗杰的叙述知道艾斯特和代尔的交往，但这并不排除其中的客观性的存在。与代尔的交往首先让艾斯特获得了作为一个女性和妻子未曾有过的解放和自由的感觉。就像她对代尔所说的那样：“做一个女人是非常的不自由，”③“他（罗杰）是一个暴君。每个丈夫都是这样的。所以这让妻子们要进行争取自由的战争。”④她指的是她同罗杰的关系，但这种一概而论的说话方式本身也似乎在暗指女性的遭遇。这让我们想起了海斯特，在《红字》故事伊始，霍桑就让我们通过海斯特的回忆知晓了她与其丈夫间扭曲的关系，为后来她与丁姆斯代尔的交往打下了一个伏笔，而霍桑隐而不露的潜在话语则不外乎是揭示女性所受到的压抑，这种隐含的话语在海斯特思考女性地位的那一篇章里得到了充分阐释。艾斯特在与代尔交往的过程中似乎也经历了海斯特曾有过的追求纯真情爱的冲动，正因为如此，当代尔不加防备地提到他们间的关系是一种互相利用的关系时，艾斯特还一时感到惊讶，有点不能接受。但这仅仅是短暂的感觉，事实上艾斯特自己默默无语地接受了代尔的说法，因为她从代尔这里更多的是得到了她很长时间未从罗杰那

①②③④ John Updike, *Roger's Version* (New York: Alfred A. Knopf, 1986), pp. 39, 48, 160—61.

儿获得的身体刺激，这种刺激是如此的强烈，以致完全替代了女性“自由”和“解放”的意义以及由此衍生的纯真情爱的理想。从代尔这方面来说，他也朝着这种纯真理想的图景考虑过，但是，他和艾斯特之间的现实差距，中产阶级家庭的教授夫人和还是研究生的两手空空的穷学生间难以弥合的距离只能让代尔流下伤感的眼泪，相反艾斯特倒是表现得很是勇敢，甚至提出让代尔带她走，但是与此同时我们也看到了其话语的姿态与实际心理的冲突：

> ……“你可以带我走。”
>
> “我不能，”代尔说，他的胸脯颤动了一下，这说明他曾经考虑过此事。“我养不活你。我甚至连自己也养不活。我只是靠比萨和那些你刚才煮了十二分钟才好吃的透明盒子里的东西过活……如果那样的话，理查（艾斯特的儿子）怎么办？蓝波特教授又怎么办？”
>
> “噢，蓝波特教授。我想他会有办法的。”
>
> “怎么可能，没有你的话？”
>
> “我和他在一起同与你在一起不一样，”艾斯特说。
>
> “他很爱你。他不能没有你。”
>
> “他是很爱我，但那是很久以前的事了。”她开始感到代尔的身体的重量压在她的胸口，即使是吃饭那么节约，代尔的体重也有她两倍那么重。他刚才所说的靠着比萨生活的话让她对他产生了一点厌恶。他那张苍白的脸上流淌着的眼泪让人反感，眼泪顺着他的下巴流下来，像一串一串圆乎乎模糊的小珠子。不管怎样，她提出了让他带她走，而他拒绝了。[①]

艾斯特的主动姿态很容易让我们联想到海斯特主动向丁姆斯代尔提出远走高飞的想法。有意思的是，在听到代尔充满忧虑的、现实的回复后，艾斯特不由自主地对代尔产生了反感。这种反感并不是源于代尔提到的罗杰对她的“爱”，而是来自对她和代尔间现实差距的无意识的关注。事实上，这样的关注在他们交往一开始就已经存在。代尔为了减少他的罪恶感提出让艾斯特到他住的学生宿舍去幽会，这让艾斯特多少感到有点不可接受，就像她自己所说的那样：“穿着羊毛外套，古奇（Gucci）靴子的我，到你那里去干什么，难道只是为了同你睡觉？”[②]虽然她最终还是怀着战战兢兢的心情去了充满酱油味和鞋子臭味的代尔的宿舍，但心中不

①② John Updike, *Roger's Version* (New York: Alfred A. Knopf, 1986), pp. 198, 160.

能排除的感觉是到了一个不应该来的地方。这种心理冲突和现实差距的一个结果是她和代尔的交往更多的只是给她压抑或者是饥饿的情感带来些许抚慰,在代尔心中,艾斯特成为了一个只是热衷探索各种身体动作的女人,而她一个最大的快乐也是让代尔称其为“风骚女人”。[①] 从这个角度来看,厄普代克把对他们关系的描述放在一种“色情”的氛围里也就不难理解了。在小说结尾时,代尔和艾斯特分手并且准备回到西部去,一方面是因为他证明上帝存在的实验没有获得成功,另一方面,与艾斯特的交往也耗尽了他的精力和情感,而这实际上也是一种必然的结果。

如果说透过罗杰的眼睛展示的艾斯特和代尔的故事隐含了强烈的颠覆和反讽的意味,那么同样这也反映在罗杰和维纳的关系中。罗杰不仅通过想象式的窥探来表明他对“身体就是人”的信仰,而且自己还亲自去实践这个信条。从结构上说,罗杰四次对维纳的探望是小说的一个主要结构,第一次是看望和问候,第二次是做家教,教维纳学美国文学,鼓励她去考试获得高中毕业文凭,第三次是劝说又一次怀孕的维纳做人流,帮助解决问题,第四次是把陷入虐待孩子险境中的维纳解救出来。从这四个情节安排上看,罗杰是在尽量尽到做叔叔的责任,但是另一方面,我们也可以发现从第一次到第四次见维纳的经历也是罗杰践行“身体就是人”这个信念的过程。与艾斯特冷漠的关系造成了罗杰情欲的退却,尽管通过想象艾斯特和代尔的交往给他带来了不少感观的刺激,但直接的感受还是来自与维纳的接触。维纳浑身充满活力的身体,随便、开放、挑逗的言语举止,以及“女孩喜欢快乐”的生活态度,让已经是五十几岁且身为维纳叔叔的罗杰常常是情不自禁地感受到内心欲望的冲动。从某种意义上说,罗杰与维纳的交往过程也是经历诱惑和最终“堕落”的过程,但值得注意的是,在罗杰自己看来这也是他见证上帝的过程,而正是在这种过程中我们体会到了厄普代克式的颠覆和反讽的意义。

杜法尔发现,相对于艾斯特和代尔关系描述中“色情”因素的存在,罗杰与维纳的交往却被处理成颇有“情感”(erotica)意味。[②] 确实如此。从第一次见面时,罗杰有意无意地透过维纳敞开的衣领窥看维纳的胸脯到

---

① John Updike, *Roger's Version* (New York: Alfred A. Knopf, 1986), p.88.

② John N. Duvall, "The Pleasure of Textual/Sexual Wrestling: Pornography and Heresy in *Roger's Version*", *Modern Fiction Studies*, Vol. 37, No. 1, Spring 1991, p.88.

最后两人发生关系，我们没有看到描写艾斯特和代尔幽会过程中经常出现的身体动作的场景；当然，这并不是说罗杰与维纳的交往就是那么“温情脉脉”，因为从本质上说，罗杰与维纳这种几近乱伦式的交往本身就带有“色情”的因素。厄普代克之所以从“情感”的角度来描述他们间的关系还是因为反讽：如果说代尔和艾斯特的交往在一种“色情”氛围中进行，但同时无论是艾斯特和代尔都有过追寻“解放”、“自由”这些与纯真之爱相关的念头，尽管只是延续了短暂的一时，相比之下，罗杰与维纳的（身体）交往则完全是为了自己身体的需求，把这样的关系放在一种颇有“情感”意味的氛围中描述不能不说是一种反讽。而更具反讽意义的则在于罗杰把寻求满足身体刺激的过程看成是见证上帝的过程。

身为神学教授的罗杰曾经是牧师，为了与比他小十四岁的艾斯特结合同原来的妻子离婚在教会中造成了不大不小的丑闻。艾斯特给他带来了欢乐和满足，但那已经是很多年前的事了，维纳的出现似乎也提供了唤醒他情感生活的机遇；当然，身为叔叔的罗杰毕竟还是一个神学教授，他并没有忘却自己与维纳的关系和肩负的责任，因此，在第二次同维纳相见，面对浑身充满诱惑的维纳和自己内心情欲的激荡，他还是克制着了，而且还表现得非常绅士，一直到了第三次在劝说再次怀孕的维纳去做人流的时候才与她有了身体的接触（但并没有发生性关系）。有意思的是，从罗杰要求维纳做人流的理由中，我们隐隐约约可以看出他从婉拒诱惑到主动提出和维纳身体接触的“理由”。维纳不同意做人流，因为她觉得那是犯罪（sin），罗杰却并不以为然，他用一种神学教授的口吻说：“我们都会觉得那是一种罪，但整个世界都陷在罪恶之中。在一片罪恶之中，我们要做的是少犯一点罪，我们要学会选择并且承担后果。这才是一个成人应该做的事。”[①]罗杰说这番话的意图是要维纳弄明白，不做人流也是一种罪，但这样的解释充满了宗教的意味，我们可以从接下来他们两人的对话中听出这层意思：

> “嘿—你相信连那些小婴孩也是有罪的吗？”
>
> “奥古斯丁是这么认为的。约翰·卡尔文是这么认为的。所有的最好的基督教思想家们都是这么认为的。你必须要这么想，否则这个世界就不是一个真正的堕落的世界，也就没有拯救的必要，也就没有基督徒的故事。不管怎么样，

---

① John Updike, *Roger's Version* (New York: Alfred A. Knopf, 1986), p. 187.

维纳,那是你的生命,就像你说的那样。你自己的可爱的身体。”[1]

罗杰这番关于“罪恶”的言语点到了基督教的一个核心问题:原罪与拯救,或者说是上帝存在之必要,而这种提出问题的方式则明显地隐含了巴特关于“虚无”的思想。于是,我们似乎听到了他的言外之意:既然生而有罪,既然罪与生俱来,那么也就没有不去(犯)罪的必要,更何况还有被拯救的可能的存在。从这样一个角度来看,他随后主动提出要和维纳身体接触也就没有什么可以惊诧的了。当然,具有讽刺意义的是,从维纳那儿得到些许温馨之后,他并没有提到上帝与拯救之类的事,而是身体的直接感受:内心情欲的唤醒。对此罗杰给出了一个解释:“我们在一起并不是要满足我们自己,而是我们身上的那些个起伏波动的基因。”[2] 换句话说也就是身体本身。如果说在这个场景中,罗杰只是与维纳进行了简单的身体接触,而他那些从宗教角度支持自己行为的理由也不是表达的那么明显清楚,那么在接下来与维纳的交往中,他们的关系进入了“佳境”,而罗杰表述的宗教理由则更是直截了当了。在这个情节里,罗杰先是帮助把被维纳殴打致伤无法走路的维纳的孩子送到医院,然后又帮助她成功摆脱了被控告虐待孩子的嫌疑,维纳因此对罗杰心存感谢,再次提出发生关系,这次罗杰半推半就应允了她。事后,罗杰有了这么一番感想:“与维纳一同躺在那儿,眼望着天花板,我发现即便是上帝给予我们一次又一次惩罚,我们依然是那么敬重和爱戴他,这其中有着多少神圣的东西啊——这种神圣同样也存在于他(上帝)保持的沉默之中,因此我们可以享受和探索人的自由。这就是我们对上帝存在的证明,我看见了我们与天花板之间触摸不到的距离,看到了卑劣的我们与上帝间无法衡量的距离。巨大的下落证明了巨大的距离。一种甜甜的确切的感觉在我心中升起。我能说的只有:‘上帝保佑你’。”[3] 这番自白可以说是表明了罗杰与代尔在对待上帝之存在上的不同,再次表达了罗杰相信的“上帝是完全他者”的巴特神学观,以及与之相关的“双重性”,罗杰通过“堕落”的行为见证上帝一方面是要进一步说明其“身体就是人”的信仰,另一方面是要表明人与上帝的区别,以及上帝存在的必要;而从厄普代克的角度来说,罗杰的行为显然与路德所说的“大胆地(犯)罪”是一致的,换句话说,

---

①②③ John Updike, *Roger's Version* (New York: Alfred A. Knopf, 1986), pp. 188—89, 281.

我们在这个看似不能接受的行为中得到的更多是宗教意义上的启示，也就是说罪与拯救的关系。当然，与艾斯特和代尔的关系一样，罗杰的行动也再次表明了厄普代克对霍桑所认同的灵与肉关系的颠覆。

但是，与对艾斯特和代尔关系的描述一样，厄普代克也表明了罗杰在获得身体自由的同时面临的现实尴尬。先是害怕染上性病，而后是害怕帮助维纳逃脱虐待孩子的嫌疑会玷污他的名声，因此，最后当维纳提到要和代尔一同回西部去的时候，罗杰尽管表示不同意，但他又提出给她买车票，因为这样至少可以免除了一种对自己生活和工作造成的危险，而更重要的是，正如他自己意识到的那样，无论是回西部还是留在东部，维纳都不会有什么自在的生活，在西部老家她可能会重新陷入父母和社会陈规的束缚之中，而在这个洋溢着“上帝不在的自由”的气息的东部，她的生活也只能是琐碎的、无聊的。这其实是罗杰对自己生活思虑的反映。小说结束时，经历了一番情感波折和欲望探求过程的罗杰和艾斯特重新又回到了原来的生活状态中，似乎代尔和维纳只是生活中偶然遇到的两个路人，一阵短暂相识以后，各自告别再见，重走自己的路。艾斯特曾经希望的通过激情遭遇突破生活的无聊的努力很快本身成为了一种无聊，而罗杰进行的宗教加身体的体验也成为了一种负担，因此，故事到此结束也就成为了必然，从开始到结束，小说的情节好像是绕了一个圈，从这个意义上说，厄普代克也经历了对霍桑的颠覆的颠覆，揭示了欲望释放以后遭遇的尴尬，这应是美国中产阶级生活的一种真实写照。

三、乌托邦情结：《S》中的萨拉形象与宗教的形式意义

出版于1988年的《S》是厄普代克"《红字》三部曲"中的最后一部。小说讲述了一位中产阶级家庭妇女离家出走寻找自由和自我的故事。女主人公萨拉·维斯是一位四十二岁的中年家庭妇女，因厌烦家庭生活的无聊和压抑，离开了与其生活了二十几年收入颇丰当医生的丈夫和位于新英格兰舒适漂亮的家，来到了亚利桑那州的一处沙漠地带，加入了一个印度教宗教组织，在那里过上了集体崇拜的宗教朝圣生活。萨拉在这个宗教"公社"里学习教义，练习静坐、冥思，试图努力改变自己的思想和头脑，同时还经历了几次恋情（两次异性恋，一次同性恋），并且成为了该组织精神领袖印度人阿哈特的主要助手，得到了他的宠幸，但不幸的是，萨拉后来发现了阿哈特原来并不是印度人，而是假冒印度人名字的地地道道的美国人，萨拉感到受骗上当。于是再次离"家"出走，来到了加勒比海的一个小岛上，心中念念不忘的仍然是寻找一种新的生活，尽管实际上只是想象而已。

在前两部作品中厄普代克分别采用了丁姆斯代尔和齐林沃斯的角度叙述了两个不同的故事，在这部小说里，自然轮到了让海斯特出来说话了。萨拉与海斯特的相似之处非常明显。这两位女人都来自新英格兰，萨拉自称自己母亲的母亲的母亲是来自一个叫做白兰的家族，而萨拉自己名字的中间有一个字母P，暗示了与白兰（Prynne——海斯特的姓）的关系。萨拉尽管是一个家庭妇女，但和海斯特一样，知识颇为丰富，且很有思想见地，在《红字》中我们看到霍桑专辟一章（第十三章）让海斯特在内心思潮汹涌地思虑自己所处的凄楚命运以及妇女所面临的艰难困境，并且把这种思虑与对历史背景的理解联系起来，使我们看到了一个不仅有行动，更有思想的十七世纪新英格兰清教统治背景下的妇女形象；在《S》中，萨拉不仅有行动，而且思想远比海斯特要尖锐，她将自己生活的无聊归咎于多年来丈夫无形的压抑，而其根源则在于"欧洲的/基督教的/西方的"[①]对女性压迫的传统。从这个意义上说，厄普代克是继承了霍桑

① John Updike, *S* (New York: Fawcett Columbine, 1988), p.12.

从女性角度对男性社会和传统的批评锋芒，并且将其发扬光大。从个性上看，萨拉也颇有点类似海斯特：意志坚定、行为果敢，富有挑战精神、更具反叛姿态。用厄普代克研究专家斯基夫的话说，萨拉俨然就是"一位当代的海斯特"。[①] 与《红字》不同的是，这部小说叙述方式用的是书信体，整部小说由萨拉写给其丈夫、女儿、母亲、牙科医生、银行等信件，以及给朋友的几段录音文字组成；这样的方式给了萨拉充分的说话机会，就像前两部作品一样，厄普代克的目的是要让在《红字》中人物被压抑的声音在他的笔下得到释放，萨拉声音的释放本身也成为了一种类似女权主义的宣言。

这一点与厄普代克写这部小说的初衷有点关联。在提到创作这部小说的原因时，厄普代克说这是对认为他作品中的妇女形象不够独立、仅仅只是一些家庭妇女、或者仅是性对象看法的反应："这是试图描写一个行动中的妇女的真诚的尝试。也许这会让那些认为我笔下的女性总是处在被动之中，总是处在男人的旨意之下的人多少感到有点满意。"[②]在《S》中，他试图有点改变，让萨拉"获得独立"。但是厄普代克的自我辩护似乎并不那么能自圆其说。正如评论者卡库塔尼指出的那样，在厄普代克自我表明的意图和他实际上在小说中刻画的人物形象间存在着一种很大的差距，与其说他是在对女性"真诚的描述"，还不如说是"对女性的攻击"。[③]这样一种评论基于的是对萨拉形象的另一面的看法，即，在体现海斯特式的反叛独立的同时，萨拉也表现了其自私、贪财乃至淫乱的一面；因此，卡库塔尼的结论是："《S》给予我们的只是一副充满讽刺意味的画面，描述的是一位一心想着摆脱家庭责任行为的轻率的女性，为的只是尝试怎么实现自我。"[④]无独有偶，斯基夫也认为从萨拉的形象中可以看出"自欺与虚伪"。[⑤]而这当然与海斯特的形象形成了鲜明对照。

由此可以看出萨拉形象的矛盾性是显而易见的。应该说这与厄普代克作为一个现实主义作家对生活的深度观察和思考不无关联，因为这样

①⑤ James A. Schiff, *John Updike Revisited* (New York: Twayne Publishers, 1998), pp. 104, 106.

②③④ Michiko Kakutani, "Critic's Notebook; Updike's Long Struggle To Portray Women," May 5, 1988, Thursday, Late City Final Edition Section C; Page 29, Column 1; Cultural Desk, http://www.nytimes.com/books/97/04/06/lifetimes/updike-portray-women.html, Dec. 7, 2005, pp. 1—3.

的矛盾正是现实生活生存状态的真实写照。这体现在厄普代克在展现萨拉的矛盾的同时也向我们表明了超越这种矛盾的方式。离家出走的萨拉把宗教视为寻找自我的落脚点。位于亚利桑那州荒漠中的一个宗教"公社"为她提供了实现自我获得独立的精神源泉,更重要的是,这种精神源泉同时也成为了调和其行为矛盾的一种重要手段,而这正是这部小说之意义所在。

与前两部小说不同,在这部小说中,我们看到厄普代克引入了一种不同的宗教成份,一种充满东方意趣的掺和印度教和佛教内容的宗教形式,这也许是因为萨拉这个人物形象与海斯特间的渊源有关,因为霍桑在《红字》中曾把海斯特的性格说成具有"东方的特征"。[①] 但是就本质来说,厄普代克在《S》中描述的印度教的教义、精神及其矛盾与其在《全是星期天的一个月》和《罗杰的版本》中阐释的宗教精神和矛盾有相当的一致性。尽管在这部小说中,厄普代克不再通过他的人物喋喋不休地唠叨巴特及其宗教思想,但从萨拉在那个神秘宗教"公社"中的自身体验以及那位精神领路人阿哈特对教义的颇有哲学意味的讲解中,我们似乎可以感到(厄普代克式)巴特的影子若有若无地侧身在其中。萨拉在给其心理医生的信中试图说明西方和东方在心理治疗方面的区别。在她看来,西方的心理治疗总是要和社会和道德掺和在一起,而东方的心理治疗则只是关注身体:"西方的心理治疗——用句时髦的话来说——就是联系社会和道德,而东方则只是和身体、生理学联系在一起——我觉得这是更好的方式,更适合我。"[②]这种对身体的关注自然会让我们想起在《全是星期天的一个月》和《罗杰的版本》中一个重要的主题:对身体的赞颂以及灵与肉的合而为一。我们知道这个主题的神学背景是厄普代克视野下的巴特的唯信论。在《S》中无论是萨拉还是她的精神领路人阿哈特都没有提及信仰(faith)这个词,不同的宗教自有不同的表达方式,但有一点是相近的,不管是马斯费尔德还是罗杰,信仰给予他们的是一种超越现实获得自由的一种手段,而对于萨拉来说,促使其投奔阿哈特的动力也正是源自对

---

① Nathaniel Hawthorne, *The Scarlet Letter*, in Nina Baym et al, *The Norton Anthology of American Literature*, fourth edition, vol. I (New York: W. W. Norton & Company, 1994), p. 1292.

② John Updike, *S* (New York: Fawcett Columbine, 1988), p. 104.

“真理、美和自由”[1]的追求。所不同的是对马斯费尔德和罗杰而言，自由不仅在于身体欲望的释放，更在于观念和思想的解放，换言之，自由的意义更在于由信仰而导致的思想观念的超越方面，也就是自由的超验层次上的内容，而对萨拉而言，自由似乎更多地意味着摆脱身体方面的束缚，或者说是身体获得自由以及这种过程的形式本身。在小说中，萨拉是通过先练习瑜珈才对印度教有了兴趣，然后再投奔阿哈特的宗教“公社”，瑜珈的一个主要手段则是对身体的修炼。阿哈特本人在唯一一次经义阐释中讲的最多的是男女身体结合的重要意义，在他看来，男女身体的结合是万物衍生之源，是快乐之源，佛本身就是通过这种方式战胜了死亡，死亡是时间的孩子，战胜死亡也就是战胜了时间，进入了永恒。[2]用西方的基督教的语言来说就是进入了自由自在的世界。同样，阿哈特所用的身体意象也会让我们不由自主地联想到《全是星期天的一个月》中马斯费尔德对身体的赞赏和《罗杰的版本》中罗杰对身体的凝视。阿哈特所说的男女身体的结合不仅是一种哲学语汇，也是一种实践过程。他自己便是按照这种逻辑去实践的。而对于萨拉而言，这样的身体哲学不仅可以帮助她实现对“自由”的追求，更重要的是，它还提供了一种可以仿照的形式，有了这样一种形式，也就拥有了通向实现自我，获得独立，赢得自由的道路。这也正是她从阿哈特那里得到的宗教之意义所在。

我们可以从阿哈特在沙漠中建立的集体朝拜“公社”中看出这种宗教的形式意义。处在亚利桑那州沙漠中的宗教“公社”是阿哈特按照印度教的生活方式建立起类似一个大家庭的组织，朝圣者们到这里来接受教义，锻炼心志，练习静坐、瑜珈等。这个组织的宗旨是建立一个有别于世俗生活的理想社会。斯基夫指出，厄普代克在创作《S》时不仅把霍桑的《红字》当作一个摹仿的对象，而且也把霍桑的另一部小说《布谷传奇》中的一些情节糅和进自己笔下的故事中了。霍桑在 1841 年 4 月参加了一个在波士顿附近的集体农庄，布鲁克农庄，几个月后离开了那个地方。大约十年后，根据他在布鲁克农庄的经历创作了小说《布谷传奇》。历史上的布鲁克农庄是一个由当时一些信奉超验主义思想的人建立起来的组织，以农庄的形式推行社会改良的活动，农庄里的人过的是集体生沽，共同劳动，一同分享收获成果。我们看到这种带有明显乌托邦色彩的活动也出

①② John Updike, *S* (New York: Fawcett Columbine, 1988), pp. 153, 107

现在《S》之中。比如，在阿哈特领导下的“公社”里，活动的形式非常重要，集体劳动，集体修炼，成员的个人财产都要上交，而更重要的是，在沙漠戈壁滩上组建这么一个精神修炼场所本身就是乌托邦想象的结果。其意义更在于这个形式本身，而不是实际的内容是什么。在这一点上，厄普代克显然也从霍桑那里得到了启迪。

霍桑在《布谷传奇》中通过叙述者对布鲁克农庄这样的形式和活动表示了怀疑，小说着力描写了其中几个主要人物间的钩心斗角。霍桑要告诉读者的是在这个组织里面真正发生的事情似乎与其宗旨是背道而驰的。同样，我们也可以在《S》中发现类似的描述。正如斯基夫指出的那样，在萨拉参加的这个宗教集体公社里，他们表示要反对和抵制的世俗社会中的东西却往往在那里得到了重复和加强。[①] 无论是西方的基督教和东方的印度教传统上都会强调反对物质主义倾向泛滥的生活，阿哈特倡导的修炼生活同样也是针对于物欲无所不在的当下生活而言的，但是具有讽刺意义的是，在“公社”里面物的景象与外面世界的一样普遍。在这个与外界隔离的朝拜场所里，到处可见装饰豪华的各种寓所，各种正在施工的工地，与外面一样，这里也有购物中心，阿哈特本人则乘坐豪华大轿车，阿哈特还是一个很有头脑的生意人，让手下的人用他的名字和肖像开办各种企业，制作各种纪念品和磁带兜售，萨拉自己向她的朋友揭秘：“他们在各地都有投资。”[②]

厄普代克虚构的这个宗教公社并不只是基于对霍桑《布谷传奇》的再想象，实际上也是对发生在现实生活中同类事件的再现。1986 年作家和新闻工作者弗朗西丝·菲兹吉尔德出版了一部题为《山颠之城》的书，此书调查了当时美国国内的四个宗教膜拜性质的“公社”，其中一个是由一位印度籍人拉吉尼斯创办的。拉吉尼斯出生在印度中部的一个小镇，拥有哲学硕士学位，1966 年开始传道，思想融合了印度教、耆那教、禅宗、道教、基督教以及古希腊哲学，心理治疗等等方面的内容，1981 年到美国，在俄勒冈州一个小镇附近开辟了一个传道场所，鼎盛时期这个地方住有三千人，拥有一个大到八万八千平方英尺的会议厅。菲兹吉尔德后因触犯移民法离开美国回到印度。除了把菲兹吉尔德领导的宗教“公社”作为

---

① James A. Schiff, *John Updike Revisited* (New York: Twayne Publishers, 1998), p. 103.

② John Updike, *S* (New York: Fawcett Columbine, 1988), p. 115.

其小说的一个原素材以外，厄普代克还把二十世纪八十年代后期在美国发生的两个宗教丑闻事件挪用进了《S》之中。第一个事件的主要人物是一个名叫吉姆·巴克的牧师，他创立了电视福音传道方式和组织，这种新的宗教形式曾得到了众多受众的追捧，巴克本人也因此闻名遐迩，并且财源滚滚。1987 年因被揭发出有嫖娼行为而被免除牧师职务，一年后又因有欺诈和贪污嫌疑被起诉。第二个事件与第一个事件类似，主要人物吉米·萨瓦格特也是一个电视福音传道者，在二十世纪八十年代中期曾成为全美最有名和最富有的人之一，1987 年被揭发出与妓女有染，一年后被教会开除。[①] 这两个人物与第一个的传道内容不尽相同，但其经历和生活方式都有相近之处，尽管宣扬的都是强调精神升华方面的宗教内容，但是从个人方面说，他们都从中得到了极大的物质上的好处。阿吉尼斯本人生活奢侈，曾从他的拥戴者中得到多达 27 辆的劳斯莱斯轿车，巴克领导的教会组织曾有过每天五十万美元的进账记录，同样，萨瓦格也曾经有过每年百万美元的收入。从表面上看，这些人物的行为与他们的信仰似乎有很大的矛盾，但这似乎并不影响他们去宣扬和推广其信仰，更有意思的是，他们实际上往往能得到众多的拥护者。他们的信仰方式可能会更多地含有一点新意，如拉吉尼斯融合了各种宗教的内容形成了他自己的信仰方式，而巴克和萨瓦格从事的电视传道方式则非常契合现代生活的特征，但是无论是什么方式，有一点是相同的，即，形式是一切，形式高于内容。这里所说的形式也就是一种可以提供宗教想象和实践的方式，它起因于现实，但同时也与现实保持一定的距离，换言之，它的作用更多地在于体验的过程而不是内容，这样一个作用的结果是信仰与信仰的要求产生了脱节，互相并不直接发生关系，或者说即便是有关系，信仰也往往不能对信仰者产生诸如道德约束的作用。在这种情况下，宗教信仰也就成为了一种乌托邦想象。如果说上述三个宗教人物只是一种极端的例子，那么信仰作为一种乌托邦想象的形式则在很大程度上普遍存在。正如人文学者乔治·摩根（George Morgan）在二十世纪六十年代指出的那样：“尽管上教堂的人很多，但对于绝大多数人来说，宗教的精神并不出

① 关于此三人的材料参见：www.apologeticsindex.org/b40.html，www.rotten.com/library/bio/religion/televangelists/jim-bakker，www.rotten.com/library/bio/religion/televangelists/jimmy-swaggart，2006，2，20。

于他们生活的中心。对这些人来说,宗教只是星期天早上的兴趣,并不能为重要的价值系统提供鼓励和支持。”[①]所谓“价值系统”应源于对现实产生作用的信仰的内容,如果宗教并不能为“价值系统提供鼓励和支持”,那么这样的宗教也只能是乌托邦想象下的形式。用巴特的话说,这实际上就是一种“应用的宗教”。[②]

《S》中的阿哈特显然是一个浓缩了上述三个人之经历的人物。这个来自与萨拉居住过的地方很近的新英格兰一个小镇的美国人在二十世纪五六十年代受青年反叛思潮的影响去了印度,在那儿呆了十五年后,给自己编造了一个曾经有过在孟买做儿童乞丐经历的背景故事,于是从美国人变成了印度人,并顺理成章地在美国创建了他的宗教公社。在于他来说,重要的不是宣扬了什么样的宗教内容,而是那一套用来包装他所要传道的内容的形式。于是,我们看到阿哈特的话语里充满了印度教的术语,他自己包括所有的成员也都穿上了传统信徒的服饰,最值得注意的是他改变了原来的口音,换上了一口带着异域腔的英语。这一切对他而言都是一种必不可少的形式,就像在与萨拉谈到他们在公社里所拥有的显赫生活条件时,他的解释是因为这“能引起人们的注意。”[③]确实如此。萨拉正是因为这样一种形式而成了阿哈特的信徒之一。而另一方面,这种形式不仅能吸引人们的注意,而且也为其本人提供了满足物质与身体欲望的方式。“阿哈特”这一印度教术语的本义是“值得的”意思,用来指得到启迪获得真理的僧侣。按照教义上的说法,阿哈特“在性格上应是像神一样优秀,像禁欲者那样逆来顺受,发起怒来像霹雳一样”[④]。但是实际上,阿哈特不仅离这个形象相差甚远,尽管他自己声称他符合教义的要求,更重要的是,他得到的物质上的感受似乎替代了来自信仰的真理。他坦承喜欢乘坐豪华大轿车在公社旁边灰尘飞扬坑坑洼洼的路上驶过的感觉,因为这让他想起了纽约的第五大道。言外之意,他在这里得到的物质炫耀与在第五大道会得到的是一样的。这样的感受当然与头顶“阿哈特”这个光环的感受是合而为一的,后者是前者的保障。有意思的是,这种感受

① George Morgan, *The Human Predicament: Dissolution and Wholeness* (Providence: Brown University Press, 1968), p.26.

② Karl Barth, *The World of God and the Word of Man*, trans. Douglas Horton (London: Hodder & Stoughton, 1935), p.24.

③④ John Updike, *S* (New York: Fawcett Columbine, 1988), pp.225—26.

被他用来说明他的奋斗历程,用他自己的话说,就他这样的来自卑微家庭的人而言,这一切都是“应得的。”[①]另外一个他自觉也是应得的则是从萨拉那里获得身体欲望的满足。在萨拉识破了其真面貌准备离开他时,他不惜自己降低身份,哀求萨拉留下来,甚至说出了真话:“我忘了我传道的东西了。我感到恐惧。萨拉。那些精神上的责任感之类的东西让人感到害怕。我需要你来给我一些支撑……”[②]他想从萨拉那儿得到的是他曾经和萨拉共同有过的身体的快感。他对萨拉解释说这种快感正是教义所要求的。当然,不难看出这也是出自其自身的欲望。于是乎,我们看到身体的欲望与宗教信仰走到了一起,而这一切都是在信仰成为了一种形式之后产生的。从这里我们实际上也可以体会到宗教情怀与身体欲望这个在前两部小说中出现的主题的延续。如果说在《全是星期天的一个月》和《罗杰的版本》中,身体的欲望或多或少还带有一点精神象征和超验体验的意味,那么在《S》中这种欲望则更多地倾向于物质层次上的内容,换言之,身体在阿哈特眼里已不再是通向信仰的手段,身体在与信仰的形式结合的同时也可以说是分离了。在小说中,阿哈特这个人物的原形应是《红字》中的丁姆斯代尔,后者尽管有虚伪的一面,但宗教信仰是真诚的,相比之下,阿哈特的虔诚则显得微乎其微,这也应该看成是厄普代克对霍桑的颠覆。

这种“内容”与“形式”间的统一与矛盾更多地表现在萨拉这个形象的刻画上。上文提到有论者指出了萨拉性格中自私、贪财的一面,并以此来反驳厄普代克所谓的“真诚的描述”。这种矛盾在萨拉这个人物形象的刻画上的确是非常明显的。这主要表现在萨拉对物质财富的追求上。一个被评论者经常提到的例子是她的书信中有不少是写给银行的存款通知,这多少传递了一种她对金钱财富关心的消息。从她给丈夫查尔斯的信中我们似乎能更多地看到她的这种关心。一方面她慷慨激昂地历数过去二十年里作为一个家庭主妇从查尔斯那里得到的不公正的待遇,她的离家出走应完全归咎于查尔斯对她的漠不关心,另一方面她也直截了当地提到他们间的财产的分割,并且坚持应该得到至少一半的财产。而最能说明她贪财行为的是她利用了在阿哈特手下管理财务的方便挪用了相当多的钱,并将其转移到自己的账户中。斯基夫指出萨拉掉入了“一心只追求

①② John Updike, *S* (New York: Fawcett Columbine, 1988), pp. 225—26.

金钱和物质的美国式的陷阱中了。在一部关于精神追求、宗教和自我更新的小说中，金钱统领了一切。”[①]这成为了萨拉这个人物负面形象的主要内容之一。但是如果换个角度来看，我们不妨可以说不放弃对物质的要求本身也是对男性主权的挑战，符合萨拉身上表现出的女性主义的斗争姿态，与其追求独立自主的目的是一致的；同时，也需要指出的是，从萨拉的实际言行来看，其争取自由的行为并没有内化成一种精神，起到彻底改变其思维方式和行为模式的作用。萨拉离家出走的一个初衷是要改变其家庭主妇的生活方式，但从实际情况来看，在很大程度上她仍然没有脱离一个家庭主妇的思维方式。在用极具斗争性和说服力的语言向查尔斯控诉了过去二十年中为他做出的种种牺牲后，萨拉会不由自主地话锋一转要求查尔斯不要忘了找专人照顾他们家的草坪和她种下的各种花卉。已经远离了家的萨拉似乎仍然忘不了主妇的身份。而最能说明其中产阶级家庭主妇身份的是她对女儿珠儿在婚姻问题上的种种叮嘱，在教导她不要步自己的后尘，陷入婚姻、家庭的陷阱的同时，我们读到的是一个家庭主妇对女儿的殷切教诲。可以说这样一种身份上的矛盾与其在物质财富上的态度是一致的，在通过诉诸物质来达到反抗的目的的同时，物质最终由手段变成了目的，在试图改变家庭主妇的身份的同时，这种身份的行为模式始终如影子般紧随其身。这多少表明萨拉海斯特式的女性斗争历程更多的只是流于形式而已。

这样一种形式特征同样也表现在萨拉对宗教信仰的追求上。按照她自己的说法，加入阿哈特的组织是因为这个地方可以让她“可怜的、愚蠢的、乱成一团的生活得到重生”，[②]但从她的自述来看，首先让她不能自已的是阿哈特的面貌，他的美貌，光洁的皮肤，“身上的光晕，”[③]如同圣人一般，让每一个见到他的人都不由自主流下眼泪。如果说这样的描述并不能说明萨拉的崇拜只是关注于身体的形式，那么在涉及到具体的崇拜的意义时，这种对身体的形式的重视则昭然若揭。在阿哈特的信仰里，重生的一个过程是净化，而净化的结果是自由。这应是萨拉崇拜阿哈特的一个主要内容。有意思的是，在具体说明这种崇拜时，萨拉提到了教义中宣讲的男女身体的结合（性交），相信这是得到净化的最佳方式。值得注意

---

① James A. Schiff, *John Updike Revisited* (New York: Twayne Publishers, 1998), p.110.

②③ John Updike, *S* (New York: Fawcett Columbine, 1988), pp.37, 33.

的是，萨拉主动实践了这种教义中的信仰方式。在阿哈特的公社里经历重生的过程中，我们看到一个重要的内容是她的几次身体交欢，先是与一个来自德国的成员的身体接触，随后是和一个女成员间的同性交流，最后是与阿哈特本人的身体和精神的交流。从小说结构上说，萨拉与阿哈特的身体接触也成为了小说故事情节发展的一个高潮，这可以从厄普代克对这个细节的详细展示中得到印证。当然，更重要的是，萨拉从这次身体接触中得到的一个启示是它给她带来了一种进入“永恒”[①]的感觉，而这与阿哈特的传道不谋而合，事实上，在整个过程中，阿哈特一直在按照教义的要求启发萨拉直到她的身体和信仰的体验同时到达高潮。需要指出的是，一方面萨拉是在按照阿哈特传道的教义的要求寻找精神和身体的双重体验，另一方面，这样的体验本身也满足了蛰伏在其身体中的欲望，正如她自己所承认的，在过去的二十年中，除查尔斯以外她没有过第二个男人，而现在她得到的是查尔斯所无法给予的。于是，我们看到在教义要求的名义下，身体欲望与宗教情怀这个在《全是星期天的一个月》和《罗杰的版本》中反反复复出现的主题如幽灵一般也出现在《S》之中。更有甚者，在萨拉看来，这两者其实原本就是一致的，而使其融合成一体的不是别的就是身体本身，具体的说是融合了信仰和欲望的身体的形式。这也是为什么当她发现阿哈特原本不是什么印度人时，他的身体就不再吸引她了，因为她需要的身体的形式已不再存在。

读罢整部小说，一个突出的感觉是，厄普代克似乎要告诉我们，这样的形式只是一厢情愿而已，就像萨拉自己所说的那样，她投奔阿哈特是要脱胎换骨，用她自己的话说就是“换了一层皮”，[②]但是，最后她却这样对查尔斯说道：“我们脱掉了我们的皮，但一些赤裸裸的、雪白的、阿妈拉（梵语，意为‘永恒的’）的东西却滑落了下来，它们都是一样的。”[③]这些“一样的”东西也就是一个真实的原来的自我。原本抱着经历信仰洗礼和精神重生之念头的萨拉到头来发现只是走了一种形式的过程而已，生活似乎有回到原来样子的迹象，虽然她没有回到查尔斯身边，但却开始把寻求“爱”的眼光投向了初恋情人，从她曾经强烈表达并实践过女性独立思

①②③ John Updike, *S* (New York: Fawcett Columbine, 1988), pp. 49, 262.

想的角度考虑，把“爱”的希望依托给一个几十年前的情人身上，这不能不说是一种讽刺，而从另一方面说，也只是一种乌托邦想象而已，说明形式的魅力依旧阴魂不散。小说的主要内容——宗教则正是在走向形式的过程中改变了其原有的内核，这恐怕应是厄普代克在《S》中想传达给我们的主要信息。

第五章　婚姻问题

婚姻、家庭以及由此引出的婚外恋、偷情、欲望膨胀、身体游戏、浪漫想象、激情行为等等一直是厄普代克小说的主要内容之一。如果说在《兔子四部曲》和"《红字》三部曲"中这些方面或多或少都有所涉及，那么可以说最能体现这些方面内容的则应是他的婚姻类小说。评论者们一般会把《夫妇们》(1968)、《嫁给我吧》(1976)这两部小说归于厄普代克作品中的婚姻类小说，尽管从内容上说，"兔子"系列和"红字"系列也都涉及了婚姻与家庭，但是相对来说，这两部小说更集中地表现了婚姻与家庭这个主题以及相关问题。这两部小说讲述的故事都发生在小城镇里，在地理上形成了一种隔离的形态，当然在生活形态上则更是呈现出了一种特别的模样，厄普代克称之为"通奸社会"；故事发生的时间都是在二十世纪六十年代，显然，如同《兔子四部曲》一样，厄普代克写实的意图是明确的，尽管在实际故事情节中，与现实背景的联系并不是那么明显。婚姻是一种家庭形式，更是一种社会制度。厄普代克笔下那些充满生命本能冲动和激情的人物会把婚姻看成是一张网，在给他们带来家庭温馨的同时，也让他们感到了对身体和欲望的束缚，换言之，这仍然是一个个人自由与社会要求间的对峙与冲突的问题，而反映在这个问题背后的则是社会道德观念的改变，如享乐主义的蔓延和对生活方式的占领；在充分享受快感的同时，生活在"通奸社会"中的人们同时还试图找到生活的意义，表现在对自我存在的意识，但是结果不是从一个"通奸社会"转向另一个"通奸社会"就是又重新回到原来的婚姻状态中，这本身就表明了一种生活的困惑。因此，从本质上说，厄普代克的婚姻类小说讲述的仍然是当代条件下美国人充满矛盾的生存状态。

一、身体的狂欢:《夫妇》中欲望乌托邦和享乐主义的双重含义*

厄普代克在自传《自我意识》中曾经提到,在上个世纪六十年代他的生活已经很丰裕了,因为他写的书给他带来了丰厚的稿费。[①] 在这些书中,《夫妇》肯定是给他带来最多稿费的一本。《夫妇》出版于1968年。三个星期后即上了《纽约时报》的畅销榜,此后连续九个月畅销不衰。第一次印刷,著名出版商诺普夫就印了7万本,好莱坞的一家制片厂还买了此书的电影版权,费用是50万美元。从商业角度讲,《夫妇》因此成为了厄普代克作品中最成功的一本书。当然,不仅仅是商业上的成功,此书在厄普代克所有的作品中同样也占有重要位置。翻开编于1994年的《厄普代克访谈录》,我们可以发现从出版时的1968年到20多年后的1993年,在厄普代克接受多次访谈中,《夫妇》是提问者问到的厄普代克主要作品之一,提及的次数达35次之多。显然,《夫妇》可以说是厄普代克的代表作之一。

之所以受到如此关注,与小说内容涉及婚姻和婚外关系以及由此引起的轰动效应分不开。1968年4月26日的《时代》周刊刊登了一篇题为"通奸社会"的文章,专门介绍和评介了《夫妇》和厄普代克的写作,并以此文作为封面故事,这无疑也为这部小说作了广告宣传。从内容上看,小说讲了位于波士顿郊外一个小镇上十对夫妇间的故事,从结构上而言,故事以两条主线为主。一条讲述的是艾博霸夫妇和斯密斯夫妇间婚外关系的故事,另一条叙述的是小说主要男女人物派特和福克茜之间情感加身体交往的故事。前一条主线可以看作是一种横向叙述的方式,主要讲述当下发生的故事,以白描手法为主,相比较而言,后一条则多了一点纵向的内容,叙述过程中,叙述者时常会深入到人物的内心,剖析其矛盾的心理,也正因为如此,这一主线故事下的人物给读者留下了更深的印象,成为了小说的主要人物。这两条主线组合在一起勾勒出了这个"通奸"社会清晰的轮廓。

---

* 本文原载于《当代外国文学》2007年第2期

① John Updike, *Self-Consciousness* (New York: Alfred A. Knopf, 1989), p.143.

(一)

故事发生于1963春天和1964年春天。位于波士顿南面的塔伯克斯镇上十对中产阶级夫妇时常在一起举办家庭聚会,形成了一个类似俱乐部这样的活动形式。他们在一起跳舞、吃喝、豪饮、闲聊、挑逗、调情、打球、滑雪、做各种游戏等,聚会带来的狂欢的气氛弥漫于小说的大部分章节,而这种狂欢的气息则更因几对夫妇间产生的婚外关系平添了些许欲望的味道。以艾博霸夫妇和斯密斯夫妇为例,马莎·斯密斯对弗兰克·艾博霸产生了好感,继而发生了关系,他们间的秘密后来被珍妮·艾博霸发现,后者于是直截了当走向了哈罗德·斯密斯,哈罗德在确定妻子与弗兰克的关系后也就心安理得地接受了珍妮的要求,这两对夫妇的交叉关系在小镇上成为了公开的秘密,以致他们的名字变成了埃博斯密斯,他们间的关系最后在一次冬季滑雪场地驻地互相默许的换妻形式中走向了高潮。同样的关系也发生在小说中以次要人物出现的两对夫妇身上。与这种夫妇关系相对的是个人间的婚外关系的故事。建筑承包商派特是小说的主要男主人公,这位荷兰裔美国人有一份不错的工作和让人羡慕的家,妻子安吉拉虽人到中年,但仍保持苗条的身段,两个女儿很是可爱。但派特内心总是翻滚着不安的骚动,一种冷漠的情绪笼罩着他和安吉拉的关系。事实上,在小说故事开始时,他已经和故事中另一主要人物牙科医生福莱迪的妻子乔治妮偷偷好上了,很快他又把注意力转向了新来乍到的福克茜身上。后者的丈夫凯恩在波士顿的一所大学工作,研究生物化学。这对夫妇新近搬入塔伯克斯镇,很快也融入了夫妇俱乐部的氛围中。派特借替凯恩夫妇的新房装修的机会与已经怀孕的福克茜相识,随后两人便坠入了情网。小说的大部分内容实际上是围绕他们两个人的"情史"展开的。福克茜生下孩子后,已经有一段时间没有和她来往的派特又继续了他们间的关系,并导致她再次怀孕。派特于是请求牙医福莱迪帮忙打胎,福莱迪同意帮忙,但条件是要与安吉拉过上一晚。派特劝说安吉拉与福莱迪度过一晚,福莱迪则安排福克茜顺利做了堕胎。此后,福克茜的丈夫凯恩知道了派特与其妻子的关系。小说结束时,凯恩与福克茜离了婚,而派特则被安吉拉从家里驱赶了出去,最后他们也离了婚。派特则与福克茜结婚并搬到了另外一个地方,开始了他们新的"夫妇"生活。

小说出版后立即引起了评论界的注意。《时代》周刊的文章用了一种调侃的语调来评述厄普代克笔下的“通奸”社会：“在《圣经》里那些被指责犯下通奸罪的女人在塔伯克斯镇则是很安全，不会有人用石头砸向她们，有的只是羡慕的眼光。”[1]相比之下，有一些评论则显然表示了对厄普代克的不满以致愤怒，认为这部小说在“道德上非常含糊”，小说的性描写如此之多，不如把题目《夫妇》(Couples)直接改为《通奸》(Coupling)罢了；此外，尽管小说涉及爱情故事，但人物似乎主要是以私通者而不是恋爱者形象出现，更有评论认为这是一部主题先行的小说，是一部失败的小说。当然，在一片责备声之外，也有不少赞扬的意见，有评论者认为小说有些部分写得很是“漂亮”，小说揭示的那种对生活不满足的情绪在厄普代克笔下表现得淋漓尽致，真实地再现了一个颓废的社会；此外，也有评论赞扬小说的写作风格，称赞厄普代克对细腻的细节处理手法。[2]

内容决定一切。像《夫妇》这样的讲述中产阶级婚姻与性问题故事的小说注定要引发不同的意见。有意思的是，与这些小说发表后当时的评论不同，在以后一些学者陆续进行的对厄普代克的专门研究中，对《夫妇》看法出现一种趋同的意见，如，厄普代克研究者葛雷纳在出版于1984年的专著中认为《夫妇》讲述的是一个美国中产阶级建立的“欲望乌托邦”(erotic Utopia)的故事，[3]而在十年后另一位研究者斯基夫的著作中，他也用了同样的说法来阐释小说的故事内容，[4]另外，著名作家和批评家大卫·洛奇在1971年写的专论《夫妇》的文章中，也认为小说的内容涉及“欲望乌托邦”。对葛雷纳和斯基夫而言，“欲望乌托邦”的意思是指婚姻、家庭等作为一种生活制度与人的欲望造成的冲突，用葛雷纳的话说，“其中的关键是婚姻划定的界线中的自由问题”，[5]而斯基夫的分析则更深入到社会的原因：“因为教堂、工作和政治这些长久以来确定的制度已经不能对那些个人起什么作用，他们于是朝向别的地方，最主要的是把各自作为对象，寻求安慰、伴侣、解脱以及帮助他们远离恐惧和死亡的保护。”[6]而对洛奇来说，“欲望乌托邦”的意思则是指释放被压抑的情欲的一种形

① *Time*, April, 26, 1968, p.66.

②③⑤ Donald Greiner, *John Updike's Novel* (Athens: Ohio University Press, 1984), pp.149, 144.

④⑥ James Schiff, *John Updike Revisited* (New York: Twayne Publishers, 1998), p.69.

式；[①]自然，压抑本身与婚姻家庭这些社会制度是有关的。可以说，这三位研究者都不约而同地使用了“欲望乌托邦”这个概念来阐释《夫妇》这部小说，是因为这个概念确实一针见血地点明了小说的主题内容，即，作为个体的欲望与作为社会制度的婚姻与家庭间的冲突以及对这种冲突的解决方式，“欲望乌托邦”既是一种想象的方式，也是现实中的实际情况，而这也正是厄普代克想要说明的问题。

厄普代克在1969年进行的一次访谈时回答了《夫妇》中有关性场面描写的问题，他这样说道：“当然，这本书写的其实并不是关于性，而是关于性正在成为宗教的问题，性是现在唯一留下来的东西了。”[②]言外之意，他要在《夫妇》中讲述的是性如何在塔伯克斯镇成为了类似宗教这样的东西，成为了人们的生活方式和信仰对象。这种方式的“性崇拜”自然是个体欲望的极端表现，而另一方面，如果说宗教曾经（在很大程度上现在依然如此）给人们带来了乌托邦想象和体验，那么替代了宗教的性则也指向了同样的想象，带来了类似的乌托邦似的体验，不同的是宗教给予的是精神解脱和超验追求，而性所能赋予的则是当下的身体的快感和摆脱了制度束缚的自由的感觉。在一个宗教式微的年代，性似乎自然而然地成为了塔伯克斯镇上那几对夫妇寻求精神和身体双重自由的唯一选择。在这个意义上说，厄普代克要表述的性的问题不仅仅是生活方式，更是一种文化现象，一种当代美国注定要面对的以享乐主义为核心的文化转换过程。

著名社会学家丹尼尔·贝尔在论述当代美国的文化矛盾时指出，一方面是经济运行本身仍然需要的传统的新教工作伦理和清教节制精神，另一方面是一味追求最大利润的经济体制本身又要不可避免地宣扬最大程度的消费，其结果是在文化层面上形成以“自我实现”和“自我表达”为中心的极端个人主义，在生活方式上则是享乐主义的出现和流行。贝尔认为在这种情况下，“享乐主义成为了资本主义在文化上（如果不是道德

① David Lodge, “Post-Pill Paradise Lost: John Updike's Couples”, in Harold Bloom, ed. *John Updike* (New York: Chelsea House Publishers, 1987), p.30.

② James Plath, *Conversations With John Updike* (Jackson: University Press of Mississippi, 1994), p.52.

上)的合理性所在,享乐主义是一种把快乐作为一种生活方式的思想。”①贝尔进一步描述说,享乐主义情绪的一个显著特点是集体聚集,通过身体的接触给个人松绑,换言之,享乐主义起了一种类似精神治疗的作用,贝尔用“兴奋理疗”一词来说明这种作用。②这种“理疗”作用的最终目的是“要人从各种限制和束缚中解放出来,使得人们能够轻而易举地宣泄欲望冲动和情感。”③如果我们把贝尔对这种享乐主义特征的描述与厄普代克《夫妇》中的一些情节作一比较,我们会发现惊人的相似之处。《夫妇》的主要情节讲述的是那些夫妇们的集体聚会,从一次聚餐或舞会到另一次同样形式和内容的集聚成为了推动小说情节发展的主要因素,小说中那位扮演集聚主要招集人角色的福莱迪说过的一句话:“我们互相间形成了教堂”,④则可以看成是对贝尔所揭示的传统道德转换过程的一个生动比喻;集体聚会替代了传统上教堂的作用,更重要的是,在这个转变过程中,个人欲望从受到抑制到尽情释放,以致成为一种不能摆脱的生活方式,这与贝尔所说的“兴奋理疗”实乃异曲同工。

贝尔对享乐主义采取了一种严厉的批评态度,在他而言,享乐主义是当代美国社会的一个通病,是导致传统价值观念崩溃的罪魁祸首。贝尔批判享乐主义的出发点是要维护传统上西方社会尤其是美国社会的文化与价值观念,即,新教伦理和清教精神,以及建立在这种价值观念基础之上的资本主义社会的合理性。

在看待享乐主义问题上,与贝尔的态度不同的是西方马克思主义学者、法兰克福学派中坚人物马尔库赛的思想。在1938年发表的题为《论享乐主义》的文章中,马尔库赛对享乐主义作了完全不同的阐释。他首先从传统上理性对幸福的压抑入手,分析享乐主义的本质含义。从传统的角度看,人的幸福感被认为来自外部世界的物质,是非理性的情感,而人的真正的快乐——也就是那种能实现人的潜能的感觉只有来自心灵。当然,所谓心灵乃是一个充满理性甚至宗教意识的概念。马尔库赛眼中的享乐主义的功能之一便是突破这种理性与幸福对立的传统概念,他指出:“将幸福与快乐看成是一致的,这就会要求人的身体和感观感觉也要得到

---

①②③ Daniel Bell, *The Cultural Contradictions of Capitalism* (New York: Basic Books, Inc. 1978), pp. 22, 72.

④ John Updike, *Couples* (NY: Fawcett World Library, 1968), p. 12.

满足,也就是说,在这种认同中,人应该享受其存在,同时并不会亵渎其本质,也不会因此有罪恶感和羞耻感。在本质上,享乐主义以一种抽象的形式要求人的自由,并将这种自由延伸到生活的物质层面。"①马尔库赛的思想基础是法兰克福学派的"批判理论",即对资本主义尤其是现代资本主义体制对人的控制和压抑并导致失去自由这种状态的揭示和批判;从批判这个方面说,他与贝尔有共同的地方,后者同样也对现当代资本主义体制进行了批判,不同的是马尔库赛认为问题的根源是在于人需要彻底的解放,所谓的"理性"本身体现的就是社会的秩序,本质上是对个体的压抑,批判的目的是要人们认识自己的生存状态,以争取充分的自由,而在贝尔看来,恰恰相反,问题的症结在于在现代社会中,人对自由的要求过于膨胀,以致在自由的名义下无限制地满足个体的非理性欲望,对社会造成危害。

如果说贝尔从社会学的角度对享乐主义进行了批判,马尔库赛则是从哲学的角度对享乐主义进行了赞扬。但是,需要指出的是,马尔库赛的赞扬并不完全等同于感观和身体欲望的无条件的满足。在1961年出版的《爱欲与文明》一书中,马尔库赛阐释了从性欲到爱欲的转变过程,这个过程也是人从压抑到消除压抑获得解放,同时创造一个新的社会秩序的过程。按照一些评论者的理解,"在此之后,一种没有压抑的文明就可能诞生出来。"②这当然是一种美好的愿望,而从另一方面看,也可以说这是一种乌托邦想象。但正是这样一种乌托邦想象赋予了享乐主义双重含义,一方面是追求个体欲望满足、沉溺于身体快感的代名词,另一方面是指向了人获取自由、自在生活的可能的方向;两个貌似互相对立的概念恰恰在《夫妇》中的"欲望乌托邦"里走到了一起。换句话说,贝尔和马尔库赛揭示的享乐主义的双重含义在《夫妇》中交织在一起,构成了一个"欲望乌托邦"景象。更重要的是,这样一种"欲望乌托邦"景象同时也与二十世纪六十年代初的美国现实交织到了一起。

(二)

厄普代克在小说出版后不久接受的一次访谈中提到了《夫妇》的写作

①② Herbert Marcuse, *Negations: Essays in Critical Theory* (Boston: Beacon Press, 1968), pp.62, 8.

与时代的关系:“这本书涉及的是当代社会——生活在经济富裕和冷战中的那些人们。现在的社会已经使得工作越来越变得不重要了……他们不再相信工作作为一种职业的重要性,而是转向各种程度的‘交友’。他们最关心的是床上的和桌子边上的生活。”[①]厄普代克提到的“经济富裕”是美国二十世纪五十年代社会的一个重要标志。经济学家盖尔布莱斯在1958写的分析二十世纪五十年代美国经济和社会转型的专著用的书名就是《富裕社会》,此后“富裕社会”一词被用来专指二十世纪五十年代的美国。战后的美国社会在经济上确实是进入了一个蓬勃发展的时期,富裕的景象可以说是随处可见:新的郊区,新的高速公路,新的电视机等等。我们还可以从一系列数据中看出富裕的程度:在1950年到1960年间住房拥有者增加了900万个,达到了3300万个,在同样的时期里,登记在册的汽车的数量增加了两千一百万辆,与这个数字相应的是一个新的长达4万英里的州际高速公路系统建立了起来。此外,电视机数量的增加也相当惊人,1946年在使用着的电视机有7000台,到了1960年超过了5000万台。历史学家哈勃斯坦在其名著《五十年代》一书中提到,到了1956年,美国人在电视机前花的时间比其工作挣钱的时间还要多。[②] 随着富裕社会程度的增加,人的欲望也随之增加。盖尔布莱斯指出:“当一个社会变得快速富裕之时,欲望也随之在这个过程中被激发起来,同时得到了满足。”[③]盖尔布莱斯讨论的对象是经济及其发展过程。在厄普代克笔下,这种经济层面上的欲望被转化成了心理和身体层面上的冲动,而转化的过程同样也表明了富裕社会的另一种景象。

在小说的第二章“埃博斯密斯和其他游戏”的开头,厄普代克对两个主要人物以及他们的背景有一个言简意赅的介绍,从中我们可以读出这种转化过程的一些蛛丝马迹。弗兰克·艾博霸和哈罗德·斯密斯都是在二十世纪五十年代中旬来到塔伯克斯镇的。两个人都在一家证券公司上班。前者毕业于哈佛,后者来自普林斯顿,家庭背景都是属于中上阶层,

① James Plath, *Conversations With John Updike* (Jackson: University Press of Mississippi, 1994), p.20.

② Paul Levine & Harry Papasotiriou, *America Since 1945: The American Moment* (New York: Palgrave Macmillan, 2005), p.76.

③ John Kenneth Galbraith, *The Affluent Society* (NY: The New American Library, Inc., 1958), p.128.

来到塔伯克斯镇的同时，他们以及其家庭也带来了过一种"自由、灵活、体面"的生活的决心，与其父母辈僵硬的婚姻生活不同，他们希望在各对夫妇间建立一种轻松开放的关系来取代以往的忠诚观念，在这个很有点田园风光的小镇上，开创一种"新鲜的生活方式。责任和工作作为一种理想被真理和娱乐取代，而美德则不会再到殿堂和市场中去寻找，应该在家里寻找——在他们自己的家里，在他们的朋友们的家里。"[①]这样一种新的生活方式成为了小说故事的主要内容，在一定程度上，也折射了潜藏在富裕社会表象背后的欲望诉求，而这则正是二十世纪五十年代向六十年代过度的一个征兆。

除了"富裕社会"这种说法以外，历史学家和文化批判者通常还会把二十世纪五十年代描述成一个"行为趋同、意见一致"（conformist）的社会；中产阶级的大批出现，城市郊区的千篇一律，政治上冷战气氛的笼罩，这些都形成了社会趋同一致的因素，正如小说的叙述者所说的那样，弗兰克和哈罗德面对的是"一个年轻的激情和同性恋哲学尚未一统天下的文化，一种有着偷偷摸摸享乐的气氛。"[②]但是，这只是一种表面现象，因为在貌似保守的社会形态的背后，涉及传统的道德观念的变化已经开始。一些研究者在提到二十世纪五十年代的社会文化现象时总会把金塞的性学报告作为一个例子来说明变化的开始。的确，这可以帮助我们从一个侧面窥测社会道德规范层面的变化。金塞从社会学角度进行的两份报告——《人类男性性行为》(1948)和《人类女性性行为》(1953)揭示出的美国人在性行为方面的一些数据让大多数人大吃一惊，以致不能接受，但有意思的是，金塞的书却一直雄踞畅销书榜之首。金塞指出有百分之八十六的美国男性曾经有过婚前性行为，百分之五十的人承认在四十岁前有过通奸关系，而使有些体面女性颇有点丢面子的是，金塞的报告揭示出女性在性行为方面通常要比人们所认为的更加积极。[③] 金塞的报告只是一个社会学的研究成果，也许并不能涵盖整个社会的实际情况，但它至少让

---

①② John Updike, *Couples* (NY: Fawcett World Library, 1968), p. 114.

③ Steven M. Gillon, *The American Paradox: A History of the United States Since 1945* (Boston & NY: Houghton Mifflin Company, 2003), p. 137. 参见 Paul Johnson, *A History of the American People* (London: Weidenfeld & Nicolson, 1997), p. 859.

人们看到了社会的一个矛盾，即个人行为和公共宣称道德之间的矛盾，[①]而这种矛盾在具体到婚姻层面上则更进一步转化成了性与婚姻的冲突。

二十世纪六十年代另一位享有盛名的性学研究者威廉·麦斯特在1974年出版了探讨婚姻与性的关系的著作《愉悦的枷锁》，描述了自二十世纪六十年代以来美国社会对婚姻和性两者关系看法的变化。一种在很大程度上被推崇的观点是婚姻承诺不应该再包括性关系的专一在内，忠诚这种观念被一些人认为已经是过时的老一套，取而代之的应是给予夫妇寻找婚外关系的自由。这种观点基于的一个理论是性与婚姻的脱节。性被看做仅仅是与个人相关，满足个人的需求，与传统上婚姻要求的谨慎、情感、隐秘这些因素没有什么关系。这可以从对待婚外关系的态度与用词的变化中看出某种端倪。含有贬义和责罚意义的"通奸"(adultery)一词被更多地含有临床诊断意义的词"不贞"(infidelity)代替，而此词则被另一个更加不具备任何价值判断意义的词"婚外性关系"(extramarital sex)(言外之意是发生在婚姻外但并不表明反对婚姻的性关系)替代，而更新近流行的词则是"与婚姻一体的性关系"(co-marital sex)，[②]也就是一方面满足个人需求，另一方面又与婚姻不发生冲突；换言之，婚姻对个人性行为的约束开始遭遇挑战，而显然，推动这种挑战的动因离不开享乐主义思想的影响。正如小说中那位充当各对夫妇聚会组织者和欢宴精神教父的福莱迪对其行为的评价那样："我们都是一些颠覆细胞，就像和地下墓道里的那些人一样，不同的是，他们是要挣扎着冲出享乐主义，而我们却试图要回到其中。"[③]他所说的"地下墓道"指的是罗马时代早期基督徒地下墓地，那些坟墓上通常会有一些浮雕，《夫妇》封皮用的正是亚当和夏娃赤身裸体躺在一起的浮雕画面。亚当和夏娃在偷吃了禁果后经历了一阵欢乐无边的肉体享乐生活，而后是上帝的发怒和禁欲时代的到来，而在福莱迪看来，在"性成为唯一留下来的东西"的时代，不享乐又能做什么？当然，享乐行为只是与个人的身体欲望相关，并不一定要与婚姻发生

① Steven M. Gillon, *The American Paradox: A History of the United States Since* 1945 (Boston & NY: Houghton Mifflin Company, 2003), p.137.

② William Masters & Virginia E Johnson, *The Pleasure Bond* (Boston & Toronto: Little Brown & Company, 1974), p.188.

③ John Updike, *Couples* (NY: Fawcett World Library, 1968), p.158.

必然冲突，两者可以同时存在，使得享乐有了更加充分和安全的理由。这也就是为什么在他知道派特和其妻子通奸后，他只是在嘴上说说要责罚派特，但是其本身的婚姻，他与其妻子的关系照常如旧。当然，最后他确实是惩罚了派特，但那只不过是和派特的妻子过了一夜。

最能表现这种婚姻与性既同在又分离的关系的是艾博霸和斯密斯这两对夫妇间的故事。我们首先可以在故事的描述风格的变化上入手分析这种关系。就像所有的“通奸”故事都源于男女间自然而浪漫的想象那样，弗兰克和马莎之间的关系也是源于马莎对弗兰克的美好浪漫的想象。有意思的是，让马莎对弗兰克投去惊鸿一瞥的是弗兰克身体的某个部位。小说的叙述者在叙述他们间故事时的第一句话是这样说的：“埃博斯密斯间的恋情关系——与很多人传说的是珍妮先开始这种关系的说法不一样——开始于马莎对弗兰克的一双手的注意。”[①]弗兰克一双其实与大多数男人差不多的手，在马莎的眼中却情不自禁地引发了浪漫的想象：“他是一个男人。从他的脸上可以看出这个人曾经经历过不少艰难曲折。从这个发现之后，他的每一个动作都会在马莎的内心掀起一阵涟漪，一点点欲望。她是一个女人。”[②]厄普代克是细节描写的大师，人物的心理变化在他简简单单的描述中被不经意地表现出来。于是乎，在这样一种颇有情调的氛围中，我们开始进入了这对夫妇间交差恋情的故事。

“身体”可以引发浪漫的想象，也可以颠覆这种想象，直指身体本身。马莎对弗兰克的浪漫的想象让她发现了对方的另一特点：阅读莎士比亚，相比之下，她自己的丈夫哈罗德只读通俗小说。但是，仅此而已，因为马莎的浪漫想象和与此相应的情真意切的叙述语调很快就变了味道。在听弗兰克讲解莎士比亚的同时，马莎不知怎么地说到了他们两人间可不可以来点事，弗兰克一口答应，尽管马莎一再解释她只是希望把弗兰克当作朋友，但弗兰克还是止不住说：“为什么？你有珍妮做你的朋友。还是把我当成一个男人吧（直译：请把我当做性对象吧）。这还真是一个有意思的过程。在市场疲软的时候，也许这是剩下来的最好的投资了。”[③]弗兰克的回应似乎把马莎曾有过的浪漫的想象一扫而光。马莎仍不死心，依旧想把他们的关系定为朋友关系，并且给出了理由：

---

①②③　John Updike, *Couples*（NY：Fawcett World Library，1968），pp. 118，120.

> "弗兰克,听我说,我迷上了你。我知道这有点荒唐,但我要求你帮我,作为一个朋友。"
>
> "在有性关系前还是后?"
>
> "请严肃点。我还从来没有这样严肃认真过。我现在要为我的生活斗争。我知道你不爱我,而我也不认为我爱你,但是我需要找人说话。我非常需要。"[①]

马莎说的也许是真心话,她也许真的只是需要把弗兰克当作类似心理治疗的一种手段而已。但接下来故事的发展却让我们看到了事情的另一面。他们从互相交谈到互相接触手和脚到感到沉浸在无人知晓其关系的兴奋之中,最终他们开始了身体的接触,而之后的第一感觉仍旧是关于身体的。弗兰克爱上了马莎娇小的身体,并把她想象成了法国宫廷中的那些小情人和哈罗德在喝醉时曾提到过的日本妓女,而马莎则仍旧忘不掉弗兰克的那双手,喜欢被这双手拥有的感觉。弗兰克感到"马莎身上有一种令人兴奋的堕落的感觉,而在以前他从没有过这种感觉。"[②]弗兰克的这种感觉可以说是身体欲望最好的、最直接的表达。

如果说弗兰克和马莎这种恋情能够一直秘密地进行下去,那我们读到的差不多应该是一个曾经相识的浪漫加激情的故事。当然,这样的话,就会与厄普代克的原意相违了。实际情况是,就像叙述者所说的那样,"但是,一桩恋情总是会向外透溢,要与整个世界共享它的光辉。"[③]弗兰克妻子珍妮很快就发现了丈夫与马莎的关系的不正常,她向哈罗德表明了她的怀疑,同时也开始了他们间的小小的调情。后来,珍妮发现了马莎写给弗兰克的一封信,证据在手的珍妮再次走向了哈罗德,于是乎两人在经历了一番从吃惊到愤怒再到兴奋的情绪调整后,很快走到了一起,曾经有过的调情变成了现实,他们似乎是找到了结合的理由;期间,珍妮也曾有过要惩罚弗兰克和马莎的想法,因为她认为从本质上说她还是一个有着道德意识的人,但哈罗德表现出的对她的好感与追求很快就压倒了她的道德感,于是接下去的故事就是弗兰克和马莎的恋情翻版成了哈罗德和珍妮的恋情。值得注意的是,哈罗德也从珍妮的身上获得了一种"意味深长"的感觉:"哈罗德有了一种生活的永恒的感觉,似乎是一个闪闪发

---

①②③ John Updike, *Couples* (NY: Fawcett World Library, 1968), pp. 121—22, 124.

亮的肿瘤在吞噬着他那些相信死亡的细胞。"[①]这句来自叙述者的颇有点拗口的评语让我们想到了弗兰克从马莎身上得到的感受，弗兰克"堕落"的感觉与哈罗德"永恒的"感觉其实说的是一个意思，也就是快乐的纯粹的感觉，也就是来自身体的欲望与冲动释放时顷刻间的感觉，而这正是享乐主义者孜孜以求的感觉。需要指出的是，这种"永恒"的感觉是在排除了婚姻约束的基础上获得的，换言之，与婚姻或者爱情相关的传统意义上的情感、关爱、心心相印这些观念都在身体的纯粹的感受中消解了。但在弗兰克和哈罗德看来，这并不等于婚姻的消解，因为就像麦斯特所揭示的那样，这两者在一些人看来并不冲突。正如一位与弗兰克和哈罗德有着类似体验的实践者说的那样："我以为如果你的女朋友或者是妻子与别人发生性关系，如果你觉得受到了威胁，那就是很奇怪了。毕竟，那只是身体器官在作用，又不是与别人进行了六个小时的心心相印的交谈。为什么要把性行为看作是不忠诚？这完全是疯狂的想法。在我看来，我们太关注身体与忠诚的关系了。为什么我们要把性行为看得那么重？"[②]这段源自麦斯特个别访谈中的话为弗兰克和哈罗德行为提供了很能说明问题的注脚。从这个逻辑来观察，最后这两对夫妇进行了换妻行为，也就不足为奇了。

美国文学研究专家塔纳在其名著《小说中的通奸主题》一书中指出，任何人与人之间的关系都是开始并依赖于抑止关系。婚姻与通奸的对立关系在历史上表明了人在社会行为中划定界线的能力，以避免混乱局面的出现。从这个角度来看，涉及通奸小说的主题实际上表现了一种激情，突破婚姻和维持婚姻的激情，一方对另一方构成的障碍越大，激情也就越激烈，这是传统社会的写照；但如果一个社会在设定界线与抑止方面（以婚姻与通奸为例）出现了犹豫，那么传统的通奸主题的小说也就不再存在了。[③] 用塔纳的这种理论来衡量，那么厄普代克的《夫妇》正是这样一部有着通奸主题，但与传统形式不相一致的小说。用塔纳的话说，"像厄普代克《夫妇》这样的小说，对于激情和婚姻的描述都不甚了了；通奸只是一

---

① John Updike, *Couples* (NY: Fawcett World Library, 1968), p. 147.

② William Masters & Virginia E Johnson, *The Pleasure Bond* (Boston & Toronto: Little Brown & Company, 1974), p. 153.

③ Donald Greiner, *John Updike's Novel* (Athens: Ohio University Press, 1984), pp. 145—46.

种形式和技术层面上的问题。我们可以说,通奸失去了象征意义。"①如果只是以上述分析的埃博斯密斯的故事为例,那么塔纳的说法确实是点中了要害,但如果我们把视线放到小说的另一条主线上,也就是派特的故事上,我们会发现塔纳所说的"激情"因素在一定程度上依旧存在,只是同时也经历了消解的过程。

(三)

派特是一个在小说众多人物中颇有点与众不同的人物,这不仅是因为他相信上帝,而他周围的人多数则早已把信仰撇在了一边,更主要的是,他是一个充满激情的人,或者说相比于别的人物,他的情感因子显然要胜出一筹,更或者,也许可以这么说,通过他演绎的故事至少可以看出不少与情感和激情有关的内容。按照马尔库赛的说法,人的解放要经历从"性欲到爱欲"的转换过程,这个过程实际也是人追求自由的过程。从派特的故事中,我们会发现他经历的整个恋情过程实际上也有追求自由的内容在其中,不同的是,厄普代克并没有把派特描述成从"性欲到爱欲"这个过程的代表,而是一个充满"性欲"和"爱欲"的混合体,正是这样一个混合体似的形象使他既区别于埃博斯密斯那样的人物,同时又与他们惺惺相惜。

派特的激情从一开始就表现了与家庭的冲突的关系。小说的叙述是从派特和妻子安吉拉深更半夜关于福克茜和凯恩夫妇的对话开始的。作为读者,我们很快就会发现派特和安吉拉之间关系的紧张,派特相信上帝,害怕死亡,安吉拉什么也不信,更重要的是,安吉拉似乎有点性冷淡,而派特则是内心充满了焦躁的情绪。这也许为接下去叙述者展示给我们派特与乔治妮偷情的情节做了一个自然而然的铺垫。尽管这样,我们仍然可以发现派特与乔治妮的关系仅仅是身体与身体的关系,乔治妮显然让派特得到了他从安吉拉身上不能得到的满足,乔治妮那种"欢迎来到后避孕天堂"的态度向派特传递了一种欢快的、无忧无虑的气氛,②解除了他害怕让乔治妮怀孕的担忧,同时也让他有了更多的实现身体欲望满足的可能。因此,可以说,乔治妮让派特感受到了激情,但那更多的是与身

---

① Donald Greiner, *John Updike's Novel* (Athens: Ohio University Press, 1984), p. 146.

② John Updike, *Couples* (NY: Fawcett World Library, 1968), p. 58.

体相关的激情,就像弗兰克和哈罗德从各自情人那儿得到的感受一样,而不是与情感相关的激情。只有在派特遇到了福克茜之后,这样的激情才被激发了出来。

就像马莎和弗兰克关系开始于一种浪漫的想象,在描述派特和福克茜的关系时,厄普代克笔下的叙述者显然也是传递了一种浪漫乃至温馨的情调。如果说整部小说弥漫着一种与欢宴过程相应的众声喧哗、尽情欢乐的气氛,那么在涉及到派特和福克茜的故事时,叙述者常常会引入不同的叙述语调,一种静谧的、含蓄的、乃至情意浓浓的笔调。这样一种叙述语气上的变调更突出了派特与福克茜故事的与众不同,而事实上,从情节上来看,他们两人单独在一起时的情节安排与小说重点描述的众人在一起聚会欢腾的情节形成了鲜明对照。前者构成了一般情爱故事中常有的因素:浪漫气氛和人物间心心相印的语言交流。在小说第三章有这么一个情节值得我们注意。派特乐意给福克茜的新房当装饰顾问,尽管这是一项不挣钱的工作。这一天,他又去了福克茜的家。叙述者有这么一段描述:

> 有时候,当他下午来的时候,她会在睡觉。海水在曲里拐弯的航道线里泛着黑色的光亮,莱斯镇上的灯塔在远处的热气中闪烁。房子前的斜坡上夏天的干草发出重重的气味,到处是田鼠和开着黄花的野草,一直蔓延到下面的沼泽地前。在房子的前面有一些丁香花的根茎。车道上没有看见停着工人们的车,只有她自己的二手普利茅斯工作车,圣洁般的蓝色。①

这么一段普通的描写环境的文字却传递了一些重要的信息,首先是营造了派特幽会福克茜的心情,其次是派特无意识地在心中把福克茜想象成了“圣洁般”的模样。果然,接下去,我们就会发现两人之间有了一段互相倾吐真心话的交流:家庭背景,小时候的生活,宗教信仰等等,而派特关于美国的比喻则更是把他自己对福克茜的激情用了一种迂回的方式和盘托出:

> 我认为美国现在就像是一个不被爱的孩子,窒息在了糖果之中。就像是一个中年妇女,丈夫每次出差回来都要带回来一些糖果,因为他一直对她不忠诚。他们刚结婚时,他从来不用给她礼物。

① John Updike, *Couples* (NY: Fawcett World Library, 1968), p.208.

谁是那个丈夫？

上帝。太明显了。上帝不再爱我们了。他爱的是俄国，他爱乌干达。我们太肥胖了，长满了青春豆，一个劲地总是哀求要更多的糖。我们已经失去了上帝的恩典了。

你对爱情想得很多，是不是？

比别的人想得多？

我想也是。

……

你想吻我吗？

是的，很想。

为什么不动？

我觉得这样有点不好。我没有这个勇气。你正怀着别人的孩子呢。①

派特说的确实是真话，也许是他那种多少有点“天真无邪”的态度打动了福克茜。派特就像是那个被上帝抛弃的美国，他需要爱，而福克茜则扮演了输出爱的角色。在一个宁静的夏天的午后，在海的边上，在一处建于十八世纪的远离小镇中心的屋子里，在内心进行了一番颇为真诚的交流后，派特和福克茜俨然把他们看成了天然的一对；福克茜用“我们”来称呼他们：“我们不是在我们自己的屋里吗？你难道不是在为我装饰这个房子吗？”②而对派特而言，福克茜的身体是那么地熟悉以致他毫无疑问地认为她就是他的人：“她的身体那么快地传递了一种熟悉的感觉，于是，在那个下午他想都没想地就接受了她——就像是丈夫和妻子在一起……”③这样一种温馨浪漫的感觉在小说中其他恋情关系中很难找到，而这正是厄普代克通过派特和福克茜的关系要表达的“欲望乌托邦”的另一层意思。

在小说发表近二十年后的一次访谈中，厄普代克谈到了他在《夫妇》中处理这种浪漫恋情的意义：“像《夫妇》这样的书被认为是表现了当代社会丑陋的性行为，让人不能接受，在于我看来，这是一部浪漫的书，讲述的是男人遇见女人，男人得到了女人，而针对的是核心家庭分裂这样一个背景。”④厄普代克所说的“浪漫”的主人则应是非派特莫属。浪漫追求的

---

①②③ John Updike, *Couples* (NY: Fawcett World Library, 1968), p.212.

④ James Plath, *Conversations With John Updike* (Jackson: University Press of Mississippi, 1994), p.184.

是一种真情，甚至是一种精神状态。这也是为什么同在一个小镇上的派特和福克茜在一段时间里通过写信来传递互相之间的感情，这也可以看做是塔纳所说的"激情"的表露。这一点在福克茜身上表现得尤其突出。与自己早出晚归，互相间没有多少交流的丈夫相比，显然派特给她带来了更多的兴奋的感觉。"通奸让她从里往外精神焕发。"[①]这句来自叙述者的评语听起来有点讽刺的意味，但同时也的确表明她内心拥有的自在的感觉；同样，与福克茜的恋情也似乎让派特找到了自我，甚至帮助他克服因其父母早先死于车祸而导致的生活在死亡阴影中的感觉，而更重要的则是赋予了他追寻自由的动力。在一次聚会中，有一对夫妇提到了忠诚的重要，因为婚姻中含有神圣的意味，这时，派特这么说道："也许神圣应该给予别人一点自由。"[②]他所谓的自由当然也就是指能够与福克茜自由自在地生活在一起。这种追求自由的意愿同样也体现在他的宗教信仰中。用葛雷纳的话说，"派特加入了厄普代克笔下那些具有宗教信仰的人的行列，那些人最后所依赖的是想象的有效性，而不是信仰的神圣性。显而易见，派特是这么认为的，如果上帝早已经做了决定，那么在生活中，他的挑战不是去遵循常规的道德限制，而是要在自由中找到幸福。"[③]派特信仰的是加尔文教的上帝，按照加尔文教的传统，人的得救是由上帝先定的。既然如此，人也就有了行动的自由，尽管负罪的感觉会时刻伴随着争取自由的行为。这就是为什么在内心派特总有一种要向安吉拉坦白与福克茜恋情的冲动，尽管实际上他并没有这么做，但至少说明了他的一种负罪感。尽管如此，自由在其心中仍旧是第一位的。需要指出的是，这种思想逻辑与加尔文教的传统是背道而驰的。后者教导的是人应该努力去遵循上帝的旨意，以表明自己是上帝的"选民"。在这个过程中，自由必然要受到限制。相比之下，派特走的是一条与之相反的信仰道路，而其实质则在于突破信仰框框，追寻行动的自由。从这一方面来看，这种思想与行为与马尔库赛所说的"享乐主义"的本质倒是有了相同的地方。换言之，厄普代克所谓的"浪漫"意思不仅是指故事（主要是派特和福克茜）本身浪漫，而更重要的是这个故事所指向的追求自在、自由的精神，而这正是"欲望乌托邦"的另一层意义所在。

但是，正如上述提到的那样，在马尔库赛看来，真正的自由是从"性

---

①②③　John Updike, *Couples* (NY: Fawcett World Library, 1968), pp. 215, 232, 147.

欲”到“爱欲”的转换，身体和感观的满足只是人的潜能得到释放的一个过程，而人的真正的解放则需要新的秩序的建立，也就是“爱欲”的实现。从这个角度来看，派特与福克茜的故事还只是停留在“性欲”阶段，因为尽管从叙述的角度和情节的安排上，他们俩的故事被处理成很有另类特色，似乎拥有了一种“乌托邦”的气氛，或者说与小说中其他故事构成的现实保持了一定的距离，但实际上，仍然只是在现实中许多故事中的一个而已，换句话说，最终，派特和福克茜仍然脱离不了其他夫妇所遵循的现实原则，也就是贝尔所言的享乐主义的原则。

作为读者，在我们感觉到派特和福克茜故事散发出的浪漫气氛的同时，我们同样也能够感受到的是派特的自我放纵行为和对身体的迷恋。吸引派特的不仅仅是福克茜温情脉脉的态度和举动，更是因为其身体本身给派特带去的不同的感受。在小说中，派特是一个拥有恋情最多的人，即使在和福克茜热恋时，他也没有放弃与别的女人交往。如果说他从福克茜那里得到了情感的需要和满足，那么从别的女人那里他则获得了身体的刺激和体验。事实上，他喜欢的是同时拥有“处女和妓女”风姿的福克茜。[①] 按照葛雷纳的看法，尽管就像和派特一样，福克茜也有宗教信仰，而且身着白色、身怀六甲的她给人一种圣洁的感觉，但实际上，厄普代克着墨更多的是她的风骚，正如她的名字(Foxy，意指像狐狸一样)所暗示的那样。[②]

另外，更重要的是，从故事情节结构上看，我们会发现派特注定是突破不了现实的法则的。在福克茜生下孩子后，派特和福克茜尽管有一段时间的隔离，但很快派特又去看望了福克茜。不久，福克茜发现怀孕了。在福莱迪的帮助下，福克茜成功地堕了胎。派特付出的代价是同意让福莱迪与其妻子安吉拉过上一夜。这个情节的发生地是在那些夫妇们每年冬天都要去的一个滑雪胜地。正是在同一个地方，上一年的冬天，弗兰克和哈罗德进行了换妻游戏，一年以后，轮到了派特。从表面上看，福莱迪和安吉拉这么做是因为要对派特进行惩罚，因为他们两人都知道派特与福莱迪的妻子乔治妮有过通奸的经历。因此，从逻辑上说，派特可以成为这次行为的局外者——只是需要接受如此形式的惩罚而已，但故事的发

① John Updike, *Couples* (NY: Fawcett World Library, 1968), p.354.

② Donald Greiner, *John Updike's Novel* (Athens: Ohio University Press, 1984), p.156.

展告诉我们，在福莱迪和安吉拉进入房间后，喝着闷酒、觉得无聊、心中憋火的派特终于也走进了乔治妮的房间。于是乎，他也加入了换妻者的行列。在与乔治妮一番温馨以后，叙述者这样描述了他的内心想法："他知道，他夸大了他的麻烦，命运总是可以化解的。"[①]所谓他的麻烦指的就是福克茜的怀孕，谢天谢地，这个麻烦总算解决了；但与此同时，被"化解"的还有他的"欲望乌托邦"，他曾经有过的憧憬自由的激情。换言之，与弗兰克和哈罗德一样，派特也成为了情感与身体分离观念的实践者，对他而言，这不能不说是一个讽刺。

讽刺的意味同样也隐含在小说结尾的安排。派特和福克茜最终突破了家庭的束缚，各自离婚，然后又真正走到了一起，组成了一个新的家庭。按照厄普代克的说法，这样的结尾是一个"幸福的结尾"，男人得到了女人，女人找到了男人，但同时，他也指出，作为一个人物，派特实际上也已经死去，因为他没有了追求："他成为了一个很满足的人，因此，从某种意义上说，他死去了。换言之，一个得到了他想得到的东西的人，一个心满意足的人已经不再是一个人。不堕落的亚当是一个猿。"[②]厄普代克的这段话是从宗教信仰的角度说的，小说结尾时，塔伯克斯镇上的教堂被雷电击中倒塌了，象征了道德戒律的崩溃，像派特这样的有着宗教情怀的人其行为从此不再有"罪恶"感的限制，可以说他是自由了。但同时，正如厄普代克指出的那样，他也失去了激情，或者说没有了可以追求激情的条件，因为就像和别的夫妇一样，他从此可以在"欲望乌托邦"里尽情地狂欢了，但那只是身体的狂欢，不在场的是"乌托邦"所蕴涵的对激情和自由的憧憬。正是在这个意义上，厄普代克说派特已经死了。小说的结尾还暗示了一个小小的波折，派特和福克茜结婚后，搬出了塔伯克斯镇，因为他们的离婚和结婚破坏了小镇上其他夫妇不成文的游戏规则，但有意思的是，正如叙述者所说的，到了一个新地方的派特和福克茜成为了新地方的"夫妇"，生活其实和原来一样，现实照旧，塔伯克斯镇的游戏看来还是要继续下去。

从与现实背景之关系的角度看，《夫妇》讲述的故事体现了厄普代克一贯的风格：与现实背景保持一种若有若无的关系。厄普代克在谈到这

---

① John Updike, *Couples* (NY: Fawcett World Library, 1968), p. 390.

② Donald Greiner, *John Updike's Novel* (Athens: Ohio University Press, 1984), p. 159.

本小说的创作初衷时提到了此书与肯尼迪被刺事件的关系："促使我创作《夫妇》的是源于我生活中的这样一个事件：在肯尼迪被刺的当晚，有几个朋友已经准备了一个晚会，我们感到很震惊，但还是决定搞晚会，就像书中那些人做的那样。换句话说，我们不知道应该做出哪些表示来，所以干脆我们什么也不做。我们的生活一直是脱离了国家的生活。我们个人的生活成了我们真正关心的事。对个人生活关注度像着了魔一样极度膨胀，与对社会生活的冷淡形成了鲜明的对照，这给了我很深的印象并促使我写了此书。"[①]厄普代克提到的肯尼迪被刺事件确实被写进了小说中，而且正如他说的那样，福莱迪在得知肯尼迪被刺后，还是决定照办他组织的聚会，因为他已经准备好了欢宴的所有东西。政治，或者用厄普代克的话说，社会生活在夫妇们的社交活动中时常出现在他们的谈话内容中，但大多只是作为谈资而已，肯尼迪本人常常成为了取笑的对象，他婚姻中的一些丑闻消息则似乎成为了夫妇们用以表明自己行为的正当的理由。从这个角度讲，欲望乌托邦也有了存在的理由。这应是厄普代克在这部小说中要表明的一个重要的现实主题。

---

① James Plath, *Conversations With John Updike* (Jackson: University Press of Mississippi, 1994), p. 161.

二、爱的尴尬与选择的困境：《嫁给我吧》中的婚姻问题

在所有的厄普代克小说中，《嫁给我吧》是一部比较简单的小说，情节简单，人物简单，语言也简单，因此，相对来说，可读性也比较强。体验过《兔子四部曲》的长篇情节、"《红字》三部曲"的宗教玄理、《夫妇们》中众多人物间的复杂关系，读《嫁给我吧》的感觉就会有点像是喝了威斯忌、五粮液后尝了一口百威或者是青岛啤酒，那清爽的感觉还是比较明显的。当然，这并不等于说这部作品意义肤浅，因为清爽之后留下的苦涩还是会让人回味无穷。

小说发表于1976年。其中的第二章于1968年在《纽约客》上先行发表过。厄普代克在提到这本小说的创作时说过，这部小说的初稿完成于《夫妇们》前，有一段时间，他发现没有东西可写，于是翻出旧作，修改后发表。从内容上说，这部小说与《夫妇们》很接近，故事的中心也是围绕夫妇们展开，发生的地点也是一个位于郊区的小镇，不同的是，《夫妇们》涉及十对夫妇，而《嫁给我吧》则只有两对夫妇，另外，两部小说反映的社会背景的程度也不同，《夫妇们》的叙述尽管已经非常远离时代背景，但还是或多或少透露了当时发生的社会事件，如肯尼迪暗杀事件，相比之下，《嫁给我吧》的故事时代背景则更加模糊；小说发生的时间应是1961年，但叙述本身并没有涉及任何与二十世纪六十年代初美国社会相关的事件，如肯尼迪当选总统等，这在厄普代克的写实性小说中是不多见的。当然，这只是叙述方式的不同，实际上，两部小说在主题上的相近更多于形式上的不同，《夫妇们》中涉及的婚姻与浪漫，激情与责任，自由与束缚此类问题在《嫁给我吧》里重复出现，而且在一定程度上，探讨的力度更加集中。同前一部小说一样，这一个故事中两对夫妇卷入的也是"通奸"与离婚事件，所不同的是，《夫妇们》中的派特离了婚，尽管重新结婚后的派特夫妇最终仍然过上了先前"通奸"社会中的夫妇生活，在《嫁给我吧》中，主人公杰里如同派特一样也与"通奸"有染，但面临的结局却不尽相同，他陷入了想爱不能爱，想离婚又离不了的尴尬地步。如果说《夫妇们》展现的是一个"通奸"社会中，"夫妇们"突破婚姻的束缚，在婚姻内外享受身体的狂欢，那么《嫁给我吧》则讲述了这个"通奸"社会中，"夫妇们"面临的爱的困境，前者

表明了婚姻与浪漫和激情的矛盾与统一，后者则表现了婚姻与责任，浪漫与现实，激情与信仰，自由与自律间的冲突和对峙；整部小说再现的就是这种冲突和对峙的状态，可以说这也是厄普代克要表明的“通奸”社会的另一风景。

(一)

故事发生在1962年的3月和12月之间。两对夫妇分别是杰里与露斯和理查德与萨莉。杰里是一位电视广告动画设计者，妻子露斯是家庭妇女。理查德是一个小私营主，妻子萨莉是家庭妇女。小说讲述的就是这两对夫妇间的婚外恋故事。小说一共有四章加一个结尾，前两章围绕杰里和萨莉恋情关系展开，后两章叙述了露斯和理查德对杰里和萨莉关系的反应。小说的副标题为：“一个传奇(或译为“一个浪漫故事”)。的确，故事伊始，浪漫的气氛就扑面而来：杰里和萨莉在海滩边幽会，互吐衷情，杰里带来了一瓶葡萄酒，更平添了亲密的氛围。杰里发誓要与萨莉结婚，这让萨莉很是感动，但同时萨莉隐约感到杰里话语中透露的一丝感伤和悲哀。杰里一家和理查德一家同在一个住宅区里，有一段时间两个家庭常常在一起郊游娱乐，杰里因此爱上了萨莉，而萨莉也倾心相许。两个人的关系从幽会发展到谈论离婚和结婚，但是真实情况却并不是那么简单，在离婚和结婚问题上杰里似乎是陷入了困境。小说第二章情节提供了一个很好的例子。杰里到华盛顿出差，萨莉没有经过杰里的同意自顾自地赶去同杰里见面，这让杰里很有点不知所措，害怕各自的家庭会发现他们的关系。杰里最终下定决心告诉了露斯他和萨莉的关系，并提出离婚，但事情的发展并没有他想象的那么顺利。露斯不能接受杰里提出的离婚要求，而对杰里来说，家庭、孩子以及他对露斯若有若无的感情同时也让他犹豫不决。有意思的是，露斯本人也曾有过一次婚外恋情，其情人则是理查德。露斯向杰里保守了这个秘密，但同时她不同意与杰里离婚，她明白她并不爱理查德。杰里与露斯达成了一个协议：用时间来确定他们的命运。如果夏天过去后，他们两人的关系不能再维持下去，那么他们就可以离婚，同时在这段时间里，杰里不能与萨莉有接触。夏天过去了，杰里再次提出了离婚，尽管他和露斯的关系并没有变坏，相反比以前还更加亲近了一点，露斯似乎也开始同意了。理查德这时也知道了杰里和萨莉的恋情，他很干脆地提出要和萨莉离婚，条件是杰里要娶萨莉，但是这却让杰里再次犹豫起来。最终杰里决定不和萨莉结合。小说到此算是结束了这两对夫妇间错综复杂的故事。但厄普代克最后还给故事留下一个小小的尾巴：三个可能的结局。第一个是杰里和萨莉两个人一同到了西部的怀俄明，在小说中，杰里曾多次提到要到怀俄明州过牛仔生活，第二个是杰里和露斯以及他们的孩子到了法国南部黄金海岸城市尼斯度假，第三个则是杰里独自一人到了太平洋上的圣克罗伊岛。这三个结局方式给读者提供了想象的空间，厄普代克是要让读者自己去给故事续上一个结尾。这也可以算是传奇故事的一种方式。

就如同《夫妇们》一样，小说出版后引发的评论褒贬不一。批评者认为小说情节过于简单，人物不真实，尽管厄普代克在副标题中已经说明故事的"传奇"性质。有些评论者看到了厄普代克让人物陷入两难困境的用意，但认为不够深入，还有的则不喜欢小说没有结尾的结尾方式。与之相比，著名评论家卡津则给予了《嫁给我吧》很高的评价，认为小说描写很详尽，巧妙，情节为大家熟悉，同时也富有新意。[①]

从上述故事情节简述和对小说的不同评论来看，显然，弄明白小说副标题中"传奇"的意思对理解这部小说至关重要。厄普代克研究者葛雷纳援引著名美国文学学者蔡司在其著作《美国小说和传统》中对"传奇"一词的阐释来说明厄普代克的用意。蔡司认为美国文学自早期时就发展出了自己的一种传统，他称之为"传奇"，以区别于英国小说的写实特征，这种传统使得美国小说能够更自由、更大胆地从作者的角度来描述世界和人物，换言之，作者拥有了更多的自由来表现他需要表现的东西。这种"传奇"传统体现在十九世纪的一些经典作家中，如霍桑和麦尔维尔。葛雷纳认为厄普代克在《嫁给我吧》中显然也沿袭了这样的传统。从这种"传奇"传统的角度来看，不难理解为什么小说的故事没有明确的时代背景特征，情节描述也似乎有点离奇，甚至有些地方很明显表现出作者刻意编造的痕迹（如结尾部分）；按照葛雷纳的观点，"传奇"这个形式同时也可以帮助我们理解小说中一些人物的行为，如杰里为什么总是犹豫不决，原因是因为他不能在"传奇"（浪漫）与现实之间做出选择，他拥有选择的自由，但缺

---

① Donald Greiner, *John Updike's Novel* (Athens: Ohio University Press, 1984), pp. 185—87.

乏做出决定的意志。[①] 葛雷纳的解释很能说明问题，点明了厄普代克借用"传奇"这一传统的用意。但同时需要指出的是，葛雷纳在援引蔡司对"传奇"的阐释时，只提到了前一部分，略去了后一部分，实际上，这一部分对我们理解《嫁给我吧》同样非常有用。

蔡司指出，除了在故事构造方面"传奇"让作者获得了更多的自由以外，"另一方面，也有一种深入到意识深处的倾向，一种摒弃道德疑惑或者是把现实中人的展示搁在一边的意愿，而对待这些的方式则是迂回的或者是抽象的。"[②]蔡司认为这方面——深入意识深处和摒弃道德疑惑——的典型例子应是霍桑的小说，霍桑成为心理描写高手与他在对待道德方面模棱两可的态度是分不开的（如《红字》中主要人物的心理刻画和道德意识的多角度阐释）。厄普代克并不是霍桑那样的特别关注意识深处的作家，但在处理道德问题上他们还是有许多共同之处的。在《嫁给我吧》中，杰里陷入的离婚与结婚的困境其本质就是道德疑惑的问题：摈弃还是持守？这样的现象在现实中并不少见，厄普代克在这部小说中处理这个问题的不同之处在于他用了一种带有夸张的手法，进行了类似电影拍摄中聚光照摄的办法集中体现，小说人物的稀少、情节的简单、长篇的对话等等，这一切都加强了这种聚光集中表现手法，以致常常会让读者感到有点抽象意味，而这与蔡司所说的"抽象"的方式一脉相承。用霍桑的话说，这是"传奇"作家应有的创作选择。[③] 这样的创作选择让厄普代克一方面立足现实，另一方面又超越了现实。事实上，整部小说的叙述情节就是表现了一个从现实到对现实的超越再回到现实这样一个过程。

（二）

"我们的问题是我们生活在旧道德的黄昏时期，有足够的东西折磨我们，但是又没有足够的东西约束我们。"[④]这句杰里对萨莉说的用来解释他们所处的尴尬境域的话，常常也被评论者拿来表明杰里的矛盾心态。

---

① Donald Greiner, *John Updike's Novel* (Athens: Ohio University Press, 1984), p.186.

② Richard Chase, *The American Novel and Its Tradition* (New York: Doubleday Anchor Books, 1957), p.ix.

③ Nathaniel Hawthorne, *The House of the Seven Gables: A Romance* (New York: The New American Library, 1961), p.vii.

④ John Updike, *Marry Me: A Romance* (New York: Fawcett Columbine, 1971), p.53.

一方面是心中涌动着冲破旧道德的欲望，在于杰里来说，就是离开自己的家庭同萨莉结婚，但是另一方面，这样的欲望冲动往往也变成了折磨，因为现实的阻碍是如此之大，欲望仅仅只能是欲望的想象而已，总是与现实隔着距离，与此同时，也没有足够的东西来约束欲望的产生，于是欲望与折磨成为了一对难兄难弟；欲望导致折磨，折磨反过来又推动了欲望。这样一种欲望与折磨的矛盾过程也暗示了旧道德与新道德的转换过程。如果旧道德指的是传统的强调忠诚、责任、信仰等观念的行为表现，那么新道德则是对于个人自由、个人选择的关注，以及由此引起的对于道德的疑惑。这种新旧道德的转换与二十世纪六十年代美国社会的现实是一致的。

从"传奇"小说的角度出发，厄普代克有意避开了故事情节与时代背景的直接联系，同样在描述小说主人公的道德疑惑时，他也用了一种"抽象"的方式来表明故事的"传奇"特征。"抽象"首先主要表现于杰里在表述其与萨莉的恋情关系时诉诸的"抽象"的想象。我们不妨引述一段杰里对萨莉说的话，从中可以看出他对于"爱"的想象。杰里明白他与萨莉的恋情会遭遇到尴尬的境域，而他自己的表述则更是预示了这样一种感觉："我想得到你，但又不能得到你。你就像是金子做成的阶梯，我永远也爬不完。我从上面往下看，一层蓝雾笼罩着地球。抬头往上看，前面是霞光闪烁，但我却接近不了，霞光中的你，美丽无边，如果我与你结婚，我会毁了这一切。"[①]这是萨莉到华盛顿去和杰里幽会结束时，俩人在机场等飞机时，杰里对萨莉说的一段话。显然，杰里很有点心事重重。他用了一种美妙的比喻来表达对萨莉的情感，但这种表达本身又暗含了忧伤，而更有意思的是，杰里自己给他心中的爱限定了一个定义和结果：一种只能远望不能达及的爱。这种乌托邦式的抽象的爱成为了小说的一个主调，它让杰里常常为此心旌动摇以致神魂颠倒，忘记了现实的存在，但同时，也使他尝受到爱的苦涩，其结果是重重地从天上摔回到地上。正是在这种从超越现实到回到现实的过程中，道德的摈弃与持守在杰里身上留下了一条弯曲的轨迹。

对于这种想象中的理想的爱的追求给杰里的生活带来些许浪漫的温馨。从小说的情节结构上看，前两章集中描述了杰里和萨莉的幽会。叙

---

① John Updike, *Marry Me: A Romance* (New York: Fawcett Columbine, 1971), p.46.

述者将他们俩人的相会安排在两个特别的地方，第一次是在海边，第二次则是在杰里去出差的城市，远离现实（至少是各自家庭）的杰里和萨莉似乎成为了闹市中的亚当和夏娃："他们在一起的第三个晚上，六月的一个漫长而灿烂的一天即将结束时，杰里和萨莉如鱼得水地做爱，就像亚当和夏娃一样，仿佛整个世界就属于他们两个人。"[①]这句叙述者的描述烘托出了杰里心中浪漫的情愫。事实上，在厄普代克研究专家亨特看来，杰里和萨莉就是生活在"格林乌德"（杰里和萨莉两个家庭的住宅区的名称）的亚当和夏娃。[②] 但是，浪漫并不是目的，目的是要实现心中的理想的爱以及由此带来的自由的感觉。葛雷纳在研究美国小说中的"通奸"主题时说到："婚姻是一种仪式，通过合同法来得到公证和执行，但确证一个人的生命存在却需要激情，而激情则包含对自由的需求。"[③]言外之意，婚姻往往会成为自由的障碍。这可以说是厄普代克作品中的一个永恒主题。在谈到西方社会中"爱"的概念时，他也提到了婚姻与自由的关系："心灵总是要逆流而行，反常任性是灵魂的生命。从这个方面来说，因此人人强调的赞同的婚姻关系限制了自由。"[④] 他笔下的著名人物兔子哈里以及《夫妇》中的派特显然是这种关系的最有说服力的体验者和见证者，在这个意义上说，杰里也可以加入他们的行列。

一个很有意思的细节是，杰里向其妻子露斯提出离婚的原因是他觉得露斯因为同他结婚而失去了自由。在结婚前，同杰里一样，露斯也是学画画的，结婚后成为了家庭夫妇，放弃了自己的专业，从这个方面来说，杰里说的也不是没有道理。他这样对露斯说："难道你不愿要自由？扪心自问吧。看着你在家里无所事事、闷闷不乐的样子，我感到我是从艺术学校里逮住了一只小鸟，把她关进到了笼子里。我想说的是，门是开着的，你可以出去。"[⑤]这番话其实更是杰里讲给自己听的。他要离开露斯的原因是因为在露斯和萨莉之间后者更能让他感到自己的存在，能给予他更多的自由的感觉。那么自由到底是什么样的感觉呢？对于杰里来说自由

---

① John Updike, *Marry Me: A Romance* (New York: Fawcett Columbine, 1971), p.33.

② George Hunt, *John Updike and The Three Great Secret Things: Sex, Religion and Art* (Chapel Hill, NC: University of North Carolina Press, 1967), pp.139—47.

③④ Donald Greiner, *Adultery in the American Novel* (Columbia, South Carolina: University of South Carolina Press, 1985), pp.104, 103.

⑤ John Updike, *Marry Me: A Romance* (New York: Fawcett Columbine, 1976), p.111.

就是感受到生命的存在。他非常直白地对露斯说她让他感到死亡："你是死亡,非常安静,非常纯洁,非常漠然。我不能做什么来改变你,或者甚至是让你高兴。我娶的是死亡。"[1]而萨莉则不同,"不管什么时候我和他在一起,也不管在什么地方,比方说在街角和她一起等交通信号灯的变化,我就知道我不会死了。或者说,既是我知道要死,我也不在乎。"[2]杰里这种直截了当用"死亡"来比喻跟这两个女人在一起的感觉真可谓直率得可爱。怪不得会引起露斯的极大愤慨。不过,对于杰里自己来说,他的这种感觉应该是真实的,露斯与萨莉的不同,正如葛雷纳所言,后者能给予激情而前者则缺乏让对方感受到生命存在的激情。这也是为什么杰里对露斯说,他和萨莉之间的关系远远超过"床上的关系"。[3]同样,这样的表白也是发自杰里的内心,但是需要指出的是,杰里在很大程度上只是在自言自说,换言之,他是在向着自己确定的目标进行着一厢情愿的想象;萨莉在更多的时候只是他想象的对象而已,通过这种想象杰里赋予自己的生命以意义,尽管实际上他自己也明白想象的对象可望而不可及(萨莉并不同意前面提到的他对与她结婚之结果的悲哀看法),只是这样的想象在他的生活中不能没有,否则生命就会失去生存的意义。这也正是"传奇"小说赋予作者的一种写作"自由",超越写实规则的限制,使得人物具备更多的哲学或者是玄理式的思考的可能,同时,这样的思考本身也触及到了现实表象后的本质问题。

如上所述,厄普代克在这部小说中讨论的问题围绕婚姻与自由的冲突而展开。这种冲突充分表现在杰里对于理想之爱的自我想象之中。但是想象终究只是想象,一旦落实在现实中,想象很有可能就会变成泡沫。以杰里为例,他的想象变成泡沫的过程也是小说情节从"超现实"的描述转到"现实"的安排的过程。所谓的"超现实"指的是在行为上获得脱离现实的环境并且在这种环境中沉溺于想象的兴奋,小说的前两章就是在这样的"超现实"的环境中来表述杰里想象的兴奋,而后两章则安排了完完全全的现实的环境,杰里和萨莉各自回到了各自的家,杰里面临着做出与萨莉结合的选择。于是,小说要讨论的问题也从婚姻与自由这样多少有点玄理的东西转到家庭与责任这样非常现实、非常通俗、非常大众的问题

---

①②③　John Updike, *Marry Me*: *A Romance* (New York: Fawcett Columbine, 1976), pp.111, 144.

上来。但是,最终我们会发现即便是面对这样的现实问题,厄普代克也常常会让我们看到问题背后的更加本质的内容。

叙述的聚焦点从杰里和萨莉扩展到了杰里和露斯、萨莉和理查德。从两个人的"伊甸园"的环境到四个人两个家庭的情形,现实开始"干涉"杰里的美好想象。杰里碰到的最大的问题当然是孩子,而露斯手中最好的武器也是孩子,这是最现实的问题。在孩子面前,杰里不得不考虑做父亲的责任。正是因为看见了孩子忧伤的神态,已经决定要离开家庭的杰里又改变了主意,留了下来。这种多少带点通俗小说伤感情调的情节则让我们充分感到了现实存在的意义。在这个方面,杰里不能如沉溺在自我想象中那样从容面对"道德的疑惑",在现实面前,面对道德不存在疑惑的可能,要么摒弃,要么持守。更为现实的描述则是来自关于露斯的叙述。露斯从一个女人的角度,从现实出发,做出各种努力试图挽救即将破碎的家庭。她先是向杰里承认自己曾经有过的一次婚外恋情,试图一方面激起他的嫉妒心,另一方面则希望用自己的例子来表明,这样的事情是可以过去的。此外,她还亲自去做萨莉的工作,试图通过杰里对孩子的爱与责任这件有利武器来说服萨莉打消对杰里的占有;最值得注意的是,这两个女人达成了一个协议,给杰里一个夏天的时间来做出最终决定。于是乎,在不经意中,她们共同给杰里制造了一个现实的环境;事实上,现实的力量是如此之大以至在不知不觉之中,杰里自己开始了变化。他不能承认已经对露斯没有感情,相反,认为他还是爱她的,而对于萨莉他则抱怨她催他做出决定催得太急了,当然,另一方面,他的生活又不能没有她。正是在这样的情形里,杰里面临的"道德的疑惑"像一座大山一样压得他喘不过气来,用他自己对露斯表白的话说:"生活是一种困境。永远活下去不可能,死,也不可能。我要和萨莉结婚不可能,不和她生活在一起也不可能。"[①]葛雷纳指出杰里是一个有追求但也是一个自私的人,"换言之,他既要露斯也要萨莉,既要'(写实性)小说'也要'传奇'……"[②]也就是说他既要妻子也要情人,既要担负起责任也要拥有自由,既要信仰(他始终是一个虔信的教徒)也要身体欲望的无尽的释放。这样一种"既要……又要"的行为和态度让我们想起了厄普代克的成名作《兔子四部

①② John Updike, *Marry Me: A Romance* (New York: Fawcett Columbine, 1976), pp. 173, 191.

曲》中兔子哈里的一生。如同哈里一样，在现实面前，杰里只能选择其一；如果说兔子哈里几次在选择面前采取了逃跑的方式（《兔子，跑吧》，《兔子安息》），那么对于杰里来说却无处可走。尽管与露斯和孩子们分居了一段时间，但最后的选择还是与萨莉结束关系。如此看来，杰里最终是做出了选择，但小说在这个问题上还是留下了悬念。结尾的三个可能至少说明选择的多样性，或者说没有选择。这种没有选择的选择恰恰正是杰里所说的"人生困境"的要害所在。

（三）

在一些评论者看来，杰里的故事实际上也暗指了一个显著的时代特色：被称为"卡米洛"（传说中英国亚瑟王时代）的肯尼迪时代。年轻有为、朝气蓬勃的肯尼迪在很多人看来象征了一个新的时代的到来，肯尼迪自己的所作所为则也试图表明与以二十世纪五十年代为代表的旧时代的告别。历史学家法博指出："在 1961 年，当肯尼迪对美国人民说，他们注定要成为在这个地球上实现上帝的意愿的人选时，大多数美国人都真诚地相信他。"[①]撇开政治内容不说，肯尼迪的个人形象和号召力给二十世纪六十年代初的美国注入了一种浪漫的冲动。厄普代克在提到《嫁给我吧》的创作时说到："这是一个只有可能在肯尼迪时代才能发生的故事。他给我们每个人注入了一种已经远去的浪漫的感觉。1965 年前发生的所有的事情在我看来都是非常纯真的。这是我的最后一本'传奇'（浪漫）小说——关于一个浪漫的故事。'传奇'小说的写作原则与（写实）小说有点不同……有点情人节的味道，目的是要造成一种特别的构想。"[②]显然，厄普代克是在重复霍桑说过的传奇小说与写实小说的不同。引起我们注意的是他提到的肯尼迪时代的浪漫特征，从一定意义上来说，这与当代著名社会学家丹尼尔·贝尔所说的现代社会条件下的个人冲动的表现有着异曲同工之处；贝尔指出，现代社会文化思潮中对个体以及个人自由的过分强调导致了各种形式的文化矛盾和道德式微，这种思潮的核心则是个

① David Farber, *The Age of Great Dreams: America in the 1960s* (New York: Hill & Wang, 1994), p. 34.

② George Hunt, *John Updike and The Three Great Secret Things: Sex, Religion and Art* (Chapel Hill, NC: University of North Carolina Press, 1967), p. 140.

人表达(self-expression)和个人满足(self-gratification),也就是在最大程度上实现个人意愿和自由,[1]但结果是个人陷入不能自拔的困境。换言之,"浪漫的感觉"最终仍是要在个人自由这个核心问题上实现,而婚姻则是涉及个人表达和实现的最好的场所。但是,就杰里的故事而言,我们看到的却是个人表达带来的道德疑惑以及由此导致的自由选择的困境,从某种意义上来说,没有选择才是选择。这不能不说是对弥漫着自由憧憬的肯尼迪时代的反讽。而实际上,这种选择的困境应是更深刻地反映了当代美国人的生存状态。下面所引的著名文化批评者保尔·古德曼1960年写的题为《日渐荒唐》中一段话可以成为厄普代克这部"传奇"小说的政治和哲学注脚:

> 让我们来夸张地表述一下我们已经描述过的情况。原本是人造的环境已不在人的控制之中。企业、政府、财产已经失去了他们应有的空间。没有一种行为不在公司或者警察的监管之下。除非整个经济机器在运转,否则生产和购买面包成为不可能。公共演讲完全不管人的存在这个事实。等级体制僵硬死板,每一个人只对应一个孔,上层阶级是文化无知者。大学沦为培训场所,只用来培养技术人员和应用人类学家。性活动不再与人的独立和高潮有关。联邦调查局拥有一个单子,记载了关于所有人的谎言和真实。还有更多的。如果我们来总结一下这些想象的情形,一个很棘手的问题跃然而出:作为一个人,我们的存在是否还是可能?在我们的生活过程中是否还有人的本质这个东西存在?我们碰到的是一个形而上的危机。[2]

古德曼的想象的描述确实很可怕,他对二十世纪六十年代美国社会面临的问题的批判也许有点夸张,但引出的问题却是真实的,在涉及问题的形而上本质方面(人的存在的危机)与《嫁给我吧》是一致的。这大概也是厄普代克采用"传奇"的形式来讲述这个普通的婚姻危机故事的原因。

---

① Daniel Bell, *The Cultural Contradictions of Capitalism* (New York: Basic Books, Inc., 1978), p. xvii.

② Paul Levine & Harry Papasotiriou, *America Since* 1945: *The American Moment* (New York: Palgrave Macmillan, 2005), p. 117.

第六章 百年嬗变：《美丽百合》中的历史迷幻

出版于 1996 年的《美丽百合》是厄普代克的第 17 部长篇小说。厄普代克研究专著《重访约翰·厄普代克》的作者，美国辛辛那提大学教授斯基夫把《美丽百合》归于厄普代克作品中的历史类小说。同在这一类的小说，按照斯基夫的看法，还有剧本《弥留中的布坎南》(1974)和小说《福特时代的回忆》(1992)。实际上，写于不同时代的《兔子四部曲》也可以列入历史类小说。"兔子"系列讲述了战后美国社会从二十世纪五十年代末到九十年代初几十年间的发展变迁故事，而在《美丽百合》中，厄普代克则把叙述的时间从几十年进一步扩大到了近一个世纪，从二十世纪初一直到临近世纪末；"兔子"系列共有四部小说组成，而《美丽百合》则只是一部小说。如果说可以在这两者之间找出什么相近的东西的话，那么《美丽百合》讲述了一家四代人的故事，内容也分成相对独立的四个篇章，也许可以对应于"兔子"故事中的四部小说。这当然只是一个表面现象，从这两者的对比中，我们看到更多的是厄普代克对历史的关注，或者换句话说，是对过去几十年乃至上百年间美国社会变化缘由的关注。对于一个作家来说，尤其是像厄普代克这样的信奉现实主义创作原则的作者，其任务主要是通过他(她)的笔来勾勒出这种变化的轨迹和轮廓，系统地从理论上说明社会变化的原因也许并不是作家们要完成的目标。尽管如此，我们仍能体察出作家个人对于历史变化的看法和观点。如果说"兔子"系列是一册描述了当代美国社会生活的画卷，那么《美丽百合》则是一卷浓缩了二十世纪美国历史的画面生动的长轴；在"兔子"系列中反复出现的一些诸如个人奋斗、追求个人自由、宗教信仰、物质主义生活方式、身体与性等这样的厄普代克笔下永恒的主题同样也在这部小说里不同程度地显现，并被进一步拓宽、拓深。纵观厄普代克的重要作品，我们会发现大部分都与当下社会和时代相关，但在《美丽百合》中厄普代克却一下子把目光投向了世纪初的美国；这一方面表明他试图真正从历史的角度来描述美国社会，另一方面也许只有通过提到历史的维度他以往作品中的一些主题才能得到更深入的表现。因此，从这个意义上来说，这部小说更像是对他以往写作的一个总结，把他对美国社会及其问题的思考通过凝练的手法在这部作品中娓娓道出。

（一）

在厄普代克的作品中，《美丽百合》是一部为数不多的描写大历史的小说；但就具体写作手法而言，厄普代克还是沿袭了他一贯的路数，以家庭为单位，以个人为对象，透过家庭的变迁和个人命运的变化来折射社会和时代的风云变幻。从细节入手，从具体人物的某个特征开始，进而联系到整个时代背景，并深入剖析时代与个人间的关系，这种在"兔子"系列中常见的描述策略同样也可以在这部小说中见到。厄普代克曾经说过的他的小说体现的历史要比历史教科书中的历史还要多，同样也适用于这部小说。

小说叙述了发生在一家四代人身上的故事，时间从1910年一直延续到1987年，而小说的结构也分为四个章节，分别以各个时代这家人的中心人物的名字为题目。第一个故事自然从这家人的曾祖父柯莱伦斯·亚瑟·维尔茂开始。柯莱伦斯是新泽西州派特逊镇长老会教堂的牧师，1910年的有一天他发现在布道时突然哑然失声，说不出话来了，他知道这不是什么身体有了问题，而是心灵出了问题，因为他没有了信仰，他不能再相信上帝在这个世界上存在，一个直接的结果是牧师这个行当他不能再干下去了。不管教会人士的劝说和家里人的反对，柯莱伦斯最终还是辞去了牧师职务，为了谋生，这位除了布道其他一无长处的中年男人干上了各种零活，最后成为了《百科辞书》推销员。三年后得了肺病的柯莱伦斯在孤独中死去。小说第二个故事的中心人物是柯莱伦斯的小儿子泰德，时间从1915年到1930年。父亲从一个体面的牧师变成一个一天挣不了几分钱的推销员，这种突如其来的变化在幼小的泰德的心理中投下了很深的阴影。父亲死后他随着母亲搬到了父亲妹妹居住的特拉华州的一个小镇，也许是受到父亲的影响，泰德显得很孤僻，整天呆在家里，不愿与人交往，更让母亲和姑姑不理解的是他可以有各种出去工作的机会，但总是找出许多理由加以拒绝，或者是做不了多久就回家不干了。在她们的眼里,泰德似乎是缺少一分进取心。最后他找到了一份在一个杂货点的吧台当调酒员的工作,也正是在那里他遇到了艾米莉,一位跛脚女孩;这位家境平常,心地善良的姑娘吸引了泰德。泰德的故事结束时,泰德与艾米莉新婚不久,两人开始了一种踏实、安稳的生活。泰德的女儿艾希是小说第三部分的主要人物,时间则是从 1937 年到 1959 年。艾希从小就喜爱电影,7 岁时就要求父母同意她一个人去看电影,长大后梦想成为明星。机会终于降临到了她身上。中学尚未毕业时,艾希参加了特拉华州的选美比赛,名列前茅,获得一个摄影师的青睐。此后她去纽约做摄影模特,后来又在其表哥的帮助下结识了一电影公司的中介,从此便踏入星途,进入好莱坞,在二十世纪五十年代成为一名璀璨的明星。艾希的儿子克拉克则成为了小说最后部分的主要人物,时间从 1959 年到了 1987 年。艾希的婚姻并不如她的星途那样顺利,克拉克是她几次婚姻留下的唯一一个孩子。忙于拍摄电影的艾希没有多少时间用于照看克拉克。克拉克长大后做过不少工作,但都不顺利,有一次一个偶然的机会让他来到了科罗拉多州一座山上的一个众人集聚的场地,一个名叫杰西·斯密斯的人在那里领导着一个宗教团体,声称正等着耶稣的第二次降临。克拉克得到了斯密斯的青睐,成为他的对外发言人。这个拥有武器的团体最终与政府发生了冲突,而杰西·斯密斯采取的对策之一则是让手下的人尤其是妇女和孩子相信只有通过自杀才能到达天堂,克拉克这个时候站了出来,击毙了斯密斯并舍命抢救了处于危难中的妇女和孩子。小说结束时,泰德正从电视直播中看到了克拉克英勇救人的一幕。

《美丽百合》并没有给厄普代克又一次带来如普利策这样的大奖,而是得到了一些像"大使图书奖","哈佛艺术第一奖"这样的不太知名的奖项。尽管如此,小说还是得到很多关注,受到好评。著名学者乔治·斯代纳认为《美丽百合》充分显示了厄普代克的天才,小说的出版让他牢牢地在美国文学史上占据了与霍桑、纳博科夫一样的地位。斯基夫则进一步认为这部厄普代克作品中篇幅最长的小说是近几十年来美国文学创作的最好表现,属于巅峰之作。[1] 这样的评论免不了会有一些溢美之词,但就阅读感觉而言,小说的确能给人一种震撼力,而且文字优美、流畅,读后即难以放下,直到一口气读完。也有评论对小说的结构大为称道,《纽约时

① James Schiff, *John Updike Revisited* (New York: Twayne Publishers, 1998), p. 142.

报》的一篇评论认为小说的四个部分有如一个压缩的四部曲，传递了一种交响乐似的韵律。[①] 当然，也有不同的看法，有评论认为厄普代克在小说中尝试了一种现代主义的写作手法，四个部分没有连贯性，读起来更像是四个中篇小说，因此也缺乏一个基本的主题。[③]更有意思的是，有些论者对厄普代克在小说写作中对历史下的研究功夫也颇有一些微词，认为厄普代克表现最好的是来自其心灵感觉而不是来自"图书馆"的写作。[②] 厄普代克是一个学者型的作家，这一点在《美丽百合》中表现得尤其突出。从小说"后记"中可以看出，他参考了历史、电影研究、宗教等方面的诸多书籍，在故事叙述中，也可以发现许多历史中的一些真实人物的真实名字出现在情节中。显然，厄普代克是想告诉读者，他讲述的故事是历史真实的一部分，而从读者的角度来说，小说中的虚拟人物与真实人物和事件融合在一起，平添了小说的真实感和历史厚重感。这样的写法在于厄普代克其实并不新鲜，《兔子四部曲》类似的例子俯拾即是，需要指出的是，正如上述论者提到的那样，只有"心灵感觉"与"图书馆研究"的合而为一才能使作品拥有真正的真实。这样的真实，我们认为，也正是厄普代克的写作宗旨，而使"心灵感觉"与"图书馆研究"结合在一起的则是源于他对美国历史和社会的深刻洞察，具体体现在对宗教与社会变革，美国精神与理想社会，物质追求与道德持守等不同程度地频频出现在以往重要作品中的主题的阐释上。《美丽百合》同样也浸透了这样的主题，不同的是，比之其他作品，其历史的维度更加突出。

（二）

《美丽百合》题名来自美国内战期间的一首广为传诵的赞美圣歌，题目是"共和国颂歌"，形式和内容基于传统基督教圣歌的模式。其中有一段的前两句是这样的："在海的那边基督诞生在美丽的百合中/他胸怀荣光，他也让我们换了新颜"。厄普代克在其自传《自我意识》中专门对这段话做了阐释，他认为这句话（指第一句）很好地总结了他试图说明的关于

---

① Julian Barnes, "Grand Illusion", *New York Times*, Late Edition, Jan. 28, 1996, http: www.nytimes.com/books/97/04/06/lifetimes/updike-lilies.html, Aug. 30, 2006, p.1.

② James Gardner, "In the Beauty of the Lilies—Book review", *National Review*, Feb, 26, 1996, http: www.findarticle.com/particles, Aug. 30, 2006, p.1.

美国的故事,而至于他的书,不管有多少,“仅仅只是对这个幅员辽阔大致呈矩形状的国家的零零散散的赞颂,大海横亘在这个国家和基督之间。”[1]厄普代克的话有两点值得我们注意,第一,表明他对自己国家的热爱和关切,这种多少有点“爱国”味道的自我表白在于厄普代克而言是一贯的。第二,在美国和基督之间横亘着大海,基督与美国隔海相望,但又互不相联,各行其是。对于文字有着高度敏感的厄普代克显然是被这个蕴涵着深刻宗教意蕴的生动比喻吸引住了,“大海”与“基督”的意象非常形象地表达了厄普代克自己曾经多次在作品中阐述过的宗教思想,一方面是美国(人)对宗教的不可动摇的信仰,另一方面是在信仰的名义下个人表现出的远离宗教的自我行动、自我追求的动机,一方面是美国社会、历史、文化与宗教千丝万缕的关系,后者曾为这个国家和社会提供了一种道德基石,另一方面是在时间的推移和社会的行进中,这种关系的衰落和道德基石的蚀损日见明显;把这两点放在一起,可以看出厄普代克自我表白的对美国的“赞颂”是一种搀杂了爱与恨、歌颂与鞭笞、坚信与迷茫的复杂情感,用他自己的话说,他是在受到“美国式的巨大失望的”压力下才写出点东西,说出点话来的,而要“具体说明、梳理和赞颂这种失望的情绪,并以一种恰如其分的隐晦之美的手法来表达则要花去他一辈子的时间。”[2]在这个意义上说,《美丽百合》又一次成为了厄普代克表达那种复杂情感的场所,而宗教自然也成为了这部小说的引子和主题。

小说开始于柯莱伦斯牧师信仰的崩溃这个情节。牧师形象是厄普代克笔下经常出现的人物,从半个多世纪前出版的第一部小说《平民院义卖》到后来的《兔子四部曲》以及“《红字》三部曲”,牧师人物一个又一个地出现,有的是配角,有的则是主要人物,有些人物显然是嘲讽的对象,而另一些则表现出了复杂的心理,尤其体现在对宗教和自己的牧师身份的一种模棱两可的态度上;相比之下,像《美丽百合》中柯莱伦斯牧师那样对信仰产生了怀疑甚至发生了信仰崩溃,在厄普代克的小说中这还是第一次。

柯莱伦斯信仰的崩溃似乎来得很突然,也非常神秘,这可以从小说对这一事件的细节描述中看出,有一天正在派特逊城一条大街的一个拐角处的第四长老会教堂布道的柯莱伦斯突然感到“信仰的最后一分子正在

---

①② John Updike, *Self-Consciousness*: *Memoirs* (New York: Alfred. A. Knopf, 1989), p. 103.

离他而去。这种感觉非常清晰——一种发自内心的放弃的感觉,像是一些嗞嗞作响的黑色泡泡正在往外不可阻挡地冒出来。"[1]有意思的是,小说并不是以叙述柯莱伦斯牧师的信仰问题开始的,小说的第一句话是这样写的:"1910年春天的最后几个炎热的日子里,在新泽西派特逊城宽敞、壮观的贝尔·维斯塔城堡里一部电影正在拍摄。"[2]电影导演是大卫·格里菲斯,主要女演员是玛丽·匹克夫德,这两个人都是美国电影史上早期著名人物。小说接下来描述了这样一个情节:因为天气炎热,又加上休息不好,弱小的女明星在骑上马准备拍摄一个特写镜头时,从马上一头栽下,失去知觉。也正是在这个时候,在同一个城里的不同的地方,柯莱伦斯牧师内心涌上了一阵信仰怀疑的浪潮。把这两件事情搁在一块,看似不搭界,其实恰恰是表明了厄普代克的历史意识,电影工业在二十世纪早期的开端说明了一个新时代的来临,几百年来几乎在宣扬着同样内容的基督教正面临着严峻的考验,进入二十世纪的美国同样也将经历一种以往不曾有过的变化,柯莱伦斯牧师信仰的崩溃似乎是有点突然,实际上正是印证了变化面前常有的困惑和迷茫。从小说的具体情节发展中,我们可以看出厄普代克从两个方面来表明柯莱伦斯信仰问题的来源,从中我们似乎也可以读出厄普代克心目中的宗教与社会变化的关系以及宗教的作用。

柯莱伦斯牧师与《罗杰的版本》中的神学教授罗杰颇有点相似之处,两人都上过神学院,也都很博学,不仅阅读正统的神学著作,也涉猎不少反基督教的包括无神论和怀疑论等书籍。如果说罗杰从这些与正统基督教格格不入的檄论中得出了有着自己独特理解的信仰的话,那么对于柯莱伦斯而言,反基督教的言论则是无疑成为了其信仰崩溃的一个原因。在小说中叙述者在介绍他的神学知识背景时,提到了当时社会中反基督教的知识潮流,尼采、马克思、达尔文这些思想家在柯莱伦斯的知识结构里都成为了摧毁基督教这座大厦的奠基人,而这个潮流往上则可以追溯到牛顿科学观引发的自然神论,以及狄德罗等启蒙学者的思想和包括罗伯斯庇尔这样法国革命政治实践者在内的行动者。这样的叙述同样也很容易让人联想起《罗杰的版本》中充满知识炫耀味道的叙述场景,这是典

[1][2] John Updike, *In The Beauty of the Lilies* (New York: Fawcett Columbine, 1996), pp. 5, 3.

型的厄普代克式的来自“图书馆”的写作。但是,另一方面,就柯莱伦斯的信仰问题而言,这样的知识背景的分析并没有完全脱离故事的本来面貌,它提供了一种历史的维度,增加了故事的真实感;从这个意义上来说,对柯莱伦斯信仰的动摇产生最大影响的无神论者罗伯特·英格索尔在故事中的被引用和多次被提到则成为了给小说增加历史维度的最好的手段。后者是十九世纪后半叶美国最著名的政治家、演说家和无神论者,他对基督教的抨击对当时美国社会中人文思想的传播起到了很大的作用。他认为“基督教毒害了青年人的心灵,让孩子们对科学产生偏见,只是教授建立在《圣经》基础上的天文学和地质学,引导人们摈弃理智这个最高准则。”[①]他还号召牧师要讲真话,所谓的“真话”当然是无神论思想,用他自己的话说,“就我而言,我从不关心教会说的东西,最重要的是与我的思想一致,如果与我所认为的或者知道的不相一致,那么即便是《圣经》也算不了什么。”[②]这样的话似乎正是讲给柯莱伦斯这样的牧师听的。

与尼采、达尔文、狄德罗等相比,英格索尔只能算是一个“历史”人物,因为现在已很少被人提起。显然,通过柯莱伦斯把英格索尔重新“挖掘”出来会让读者有了一种贴近时代的感觉,英格索尔代表了时代的一种走向,他虽然在十九世纪末去世,但二十世纪初其影响很可能还留在人们的记忆中。在英格索尔这样的无神论者“大行其道”的时代柯莱伦斯信仰的动摇倒也有了解释的可能。而另一原因——也许更为重要,是因为英格索尔的思想实际上代表了理性与“信仰”两条不同道路的选择,如果说“信仰”传统上一般意指宗教,那么理性则是与“科学”接近,这两者的相对与相争是二十世纪的一大潮流;而纵观厄普代克的作品,我们发现这也正是其创作思想的一个主要内容之一。从其第一部作品《平民院义卖》表达的“人本主义”和“精神主义”的对峙到《兔子,跑吧》中年老牧师和年轻牧师对信仰的不同看法再到《罗杰的版本》中罗杰与代尔对科学证明上帝的争论,尽管表现手法、涉及内容不尽相同,但理性与信仰,科学与宗教这两大概念在上述作品中留下的印迹还是可以依稀可辨的。从这个意义上说,柯莱伦斯的信仰问题对于厄普代克来说也是一个老问题,而故事放在二十世纪初开始则也有了些许历史的依据。

---

①② http://www. infidels. org/library/historical/robert _ ingersoll/some _ mistakes _ of_moses. html. , 2006,12,5. p.14.

通过他对这样一个"老问题"的处理，我们能看出与其他作品的一种相联。就像在《兔子，跑吧》中年老牧师对年轻牧师忙忙碌碌但忘了最基本的信仰而加以斥责一样，在柯莱伦斯信仰崩溃问题上，厄普代克同样也让我们看到了对于信仰的另一种观念。柯莱伦斯所在教区负责教会工作的一些人想极力劝说他改变辞去牧师一职的想法。工厂主迪尔豪特关于信仰的一番话很有一种意味深长的意思。在听了柯莱伦斯告诉他因为失去信仰而不能再继续当牧师后，迪尔豪特说了这么一段关于信仰的话："(信仰)不仅仅是一种思想选择。它是一种基本的人的力量所在，是一种男人的特性，也是女人的特性。它带给你勇气和乐观，一个人从呀呀学步到生命将息、吐出最后一口气，它一直陪伴你。"[①]紧接着，他讲述了一个亲身经历的故事：在1893年的经济衰退中，他的企业受到了不小的打击，自己也精神不振，这个时候，他在街上碰到了一个自命的没有任何教会头衔的牧师，后者让他看到了信仰的力量，使他从此感受到了生命的意义。迪尔豪特并没有说明信仰到底是什么，用他自己的话说，信仰给了他"生命，生命中的快乐……是道路，真理，和生命，"[②]而他的生活也正是靠着这种信仰而坚持了下来。这样的关于信仰的表述方式很容易让我们联想起厄普代克宗教观念中的巴特式的唯信论。[③] 可以说在这里我们又一次看到了在涉及宗教时巴特这个幽灵在厄普代克笔下的闪现。尽管厄普代克多次说过自上世纪六七十年代以后，他已经很少读巴特了，但是显然巴特思想早已经进入到了他的思想的骨髓中，"我们靠信仰活着"这种源自路德经巴特发扬光大的"信仰论"时时在厄普代克二十世纪七十年代以后的作品中出现便是一个很好的佐证。不同的是，在涉及信仰这个问题时，我们看到厄普代克往往会反其道而用之，信仰常常表现出了一种自我冲突的景象，一种充满反讽的张力(如《兔子四部曲》中的"兔子"哈里的形象)，而相比之下，在迪尔豪特向柯莱伦斯讲述信仰的意义和重要性这个细节里，我们并没有看到这种反讽的意味，相反，信仰的另一层面的意义在这里显现了出来，那就是信仰与物质财富的增加之间的关系。信仰让

---

①② John Updike, *In The Beauty of the Lilies* (New York: Fawcett Columbine, 1996), p.70.

③ 卡尔·巴特(karl Barth, 1886—1968)，二十世纪最重要的神学家，坚守新正统主义，厄普代克曾提到在二十世纪六十年代读了大量巴特的神学，深受影响。参见本书第一部分第二章"道德、真实、神学：厄普代克小说中的宗教。"

迪尔豪特度过了经济难关,也使他后来的生活越来越好(他当然没有这样直说,但从他是柯莱伦斯所在教会的主要支持者这个事实中我们可以得出这个印象),他讲的故事则最清楚不过地表示了这个意思。这种信仰的物质层面的意义正是加尔文主义的一个重要方面,“物质生活的兴旺正是得到拯救的迹象,”①韦伯所谓的新教伦理与资本主义的兴起与这种卡尔文主义思想不无关联;深受卡尔文教影响的美国传统文化无处不体现了这样一种关联。斯基夫在谈到柯莱伦斯面临的社会与文化的变化时指出,“宗教在美国这个国家的工业和经济的发展中起了相当重要的作用,给美国人提供了一种希望,同时给予了他们生活中的一种道德准则。”②斯基夫所说的宗教主要就是卡尔文教的思想,“希望”是基于被拯救的可能,而“道德准则”则让工业和经济的发展获得了一种合理、合法性。这种宗教和经济发展(物质财富的赚取)间的和谐关系也正是当代著名社会学家丹尼尔·贝尔所说的资本主义社会原有的社会结构——经济技术层面的,社会层面的和文化层面的——的稳定关系。③ 但事实——尤其是进入二十世纪的美国社会的事实——并不如此。柯莱伦斯信仰的崩溃自然与反基督教思想在社会中的蔓延有关,但另一方面,他从发生在自己身边的变化中似乎也感觉到了信仰走向没落的必然。变化的轨迹从经济开始走向生活方式最终导致(宗教)观念的变化。

柯莱伦斯经历了一个马车被汽车代替的时代。在夜深人静时,被信仰的空虚搅得难以入眠的他常常会察觉到马车驶在石子路上的叮当声被刺耳的汽车马达的轰鸣声所掩盖:“马蹄和铁皮车轮在石子路上留下的叮当声与大道上渐渐远去的有轨电车的‘咔哧,咔哧’声混杂在一起,但这些声音都被猛然间轰鸣作响的那些‘不用马拉的大车’或者是‘摩托拉动的马车’——大多是 Ts 型号的福特牌汽车和欧茨莫比尔牌汽车——的马达声所驱散,派特逊城里一些追赶时尚的人开着这些车辆在那些坑坑洼洼、嵌满马粪的街道上行驶,汽车的数量越来越多,让那些老旧街道不堪重负。新东西像排队似的一个又一个在新世纪露面,这让生活失去趣

①② James Schiff, *John Updike Revisited* (New York: Twayne Publishers, 1998), p. 144.

③ Daniel Bell, *The Cultural Contradictions of Capitalism*, New York: Basic Boos, Inc. 1978, pp. 10—11.

味的柯莱伦斯感受到了一些乐趣，而那个发出尖声，但又让人产生些许希冀，横冲直撞、无所畏惧的小'摩托马车'则给处在郁郁寡欢中的他带来了一束阳光，就像是天使给地上的人带来了力量一样。”[①]柯莱伦斯难以判断这样的变化与其信仰的崩溃到底有着什么样的关系，但有一点是确定的，放弃牧师职位后他成为了推销员，尽管这种营生并没有给他带来多少经济上的好处，反而让他陷入贫困窘境，但这至少说明他开始顺应时代的潮流，朝着物质追求的目标迈出了第一步。在这个意义上，他的行为与前面提到的工厂主迪尔豪特走的道路应是不谋而合了，不同的是，后者的内心有着宗教信仰的支持，而前者则把这种信仰从心灵深处驱赶了出来。失去信仰的柯莱伦斯转而投入了电影的怀抱：“银幕上的那些充满激情的、滑稽的、快速移动的动作，间杂着刺眼的光亮，像每天必需的食物一样一股脑儿涌进了他的头脑，这些东西迄今为止都是被拒之门外的。”[②]电影也许并没有完全改变他的生活，但至少开始改变了他对生活的看法，一种新的现实开始在他眼前形成，电影院甚至成为了他的“教堂”。[③]在世纪初开始发展起来的电影工业成为了与传统生活分道扬镳的象征，电影对柯莱伦斯的诱惑远远超过了信仰的力量，这本身构成了一种鲜明的讽刺。从叙述结构上看，故事开始时柯莱伦斯信仰的丧失与当红影星玛丽·匹克夫德从马背上的摔下发生在同一时间，其中含义的意味深长也就不言而喻。

（三）

柯莱伦斯最后在贫病交加中默默死去，这样的结果是不是可以看做是其信仰丧失的报应？这种判断多少会招致迷信的嫌疑。但我们至少可以说，这构成了一种讽刺的张力，在赋予柯莱伦斯故事丰富意义的同时，也给它抹上了一种悲凉的色彩。值得注意的是，宗教与社会变化这个主题并没有随着柯莱伦斯故事的结束而结束，在小说的第三章柯莱伦斯孙女艾希的故事中以一种新的形式出现。作为电影明星的艾希在事业上的成功让柯莱伦斯家族获得了重新振兴的可能，在某种意义上也可以算是对几十年前柯莱伦斯行为的一种赎回；与其祖父不同，艾希是有信仰的，

---

①②③ John Updike, *In The Beauty of the Lilies* (New York: Fawcett Columbine, 1996), pp. 42, 104, 233.

她相信她的成功与冥冥中上帝的安排以及祖父在天之灵的关照是分不开的。从另一方面来说,这种物质追求与宗教信仰共生共存的情形也让我们看到了美国社会变化的一个新的景象,以及由此产生的道德规范的变化。

上帝的概念从小就进入了艾希的想象之中:"上帝隐没在云中,他把基督送到人间,带来了圣诞节和复活节,上帝的爱从天堂撒下来,充溢了她的整个身体,就像她浸泡在充满水的浴缸里一样。"[①]这种上帝"慈爱"的形象来自儿童的想象和所受传统教育的影响,更值得注意的是,在艾希的成长过程中,尤其是其追寻成名成星的过程中,她总会从"上帝"那儿找到给予她前进的力量。在斯基夫看来,上帝给予了艾希一种"个人被选择的感觉",[②]放大到美国社会宗教传统的背景中来看,这样一种"被选择的感觉"显然有着深深的加尔文教思想的印迹,所不同的是,艾希希望的不是传统的进入天堂之路,而是踏上改变其生活和命运的奋斗之途,这种追求物质生活变化的奋斗在艾希看来离不开冥冥之中的"上帝"的支持;但另一方面,对于"上帝"的信仰并没有在社会道德层面上对她产生任何警示或约束作用。用小说叙述者的话说,艾希行为的一个特点是,"性在艾希来说从来不是问题","廉耻不在她的宗教里面。"[③]的确,在其朝向明星之路的奋斗过程中,艾希有意无意地使出浑身解数包括身体魅力的展示,其行为与传统道德规范的冲突是不言而喻的,但这并没有阻止她信奉上帝,反而上帝成为了她的精神后盾。显然,传统的宗教信仰观念已经不能用来解释艾希的行为。在其眼里,上帝不仅是信仰的对象,更是一种实用工具,一方面给予精神安慰,另一方面也赋予其行为正当的理由和保证,后者成为了她最终获得个人奋斗成功的主要精神动力。有一个细节很能说明问题。艾希的表哥派特里克帮助她从模特转向电影业。来到纽约的艾希在派特里克的房间里提出要洗个澡,心中充满幻想,心情激动的艾希顺便赞誉纽约这个城市,称其为"天堂",但派特里克表示了不同看法:

> "不,"派特里克说,他那种一本正经的样子让艾希不敢确定他是不是在开玩笑。"天堂怎么会在这里?天堂在别的地方。"她想天主教对他的影响真是不

①③ John Updike, *In The Beauty of the Lilies* (New York: Fawcett Columbine, 1996), pp. 233, 313.

② James Schiff, *John Updike Revisited* (New York: Twayne Publishers, 1998), p. 149.

小。他们对什么事总是从字面意义上去理解，把牧师说的都当真。艾希为自己感到欣慰，因为她的上帝是新教的上帝，他给了你头脑，相信你能用好，他让你做自己的事，解决你自己的问题，至少到死为止都是这样。[①]

艾希当然不是在做天主教与新教的比较研究，但是她所认为的新教的不同之处应该说确实点明了新教的一个特点，尤其是与美国社会相关的所谓“新教伦理”的思想，这种蕴涵了强烈的个人主义色彩的自我实现的精神构成了美国文化的一个重要方面，从这个意义上说，艾希的个人奋斗历程也可以看做是美国式的自我实现——或用通俗的说法，美国梦的成功——的代表，同时需要指出的是，艾希的行为也表明传统的宗教（新教）信仰对道德规范的要求——如节制、节欲等——遭遇了滑铁卢，换句话说，“新教伦理”中的个人进取精神被艾希发挥到了极致，而信仰对行为的道德约束则被完全抛到了身后。于是乎，我们看到了一种与以往——柯莱伦斯教区里的虔信教徒兼企业主迪尔豪特的信仰——的信仰完全不同的新的信仰的诞生，一种撇开道德戒律、直奔以物质内容为主的个人实现的主题的信仰，显然这又一次让我们联想到了贝尔所说的当代社会的“文化矛盾”，资本主义社会原有的建立在宗教信仰基础上的人格的完整性——个人主义的进取精神与包括责任、节制、欲望的延迟等在内的文化氤氲的结合，[②]在艾希身上被碰得分崩离析。当然这样的矛盾本身是要付出代价的，在事业上大红大紫的艾希最后陷入了家庭危机，儿子卷入了邪教之中，这不能不说是对其“信仰”的一种嘲讽的回应。

回顾厄普代克以往的作品，我们会发现艾希并不是一个孤立的人物，在她身上我们看到了《兔子四部曲》中的“兔子”哈里，《夫妇们》中的派特等人的影子，尤其是《兔子四部曲》中的第二部《兔子归来》中的兔子妹妹米姆与艾希有着诸多惊人的相似之处，一方面她们都冲破了现存的道德规范，另一方面她们都是事业成功者的代表，而且体现了“工作伦理”的精神：兢兢业业，挑战自我。换个角度看，可以说她们不仅挑战了自我，而且也挑战了贝尔所说的“文化矛盾”——经济结构与文化结构的断裂，因为从她们身上我们似乎看到这种“断裂”在新的社会状态下的弥合，即建

---

① John Updike, *In The Beauty of the Lilies* (New York: Fawcett Columbine, 1996), p.303.

② 参见本书第一部分，第一章“当代美国社会和文化矛盾：‘自由’的缘由、悖论和其他。”

立对于在无道德规范约束基础上的个人实现的信仰,也正是在这个意义上,可以说艾希的故事在深层次上触及了当代美国社会道德规范的嬗变。

厄普代克不仅在艾希这个人物身上浓缩了以往作品中一些人物的特征,更值得注意的是,他在艾希身上注入了鲜明的时代特性——艾希故事的蓝本是玛丽莲·梦露。在创作《美丽百合》时,厄普代克曾经下了很大的研究功夫,从小说的"后记"中可以看出,他参考了不少有关宗教、电影、历史等方面的书籍,其中包括玛丽莲·梦露的传记。对比艾希和梦露,我们发现很多相似之处,如两人都是先为照片模特,后进入电影业,入道好莱坞后,两人都改了本名,梦露原名为诺玛·简,后改为现在人人皆知的这个名字,艾希则把名字改成为艾尔玛·迪茂特,如同梦露一样,艾希的名字也是在其经纪人的授意下改变的。此外,两人进入好莱坞以及成为明星的时间也有相似的地方,都是在二十世纪五六十年代。当然,这并不是说,艾希完全是梦露的翻版,她并没有像梦露那样以自杀结束自己的明星生涯。

把现实生活中的梦露生平的一些方面揉进虚构人物艾希的故事中显示了厄普代克贴近现实的创作手法,符合其用小说表现历史的写作宗旨。同时,作为一个笼罩着神秘和传奇光环的一代性感明星,梦露经历的演艺生涯本身在很大程度上就昭示了美国社会道德规范的变化轨迹,更重要的是,出现在公众眼中的梦露其实本身就是一个传说加虚构的衍生品,在她身上被投射了很多美国人的种种臆想,从中当然也折射了价值观念的嬗变。[①] 从这个意义上说,通过艺术的手法把梦露的故事融合进艾希的故事之中一方面帮助厄普代克抓住了现实中的一个流行元素,另一方面则使他获得了透过表层深入剖析社会现实的可能。

我们可以通过与艾希和梦露共同相关的"身体"这个角度来说明这个问题。艾希从小就非常喜欢自己的身体,希望也能够像那些明星一样在脚趾上涂上鲜艳的豆蔻,穿上凉鞋展示一番。这说明了电影对她的影响。在她当上模特和影星后,身体当然更是成为了她刻意注意的最重要的东西,小说叙述者关于她的身体有这么一段交代:"她这段时间的一些情人在几十年后向一些采访者透露了不少有关她的真实的细节,他们都一致

---

① Sarah Churchwell, *The Many Lives of Marilyn Monroe* (London: Granta Books, 2004), pp. 5—15.

认定，那时候的艾希活力四射，质朴天真，有时候像孩子般兴高采烈，再有就是她那令人难以忘怀的美丽赤裸的身体：浑圆丰满的乳房，苗条的大腿，还有那手腕和脖子，可以从那儿感受到她年轻生命的搏动……"[①]这段对艾希身体的描述其实不仅仅与她的情人们有关，更是与时代风尚相关。艾希的身体为她在好莱坞赢得了一席之地，这与梦露极其相似。1949年梦露为了在好莱坞生存下去拍了一系列的裸体照片，几年以后其中一张艳照被《花花公子》创始人海夫纳得到，被用来推销他刚刚创刊不久的《花花公子》，结果大获成功，海夫纳因此成为了百万富翁。此后，在梦露的好莱坞生涯中，她的"身体"成为宣传其形象的主要内容，娱乐杂志上刊登的例如"玛丽莲·梦露：身体如何造就了生涯，""玛丽莲·梦露：身体的代价"等故事和文章比比皆是。[②] 梦露研究者邱吉维尔指出梦露成为明星与美国人接受《花花公子》在同一年发生，这不仅仅是时间上的巧合，在大概同一时间里，人们也看到了金塞女性性行为报告的发表，用邱吉维尔的话说，"女性与性"开始进入美国人的头脑之中，[③]相应的则是行为规范的变化，对于梦露而言，其身体自然而然地成为了她在好莱坞发展的资本。[④]无独有偶，踏入好莱坞后的艾希也充分发挥了她身体的魅力，在她见到其经纪人后首先想到的是她肯定有一天要和他睡在一起，此后事情果然朝着她所预期的方向发展，她还与著名影星克拉克·盖博有过风流韵事；需要指出的是，一方面早在成为明星前她就有过要"拥有很多男人"的想法，另一方面她同时也暗下决心绝不成为他们的"花瓶"，[⑤]这表明了她要通过自己的奋斗达到目的的决心，多年后她可以自豪地说她实现了自己的理想，她的名字"艾尔玛·迪茂特"替代了早期影星玛丽·匹克夫德，将被人们永记心中。[⑥]从这个意义上说，艾希成为了又一个实现美国梦的代表，但同时其经历的个人奋斗的过程也昭示了道德规范的嬗变，或者说一种新的行为方式的确立，那么对于这么一种变化，作者厄普代克的态度又是怎样的呢？

---

①⑤⑥　John Updike, *In The Beauty of the Lilies* (New York: Fawcett Columbine, 1996), pp.311, 299, 336.

②③④　Sarah Churchwell, *The Many Lives of Marilyn Monroe* (London: Granta Books, 2004), pp.45, 299.

(四)

也许,我们可以从小说中另外两个人的故事中感受到厄普代克对这个问题的态度。一个是艾希的父亲,小说第二章的主角泰德的故事,另一个是艾希的儿子克拉克的故事。这两个人无论在行为方式和信仰上都与艾希以及柯莱伦斯形成了一定的对照,造成了一种形式上和内容上的张力,正是通过这种对照和张力,我们可以体会到厄普代克的用意所在。

与女儿艾希不同,父亲泰德既不信上帝也缺乏那种咄咄逼人的在事业上的进取精神。或许是因为受到父亲柯莱伦斯信仰崩溃的影响,上帝在泰德心目中显得有点虚假。就像他对劝他去教堂的母亲和婶婶说的那样,与其信奉上帝还不如去读一读诸如门肯和肖伯纳那样的社会学家和文学家的书,显然,这样一种反基督教的态度多半是受到了其父亲影响的缘故,但无论如何,在大部分人都信奉上帝的上世纪二三十年代的美国,泰德的行为在其母亲眼里显得很是怪异,就像当初其丈夫一样。而更让她不能接受的是泰德一再推掉来到眼前的各种出去工作的机会,从上大学、进工厂工作到去纽约尝试新的生活,他一概加以拒绝。在她看来,“推却掉上天送来的各种机会,那是最为罪过不过的事了”。[①] 这样的指责带有明显的宗教意味,泰德在机会面前的退却行为显然与上文提到过的卡尔文教思想背景下的个人进取精神相违背。泰德缺少一种竞争的态度,就像叙述者说得那样:“他不愿去竞争,但竞争似乎是唯一能表明你是一个美国人的方式。”[②] 换言之,泰德身上凸现了两种奇怪的特征:“非美国人的和反基督教的”。[③] 与几十年后他的女儿艾希的行为相比,泰德的“非美国性”是显而易见的。

但是,从另一角度看,泰德的“非美国性”恰好是点中了艾希代表的“美国性”的软肋。斯基夫对此做出的评论入木三分:“尽管竞争行为、雄心抱负和冒险精神把美国推到了世界的前列,但在这种朝向成功的冲动中也隐含了某种精神上的空虚和文化上的损毁”。[④] 所谓“精神的空虚和

---

①② John Updike, *In The Beauty of the Lilies* (New York: Fawcett Columbine, 1996), pp. 189, 139.

③④ James Schiff, *John Updike Revisited* (New York: Twayne Publishers, 1998), pp. 147, 149.

文化的损毁”与贝尔所说的“文化矛盾”其实是一致的，都反映了对道德缺失下的美国式的个人进取精神的怀疑和忧虑。这也应是厄普代克考虑的问题。读罢小说，我们发现泰德那种不愿像很多美国人那样拼死竞争的生活态度，但却心地善良、踏实生活、严守道德规范的行为不仅与其女儿形成了鲜明对照，而且也向读者传达了美国社会中的一种传统价值观念，即贝尔所说的以新教伦理和清教精神为核心的美国小城镇的生活方式和价值观念；[①]需要指出的是，尽管泰德对宗教没有好感，但那只是一个形式问题，因为从本质上说，他对生活的热爱，对家的眷恋，在困难面前表现出的忍耐和坚忍的态度在很大程度上反映了传统信仰对人们的要求。斯基夫更是发现了泰德这个形象与厄普代克以往小说中表达的类似观念的联系。在回答其姐姐问他为什么不出去工作的问题时，泰德这样说道：“难道每一个人都必须要有事做吗？大家还忙碌得不够吗？我们不是反而有时把事情弄得更糟吗？”[②]斯基夫指出泰德的回答其实表明了厄普代克对“工作和忙碌”两者关系的看法，“工作”(business)在很大程度上变成了“忙碌”(busyness)，前者曾经有的在新教伦理背景下的精神救赎的意义被朝着物质目的的终日忙碌所替代。[③] 泰德的回答让我们联想到了厄普代克的第一部小说《平民院义卖》中以院长考纳为代表的空虚的“人本主义”与以霍克为代表的老人们所崇尚的“精神主义”的对峙和冲突，后者对前者的“终日忙碌”产生了深刻的质疑以致起来抵制，而《兔子，跑吧》中年老牧师克伦本巴赫对年轻牧师埃克斯终日忙于解决兔子的家庭问题而忘了其担负的传播宗教信仰的责任的申饬则更是与泰德的申明异曲同工。从人物行为的真实性上看，十八岁的泰德说出如此“意味深长”的话似乎有点过于拔高了人物的思想，因此，这更可以看成是厄普代克不由自主地借泰德之口的思想流露。

同样，通过让艾希的儿子克拉克卷入斯密斯的邪教组织这个建立在真实事件基础上的情节，厄普代克似乎想再次告诉读者他对宗教问题的关心。从小说的结构来看，克拉克的故事本身也是对柯莱伦斯和艾希在

① Daniel Bell, *The Cultural Contradictions of Capitalism* (New York: Basic Books, Inc. 1978), p. 74.

② John Updike, *In The Beauty of the Lilies* (New York: Fawcett Columbine, 1996), p. 143.

③ James Schiff, *John Updike Revisited* (New York: Twayne Publishers, 1998), p. 148.

信仰和宗教方面的回应。如果说柯莱伦斯信仰的崩溃表明了进入新世纪后宗教将面临的尴尬处境,那么克拉克的踏入邪教则更是说明宗教在世纪末的窘境,同时,克拉克的行为也构成了对艾希这样的实用主义信仰者的极大的讽刺。

克拉克似乎并没有能够继承其母亲在事业上的成功基因,而更让他忧烦的是母亲甚至也没有把她的那种"信仰"传给他:"他对母亲很有点嫉妒,她心中有那个上帝,那个出没在巴新斯多克镇惬意的天空中的上帝,但是她那种好莱坞特有的自私心理却没让她想过要把她的上帝传给他;他不知道要信仰什么,他只是知道有一天他会死去,而那真是不能想象——所有的东西会像灯泡一样灭掉……"[①]这样一种"毁灭"的感觉自然让我们想起了其曾祖父柯莱伦斯信仰崩溃时的情景。不同的是,克拉克还是希望能有一种东西来充塞他内心的空虚,于是,斯密斯领导的位于科罗拉多山谷中的宗教组织刚好满足了他的需求。同时,在斯密斯组织中出任公关负责人的克拉克也终于找到了一种事业成功、自我价值实现的感觉,就像斯基夫指出的那样,他也成为了一个明星,[②]可以和他母亲相媲美了。显然,这样的情节安排和描述的反讽意味不言而喻。

斯密斯这个人物和其组织的活动这个情节内容在现实生活中有着真实的原形,他真名叫大为·克罗思,信奉末世学说和新的救世主的到来,在德克萨斯州的瓦克山庄建立起了他的信仰组织,在1993年与政府调查人员发生武装冲突,克罗思和他的跟随人员大多死在他们自己点燃的大火之中。克罗思事件成为了当时轰动美国的一大新闻。就像在讲述柯莱伦斯的信仰崩溃时,厄普代克提到了历史人物英格索尔一样,把克罗思事件搬进小说之中可以让读者更加贴近现实,更主要的是,这个事件反映出的宗教与信仰的问题与小说中涉及的同类主题有着紧密关系;事实上,在厄普代克1988年出版的"《红字》系列"小说的第三部《S》中我们已经看到了这种"移花接木"的情节和人物处理方法,当时发生的一些与小说内容相关的宗教事件和人物被移嫁到了主要人物阿哈特身上,可见,厄普代克对宗教问题的关切。尽管克拉克在最后时刻挺身而出,舍命救出了一些

---

① John Updike, *In The Beauty of the Lilies* (New York: Fawcett Columbine, 1996), p.408.

② James Schiff, *John Updike Revisited* (New York: Twayne Publishers, 1998), p.152.

妇女和孩子，而厄普代克对于这一情景的描述也成为了全书最精彩的场面之一，但这并不能排除克罗思/斯密斯事件作为小说最后一个故事暗含的讽喻意味，换言之，邪教的故事本身不也正好说明了真正宗教信仰的式微？有意思的是，克拉克最后的“英雄壮举”在电视中实况播出，成为了一种变相的娱乐节目，泰德以及艾希都是通过收看电视目睹了克拉克的行为，克拉克成为了真正的明星，而小说开始时出现的以娱乐为主要内容的电影主题在结尾时又重新浮现，在这种娱乐气氛里，克拉克的壮举到底又有多少意义？这是大可怀疑的。在这样的讽喻式的情节安排中，我们或许可以感受到厄普代克对于二十世纪美国历史进程中道德和宗教缺失的疑惑。

厄普代克主要著作年谱

1958 《平民院义卖》(*The Poorhouse Fair*)

1960 《兔子,跑吧》(*Rabbit, Run*)

1963 《人马》(*The Centaur*)

1964 《奥林杰故事》(短篇小说)(*Olinger Stories*)

1966 《音乐学校》(短篇小说)(*The Musical School*)

1965 《农场故事》(*Of the Musical School*),《杂集》(散文)(*Assorted Prose*)

1968 《夫妇们》(*Couples*)

1969 《中点》(诗歌)(*Midpoint*)

1970 《贝齐的故事》(*Bech: A Book*)

1971 《兔子归来》(*Rabbit Redux*)

1972 《博物馆和女人》(短篇小说)(*Museums and Women*)

1975 《全是星期天的一个月》(*A Month of Sundays*),《捡拾集》(散文书评)(*Picked-Up Pieces*)

1976 《嫁给我吧》(*Marry Me*)

1978 《政变》(*The Coup*)

1981 《兔子富了》(*Rabbit Is Rich*)

1982 《贝齐回来》(*Bech Is Back*)

1983 《拥抱海岸》(批评集)(*Hugging the Shore*)

1984 《伊斯特维克的巫婆们》(*The Witches of Eastwick*)

1986 《罗杰的版本》(*Roger's Version*)

1988 《S》(*S*)

1989 《自我意识》(自传)(*Self-Consciousness*)

1990 《兔子安息》(*Rabbit Is at Rest*)

1991 《零活》(散文批评集)(*Odd Jobs*)

1992 《福特时代的回忆》(*Memories of the Ford Administration*)

1993 《诗选：1953—1993》(*Collected Poems*：1953—1993)

1994 《巴西》(*Brazil*)

1995 《兔子四部曲》(*Rabbit Angstrom*：*A Tetralogy*)

1996 《美丽百合》(*In the Beauty of the Lilies*)

1997 《走向时间的结束》(*Toward the End of Time*)

1999 《二十世纪最佳美国短篇小说选》(主编)(Edits and writes the Introduction for *The Best American Short Stories of the Century*)，《未完：散文与批评》(*More Matter*：*Essays and Criticism*)

2000 《葛特露和克劳狄斯》(*Gertrude and Claudius*)

2001 《即兴之爱》(短篇小说及一部中篇“兔子受到怀念”)(*Licks of Love*：*Short Stories and a Sequel*)

2002 《寻找我的脸》(*Seek My Face*)

2004 《乡村》(*Villages*：*A Novel*)

2006 《恐怖主义者》(*Terrorist*)

后　记

屈指算来，从对厄普代克发生一点兴趣到现在有点感想并做了一点初步研究，已经近十年过去了。岁月漫漫，不知怎么地，厄普代克始终没从我身边走开，回顾过去，心中不免涌上些许感慨。

1998年我在加拿大渥太华大学英语系进修研究生课程，选修当代美国小说课，作家包括梅勒、冯尼库特、巴思、纳波科夫、罗斯和厄普代克等一些当代美国文坛的长青树作家。当时因为这门课与我要教的汉语课时间上有冲突，所以我只能听一半的课程，一个学期下来，脑子里零零散散的，没有多少收获，唯一有点印象的便是厄普代克，这可能是因为原来读过他的《兔子，跑吧》，再有就是相对来说，与其他几个作家相比，厄普代克的文字还算平易近人，好懂一点。当然后来发现，这其实是一个假象，厄普代克的作品有的好读，比如《夫妇们》，有的读起来脑子要颇费一番周折，比如"《红字》三部曲"，还有的比如《兔子四部曲》，故事挺诱人，但要是想说出点什么东西来，似乎也不那么容易。从加拿大进修归来后开始考虑读博士时，我选择了厄普代克，具体作品是兔子系列小说。一个简单的原因是我想读点当代文学作品，另外我考虑要把文学研究与对时代的认识结合起来，把读作品与读历史、思想乃至文化结合起来，所谓的"文化研究"。《兔子四部曲》应该说是一个与我的想法比较契合的文本。在接下来研读作品的过程中，有一个问题开始在脑子中出现并徘徊良久：有没有一个主线可以把四部兔子系列小说串在一起，在什么意义上厄普代克叙述的当代美国现实包含的"历史"比教科书里的历史还要多？我开始把目光投向了小说文本以外的世界，试图从社会学和文化批评的角度来观察当代美国社会。于是，贝尔的《资本主义文化矛盾》一书进入了我的视野。我发现"兔子"哈里性格中诸多矛盾其实从深层次上看与贝尔所说的文化矛盾有很多相关的地方。贝尔阐释的美国当代社会的文化矛盾就像是探照灯发出的一束强光，照亮了我前进的道路。进一步深思后，发现文化矛盾背后隐含的是贝尔对个人自由和自我这个美国文化核心的焦虑和批判，而这并不是贝尔一个人的想法，在当代许多和贝尔一样有影响的社会学家和文化批评学者们中，我们可以发现同样的或类似的看法。我的一个结论是，厄普代克和这些学者们其实是面对一个共同问题，或者说，文化矛盾语境下的个人自由问题让作家厄普代克和社会学家贝尔等走到了一起，我找到了在他们之间进行对话的路径。我把这看作是从现象背后寻找本质的一种方法。沿着这个思路，我开始了博士论文的写作。期间经历的磕碰、跌跤、疼痛一言难尽。博士论文完成后，我设想进一步扩充，增加一些内容，做成对厄普代克部分作品的专门研究。中心仍然是透过文学文本看当代美国社会，思路也还是文化矛盾下的个人遭遇的种种冲突。又是几年过去，期间我从工作多年的北大调到了现在供职的华东师大，在繁忙的教学和科研中间，抽空时不时地与厄普代克打交道，现在终于可以告一段落，有了一点想长长地舒一口气的感觉。

如果说一方面我尽量把文学文本放在一个社会语境中去观察，那么另一方面在具体分析时，我想我还是依赖于“细读”的方法，注重作品的细节阐释和字里行间的意义透视。这要得益于在北大读书和工作时受到的训练和熏陶。现在回想起来，我的老师北大英语系陶洁教授对于文本分析的重视，对于细节段落的精湛剖析还历历在目。我以为在以后的文学阅读中，这样的方法应该始终坚持。我很荣幸硕士、博士都能在陶老师的指导下完成。衷心感谢老师多年来的关心和指导。我在北大学习和工作多年，如果我在学术研究上有了一点点的体会，那么这与北大在学术方面的氛围是分不开的。北大给予的营养，点点滴滴，渗透于每一个在北大工作和学习过的人的成长过程中。我很幸运能成为他们中的一分子。

2002 至 2003 年我在加州大学河边分校英语系做研究，收集厄普代克研究资料，得到了《哥伦比亚美国文学史》主编、著名美国文学专家艾默里·埃利奥特教授生活上的关心和学术上的很多指点，受益良多。在此表示对埃利奥特教授的衷心感谢。

感谢北大欧美文学研究中心对这项研究的支持，中心主任申丹老师对我交稿日期一拖再拖的宽容让我非常感动，也使我有了坚持做完这项研究的决心。

感谢我的家人,妻子和儿子。多年来,妻子的默默支持成为了一种无言的动力,儿子从幼儿园到小学到初中预备班,与我的厄普代克研究一块长大。

本书是作家专门研究,而且只是截取了一个作家的几部作品和一生中的几个片段,得出的结论定会有不少谬误,祈请读者和专家指正。

2007年3月

上海浦东